Foto: April Anft

Als bekennender Fan der Serie »The 100« hat Tracy Banghart mit ihren E-Book-Serien »Rebel Wings« und »By Blood« irgendwann angefangen, selbst Stoffe mit starken Frauenfiguren zu erschaffen und so eine große Fangemeinde gewonnen. Sie wuchs in Maryland, USA auf, studierte in England Buchwissenschaften und lebt heute auf Hawaii.

Weitere Informationen zum Kinder- und Jugendbuchprogramm der S. Fischer Verlage finden Sie unter www.fischerverlage.de

Tracy
Banghart

IRON FLOWERS

Die Rebellinnen

Aus dem Amerikanischen
von Anna Julia Strüh

FISCHER Taschenbuch

Aus Verantwortung für die Umwelt hat sich der Fischer Kinder- und Jugendbuch Verlag zu einer nachhaltigen Buchproduktion verpflichtet. Der bewusste Umgang mit unseren Ressourcen, der Schutz unseres Klimas und der Natur gehören zu unseren obersten Unternehmenszielen.

Gemeinsam mit unseren Partnern und Lieferanten setzen wir uns für eine klimaneutrale Buchproduktion ein, die den Erwerb von Klimazertifikaten zur Kompensation des CO_2-Ausstoßes einschließt.

Weitere Informationen finden Sie unter: www.klimaneutralerverlag.de

MIX
Papier aus verantwortungsvollen Quellen
FSC® C014496
FSC www.fsc.org

Erschienen bei FISCHER Kinder- und Jugendtaschenbuch
Frankfurt am Main, Juni 2021

Satz: Dörlemann Satz, Lemförde
Druck und Bindung: GGP Media GmbH, Pößneck
Printed in Germany
ISBN 978-3-7335-0421-2

Für jede Frau, von der verlangt wurde,
sich zu setzen und nicht zu widersprechen –
und die sich dennoch erhoben hat.

1
SERINA

Serina Tessaro stand auf den Stufen des Brunnens auf dem zentralen Platz von Lanos, flankiert von neun anderen Mädchen in ihrem Alter, die alle ihre besten Kleider trugen. Ihr strahlendes Lächeln verblasste keinen Moment, obwohl die drückende, mit Kohlenstaub verhangene Abendluft sie zu ersticken drohte.

Signor Pietro musterte jedes der Mädchen eingehend. Er kannte sie alle schon seit ihrer Geburt, hatte sie stets beobachtet, begutachtet und ihr Potential geprüft. Sein graumelierter Schnurrbart zuckte, als er die Lippen schürzte.

Über der rußgeschwärzten Stadt ragte der Umriss der Berge auf. Serinas Familie stand im Schatten am Rande der versammelten Menschenmenge. Nur Nomis gerötete Wangen leuchteten im Licht. Selbst aus dieser Entfernung konnte Serina deutlich die Wut in den Augen ihrer Schwester sehen. Ihr Bruder Renzo hatte Nomi eine Hand auf den Arm gelegt, als wollte er sie zurückhalten. Seinen Gesichtsausdruck konnte Serina nicht erkennen, aber sie war sicher, dass er nicht die freudige Erwartung ihrer Eltern widerspiegelte.

Signor Pietro wandte sich von den auf den Stufen aufgereihten Mädchen ab und richtete das Wort an die Zuschauermenge, die sich auf der Piazza eingefunden hatte. Serina schlug das Herz bis zum Hals, während sie auf sein Urteil wartete, doch sie verbarg ihre Aufregung hinter einer Fassade stiller Gelassenheit. Ihre Mutter hatte sie gelehrt, wie wichtig eine undurchschaubare Maske war.

»Dieses Jahr wird Malachi, der älteste Sohn des Regenten und Thronfolger, seine ersten Graces auswählen. Jede Provinz ernennt eine Anwärterin, die um diese Ehre wetteifern darf. Als Magistrat von Lanos werde ich entscheiden, welche unserer Töchter nach Bellaqua reisen wird.«

Vielleicht legte er eine Pause ein. Vielleicht reizte er die Spannung aus. Doch die Zeit verlangsamte sich nicht so, wie Serina erwartet hatte. Signor Pietro sprach einfach im selben ruhigen, sachlichen Ton weiter, und seine Worte waren: »Ich habe Serina Tessaro auserwählt.«

Die Menge applaudierte. In Mama Tessaros Augen leuchtete Hoffnung auf, Nomi war sichtlich niedergeschlagen.

Wie betäubt trat Serina vor und verbeugte sich tief. Sie konnte es nicht glauben. Sie würde tatsächlich nach Bellaqua reisen. Sie würde aus dem schmutzigen, stickigen Lanos herauskommen.

Wie oft hatte sie sich das schon ausgemalt? Wie sie erstmals mit dem Zug durch die herrlich grüne, üppige Landschaft Viridias fuhr. Wie sie die Stadt des Regenten mit all ihren Kanälen und den riesigen Palazzo aus Marmor erblickte. Wie sie den Thronfolger traf. Er würde äußerst attraktiv sein, wie ein Prinz im Märchen.

Und wenn er sie erwählte, würde sie bis ans Ende ihrer Tage in einem wunderschönen Palast leben. Sie würde nie in einer Fabrik arbeiten müssen wie ihre Mutter oder sich als Dienerin verdingen wie ihre Cousine. Und sie würde auch nicht zu einer Heirat mit irgendeinem wildfremden Mann gezwungen werden, nur weil er am meisten Geld dafür bieten konnte. Sie würde auf prachtvolle Bälle gehen, und es würde ihr an nichts fehlen. Ihrer Familie würde es an nichts fehlen, und selbst Nomi würde ein besseres Leben führen können, auch wenn sie sich noch sehr dagegen sträubte. Als Serinas Zofe könnte auch sie Lanos endlich verlassen.

Signor Pietro schüttelte ihrem Vater die Hand, während Serina die Treppe hinunterstieg. Die Menge löste sich langsam auf. Die anderen Mädchen kehrten zu ihren Familien zurück, ohne auch nur ein Wort mit ihr zu wechseln. Als Serina bei ihrer Familie ankam, zitterte Mama Tessaro vor Aufregung. Früher war sie so groß gewesen wie Serina, doch die langen Jahre, die sie in der Textilfabrik gebeugt an ihrer Nähmaschine sitzen musste, hatten ihren Rücken verkrümmt.

»Meine Blume, ich bin so stolz auf dich.« Sie zog Serina an sich und drückte sie fest. »Du hast unserer Familie große Ehre gemacht.«

Nomi stieß ein leises Schnauben aus.

Serina warf ihr einen warnenden Blick zu. Wenn Signor Pietro sie noch einmal respektlos über den Regenten oder seinen Thronfolger sprechen hörte, würde er sie auspeitschen lassen. Damit hatte er schon gedroht, als Nomi während einer von Serinas ärztlichen Untersuchungen »das ist doch lächerlich« gemurmelt hatte, während der Signor Serina in ihrem Unterhemd inspizierte.

»Danke, Signor«, sagte ihr Vater und verneigte sich.

Der Magistrat stolzierte zu seiner Kutsche, wobei sich sein scharlachroter Umhang im fahlen Lampenlicht bauschte.

»Gehen wir«, sagte ihr Vater. »Wir haben nur zwei Tage, um uns auf die Reise vorzubereiten.« Er steuerte auf die gegenüberliegende Straße zu. Sie wohnten nur ein paar Häuserblocks vom zentralen Platz entfernt.

Serina atmete tief ein und folgte ihm. Ihr Vater hatte sie nicht einmal angesehen. Sie versuchte, seine Stimmung an seinen angespannten Schultern abzulesen. War er wie ihre Mutter stolz auf sie?

Sie konnte es nicht sagen. Das konnte sie bei ihm nie.

Renzo stieß sie leicht mit dem Arm an. »Du siehst umwerfend aus«, sagte er. »Der Thronfolger wäre schön blöd, wenn er dich nicht auswählt.« Sie warf ihm ein dankbares Lächeln zu. Renzo verstand, wie viel das für sie bedeutete. Für sie alle.

Hochgewachsen und stämmig gebaut, wie er war, konnte man leicht vergessen, dass er fast zwei Jahre jünger war als sie. Nomi und er waren Zwillinge, auch wenn sie sich nicht besonders ähnlich sahen – abgesehen von ihren bernsteinbraunen Augen, die um einiges heller waren als Serinas.

Nomi schlurfte missmutig hinter ihren Geschwistern her wie ein schmollendes Kind. Serina ließ sich ein paar Schritte zurückfallen, so dass sie neben ihrer Schwester lief.

»Das sind gute Neuigkeiten«, murmelte sie leise, damit ihre Eltern sie nicht hörten. Die Straßen waren mittlerweile menschenleer; nach der großen Ankündigung waren alle nach Hause gegangen. Der flackernde Schein der Lampen warf gelbe Lichtkleckse auf die rauen Steinwände der Häuser, an denen sie vorbeikamen. Das dreckige Kopfsteinpflaster zu ihren Füßen war uneben, doch Serina geriet kein einziges Mal ins Stolpern. Ihr kupferfarbenes Kleid strich zart wie ein Windhauch über den Stein.

»Ich will jetzt nicht reden«, knurrte Nomi – offenbar machte sie sich keine großen Sorgen, dass jemand sie hören könnte.

Serina hätte sie am liebsten erwürgt. »Wie kannst du dich darüber nicht freuen? Das verstehe ich nicht. Wir können diese grässliche Stadt endlich verlassen. Vielleicht werden wir sogar im Palast leben. Als meine Zofe wirst du es viel leichter haben als jetzt, wo du dich um die ganze Familie kümmern musst, und wir müssen uns keine Sorgen mehr machen, ob wir genug zu essen haben. Mama kann endlich aufhören zu arbeiten ...«

Nomi lief schneller, als versuchte sie, den Worten ihrer Schwester zu entkommen. »Das ist der Unterschied zwischen uns beiden«, sagte sie, die Hände an ihren Seiten zu Fäusten geballt. Eine dunkle Röte stieg ihr ins Gesicht. »Ich finde diese Stadt nicht grässlich. Und ich glaube nicht an Märchen. Ich will nicht ...«

»Alles, was du willst, ist für uns unerreichbar«, brauste Serina auf – sie hatte genug von Nomis sinnloser Wut. »Du wirst dir nie einen Beruf oder einen Ehemann oder ... oder sonst irgendwas aussuchen können. So läuft das nicht.« Es war nicht Serinas Schuld, dass Frauen in Viridia so wenige Wahlmöglichkeiten hatten. Sie hatte vor langem gelernt, dass es nichts nutzte, dagegen anzukämpfen, also machte sie das Beste aus dem, was sie hatte.

Und sie hatte die Chance, eine der meistverehrten Frauen ganz Viridias zu werden. Wenn der Thronfolger sie erwählte, könnte sie die Mutter eines zukünftigen Regenten werden.

»Nichts sollte unerreichbar für uns sein«, erwiderte Nomi, »genau das will ich damit sagen.«

Sie waren immer noch im Strudel ihrer Diskussion vertieft, als sie ihre kleine Wohnung erreichten. Renzo hielt die knarrende Tür für sie auf, und sein hämischer Gesichtsausdruck zeigte, dass er sie gehört hatte. »Nomi, Papa möchte, dass du gleich mit dem Abendessen anfängst.«

Ohne ein Wort stürmte Nomi an ihm vorbei ins Wohnzimmer. Serina folgte ihr und zog ihre Röcke dicht an sich, damit sie nicht am Türrahmen hängen blieben. Als sie eingetreten war, sah sie, dass der Blick ihrer Schwester auf Renzos Schulbüchern verharrte, die aufgeschlagen auf dem grobgezimmerten Esstisch lagen. Sie stieß Nomi warnend mit der Schulter an. Als ihre Schwester sich nicht regte, räusperte sich Serina demonstrativ.

Nomi blickte zu ihr auf, doch es dauerte einen Moment, bis sich ihre Augen fokussierten. Dann schüttelte sie den Kopf, als müsste sie ihn klären, und eilte zur Spüle.

Serina spähte zu ihren Eltern hinüber, doch die standen ein Stück abseits beim Ofen und unterhielten sich leise. Sie hatten nichts von ihrer Auseinandersetzung mitbekommen. Es gab eine ganze Menge, was sie nicht mitbekamen.

Auf den ersten Blick wirkten Nomi und Serina wie alle anderen Töchter in der kalten Industriestadt Lanos.

Doch Serina hatte ihre Schönheit.

Und Nomi hatte ihr Geheimnis.

Serina hoffte inständig, dass sie gut genug war, um den Thronfolger auf sich aufmerksam zu machen – um ihrer selbst ebenso wie um ihrer Schwester willen. Doch als Renzo die Tür schloss, hallte das dumpfe Krachen tief in ihrem Innern wider. Sie fröstelte, auf einmal von einer kalten Angst erfüllt, die sie nicht benennen konnte.

2
NOMI

Der Rikschafahrer trat kräftig in die Pedale, ohne sich von den Löchern im Kopfsteinpflaster oder den erschrockenen Blicken der Passanten beirren zu lassen. Das ständige Schaukeln und Ruckeln schlug Nomi auf den Magen. Oder vielleicht war auch die schwere, drückende Luft, die nach verrottendem Fisch stank, Grund für ihre Übelkeit.

Nein. Sie wusste, was jeden Muskel in ihrem Körper erstarren ließ und ihr den Atem raubte. Je näher sie dem Palazzo kamen, desto fieberhafter wünschte sie, sie würden umkehren. Es war erst zwei Wochen her, dass Signor Pietro Serina auserwählt hatte, und die Tage waren ebenso schnell und schmerzhaft vorübergegangen wie diese letzte holprige Fahrt.

Nomi zuckte zusammen, als Serina ihren Arm plötzlich fester umklammerte, ihre Fingernägel gruben sich in Nomis Haut, als der Wagen über eine kleine Brücke donnerte und beängstigend nah an den Rand schlingerte. Renzo wurde kreidebleich. Er nahm den ganzen Sitz gegenüber von ihnen ein, die Beine wie eine Spinne angezogen, um überhaupt genügend Platz zu haben.

Viel zu bald hielt die Rikscha am Rande der großen Piazza. Nomis Magen krampfte sich zusammen.

Am anderen Ende des von Menschen wimmelnden Platzes glitzerte ein breiter Kanal im Sonnenlicht, gesprenkelt mit Scharen langer, schwarzer Gondeln. Dahinter, auf seiner eigenen Insel, erhob sich der Palazzo des Regenten in den Himmel wie ein goldener Sonnenaufgang. Nomi atmete ein paarmal tief durch. Unter anderen Umständen hätte sie den Anblick von Bellaqua genossen. Aber nicht so. Nicht an diesem Tag.

Renzo drückte dem Fahrer etwas Geld in die Hand und half seinen Schwestern dann aus der Rikscha. Nomi schlotterten die Knie, selbst als sie wieder festen Boden unter den Füßen hatte.

»Jetzt heißt es wohl Abschied nehmen«, sagte Renzo. Er versuchte, lässig zu klingen, doch seine Stimme zitterte. Serina, stets die pflichtbewusste Schwester, hielt den Kopf gesenkt, als er sie in eine höfliche, flüchtige Umarmung zog.

Doch Nomi wollte davon nichts wissen. Sie drückte ihren Bruder, so fest sie konnte, vergrub das Gesicht an seiner Schulter und atmete tief seinen vertrauten, tröstlichen Duft ein. Ihre Beine und ihr Magen beruhigten sich endlich, aber nur ein wenig. Er würde in Bellaqua bis zur Ernennung der Graces warten. Vielleicht würde sie ihn schon in wenigen Stunden wiedersehen – oder nie wieder. Diese Ungewissheit war unerträglich.

»Soll ich versuchen, euch mit Gedankenkraft zu befreien, wenn Serina auserwählt wird?«, fragte er scherzhaft, doch in seiner Stimme lag ein bitterernster Unterton.

Schön wär's ... Nomi schlang die Arme noch einmal fest um

ihn, ehe sie sich von ihm löste. Sie wechselten einen besorgten Blick.

»Komm schon, Nomi«, sagte Serina leise. Ein Mann in schwarzgoldener Tracht streckte ihr die Hand entgegen. Mit gesenktem Blick umfasste sie seinen Arm.

Nomi stockte der Atem. Sie war noch nicht bereit.

Renzo schien sie ohne Worte zu verstehen. Mit einem tapferen Lächeln küsste er sie auf die Wange und eilte davon, damit sie sich nicht dazu durchringen musste, ihn zu verlassen. Die Trennung fühlte sich an wie ein Messerstich ins Herz.

»Jetzt komm«, murmelte Serina erneut.

Widerwillig drehte sich Nomi um und folgte ihrer Schwester durch die Menge. Der schwarzgolden gekleidete Gondoliere führte sie über die Piazza zum großen Kanal, wo seine Gondel mit den anderen sanft im Wasser schaukelte. Er half erst Serina, dann Nomi ins Boot und auf die weichen, goldverzierten Polster. Um sie herum glitten unzählige andere Mädchen in Gondeln übers Wasser – ihre farbenprächtigen Kleider kennzeichneten sie als Anwärterinnen.

Die Zuschauer, die der Prozession zusahen, lachten und jubelten. Ein Kind warf Blumen in die Luft, als Nomi und Serina vom Rand des Kanals davontrieben. All die Aufmerksamkeit und die umherschwebenden rosaroten Blüten brachten Serina zum Lächeln.

Nomi konnte den besonnenen Gesichtsausdruck ihrer Schwester nicht ertragen. Er passte so gar nicht zu dem Aufruhr, der in ihrem Innern wütete. Sie wollte zurück an Land springen, zu Renzo laufen und auf schnellstem Wege aus der Stadt fliehen. Alles wäre ihr lieber gewesen, als zum Palast des Regenten gebracht zu werden wie ein unwillig gegebenes Opfer für einen uralten Gott. Doch genau das war das Problem: Serina *war* willig.

Nomi wischte sich über die Augen und versuchte, die Tränen zurückzuhalten. Mit der anderen Hand umklammerte sie mit eisernem Griff ihre Habe. »Was, wenn wir Renzo nie wiedersehen?«

»Das wäre ein Segen«, erwiderte Serina. Doch ihre Stimme zitterte. Eine tiefe Falte furchte ihre Stirn, während sie zusah, wie der Palast immer näher kam, und ihre Mundwinkel waren angespannt. Vielleicht war sie doch nicht so ruhig, wie es schien. In etwas sanfterem Ton fügte sie hinzu: »Das weißt du.«

»Aber ich wünsche mir trotzdem, es müsste nicht so kommen«, murmelte Nomi, gerade als die Gondel am Rand des Kanals anstieß. Einige der Mädchen waren bereits ausgestiegen und eilten die Treppe hoch, die zum Palazzo des Regenten hinaufführte. Die Zypressen, die den Kanal säumten, waren mit winzigen Glöckchen behängt, die in der sanften Brise leise schellten.

Während Nomi die gewaltige Treppe vor dem Palazzo hinaufstieg, als letzte in einer langen Reihe von Mädchen in farbenfrohen, feinen Kleidern, verfluchte sie den Thronfolger, der oben wartete. Sie würde er ganz sicher nicht beachten – und auch keine der anderen Dienerinnen –, aber ihr ganzes Leben hing davon ab, dass er ihre Schwester zur Kenntnis nahm.

Serina schwebte vor ihr die Stufen hinauf, ihr hüftlanges braunes Haar wallte ihr offen und wunderschön glänzend über den Rücken. Ihr Kleid, ein filigranes Flickwerk aus verschiedenen Stoffen, das ihre Mutter im Schweiße ihres Angesichts geschneidert hatte, wogte wie Wasser. Sie zeigte kein Anzeichen von Erschöpfung, nichts deutete darauf hin, dass sie sieben lange Tage in einem ruckelnden Zug, eine Nacht in einem schäbigen Hotelzimmer und einen ganzen Tag mit fieberhaften Vorbereitungen für den Ball des Thronfolgers verbracht hatte.

Nomi umfasste ihre Tasche fester. Sie bemühte sich, nicht auf den Marmorstufen zu stolpern, während sie verstohlen zum Regenten – so krankhaft dürr und rigoros – und seinen beiden Söhnen hinaufspähte. Malachi, der Thronfolger, trug eine weiße, goldbestickte Uniform, die seine muskulöse Statur zur Geltung brachte. Seine hervortretenden Wangenknochen und kurzgeschnittenen braunen Haare verliehen seinem Gesicht einen harten Ausdruck, doch seine weichen Lippen milderten die Strenge etwas. Selbst Nomi musste zugeben, dass er gutaussehend war, wenn auch furchteinflößend. Er beobachtete seine potentiellen Graces genau, durchbohrte sie förmlich mit seinen dunklen Augen, wenn sie an ihm vorbeikamen.

Sein jüngerer Bruder Asa spähte auf den Kanal hinaus. Sein dunkles Haar war länger als das seines Bruders und zerzaust, als würde er sich ständig mit der Hand hindurchfahren.

Nomi hätte den Kopf senken sollen, als sie die Männer erreichte, doch sie machte sich nicht die Mühe. Wie erwartet nahm sie ohnehin keiner zur Kenntnis. Alle hatten nur Augen für Serinas glänzende Haare und schwingende Hüften, als sie an ihnen vorbeistolzierte. Manchmal ärgerte es Nomi, dass Serina unweigerlich alle Blicke auf sich zog. Doch dieses Mal war sie froh, unsichtbar zu sein. Sie beneidete ihre Schwester nicht um ihre Aufgabe oder den eisigen Blick, mit dem der Regent sie taxierte.

Als Nomi im Schatten der Veranda ankam, außer Sichtweite der Männer, entspannte sie sich ein wenig. Die Anwärterinnen und ihre Dienerinnen betraten eine kunstvoll geschmückte Galerie, die zu einer massiven, mit Schnitzereien verzierten Tür führte.

Nomi und Serina suchten sich einen Platz an der Wand.

»Lass mich noch einmal dein Make-up überprüfen«, sagte Nomi. Sosehr sie sich auch wünschte, sie wäre irgendwo anders, hatte sie immer noch eine Aufgabe zu erfüllen. Das hatten sie beide.

»Wie schätzt du unsere Chancen ein?«, murmelte Serina und schaute verstohlen zu einem Mädchen ganz in der Nähe, deren Dienerin gerade ihr leuchtend orangefarbenes Kleid zurechtzupfte.

Zu gerne hätte Nomi ihrer Schwester gesagt, was sie wirklich dachte: dass sie auf der Stelle ohne ein Wort verschwinden sollten. Dass sie nach Lanos zurückkehren oder, noch besser, ganz woandershin gehen sollten – an einen Ort, wo *sie* entschieden, was sie machen wollten, wo Nomi nicht immer nur Hausarbeiten erledigen und Serina sich nicht stundenlang schönmachen und Unterricht im Tanzen und höflicher Etikette nehmen musste. Doch Nomi kannte die Wahrheit genauso gut wie ihre Schwester: Einen solchen Ort gab es nicht. Ganz gleich, wo sie auch hingingen, ihre Wahlmöglichkeiten waren immer dieselben. Sie konnten Fabrikarbeiterinnen werden, Dienerinnen oder Ehefrauen. Es sei denn, Serina wurde zur Grace erwählt.

In Viridia galten die Graces als höchster Maßstab, was Schönheit, Eleganz und Gehorsam anbetraf. Alle jungen Mädchen sollten danach streben, so zu werden wie sie.

Für Nomi und Serina war die Ernennung zur Grace zweifellos ein Fahrschein in ein anderes Leben, doch in einem stimmten sie nicht überein: Ihre Schwester glaubte, dieses andere Leben wäre besser, aber Nomi war anderer Meinung.

»Ich denke, wir werden so oder so etwas verlieren«, seufzte sie niedergeschlagen und wischte einen winzigen Kajalfleck in Serinas Augenwinkel weg.

»Sag das nicht«, entgegnete Serina in warnendem Ton. »Hör auf …«

»Womit? Mir vorzustellen, wie du dem Thronfolger vorgeführt wirst, als wärst du sein Besitz?«, flüsterte sie aufgebracht. Ihre Hände zitterten, als sie Serinas Haare glattstrich. Sie und ihre Schwester hatten beide braune Haare, olivfarbene Haut und die hohen Wangenknochen ihrer Mutter. Doch irgendwie ließen die gleichen Gesichtszüge, die Serina ihre Schönheit verliehen, Nomi schmächtig und unelegant wirken. Serina war etwas Besonderes, Nomi nicht.

»Es geht nicht darum, sein Besitz zu werden, sondern sich seine Bewunderung und sein Verlangen zu verdienen«, erwiderte Serina und setzte ein Lächeln auf, als sie merkte, dass einige der Mädchen argwöhnisch zu ihnen hinübersahen. »Das ist unsere Chance auf ein besseres Leben.«

»Was ist daran besser?« Nomi schüttelte den Kopf. Hilflose Wut brodelte in ihrem Innern. »Serina, uns sollte so etwas nicht *aufgezwungen …*«

Serina trat noch näher an sie heran. »Lächle mich an, als würdest du dich freuen. Als wärst du genau wie die anderen Mädchen hier.«

Nomi starrte ihre Schwester überrascht an. Serina war so schön, wenn sie wütend wurde, mit geröteten Wangen und blitzenden Augen. Sie war so viel interessanter, wenn sie sich nicht in ein Korsett zwängte und artig die Augen niederschlug.

Das gedämpfte Gemurmel der Anwärterinnen und ihrer Dienerinnen verstummte abrupt, als eine Frau am anderen Ende des Raums auf ein kleines Podium stieg. Ihr cremefarbenes Seidenkleid betonte ihre würdevolle, elegante Ausstrahlung. »Mein Name ist Ines. Ich bin die Oberste Grace.« Ihre Stimme war sanft wie Musik. »Der Thronfolger fühlt sich geehrt, dass ihr seinetwegen so weit gereist seid. Es tut ihm sehr leid, dass er nur drei von euch einladen kann, hier im Palazzo zu bleiben. Aber seid versichert, dass ihr alle gesegnet seid.«

Nomi hatte es immer seltsam gefunden, dass der Regent alle drei Jahre drei Graces auswählte und nicht jedes Jahr eine. Andererseits nahm die Wahl auch so schon das ganze Land in Beschlag; die Magistrate verbrachten Monate damit, die Anwärterinnen ihrer Provinz auf Herz und Nieren zu prüfen, und der Regent organisierte Bälle und andere Festivitäten, um die neuen Graces nach ihrer Ernennung der ganzen Welt zu präsentieren.

Der derzeitige Regent hatte beinahe vierzig Graces. Doch Gerüchten zufolge stand es nicht gut um seine Gesundheit, und dieses Jahr hatte er erstmals verlauten lassen, dass er selbst keine Graces auswählen würde. Stattdessen würde der Thronfolger seine erste Wahl treffen. Viele vermuteten, das hieße, der Regent würde bald zurücktreten und seinem Sohn die Herrschaft über Viridia überlassen.

»Der Ball wird in Kürze beginnen.« Ines' schwere goldene

Armreife klimperten, als sie die Hände hob. »Anwärterinnen, es ist so weit.«

Serina schloss Nomi in die Arme und drückte sie fest. »Sei brav«, schärfte sie ihr ein.

»Um mich mache ich mir keine Sorgen«, erwiderte Nomi und umarmte ihre Schwester ebenso fest.

Eine nach der anderen wurden die Mädchen aufgerufen, die Türen geöffnet und hinter ihnen geschlossen. Und dann plötzlich war Serinas großer Moment gekommen. Zwei Männer des Regenten zogen die gigantischen Türen weit auf und gaben den Blick auf die leuchtende Pracht des Ballsaals frei. Eine tiefe Stimme rief: »Serina Tessaro von Lanos.« Ohne sich noch einmal umzuschauen, schritt Serina ins Licht.

Nomis Herz machte einen schmerzhaften Satz, als ihre Schwester verschwand.

Sie legte ihre Tasche an der Wand ab, wo die anderen Dienerinnen ihre Sachen zurückgelassen hatten, und stellte sich unbeholfen in eine Ecke. Einige der Mädchen fanden sich auf dem Balkon zusammen, um zu plaudern. Die anderen sanken auf Stühle oder wanderten umher und bestaunten die prachtvolle Umgebung.

Nomi hatte das Gefühl, als würden sich die Wände um sie zusammenziehen, das Funkeln und Glitzern tat ihr in der Seele weh. Alles hier war so anders als zu Hause. Sie war erst eine Woche fort, doch sie vermisste es, vom leisen Rumoren ihres Bruders wach zu werden, der seine Bücher für den langen Schulweg zusammensammelte. Sie vermisste die kurzen Momente der Freiheit, wenn sie mit ihren Aufgaben fertig war und sich ausruhen konnte, ohne dass ihre Mutter sie ausschimpfte. Sie vermisste den Geschmack des eisig kalten, schneetreibenden Windes in der Abenddämmerung, der die Welt noch vor dem Morgen völlig verändern würde. Ja, selbst die knarrenden Rohre und die winzigen rußbedeckten Fenster ihres Elternhauses in der Fabrikstraße fehlten ihr.

Ein Teil von ihr hoffte inständig, sie würden nach Hause geschickt werden. Dass sie in ihre kleine, schäbige Wohnung zurückkehren könnte. Doch sie wusste, das würde die unvermeidliche Trennung von ihrer Familie nur hinauszögern.

Mit einem Schlag wurde ihr bewusst, dass sie womöglich ihr ganzes restliches Leben so zubringen würde: in einem wunderschönen Raum eingesperrt, darauf wartend, dass Serina zurückkam – ihr eigenes Leben nicht mehr als eine Fußnote. Unerheblich. Unsichtbar. Vergessen.

In ihren Augen brannten Tränen. Befangen blickte sie sich um, doch niemand achtete auf sie. Vielleicht würde sie sich besser fühlen, wenn sie sich kaltes Wasser ins Gesicht spritzte und sich einen Moment zurückzog.

Kurz entschlossen ging sie auf den Gang hinaus, um nach den Waschräumen zu suchen. Mit jedem Schritt ließ die Beklemmung in ihrer Brust etwas nach.

Als Nomi um eine Ecke bog, fiel ihr die Inneneinrichtung eines Raums ins Auge. Tiefe, gepolsterte Sessel, ein elegant gemusterter Teppich. Und schier endlose Bücherregale aus prächtigem Mahagoni, in denen sich unzählige in Gold eingefasste Werke türmten. Bücher. Mehr, als sie je gesehen hatte. Ehe Nomi richtig begriff, was sie da tat, lief sie auf den Raum zu. Vor der halbgeöffneten Tür blieb sie einen Moment stehen und lauschte. Dann atmete sie tief durch und schlüpfte hinein.

Die gesamte Welt tat sich vor ihr auf. Reihen um Reihen von Bücherregalen ragten bis zur Decke empor. In der Luft hing der schwere Geruch von Pfeifenrauch. Nomi atmete tief ein und ließ die Stille des Raums, seine Verheißung, durch sich hindurchströmen. Auf zittrigen Beinen schlich sie zu den Regalen und strich mit kribbelnden Fingern über die dicken Ledereinbände. Die mit Blattgold geprägten Titel schimmerten im matten Licht. Sie zeichnete die Wörter nach, von denen ihr einige völlig fremd waren. Ihre Hand verharrte auf einem schmalen Buch, das von den dicken schwarzen Wälzern zu beiden Seiten fast verschlungen wurde. Ein leises Keuchen kam ihr über die Lippen, als sie es erkannte. *Die Legenden von Viridia.*

Sogleich stieg eine Erinnerung in ihr auf. In dem Herbst, in dem Nomi und Renzo zwölf geworden waren, hatte er dieses Buch bekommen, und sie hatte unbedingt wissen wollen, was darin stand.

Doch Frauen war es strengstens verboten, lesen zu lernen. Sie durften so gut wie gar nichts außer Kinder kriegen, in der Fabrik schuften und die Häuser reicher Männer putzen.

Aber Nomi ließ nicht locker. Und Renzo konnte sich die Gelegenheit nicht entgehen lassen, mit seinem Wissen zu prahlen. Langsam, aber sicher hatte er ihr Lesen beigebracht.

Die folgenden Monate waren die schönsten ihres Lebens gewesen. Nacht für Nacht hatten sie sich im Licht einer flackernden Kerze dicht zusammengekauert, während Nomi mit stockender Stimme wieder und wieder die Geschichte vom Mond und ihrer Geliebten las, über die Schrecken der Tiefe und ihr absolutes Lieblingsmärchen: die Geschichte zweier Brüder, die von einer mysteriösen tätowierten Frau mit einem goldenen Auge auseinandergebracht wurden.

Nur Serina kannte ihr Geheimnis. Renzo hatte sie einmal gefragt, ob sie auch lesen lernen wollte. Doch sie ließ sich lieber immer und immer wieder dieselben Geschichten vorlesen, während sie sich im Sticken übte. Als der Frühling kam, hatte Renzos Schule das Buch der Legenden gegen ein Mathematikbuch eingetauscht, und von da an erzählten sich Nomi und Serina die Geschichten aus dem Gedächtnis. Doch das war einfach nicht das Gleiche.

Jetzt nahm sie das Buch aus dem Regal und strich über die auf dem Einband geprägten Buchstaben. Es war aus demselben weichen Leder wie Renzos Buch, nur ohne die abgewetzten Ecken und den abgegriffenen Einband. Sie drückte das Buch an ihre Brust und dachte an all die Nächte zurück, die sie mit ihrem Bruder über seinen Seiten gebrütet hatte – wie sie ihm nach und nach die Bedeutung und Aussprache jedes einzelnen Wortes entlockt hatte.

Dieses Buch war ihr Zuhause, mehr als es der Palazzo mit seiner prunkvollen Einrichtung je sein könnte.

Sie konnte es nicht zurücklassen. Ein kleines Märchenbuch würde doch bestimmt niemand vermissen. Es verschwand so schnell, so mühelos unter ihrem Kleid, dass sie sich fast einreden konnte, das Buch hätte es so gewollt, nicht sie selbst. Die Arme schützend vor der Brust verschränkt, eilte sie auf den Gang hinaus.

Sie war schon fast zurück in der Galerie, als plötzlich zwei Männer um die Ecke direkt vor ihr bogen.

Der Thronfolger und sein Bruder.

Nomi senkte den Kopf und wartete, dass die Männer an ihr vorbeigingen. Ihre Arme schlangen sich fester um das versteckte Buch.

»... sollte *ich* entscheiden, nicht die Magistrate«, sagte der Thronfolger hörbar wütend. Als er sie sah, unterbrach er sich abrupt.

Nomi hätte vor ihm knicksen sollen. Sie hätte den Kopf gesenkt halten sollen wie jede andere Dienerin. Doch sie war überrascht, unvorbereitet, und ohne es zu wollen, begegnete sie seinem Blick.

Die Augen des Thronfolgers waren dunkelbraun und strahlten eine stille Intensität aus. Er starrte sie an, als könnte er ihre Geschichte enträtseln, ihre geheimen Hoffnungen – einfach alles. Mit einem einzigen Blick legte er sie bloß.

Heftig errötend riss sie den Blick von ihm los.

»Wer bist du?«, wollte Malachi wissen.

»Nomi Tessaro«, murmelte sie.

»Und was hast du hier zu suchen, Nomi Tessaro?« Seine Stimme war von Misstrauen erfüllt.

Nomi neigte den Kopf. »Ich ... ich bin eine Dienerin. Ich wollte nur ...« Ihre Stimme stockte. Sie konnte sich nicht erinnern, was sie hätte tun sollen. Das Buch brannte ein Loch in ihre Brust.

»Komm, Malachi, wir sind spät dran«, sagte Asa ungeduldig und fuhr sich mit der Hand durch die Haare. Sein schwarzer Anzug wirkte wie ein Schatten des weißen Anzugs seines Bruders, mit derselben goldenen Stickerei, doch irgendetwas an ihm wirkte viel gelöster, fast unordentlich.

Malachi ignorierte seinen Bruder und trat näher an Nomi heran, zwang sie mit seinem muskulösen Körper dazu, näher an die Wand zu rücken. »Du wolltest nur was?«

Der Versuch, sie einzuschüchtern, hatte die gegenteilige Wirkung. Nomi reagierte gereizt, und eine vertraute, instinktive Wut erlangte einen Moment die Oberhand über ihre Panik.

Ihre Schultern strafften sich. Sie reckte das Kinn und begegnete dem stechenden Blick des Thronfolgers, ohne mit der Wimper zu zucken. Eine unerschütterliche Entschlossenheit ging von ihr aus. »Ich war auf der Toilette«, verkündete sie unumwunden. »Sie ist gleich dort drüben«, fügte sie hinzu und deutete ans andere Ende des Korridors, »wenn ihr auch mal müsst.«

Asa prustete, doch der Thronfolger wirkte alles andere als amüsiert. Seine Wangen röteten sich vor Wut.

Entsetzen wallte in Nomi auf, ein bitteres Grauen, das ihr die Kehle zuschnürte. Hastig senkte sie den Blick. Serina hatte sie gebeten, sich zu benehmen. Doch dazu war sie nicht imstande, keine zehn Minuten. Die Dreistigkeit, so etwas zu sagen ... der trotzige Ausdruck, den der Thronfolger zweifellos in ihren Augen gesehen hatte ...

»Du kannst gehen«, sagte Malachi schließlich, doch es fühlte sich eher wie eine Verurteilung an denn wie eine Begnadigung.

Nomi hastete in die Galerie zurück, während die Männer ihren Weg fortsetzten; das Herz schlug ihr bis zum Hals. Die harten Kanten des Buchs, das sie gestohlen hatte, gruben sich schmerzhaft in ihre Haut.

Sie eilte in die Ecke, wo sie ihre Tasche zurückgelassen hatte, und verstaute das Buch zwischen ihren Sachen. Sie war sich fast sicher, dass der Thronfolger es nicht gesehen hatte. Aber ihre Unverschämtheit war auch so belastend genug.

Den Rest des Abends wartete sie, den Blick starr auf die offene Tür geheftet, und fragte sich, wann ihre Welt enden würde.

3

SERINA

Serinas erster Ball war fast genauso, wie sie ihn sich erträumt hatte. In dem riesigen Saal herrschte ein Trubel, wie sie ihn noch nie zuvor gesehen hatte. Die Anwärterinnen tummelten sich in ihren glitzernden, bunten Gewändern auf der Tanzfläche wie ein bunter Fischschwarm. Die verspiegelten Wände und allgegenwärtigen Goldverzierungen reflektierten das Licht Dutzender Kristallkronleuchter. In einer Ecke, an einer Wand aus bogenförmigen Durchgängen, die zur Terrasse führten, saßen Musiker; ihre Finger bewegten sich so schnell über die Instrumente, dass Serina ihnen kaum folgen konnte.

Dieser Saal war so völlig anders als das beengte Wohnzimmer, wo sie unter Anleitung mit Renzo als Partner tanzen gelernt hatte. Sie hatten keine Musik gehabt – nur das unablässige Händeklatschen des Lehrers, das ihnen den Takt vorgab.

Hier brauste und toste die Musik, und Serina tanzte lächelnd in den Armen der feingekleideten Hofchargen des Regenten, außer sich vor Freude, dass sie sich im Mittelpunkt all dieser Pracht befand, als Teil des farbenfrohen Fischschwarms.

Doch das Märchen hatte einen Fehler. Der Thronfolger ließ sich nicht blicken.

Als die Musiker eine kurze Pause machten, zog sie sich in eine Ecke zurück, um wieder zu Atem zu kommen. Ihr Korsett war eng geschnürt, um ihre Rundungen zu betonen, doch sie hatte das Gefühl zu ersticken. Während sie sich ausruhte, ließ sie den Blick schweifen. Die Graces des Regenten waren leicht zu erkennen. Im Gegensatz zu den Anwärterinnen bewegten sie sich durch den Raum, als würden sie dort hingehören, und gingen spielend mit all der Aufmerksamkeit um, die ihnen entgegen gebracht wurde. Einige von ihnen standen auf hohen, kreisförmigen Podesten, in leuchtend violette Seidengewänder gekleidet, emporgehoben – im wahrsten Sinne des Wortes – als der Inbegriff weiblicher Perfektion. Serina starrte sie an, überwältigt von der Selbstkontrolle, die es erfordern musste, so vollkommen still zu stehen.

Genau darauf war Serina ihr ganzes Leben getrimmt worden; ihr Training hatte begonnen, noch bevor sie alt genug war, die Rolle einer Grace richtig zu begreifen. Von dem Moment an, als sie zum ersten Mal mit Renzo über den staubigen Boden getanzt war, hatte die Bürde der Erwartung auf ihren Schultern gelastet. Schon damals hatte sie gewusst, dass ihre Ernennung zur Grace das Leben ihrer Eltern für immer verändern würde, dass das die größte Ehre war, die einem Mädchen in Viridia zuteilwerden konnte, dass ihre Mutter, die fast blind war, weil sie in der Fabrik stundenlang am Stück auf ihre Näharbeiten starren musste, dann endlich aufhören könnte zu arbeiten. Dass ihr Bruder sich dadurch vielleicht irgendwann eine Heirat würde leisten können.

Und vor allem konnte sie so auf ihre starrköpfige Schwester aufpassen. Nomi war schlau, *zu* schlau; sie begehrte viel zu oft gegen Autoritäten und Regeln auf. Ihre Schwester war eine Träumerin, sie selbst eine Realistin, und sie würde alles tun, damit es so blieb – um Nomis feuriges Temperament zu bewahren, aber sie gleichzeitig auch zu schützen. Nichts machte Serina mehr Angst als die Vorstellung, dass ihre Schwester eines Tages ein zu großes Risiko eingehen und erwischt werden könnte.

Nomi sah diese Chance nicht als Geschenk, aber sie schon. Sie wünschte sich mehr als alles andere, eine Grace zu werden, so dass Nomi als ihre Zofe an ihrer Seite bleiben konnte.

Ein Mädchen in einem Kleid mit Blumenmuster, unter dem ihre Beine anmutig hervorsahen, blieb neben Serina stehen. »Das alles ist ziemlich überwältigend, nicht wahr?«

Serina warf der Fremden einen flüchtigen Seitenblick zu: weiche Gesichtszüge, hübsche blaue Augen, eigenartig silbrig blonde Haare, die im Licht der Kronleuchter schimmerten.

»So etwas habe ich noch nie gesehen«, antwortete Serina und blickte sich erneut um – bestimmt würde der Thronfolger jeden Moment in Erscheinung treten.

»*Ich* habe noch nie so etwas wie dein Kleid gesehen«, sagte das Mädchen. »Hat das deine Mutter für dich gemacht?« Es dauerte einen Moment, bis Serina den giftigen Unterton in ihrer lieblichen Stimme ausmachte.

Sie setzte ein wohlwollendes Lächeln auf. Sie würde ganz sicher nicht zugeben, dass ihr Kleid tatsächlich von ihrer Mutter geschneidert worden war.

»Es sieht so ... *interessant* aus«, fuhr das Mädchen fort. »In Bellaqua hat schon lange niemand mehr Blau getragen.« Wie um ihre Worte zu unterstreichen, sah sie zur Tanzfläche.

Serina folgte ihrem Blick. Das Mädchen hatte recht: Der Saal war ein Meer von Rosa, Violett und Gelb. Und die meisten der Kleider waren bodenlang und mit reichlich Brokat verziert. Viel formeller als das halblange, wallende Kleid und die goldenen Sandalen, die sie selbst trug.

Serina reckte das Kinn und entgegnete mit einem lässigen Schulterzucken: »Da kann ich mich wohl glücklich schätzen, schließlich ist Blau die Lieblingsfarbe des Thronfolgers.« Natürlich war das eine Lüge; Serina hatte keine Ahnung, was die Lieblingsfarbe des Thronfolgers war. Aber der völlig verblüffte Gesichtsausdruck des Mädchens war die kleine Flunkerei wert. Ohne ein weiteres Wort ging sie davon und ließ das Mädchen mit offenem Mund stehen.

Plötzlich wogte eine Welle der Aufregung durch den Ballsaal. Als Serina sich umwandte, sah sie Malachi endlich eintreffen, Prinz Asa an seiner Seite.

Der Thronfolger blickte sich um, musterte jede der Anwärterinnen prüfend. Serina schlug die Augen nieder, lange bevor sein forschender Blick sie erreichte. Eine Handvoll Anwärterinnen drängten näher zu ihm. Ines erschien an seiner Seite. Das Mädchen, mit dem Serina geredet hatte, eilte den anderen nach, doch Serina blieb, wo sie war. Sie wollte nicht riskieren, in der Menge unterzugehen. Stattdessen ging sie gemächlich zur Terrasse und sah zu, wie die letzten Sonnenstrahlen über den Himmel zogen. Das Licht war wunderschön, hell und golden, und sie wusste, dass es ihre Haut erstrahlen lassen würde.

Weit unter der Terrasse schimmerten die Kanäle im rosigen Schein der Abenddämmerung. Ihr ganzes Leben lang hatte Serina Geschichten über Bellaqua gehört. An der südlichen Spitze Viridias gelegen, war die Hauptstadt die Hochburg der königlichen Familie und ihre größte Errungenschaft. Der erste Regent hatte sie nach dem Vorbild einer alten Stadt im Norden erbaut, die bei der Großen Flut zerstört worden war. Jetzt, da Serina sie zum ersten Mal mit eigenen Augen sah, konnte sie ihre atemberaubende Schönheit nicht leugnen; aber sie hatte auch etwas Kaltes an sich – etwas Entlegenes, Unnahbares.

Schließlich erreichte Ines sie. »Malachi, dies ist Serina Tessaro von Lanos.«

Serina wandte sich von der Balustrade ab und vollführte ihren tiefsten, anmutigsten Knicks. Als sie sich wieder aufrichtete, hob sie den Blick nur bis zu Malachis Lippen, die im Gegensatz zu seinem kantigen, stoppeligen Kinn weich und voll waren. Es wäre unhöflich, ihm direkt in die Augen zu sehen.

»Es ist mir eine Ehre, hier zu sein, und ich kann es kaum erwarten, Euch zu dienen, Eure Eminenz«, sagte sie mit einem strahlenden Lächeln.

»Serina Tessaro? Das ist dein Name?«, fragte er schroff.

Sie neigte leicht den Kopf, wie sie es gelernt hatte, wie eine Blume im Wind. »Ja, Eure Eminenz«, sagte sie und drehte sich ein kleines Stück zur Seite, so dass das Licht ihre Wangenknochen zur Geltung brachte.

»Tanz mit mir«, befahl er.

Heiße Nervosität durchzuckte sie wie ein Blitzschlag. »Es wäre mir eine Ehre, Eure Eminenz.«

Seine Hand schloss sich um ihre, und er zog sie auf die Tanzfläche, wo die Musiker ein schnelles, ausgelassenes Lied anstimmten. Sie wirbelte von ihm weg und zurück in seine Arme. Während Serina mit dem Thronfolger über die Tanzfläche fegte, spürte sie die neidischen Blicke der anderen Anwärterinnen auf sich. Ihre Füße bewegten sich rasend schnell im Rhythmus der vertrauten Tanzschritte, und ihre Haut kribbelte überall, wo der Thronfolger sie berührte.

»Du kommst aus Lanos?«, fragte er, als die Musik langsamer wurde. Sie hatte erwartet, dass er gleich zum nächsten Mädchen übergehen würde, doch das tat er nicht. Stattdessen zog er sie an sich. Er roch herrlich, nach Zuckerwatte und Gewürzwein.

»Ja, Eure Eminenz. Oben in den Bergen. Dort ist es zu dieser Jahreszeit immer noch kalt.«

»Wohnst du bei deinen Eltern? Hast du Brüder? Schwestern?« Inzwischen bewegten sie sich kaum noch, wiegten sich nur ganz leicht im Takt der Musik. Seine Hände umfassten ihre Hüfte, und die Hitze seines Körpers drang durch die hauchdünnen Schichten ihres Kleids.

»Ja, ich wohne bei meinen Eltern. Ich habe einen Bruder und eine Schwester, beide jünger als ich. Meine Schwester ist als meine Zofe mit mir hergekommen, Eure Eminenz.«

Das Lied endete, und diesmal ließ der Thronfolger sie los. Die Wärme seiner Hände blieb noch lange zurück, in ihre Haut eingeprägt.

Sie knickste erneut. »Danke für den Tanz, Eure Eminenz.«

»Es war mir ein Vergnügen.« Damit wandte er sich ab, bahnte

sich einen Weg zwischen den anderen Tänzern hindurch und verschwand.

Als Serina auf die Terrasse zurückkehrte, ging sie jeden Satz und jede Berührung noch einmal im Kopf durch, analysierte ihre Darbietung bis ins kleinste Detail. Er hatte durchaus interessiert gewirkt. Er hatte sie in den Armen gehalten. Sie hatte darauf geachtet, dass sie sich stets im vorteilhaften Licht hielt. Zum ersten Mal, seitdem sie sich auf die lange Reise nach Bellaqua gemacht hatten, fühlte Serina, wie sich die Anspannung in ihren Schultern löste. Sie hatte ihre Aufgabe erfüllt – ja, sie hatte ihre Sache sogar sehr gut gemacht. Vielleicht würde er sie tatsächlich erwählen.

Und wenn er es tat?

Ein Lächeln breitete sich auf ihrem Gesicht aus. Er war genauso attraktiv, wie sie ihn sich vorgestellt hatte.

Ein aufgeregtes Gemurmel ging durch den Ballsaal und riss sie aus ihren Gedanken. Serina blickte sich nach dem Thronfolger um. Doch sie sah nur Hofchargen und Graces, keine Spur von seiner weißgoldenen Uniform. Ein paar der Anwärterinnen starrten sie feindselig an.

Die Erkenntnis durchflutete sie wie das letzte Licht der Abendsonne: Malachi war bereits gegangen, und sie war die Einzige, die er zum Tanz aufgefordert hatte.

Als die Anwärterinnen in den Wartebereich zurückkehrten, hatte Serina kaum einen Moment zum Durchatmen, bevor Nomi sich auf sie stürzte. Sie packte Serina am Arm und zerrte sie in eine Ecke, die halb verborgen hinter einer gigantischen Pflanze in einer kunstvoll bemalten Urne lag. Sie wirkte nervös und leicht panisch.

Serina nahm ihre Hände und drückte sie sanft, um sie zu beruhigen. »Alles okay«, sagte sie atemlos. »Es lief gut – sogar besser, als ich gehofft hatte. Kein Grund zur Sorge.«

Nomis Gesicht wirkte eher gequält als erleichtert, doch ehe Serina sie fragen konnte, was los war, betrat Ines den Raum und alles wurde still. »Meine Blumen«, wandte sie sich an die Anwärterinnen. »Der Thronfolger war von euch allen sehr angetan. Eure unvergleichliche Schönheit und Anmut haben ihm die Entscheidung sehr schwergemacht, doch nach langer Unterredung mit den Magistraten eurer Heimatprovinzen und eingehender Überlegung hat er seine Wahl getroffen.

Sobald ich die diesjährigen Graces bekanntgegeben habe, zeige ich ihnen ihre Gemächer. Ihr anderen bleibt hier, während wir eure Rückreise zur Piazza von Bellaqua arrangieren, wo eure Familien auf euch warten. An alle, die bei uns bleiben: Eure Familien werden über euren Erfolg in Kenntnis gesetzt. Und natürlich könnt ihr ihnen, sobald ihr möchtet, über die Schreiber des Palazzos eine Nachricht zukommen lassen.«

Serina drückte die Hand ihrer Schwester. Es war so weit. In wenigen Augenblicken würde ihr altes Leben enden und ein neues beginnen. Die anderen Anwärterinnen traten nervös auf der Stelle und tuschelten mit ihren Dienerinnen. Serina schlug das Herz bis zum Hals.

»Maris Azaria, du wurdest vom Thronfolger erwählt.«

Serina suchte mit den Augen die Menge ab, doch es war nicht schwer, Maris zu finden – sie war in Tränen ausgebrochen und schlang die Arme fest um ihr glitzerndes pinksilbernes Kleid. Ihr glattes, hüftlanges schwarzes Haar fiel ihr wie ein Vorhang vor das Gesicht. Ob sie vor Freude weinte, konnte Serina nicht sagen.

»Noch zwei«, flüsterte sie Nomi zu. Sie hatten noch zwei Chancen.

Ines wartete, bis wieder Stille einkehrte. »Cassia Runetti, du wurdest auserwählt.« Sie nickte einem Mädchen in der Nähe des Podiums zu.

Das Mädchen, mit dem Serina gesprochen hatte. Cassias hübscher Mund klappte auf, ihre Augen wurden groß, und dann lachte sie ausgelassen, dass ihre silbrig blonden Haare wogten. Serina erkannte auf den ersten Blick, dass ihr Kleid von bester Qualität war, wie auch ihre gefährlich hohen Stöckelschuhe. Sie kam wahrscheinlich aus einer der wohlhabenden Städte im Osten wie Sola oder Goldlagune.

Wieder erhob sich aufgeregtes Gemurmel. Nun fehlte nur noch ein Name. Als Ines sich räusperte, hielt Serina den Atem an.

»Die dritte und letzte der Graces des Thronfolgers wird ... Nomi Tessaro.«

Serina fiel ein Stein vom Herzen. *Ich hab's geschafft!* Der Gedanke erfüllte sie mit großer Erleichterung und Freude. Aber ... da lag ein Fehler vor. Serina wandte sich Ines zu und lächelte. »*Serina* Tessaro.«

Doch die ältere Frau schüttelte den Kopf. »Nein, meine Blume. Du wurdest nicht erwählt«, sagte sie, und ihre Worte hallten durch die verwunderte Stille, die sich im Saal ausgebreitet hatte.

Serinas Sicht verschwamm; die Worte der Obersten Grace hatten ihr den Atem verschlagen. Ines blickte sie direkt an und verkündete: »Deine Dienerin wurde erwählt. Deine Schwester. *Nomi* Tessaro.«

Überall im Saal wurden empörte, wütende Stimmen laut.

Serina starrte erst ihre Schwester, dann Ines ungläubig an, ihr Herz hämmerte wie wild. Alle Blicke richteten sich auf Nomi. Deren Augen waren weit aufgerissen, und ihre Haare lösten sich aus ihrem langen Zopf. Ihr schlichtes braunes Kleid war an einer Hüfte hochgerutscht, so dass der Saum schief hing. Selbst hier, in ihren schönsten Kleidern, wirkte Nomi so wild und unbezähmbar wie eh und je. Ein Mädchen, das die Graces und alles, wofür sie standen, aus tiefstem Herzen hasste – und jetzt war sie eine von ihnen.

4
NOMI

Nomi schwankte, sie bekam keine Luft. Das war ein Fehler. Wie könnte das *kein* Fehler sein?

Um sie herum geriet alles in Aufruhr. Manche der Anwärterinnen waren in Tränen ausgebrochen, andere starrten sie wütend an. Ines war bereits auf dem Weg zur Tür, gefolgt von den anderen frisch gekürten Graces und ihren Dienerinnen.

Die Oberste Grace warf ihr einen ungeduldigen Blick zu. Wie betäubt bückte sich Nomi und hob ihre Tasche auf. Serina riss sie ihr aus der Hand.

»Aber ich ...«

»Nomi, du bist jetzt eine *Grace*«, fauchte ihre Schwester und marschierte ohne ein weiteres Wort zur Tür.

Nomi folgte ihr, weil sie nicht klar denken konnte und weil sie nicht wusste, was sie sonst tun sollte. *Ich bin keine Grace.* Das war eine Halluzination. Ein Fiebertraum.

Ein Albtraum.

Ines führte sie den Gang hinunter, in die entgegengesetzte Richtung der Bibliothek.

»Was ist passiert?«, flüsterte Serina. Ihre Wangen waren feuerrot.

»Ich weiß es nicht.« Nomi rieb sich fieberhaft den Nacken. Die Haut fühlte sich zu straff gespannt an, ihre Kehle wie zugeschnürt. »Ist das überhaupt erlaubt? Signor Pietro hat dich ausgewählt, nicht mich.«

»Es ist der Wille des Thronfolgers.« Ines' schneidende Stimme ließ sie beide verstummen.

Nomi strauchelte, stolperte fast über ihre eigenen Füße. Sie war unhöflich zum Thronfolger gewesen. Frech. Er hatte *gewusst*, dass sie nur eine Dienerin war, und dennoch hatte er aus einem Raum voller wunderschöner Frauen ausgerechnet sie gewählt?

Nomi fühlte sich nicht geschmeichelt. Sie hatte schreckliche Angst.

Ines führte die Mädchen durch schier endlose Korridore und eine Treppe nach der anderen hinauf, bis Nomi das Blut in den Ohren rauschte und sie völlig außer Atem war. Irgendwann fasste Serina sie am Arm, vielleicht um sie zu stützen.

Schließlich erreichten sie eine Flügeltür, in die riesige Pfingstrosen und verschlungene Ranken eingeschnitzt waren, bewacht von einem Mann in schwarzer Uniform. Mit ausdruckslosem Gesicht drückte er die Türen für sie auf.

Goldenes Licht erhellte den mit Elfenbein und Gold verkleideten, kreisförmig angelegten Raum. Marmortorbögen, umrahmt von spinnenhaften Farnpflanzen in bemalten Vasen, ließen das Labyrinth dahinter erahnen. In der Mitte standen cremefarbene Diwane, auf denen sich karmesinrote Samtkissen türmten. Cassia, eine der neuen Graces, stieß ein verzücktes Seufzen aus und drückte die Hände an die Brust.

»Hier treffen wir uns vor festlichen Veranstaltungen«, erklärte Ines, »und der Abgesandte des Thronfolgers wird hier auf euch warten, wenn ihr eingeladen wurdet, Malachi privat zu besuchen.«

Nomi schluckte schwer. Festlichkeiten einen Hauch von Eleganz zu verleihen war nicht die einzige Aufgabe einer Grace. Von ihnen wurde auch erwartet, dem Thronfolger privat zu Willen zu sein.

Nomi kämpfte gegen eine Welle von Übelkeit an. Sie sollte Serina dienen, nicht dem Thronfolger. Dafür war sie all die Jahre ausgebildet worden, während Serina gelernt hatte zu tanzen und Harfe zu spielen.

Darauf war sie nicht vorbereitet. Das *wollte* sie nicht.

»Unsere Gemächer sind groß«, fuhr Ines fort. »Ihr könnt die Gärten und Strände des Palasts nach Belieben nutzen, aber ihr dürft diese Räume niemals ohne männliche Begleitung verlassen. Solche kleinen Ausflüge kann ich für euch arrangieren. Hin und wieder reisen wir nach Bellaqua, doch nur zu besonderen Anlässen, und diese Exkursionen werden immer vom Thronfolger oder dem Regenten arrangiert.

Als Graces ist es unsere Aufgabe, anderen zu gefallen, doch es ist ebenso wichtig, dass wir uns gegenseitig unterstützen. Wir *brauchen* einander. Das werdet ihr schon bald sehen.« In Ines' Stimme lag ein seltsamer Unterton, doch Nomi war zu aufgebracht, um die verborgene Botschaft – wenn es denn tatsächlich eine gab – zu entschlüsseln.

Ines führte sie in ein Labyrinth pastellgelb und rosafarben dekorierter Wohnzimmer mit schweren Damastvorhängen und filigranen Möbeln. Gewölbte Türdurchgänge führten in geflieste Badebereiche, auf weiträumige Balkone mit Balustraden aus Marmor, in einen riesigen Speisesaal und in gewaltige begehbare Kleiderschränke, gefüllt mit den schönsten Gewändern und Negligés, die die Textilarbeiter in Lanos je kreiert hatten. Nomi wusste genau, wie kostbar diese Kleider waren – ihre Mutter und so viele andere schufteten sich fast zu Tode, um sie zu schneidern. Serina hatte ihr erzählt, dass die Graces im Luxus lebten, doch das hier übertraf selbst ihre wildesten Vorstellungen.

In jedem Raum spielten Graces *Heilige und Seefahrer* oder stickten, still bewacht von Männern in weißer Uniform. Nomi war sicher, dass diese Männer alles beobachteten, belauschten und dem Regenten berichteten. Manche der Graces spazierten die Terrassen entlang oder unterhielten sich leise bei einer winzigen Tasse dampfend heißen Kaffees. Obwohl sich hier Dutzende Frauen aufhielten, herrschte in den Räumen eine fast unheimliche Stille, die nicht von Gelächter oder lauten Stimmen gestört wurde.

Nomi hasste das alles. Den Exzess. Die Stille. Das aufgesetzte Lächeln, das die Frauen selbst hier zur Schau trugen. Als Dienerin hätte sie in dieser Welt überleben können – unsichtbar zu sein bedeutete ein gewisses Maß an Freiheit –, doch sie würde sich nie zur Ruhe zwingen können wie die Graces. Wie Serina es konnte.

Als Ines den Graces und ihren Dienerinnen schließlich ihre Zimmer zeigte, wankte Nomi vor Erschöpfung, und in ihrem

Kopf schwirrten unzählige Fragen, die in die Stille hinauszustürzen drohten.

»In euren Zimmern stehen Erfrischungen bereit«, sagte Ines. »Zum Frühstück werdet ihr geweckt. Zofen, morgen früh werde ich euch der Obersten Dienerin vorstellen. Sie wird euch eure Pflichten erklären.« Mit fragendem Blick wandte sie sich an Nomi. »Ich nehme an, deine Schwester soll deine Zofe werden? Andernfalls wird dir vom Palastpersonal eine zugewiesen.«

Nomis Zunge war so trocken, dass sie an ihrer Mundhöhle festklebte, doch irgendwie brachte sie mit erstickter Stimme hervor: »Ich will Serina.«

Dann endlich waren die Schwestern allein. In ihrem Schlafzimmer war es kühl, eine stetige Brise wehte durchs offene Fenster herein. Darunter stand ein großes Federbett, dessen schwere goldene Vorhänge gleichzeitig als Gardinen dienten. Kerzen brannten auf der Kommode und erfüllten den Raum mit ihrem zarten Duft: Rosen und Vanille. Neben den Kerzen stand eine Platte mit frischem Obst und Brot. Draußen vor dem Fenster hing der Mond am Horizont, sein Spiegelbild tanzte über die unruhige See. Von dieser Seite des Palazzos sah man nur den endlosen Ozean, nicht Bellaquas Glanz und Pracht.

Nomi wandte sich zu ihrer Schwester um. Sie wollte ihr so viel sagen, doch ihre Kehle war immer noch wie zugeschnürt. Niedergeschlagen sank sie aufs Bett.

»Was ist passiert?« Serina bückte sich, zerrte ungestüm an den Riemchen ihrer Sandalen und riss sie sich von den Füßen.

Nomi schossen Tränen in die Augen. »Ich war draußen auf dem Gang ... Und plötzlich kamen der Thronfolger und sein

Bruder um die Ecke. Sie waren direkt vor mir und …« Sie brach ab, holte tief Luft und fuhr dann stockend fort. »Sie haben mich auf dem falschen Fuß erwischt, und ich … ich wollte das nicht, ehrlich, aber ich hab etwas gesagt, was ich nicht hätte sagen sollen.«

»O Nomi. Wie konntest du nur?«, fuhr Serina sie ungehalten an.

Natürlich war sie wütend. So weit war Nomi noch nie gegangen – noch nie hatte sie sie in so große Gefahr gebracht. Nomi schlug mit der Faust auf das weiche Bettzeug. »Ich wünschte, ich hätte ihn nie gesehen. Das war so ein Schock. Vor allem … nun … vor allem, weil …« Zögerlich holte sie das Buch der Legenden aus ihrer Tasche. Serina würde vor Wut toben, aber es war besser, alle Karten auf den Tisch zu legen, damit sie die ganze Sache klären konnten. Damit sie einen Plan entwickeln konnten. »Da ist auch noch das hier.«

Serina erstarrte. Die Sandalen baumelten an ihren Fingern, mit einem Schlag vergessen. »Wo hast du *das* her?«

»In der Nähe der Waschräume gibt es eine Bibliothek. Ich hab sie gesehen, und … bin einfach reingegangen. Sie war phantastisch. So viele Bücherregale, die bis an die Decke reichen …« Schon allein beim Gedanken daran trat Nomi ein verträumter Ausdruck in die Augen.

»Also hast du beschlossen, einfach eins einzustecken?« Serinas Stimme zitterte vor Wut. »Das ist viel schlimmer als alles, was du bisher getan hast. Freiheraus deine Meinung zu sagen, dich wegzuschleichen … das war schon übel. Aber *das* … ein Buch durch den Palazzo zu schmuggeln, als würde das keinen Mordsärger geben … Hat der Thronfolger es gesehen?« Serinas Wut wich plötzlich nackter Angst.

»Nein. Ich hab es versteckt.« Nomi versuchte, den Kloß in ihrem Hals hinunterzuschlucken. Heftige Scham wütete in ihrem Innern. »Aber meine Frechheit war schlimm genug. Ich habe mit einer Strafe gerechnet, nicht … nicht damit.«

»Es spielt keine Rolle, womit du gerechnet hast.« Serina öffnete die winzige Kommode neben der Schlafpritsche für Dienerinnen und warf ihre Schuhe hinein. Mit einem dumpfen Poltern schlugen sie auf dem Holzboden auf. Nomi zuckte zusammen. »Du hast seine Aufmerksamkeit erregt. Jetzt bist du eine Grace. Gratuliere.«

Nomi konnte die Tränen nicht mehr zurückhalten; sie liefen ihr in Strömen über die Wangen. »Ich wollte das nicht, Serina. Das ist doch keine *Belohnung*. Wir sollten die Möglichkeit haben, frei zu entscheiden!«

»Das *war* meine Entscheidung«, brauste Serina auf.

»Nein.« Nomi zerriss es fast das Herz. »Es ist keine Entscheidung, wenn du nicht nein sagen kannst. Ein Ja bedeutet nicht dasselbe, wenn es die einzige Antwort ist, die du geben darfst!«

»Du bist so naiv.« Das Feuer in Serinas Augen erlosch. Sie griff nach hinten, um den Verschluss ihres Kleids zu öffnen. Nomi eilte ihr zu Hilfe und löste die engen Schnüre von Serinas Korsett.

Serina zog sich aus und schlüpfte in eins der abgetragenen Nachthemden aus Nomis Tasche. Dann sank sie auf die Pritsche. »Ich fasse es nicht, dass das wirklich passiert ist.«

»Wenn du es nicht aushältst, geh nach Hause«, sagte Nomi. Sie hatte Mitleid mit ihrer Schwester, aber das hieß nicht, dass sie sie verstand. Warum war sie nicht *erleichtert*? Nomi zog ihr Kleid aus und streifte das andere Nachthemd über. »Du musst nicht meine Zofe werden.« Doch bei dem Gedanken durchzuckte sie die kalte Angst. Sie wollte nicht nur, dass Serina bei ihr blieb. Sie *brauchte* ihre Schwester, wenn sie das hier überleben wollte. »Ausnahmsweise einmal hast du die freie Wahl.«

»Das verstehst du unter freier Wahl?« Serina lachte bitter. »Ich liebe dich, Schwesterherz, auch wenn du mich rasend machst. Ich würde dich nie mit so etwas allein lassen.«

»Vater würde einen reichen Mann finden, der dich heiratet«, beharrte Nomi. »Du könntest Kinder kriegen.«

Serina streckte sich auf der Pritsche aus und schloss die Augen. »Ich lasse dich nicht im Stich«, sagte sie in einem Ton, der keine Widerrede duldete.

Nomis Herz schmerzte vor Angst und Reue. Sie sah zu dem großen Bett am Fenster und dann zurück zu ihrer Schwester. Mehr als alles andere auf der Welt wünschte sie sich, sie wären wieder in ihrem kleinen Zimmer in Lanos, Seite an Seite unter ihre Bettdecke gekuschelt. »Willst du mit mir im Bett schlafen? Hier ist genug Platz.«

Doch Serina drehte sich auf die Seite, mit dem Rücken zu ihr. Die Botschaft war klar: Sie würde ihre Schwester nicht im Stich lassen, aber sie hatte ihr auch nicht verziehen.

Nomi legte sich alleine ins Bett.

Die ganze Nacht ging ihr Atem so schwer, als wäre ihre Brust in Stahl eingeschlossen.

Ich bin eine Grace.

5
SERINA

Als der Morgen graute, war Serina bereits auf den Beinen, verschlafen und hungrig, und hörte zu, wie die Oberste Dienerin lang und breit erklärte, wohin dreckiges Geschirr gebracht werden musste, was sie aus der Küche für Nomi anfordern durfte und wo die Utensilien zum Putzen ihres Schlafzimmers zu finden waren. Jeder Dienerin wurden Aufgaben in den Gemeinschaftsräumen zugeteilt – Staubwischen, Fegen, Kleider in die Reinigung schicken ... eine schier endlose Liste. Während des Vortrags hatte Serina immer wieder gegen Panik ankämpfen müssen. Sie sagte sich, dass sie schnell dazulernte. Sie konnte lernen, eine Dienerin zu werden, genau wie sie gelernt hatte, auf das Leben einer Grace vorbereitet zu sein.

Die Oberste Dienerin führte Serina und die anderen Neuankömmlinge in einen großen Raum, in dem sich Hunderte von Kleidern befanden, riesige Schuhregale und Truhen voller feiner Spitzenunterwäsche. »Sucht euch Kleider heraus, von denen ihr denkt, sie würden eurer Grace stehen«, befahl sie. »Es gibt verschiedene Größen; wenn etwas geändert werden muss, lasst es mich wissen, damit ich einen Termin mit unserer Schneiderin vereinbaren kann.« Sie öffnete eine Tür am anderen Ende des Raums und gab den Blick frei auf eine kleine Kammer, gesäumt mit hohen Regalen. »Eure Uniformen findet ihr hier. Ihr dürft euch alle drei Paar nehmen. Einmal die Woche könnt ihr sie in die Reinigung bringen.«

Serina ging zwischen den wunderschönen Kleidern umher und ließ die Finger über Seide und Spitze streichen. Sie suchte ein weiches grünes Kleid aus, das Nomis Hautfarbe schön zur Geltung bringen würde, und ein schwarzes, mit Silber durchwobenes Gewand. Während sie sich ein Kleid nach dem anderen auf den Arm lud und die feinen Stoffe fest an sich drückte, musste sie unwillkürlich an ihre Mutter denken.

Mama Tessaro hatte Serina so hart angetrieben, seit sie erkannt hatte, dass ihre Tochter zu einer Schönheit heranwachsen würde. Sie hatte Serina nie erlaubt, an sich oder ihrer Fähigkeit, eine Grace zu werden, zu zweifeln. Hatte nie zugelassen, dass sie ihre Schutzmauern fallen ließ, dass sie den Blick hob oder irgendetwas anderes war als anmutig, beherrscht und gehorsam. Und weil ihre Mutter so auf Serina fokussiert gewesen war, war ihr entgangen, was aus Nomi wurde.

Sie hatte nicht gemerkt, wie wütend es Nomi machte, dass sie nicht wie Renzo zur Schule gehen durfte. Sie wusste nichts von Nomis rebellischer Ader, von ihrer Überzeugung, dass sie dieselbe Behandlung und dieselben Rechte verdiente wie ihr Bruder, der ein paar Minuten nach ihr auf die Welt gekommen war. Nomi hatte immer so sein wollen wie Renzo, weil sie ihn um die Freiheiten beneidete, die er als Junge hatte. Wenn ihre

Mutter darüber im Bilde gewesen wäre, wie hätte sie dann wohl reagiert? Vermutlich hätte sie Nomi eigenhändig bestraft. Oder schlimmer noch, sie ausgeliefert. Doch Mama Tessaro hatte nur gesehen, was sie sehen wollte: Serinas Schönheit. Nomis Nützlichkeit.

Aber Serina hatte es gesehen. Sie wusste, dass ihre Schwester mehr gelernt hatte, als nur eine Dienerin zu sein. Doch auf das Dasein als Grace war Nomi gewiss nicht vorbereitet worden. Und damit meinte sie nicht das Tanzen, Sticken und Harfespielen. Denn was Nomi davon abgesehen nie gelernt hatte, war eins: Gehorsam.

Nicht wie Serina.

Er hätte mich wählen sollen.

Serina nahm sich drei Uniformen und legte noch einige Paar Schuhe obendrauf. Zurück im Schlafzimmer hängte sie die Gewänder vorsichtig in den Schrank und breitete das geblümte Kleid am Fuß von Nomis Bett aus. Dann schüttelte sie ihre Schwester an der Schulter.

Nomi erwachte langsam, und als sie sich aufsetzte, sah Serina die getrockneten Tränen auf ihren Wangen. Sie wusste, dass Nomi den Großteil der Nacht wachgelegen hatte, sie hatte gehört, wie sie sich seufzend herumwälzte. Ein Teil von ihr wollte ihre Schwester umarmen, sie fest an sich drücken und ihr versichern, dass alles gut werden würde. Doch sie war noch zu wütend, ihr Stolz zu verletzt.

»Wir müssen dich zurechtmachen«, sagte sie unwirsch, ging in das kleine Badezimmer und kehrte mit einem feuchten Tuch zurück, um ihrer Schwester das Gesicht zu waschen.

»Das alles war nicht nur ein Traum«, murmelte Nomi. Es war keine Frage, doch sie starrte ihre Schwester mit großen Augen an, als flehte sie sie stumm an, ihr zu widersprechen.

Serina schüttelte den Kopf. »Nein, war es nicht.«

Nomis Augen röteten sich, als würde sie jeden Moment wieder in Tränen ausbrechen.

Serina schob sie zum Waschraum. »Du musst in fünfzehn Minuten beim Frühstück auf der Terrasse sein und anschließend zur Kleideranprobe.«

»Ich brauche einen Moment«, erwiderte Nomi und rieb sich die Stirn. »Ich ... ich glaube, ich kann nichts essen.«

»Das steht nicht zur Debatte.« Serina drückte ihrer Schwester das geblümte Kleid in die Hand.

Sonst war es immer Nomi gewesen, die Serina in hübsche Kleider half, sie schminkte und ihre Haare richtete. Dass ihre Rollen jetzt vertauscht waren, fühlte sich völlig falsch an. Sie durfte nicht darüber nachdenken.

Nomi starrte das Kleid fassungslos an. »Das kann ich nicht tragen. Es ist fast durchsichtig.«

»Ist es nicht. Es ist sehr geschmackvoll.« Serina stemmte die Hände in die Hüften. »Du bist keine Dienerin mehr. Du musst dich verführerisch kleiden. Du musst ...«

»Ich will aber niemanden verführen«, fiel ihr Nomi ins Wort. »So ein Kleid würde ich nie tragen.«

»Mag sein, aber *ich* schon«, entgegnete Serina in ausdruckslosem Ton.

Einen Moment herrschte angespanntes Schweigen, dann stieß Nomi ein frustriertes Schnauben aus und tat, wie ihr geheißen.

Das Kleid war ein bisschen groß, doch Serina schlang ein Zierband um Nomis Taille, direkt unterhalb ihrer Brüste, und band es in ihrem Nacken zusammen. Das provisorische Bustier betonte ihre Rundungen.

»Ich kann kaum atmen«, beschwerte sich Nomi.

»Ich hab seit Jahren nicht mehr richtig eingeatmet«, fuhr Serina sie ärgerlich an. »Du gewöhnst dich schon daran.« Sie schlüpfte in ihr eigenes schlichtes braunes Kleid mit weißer Schürze. Der Stoff war kratzig und die Farbe absolut scheußlich.

Als sie ihre Schwester dazu bewegt hatte, sich an den Schminktisch zu setzen, und die Kosmetiktasche öffnete, nahm sich Nomi einen Kohlestift. »Ich mach das«, sagte sie. »Du weißt nicht, wie das geht.« Jahrelang war immer Nomi diejenige gewesen, die Serina schminkte.

»Du musst es mir beibringen.« Serina kam nicht umhin, ihr Spiegelbild mit dem ihrer Schwester zu vergleichen und sich zu fragen, was den Ausschlag zu ihren Gunsten gegeben hatte. In den klaren, bernsteinfarbenen Augen ihrer Schwester loderte mehr Feuer als in ihren dunkelbraunen, aber Serinas Haut war makellos, ihr Haar dicht und glänzend. Nomis Wangen hatten eine rötliche Färbung, und ihre Lippen waren fest zusammengepresst, wodurch sie schmaler wirkten. Sie sah müde und nervös aus und so, so jung.

»Beton deine Augen«, riet Serina ihr. »Sie sind dein stärkstes Merkmal.« Sie setzte sich auf die Bettkante. Vermutlich sollte sie eigentlich das Bett machen und das Zimmer aufräumen, aber stattdessen sah sie Nomi zu, wie sie sich schminkte.

Als sie fertig war, warf sie ihrer Schwester im Spiegel einen verdrossenen Blick zu. »Ich sehe lächerlich aus mit so viel Schminke im Gesicht.«

»Du siehst gut aus.« Serina stand auf und bürstete Nomi die Haare. Die Spitzen waren trocken, und der Rest würde eine Kur benötigen, um richtig zu glänzen. Aber ihre Haare waren ebenso dicht wie Serinas. Sie half Nomi, sie zu einem ordentlichen Knoten im Nacken zusammenzubinden. Dann bestand ihre Schwester darauf, Serina die Haare zu flechten.

Jetzt passten sie zumindest dem Aussehen nach in ihre Rollen: Serina, die Dienerin, Nomi, die Grace.

Doch sie hatten beide missmutig die Stirn in Falten gelegt.

»Geh schon mal vor«, sagte Serina. »Ich muss noch aufräumen.«

Nomi rührte sich nicht von der Stelle. »Serina? Es tut mir so unendlich leid.«

Die Angst in ihren Augen brach Serina fast das Herz. Sie wusste, dass sie irgendetwas Beruhigendes sagen sollte, dass sie nicht so abweisend sein sollte. Aber sie musste sich auch erst noch an ihre neue Realität gewöhnen.

Mit einem tiefen Seufzen antwortete sie: »Ich weiß.«

Nomis Blick im Spiegel fiel auf irgendetwas hinter Serinas Schulter. Sie drehte sich um und erblasste. Serina folgte ihrem Blick und sah es ebenfalls: das Buch, mitten auf dem Nachttisch, wo jeder es sehen konnte.

Serina warf ihrer Schwester einen mahnenden Blick zu, eilte hinüber und griff es sich hastig. »Du musst es verstecken. Oder es aus dem Fenster werfen. Es ist gefährlich, Nomi.«

Sie hielt das Buch ihrer Schwester hin, doch als sie den Einband sah, zögerte sie. Warum wirkte es so vertraut? Sie sank aufs Bett und strich mit der Hand über die darauf eingeprägten Buchstaben. Nomi setzte sich neben sie. »Das Buch der Legenden. Genau das gleiche, das Renzo hatte. Ich hab es gesehen und konnte einfach nicht anders. Hier ist alles so fremd, aber als ich es entdeckt habe … hatte ich das Gefühl, als hätte ich ein kleines Stück Heimat gefunden.«

Die Worte ihrer Schwester stimmten Serina fast gegen ihren Willen sanfter. Sie erinnerte sich an all die Nächte, in denen Nomi und Renzo ihr heimlich vorgelesen hatten, ihre Stimmen so hell wie Kerzenflammen, ein Leuchtfeuer in der Dunkelheit. Serina schlug das Buch auf und sah die erste Geschichte. »›Die Unzertrennlichen‹, richtig? Das war immer mein Lieblingsmärchen.«

Nomi lächelte. »Ich sollte es dir so oft vorlesen, dass du es irgendwann auswendig konntest.«

Ein trauriger Ausdruck trat in Serinas Gesicht, als sie die Worte anstarrte, die sie nicht entziffern konnte. Die Vergangenheit drückte sie nieder; ein bleischweres Gewicht auf ihrem Herzen. »Ich frage mich, ob ich das immer noch kann.«

»Versuch es«, ermunterte sie ihre Schwester.

Serina schloss die Augen und versetzte sich in Gedanken zurück in die kerzenerleuchtete Ecke von Renzos Zimmer. »Lange bevor unsere Urahnen das Licht der Welt erblickten, gab es hier kein Land«, murmelte sie – die Erinnerung schlummerte tatsächlich noch tief in ihrem Innern. »Viridia existierte noch nicht, und das Meer wogte unaufhörlich über die endlosen Weiten des Nichts, denn es gab kein Ufer, an das es sich werfen konnte, keine Klippen, an denen es …«

Plötzlich ging die Tür auf. Serina riss erschrocken die Augen auf, doch die Worte waren aus ihrem Mund, ehe sie sie aufhalten konnte: »... sich brach.«

»Nomi, du solltest ...« Ines verstummte abrupt, als ihr Blick auf Serina fiel – auf das Buch in ihren Händen. Hinter ihr stand einer der weiß uniformierten Männer. »Was macht ihr da?«

»Wir haben ...«, setzte Serina an, stockte dann aber. Was sollte sie schon sagen?

Der Bedienstete des Regenten trat vor.

»Komm mit, Serina.« Ines' Gesicht nahm einen harten, unerbittlichen Ausdruck an.

Serina rutschte vom Bett, das Buch baumelte in ihrer schlaffen Hand. Der Mann entriss es ihr.

»Wartet!«, rief Nomi verzweifelt. »Ihr versteht das nicht. Das ist ...«

Doch ehe sie den Satz beenden konnte, wurde Serina weggezerrt, Nomis Hände griffen ins Leere. Als der Wachmann sie aus dem Raum schleifte, versuchte Serina, sich noch einmal zu Nomi umzudrehen. Sie kämpfte gegen die Hände an, die sie festhielten. Kämpfte mit aller Kraft darum, noch einen letzten Blick auf ihre Schwester zu erhaschen.

Nomi schlang die Arme um sich, die Tränen liefen ihr in Strömen über die Wangen. Sie sah zu klein aus, wie sie ganz alleine in dem riesigen Raum stand, überragt von dem gigantischen Himmelbett. Auf einmal wurde Serina bewusst, dass sie Nomi noch nie ohne jemanden an ihrer Seite gesehen hatte – ohne Renzo oder ihre Mutter oder Serina selbst. Noch nie zuvor war Nomi so fürchterlich, unentrinnbar allein gewesen.

Mit einem donnernden Krachen schlug die Tür zwischen ihnen zu.

Serina wartete in einem kleinen, schwach beleuchteten Raum in den Tiefen des Palasts auf die Verkündung ihrer Strafe. Vermutlich würde der Regent ihr nicht erlauben, Nomis Dienerin zu bleiben. Doch vielleicht würde er sich nach einer gewissen Bewährungszeit bereiterklären, sie wieder anzustellen. Oder vielleicht würde er sie einfach auspeitschen lassen und ihr dann erlauben, weiter ihren Pflichten nachzugehen.

Nicht einmal im Traum hätte sie sich je vorstellen können, dass sie eines Tages darum beten würde, ausgepeitscht zu werden.

Sie hatte niemandem verraten, dass es Nomi gewesen war, die das Buch genommen hatte, oder dass ihre Schwester lesen konnte. Ines hatte sie ohnehin schon bei einer unerlaubten Handlung erwischt, also hätte sie damit nur erreicht, dass sie beide verhaftet wurden.

Wenn ich das Buch gleich versteckt hätte ...

Wenn Nomi es gar nicht erst gestohlen hätte ...

Die sinnlosen »Was-wäre-wenn«-Szenarien schwirrten ihr unaufhörlich im Kopf herum, verfolgten sie, während sie rastlos in dem kleinen Raum auf und ab lief.

»Serina Tessaro.« Ein großer Mann in der grünen Tracht eines Dieners entriegelte die Tür. »Der Regent empfängt dich jetzt.«

Ihr Herz setzte einen Schlag aus und schlug dann umso schneller.

Der Mann führte sie in einen Teil des Palasts, der weit entfernt von den Gemächern der Graces lag, doch sie spähte dennoch durch jede Tür und um jede Ecke, in der Hoffnung, Nomi irgendwo zu sehen.

Endlich wurde der Diener langsamer. Sie erwartete einen Empfangssaal, irgendetwas Imposantes. Doch stattdessen führte er sie in einen kleinen Raum, gesäumt von Bücherregalen.

Die Bibliothek.

Der Regent saß auf einem Ledersessel am Fenster. Sein Gesicht hatte eine gräuliche Färbung, und er war so dünn, dass die Knochen sich durch seine Haut zu bohren schienen. Doch seine Augen loderten.

»Serina Tessaro«, sagte er, seine Stimme kalt und schneidend wie ein frostiger Wind. Sie bekam eine Gänsehaut. »Meine Oberste Grace sagt, du könntest lesen.«

Serina senkte den Blick auf den gefliesten Boden. Sie konnte sich nicht regen, nicht antworten. Sie konnte kaum atmen. Er hatte nichts Bedrohliches gesagt – noch nicht –, aber er beobachtete sie mit stechendem Blick wie ein Falke. Als wäre sie seine Beute.

»Wer hat dir das beigebracht?«, fragte er, und etwas Feuer schlich sich in seinen eisigen Ton.

»Niemand«, flüsterte Serina.

Der Regent setzte sich anders hin, und Serina hörte das Knirschen und Knacken, mit dem seine Knochen übereinanderschabten. Ihr kam die Galle hoch. »Dein Vater? Ein Cousin?«

O Nomi. Was hast du getan?

Serina schüttelte kläglich den Kopf. Sie musste irgendetwas

sagen. Sie musste lügen. Sie konnte nicht zulassen, dass er ihre Familie bestrafte. »Ich … ich habe es mir selbst beigebracht«, stammelte sie. »Ich habe Bücher geklaut.«

Einen Moment herrschte Schweigen, nichts war zu hören außer dem leisen Rauschen des Meeres, das durch das offene Fenster drang.

Leder quietschte, als der Regent sich zurücklehnte. »So, wie du meins gestohlen hast.«

Serina ließ den Kopf hängen, wie gelähmt vor Angst. Jeder Atemzug, den der Regent nahm, fühlte sich an wie ein Pfeil, den er auf sie abschoss.

»Und deine Schwester? Teilt sie deine … Vorlieben? Schwestern sind sich oft sehr ähnlich, wie ich höre.«

Stumm schüttelte Serina den Kopf. Ein Teil von ihr wollte seine Frage bejahen und Nomi die Konsequenzen ihrer Taten tragen lassen. Doch das konnte sie ihrer Schwester nicht antun. Dann würden sie nur beide bestraft werden. »Sie kann nicht lesen, Eure Eminenz. Bis heute wusste sie nicht einmal, dass ich es kann. Bitte … bitte. Sie hatte nichts damit zu tun.«

»Hm.« Ein paar Minuten lang sagte der Regent nichts.

Serina konnte nicht aufsehen, sie ertrug nicht einmal das regelmäßige Zischen seines Atems: ein und aus. Ein und aus.

Bitte, bitte lass mich auspeitschen, betete sie inständig.

Doch noch bevor der Regent ihre Strafe verhängte, wusste sie instinktiv, dass es viel schlimmer kommen würde.

6
NOMI

Allein in ihrem Zimmer hob Nomi ihre Tasche auf und schleuderte sie in wilder Rage an die Wand. Der dumpfe Aufprall brachte sie nur noch mehr zum Weinen, völlig außer sich vor Angst um ihre Schwester und sich selbst. Ihr leerer Magen rumorte. Sie kletterte aufs Bett und legte sich in die Kuhle, die der Körper ihrer Schwester in der wolkenweichen Bettwäsche hinterlassen hatte. Sie rollte sich zusammen, schloss die Augen und versuchte, alle Gedanken auszublenden. All die Reue, die sie zu überwältigen drohte.

Doch stattdessen klang die Stimme ihrer Schwester in ihrer Erinnerung nach. *Lange bevor unsere Urahnen das Licht der Welt erblickten, gab es hier kein Land.*

An einem anderen Abend vor etwa einem Jahr hatte Serina genau diese Geschichte aus Spaß erzählt. Nomi und sie hatten sich auf dem Boden ihres kleinen Schlafzimmers unter eine von Mamas Decken gekuschelt. Renzo sollte eigentlich seine Rechenaufgaben machen, doch er lauschte ebenfalls, auf die Ellbogen zurückgelehnt, die Beine vor sich ausgestreckt, so dass sie die gegenüberliegende Wand berührten.

Eines Abends, als die Sonne sich dem Horizont entgegensenkte und der Mond aus seinem Schlummer erwachte, hatte Serina aus dem Gedächtnis rezitiert – die Gesangsstunden, die sie seit kurzem nahm, verliehen ihrer Stimme einen honigsüßen, sanften Klang –, *flogen zwei Vögel den Weg entlang, den die untergehende Sonne aufs Wasser zeichnete. Sie wankten und taumelten, ihre ramponierten Flügel trugen sie kaum noch. Immer wieder geriet einer von ihnen ins Straucheln und stürzte dem Wasser entgegen, mit seinen Kräften am Ende. Und jedes Mal tauchte der andere ab, fing seinen Partner auf und trug ihn eine Weile auf dem Rücken.*

So reisten die beiden Vögel viele Meilen weit, bis der Weg der Sonne verschwand und der Silberpfad des Mondes erschien. Der weite Ozean wogte und tanzte unter ihnen, fasziniert von ihrer offensichtlichen Liebe füreinander. Der Ozean hatte noch nie etwas so sehr geliebt, dass er sich das Überleben eines anderen aufbürdete. Er verstand nicht, warum die Vögel nicht für sich selbst kämpften – warum der Stärkere den Schwächeren nicht einfach zurückließ und allein weiterflog.

Der Ozean brauchte eine Weile, um zu begreifen, dass die Vögel es allein nie so weit geschafft hätten, fuhr Serina fort und schlang einen Arm um Nomis Schultern. *Dass ihre Liebe, ihr Opfer ihnen beiden Kraft verlieh. Als die beiden Vögel, ihr leuchtend rotgrünes Gefieder beschmutzt von der langen Reise, sich schließlich nicht mehr in der Luft halten konnten, hatte der Ozean Erbarmen mit ihnen. Um sie für ihre Standhaftigkeit zu belohnen, ließ er Land aus seinen Tiefen aufsteigen – gigantische, saftig grüne Hügel mit frischem, sauberem Wasser, hoch aufragenden Zypressen und so viel Obst, Beeren und Samen, wie sie sich nur wünschen konnten. Die Unzertrennlichen landeten auf den schattigen, kühlen Ästen eines Olivenbaums, legten ihre müden Flügel umeinander und vergruben den Schnabel im Gefieder des anderen. Endlich konnten sie sich ausruhen.*

Damals war das nur eine Geschichte gewesen, doch jetzt spürte Nomi ihre Bedeutung tief im Innern. Serina liebte sie genauso sehr – so sehr, dass sie bereit war, sich für ihre Schwester zu opfern. Sie hätte sagen können, dass es nicht ihr Buch war. Sie hätte sagen können, dass Nomi lesen konnte, nicht sie selbst. Aber das hatte sie nicht. Sie konnte es nicht, weil Nomi sonst auch verhaftet worden wäre.

Sie wusste nicht, was mit Serina geschehen war oder ob sie zurückkommen würde. Doch sie war sich absolut sicher, dass ihre Schwester sie beschützt hatte, wie sie es immer tat. Nomi machte die Fehler. Serina bügelte sie aus.

Nomi schlang die Arme fester um sich, von Kummer und Schuldgefühlen überwältigt.

Irgendwann schlief sie ein, das Bettlaken unter ihrer Wange feucht von ihren Tränen, und träumte, ihre Schwester würde sie in den Armen halten.

Als sie erwachte, beugte sich jemand über sie.

»Serina?«, murmelte sie heiser.

»Es ist Zeit aufzustehen«, sagte eine sanfte Stimme. »Ihr habt den ganzen Tag geschlafen.«

Nomi fuhr im Bett hoch, als die Realität schlagartig über sie hereinbrach.

Das Mädchen trat zurück, um ihr etwas Freiraum zu geben.

»Tut mir leid«, sagte sie. »Ich wollte Euch nicht erschrecken.« Sie war etwa in Nomis Alter, mit einer zierlichen Figur, leicht gebräunter Haut und einem kleinen, spitzen Gesicht. Ihre hellbraunen Haare hingen ihr zu einem Zopf geflochten weit über den Rücken, und sie hielt die Hände auf Hüfthöhe ineinander verschränkt. Sie hatte nichts Außergewöhnliches an sich, nichts Beachtenswertes, abgesehen davon, dass sie nicht Serina war.

»Ich bin Angeline, Eure neue Dienerin«, sagte sie und verbeugte sich leicht. »Ich habe Euch etwas zu essen gebracht. Das Mittagessen wurde schon vor einer Weile serviert.« Sie deutete auf einen Teller Gebäck auf dem Frisiertisch. »Die Mandelschnecken mag ich am liebsten. Habt Ihr die schon mal probiert? Sie sind eine bellaquianische Spezialität.«

Nomi blickte sich um, desorientiert vom spätnachmittäglichen Licht, das durchs Fenster hereinschien. Die Kleider aus ihrer Tasche lagen ordentlich zusammengefaltet auf einem gepolsterten Stuhl in der Ecke. »Wo ist meine Schwester?«

Sonnenlicht flutete ihr Bett, und eine sanfte Brise wehte durchs offene Fenster herein. Im Hintergrund war das beständige Rauschen des Meeres zu hören. Das alles machte sie krank: der prächtige Raum, das bequeme Bett, ja selbst das schöne Wetter. Sie fühlte Serinas Abwesenheit wie den Verlust eines Körperteils. Wie sollte sie hier ohne ihre Schwester überleben?

Angeline schüttelte den Kopf. »Das weiß ich nicht, tut mir leid. Sie haben mich aus Bellaqua hergebracht und mir gesagt, ich solle Euch helfen ... Mehr weiß ich nicht.«

Nomi sprang auf, wild entschlossen, Ines zu finden – oder irgendjemanden, der es wusste –, doch die plötzliche Bewegung ließ ein Farbfeuerwerk vor ihren Augen explodieren. Sie schwankte.

»Ihr müsst etwas essen«, sagte Angeline, legte Nomi zaghaft eine Hand auf den Arm und zog sie zum Frisiertisch. »Ines sagt, Ihr hättet auch das Frühstück verpasst. Ihr müsst völlig ausgehungert sein.«

Nomi sank auf den schmiedeeisernen Stuhl. Sie wollte das Gebäck und den blassrosafarbenen Saft in seinem gekühlten Kristallglas ablehnen, doch sie hatte seit dem gestrigen Morgen nichts mehr gegessen. Widerwillig genehmigte sie sich einen Bissen – das Butterhörnchen zerging ihr auf der Zunge. Angeline zog sich hinter die halbgeöffnete Tür zurück, damit sie ungestört war. Einen Moment hatte Nomi das Gefühl, als wäre die Dienerin eine Wärterin und dieser Raum ein Gefängnis.

Das Gebäck zerfiel in ihrem Mund zu Staub, und plötzlich bekam sie es kaum herunter. Sie musste herausfinden, wohin Serina gebracht worden war, was mit ihr geschehen würde. Nomi hatte nie gehört, dass eine Frau beim Lesen erwischt worden war; sie hatte keine Ahnung, worin die Strafe für ein solches Verbrechen bestand. Im besten Fall musste sie hier im Palast irgendeine niedere Tätigkeit verrichten. Dann wäre ihre Schwester zumindest in der Nähe.

Nomi stand langsam auf, um einen weiteren Schwindelanfall zu vermeiden, und ging zur Tür. »Angeline«, sagte sie, »ich würde gerne mit Ines reden.«

Angeline senkte den Blick. »Es tut mir leid, aber ich soll Euch zum Baderaum bringen.«

Nomi öffnete den Mund, um zu protestieren, schloss ihn

dann aber wieder. Sie konnte nicht einfach durch die Palastgänge stürmen und verlangen, dass ihr jemand sagte, was mit Serina geschehen war. Es würde ihrer Schwester nicht helfen, wenn sie Verdacht erregte. Sie musste den richtigen Moment abwarten.

»Na schön«, sagte sie.

Angeline führte Nomi an einigen leeren Sitzbereichen vorbei und über eine Terrasse, bis sie schließlich einen Raum erreichten, dessen hohe, gewölbte Glasdecke mit kunstvollem Metalldekor verziert war, das im Licht der Sonne glitzerten. In den mit Schiefer gefliesten Boden war ein großes Becken mit dampfend heißem Wasser eingelassen. Beim Anblick von derartigem Luxus musste Nomi unwillkürlich an die kleine, schmutzige Wanne bei ihnen zu Hause denken, mit den ächzenden Rohren und den zwei Minuten Warmwasser pro Tag. Serina hatte immer zuerst gebadet – diese zwei Minuten hatten ihr gehört.

Nur mit Mühe konnte Nomi die Tränen zurückhalten.

Die beiden anderen neuerwählten Graces saßen bis zum Hals im Wasser, während ihre Dienerinnen am Beckenrand knieten und ihnen die Haare wuschen und auskämmten. In einer Ecke nahe der Tür stand ein Bediensteter des Regenten mit dem Rücken zum Becken, um den Schein von Privatsphäre zu wahren.

Nachdem Angeline ihr geholfen hatte, ihr zerknittertes Kleid auszuziehen, ließ sich Nomi in das flache Becken sinken und stieß ein tiefes Seufzen aus, als das Wasser sie umfing. Während ihre Dienerin eine schwindelerregende Fülle von Seifen und Lotionen hervorkramte, tunkte Nomi ihre Haare unter Wasser.

»Ah, unsere kleine Einsiedlerin«, sagte Cassia, das blonde Mädchen, als sie wieder auftauchte. »Du verpasst schon am ersten Tag zwei Mahlzeiten und unser Training? Machst du dir keine Sorgen, dass der Thronfolger davon erfährt?«

»Das ist mir egal«, brauste Nomi auf. Was spielte es für eine Rolle, ob der Thronfolger unzufrieden mit ihr war? Sie hatte größere Sorgen. »Meine Schwester Serina wurde heute Morgen weggebracht. Habt ihr sie gesehen? Oder irgendetwas darüber gehört?«

Cassia zog gespielt besorgt die Stirn in Falten, und ihre enzianblauen Augen weiteten sich. »Es gab Gerüchte über einen ... Zwischenfall. Jemand sagte, sie sei aus dem Palast fortgeschafft worden.«

Fortgeschafft.

Hatten sie Serina nach Lanos zurückgeschickt? Nomi stellte sich vor, wie sie entehrt nach Hause zurückkehrte. Ihre Eltern würden sie mit Nichtachtung strafen. Ihre Chancen, einen reichen Mann zu heiraten, würden sich in Luft auflösen. Wahrscheinlich würde ihr nichts anderes übrigbleiben, als in der Textilfabrik zu arbeiten. Nur Renzo würde versuchen, sie zu trösten, doch selbst er könnte ihr nicht helfen.

»Wer hat euch das gesagt?«, wollte Nomi wissen.

Cassia zuckte die Achseln, dass sich die schimmernde Wasseroberfläche kräuselte. »Eine der Graces des Regenten. Rosario scheint jedes Geheimnis hier zu kennen.«

»Nicht jedes«, murmelte Maris. Ihre schwarzen Haare waren zurückgekämmt und gaben den Blick frei auf ihre hohen Wangenknochen, elfenbeinfarbene Haut und leuchtend braunen

Augen. Als sie merkte, dass Nomi sie ansah, sagte sie lauter und deutlicher: »Rosario wusste nicht, ob deine Schwester krank ist oder ob sie etwas verbrochen hat. Ist alles in Ordnung?«

Ein scharfer Schmerz durchfuhr Nomi. Sie wünschte, sie wüsste es. Doch wenigstens klang Maris' Sorge aufrichtig, im Gegensatz zu Cassias. »Serina ist nicht krank«, war alles, was sie herausbrachte. Angeline wusch ihr stillschweigend die Haare, ihre Gegenwart eine schmerzliche Erinnerung, dass Serina, wo immer sie auch sein mochte, nicht zurückkommen würde. Jedenfalls nicht in nächster Zeit.

»Was für eine Erleichterung«, sagte Cassia in süßlichem Ton. Sie schüttelte ihre silberblonden Haare aus, die umherfliegenden Tropfen wie kleine Nadelstiche auf Nomis Haut, und stieg aus dem Becken. »Allerdings«, fuhr sie fort und legte den Kopf schräg, als wäre ihr das gerade erst eingefallen, »bedeutet das ja, dass sie etwas verbrochen hat, nicht?«

Nomi verbiss sich eine Antwort und schluckte ihre Wut hinunter, obwohl es sie Mühe kostete. Cassia wirkte sehr zufrieden mit sich, während sie sich von ihrer Dienerin in einen Bademantel hüllen ließ.

Als sie weg war, beugte sich Nomi vor, vergrub das Gesicht in den Händen und stöhnte. »Warum bereitet ihr das alles ein solches Vergnügen?«

»Sie glaubt, dass sie von einem Skandal profitiert«, erklärte Maris. »Der Thronfolger wird eine Favoritin wählen, und Cassia hofft, dass er sich für sie entscheidet. Sie strebt danach, seine Oberste Grace zu werden.«

»Du meinst, sie will den nächsten Thronfolger zur Welt bringen?« Nomi schauderte. Wie konnte sich jemand *das* zum Ziel setzen? »Von mir aus kann sie ihn gerne haben.«

Maris' dunkle Augen blitzten, doch bevor sie irgendetwas erwidern konnte, erspähte Nomi die Oberste Grace durch die Tür.

Nomi sprang so hastig aus dem Becken, dass sie Maris nassspritzte. Angeline eilte ihr mit einem Bademantel nach.

»Ines, wartet!« Ihre Stimme hallte zu laut wider.

Ines blieb stirnrunzelnd im Gang stehen.

»Ihr müsst mir sagen ...«, setzte Nomi an.

Ines packte sie wortlos am Arm und zog sie den Gang hinunter. Schließlich machte sie vor einer unbesetzten Sitzgruppe halt. Ein paar letzte Sonnenstrahlen stahlen sich durch die geöffneten Fenster, die sie umgehend schloss.

»Du darfst mich *niemals* derart angehen«, wies sie Nomi streng zurecht. »Kein Geschrei, keine Fragen. *Vor allem*, wenn die Männer des Regenten uns sehen können. Hast du das verstanden?«

»Was ist mit meiner Schwester passiert?«, fragte Nomi unbeirrt.

»Lass gut sein. Du hast Glück, dass der Regent dich nicht auch bestraft hat.«

Nomi hätte diejenige sein sollen, die bestraft wurde. Es war *ihr* Buch. Ihr Verbrechen. »Das Buch ... es war nicht ...«, setzte sie an, am ganzen Körper zitternd.

»Deine Schwester hat die Verantwortung für ihre Taten übernommen«, unterbrach Ines sie. »Nichts, was du sagst, wird ihr Schicksal ändern.«

»Aber ...«

»*Nichts*. Was geschehen ist, ist geschehen.« In Ines' Augen blitzte eine unausgesprochene Warnung. Wenn Nomi die Wahrheit sagte, würde Serina als Lügnerin entblößt, und darauf stand ebenfalls eine schlimme Strafe. »*Du* kannst nichts anderes tun, als aufzuhören, Fragen zu stellen, und die Regeln zu befolgen. Das ist jetzt dein Leben, ob es dir gefällt oder nicht.«

Mit diesen Worten verließ Ines das Zimmer und ließ Nomi am Boden zerstört zurück.

7
SERINA

Das Schiff schwankte so stark, dass Serina und die anderen Gefangenen hart gegen die rutschige Metallreling geworfen wurden. Ihr Körper schmerzte von dem ständigen Ziehen an ihren gefesselten Handgelenken, die an einem rostigen Ring direkt unterhalb der Reling festgemacht waren. Tränen gesellten sich zu dem Salzwasser auf ihren Wangen, als sie sich mühsam umdrehte und zusah, wie Bellaqua hinter ihr immer kleiner wurde.

Sie hatte gewusst, dass der Regent sie bestrafen würde; dass eine Frau lesen konnte, war ein schweres Verbrechen. Aber *damit* hatte sie nicht gerechnet.

Nichts fühlte sich real an, außer dem Schmerz in ihren Armen und der kalten Gischt, die ihr ins Gesicht spritzte. Ihr ganzes Leben lang hatte sie Angst gehabt, was Nomis Rebellion für Folgen haben würde. Ein gebrochenes Gesetz, eine gnadenlose Bestrafung.

Doch sie hätte sich nie vorstellen können, dass *sie* diejenige sein würde, die in Ketten abgeführt wurde.

Nomis Tat hatte sie ihre Existenz gekostet.

Ein Mädchen neben ihr weinte so heftig, dass es klang, als würde sie ersticken.

Eine der Wachen blieb auf seinem Patrouillengang stehen, direkt vor dem schluchzenden Mädchen. »Halt's Maul, oder ich werf dich über Bord.«

Das Mädchen versuchte, keinen weiteren Laut von sich zu geben, schaffte es aber nicht. Der Wachmann griff nach ihr. Instinktiv streckte Serina ihre gefesselten Hände nach dem Mädchen aus, als könnte sie irgendwie verhindern, was immer gleich geschehen würde.

»Was denn, hältst du so ein bisschen Weinen nicht aus?«, rief eine raue Stimme ein Stück neben ihnen. »Sie hat offensichtlich eine Heidenangst. Wollt ihr das nicht? Uns Angst einjagen? Uns bestrafen?«

Der Wachmann stürmte über das nasse Deck und knurrte wütend: »Ich komm dir gleich mit Strafe.«

Doch als er die Frau erreichte, stürzte er und landete hart auf dem Rücken.

Serina spähte zur Seite und erhaschte einen Blick auf braune Haut und trotzig funkelnde Augen.

»Versuch's doch. Du wärst nicht der Erste. Aber ich hab noch nie klein beigegeben, und das werde ich auch jetzt nicht.« Die Frau hielt stand, auch als der Wachmann sich taumelnd aufrichtete und ihr mit dem Handrücken hart ins Gesicht schlug.

Serina und die anderen sahen voller Erstaunen zu. Frauen redeten nicht so mit Männern. Sie traten nicht für sich selbst ein. *Oder … oder sie landen hier*, erkannte Serina schlagartig, und bei dem Gedanken zog sich ihr Inneres zusammen.

Das Schluchzen des weinenden Mädchens wurde wieder lauter, ihr ersticktes Keuchen noch heftiger als zuvor. Der Wachmann drehte sich zu ihr um.

Im verzweifelten Bemühen, sie zu beruhigen, stieß Serina das Mädchen sanft mit dem Arm an. »Hey. Wie heißt du?«

Das Mädchen schüttelte den Kopf und rieb sich mit der Schulter über ihr dreckiges, tränennasses Gesicht.

»Rede mit mir«, sagte Serina und spähte verstohlen zu dem Wachmann hinüber. »Das lenkt dich ab.«

»Jacana«, antwortete das Mädchen, gerade laut genug, dass Serina sie über das ohrenbetäubende Dröhnen des Dampfmotors hören konnte.

»Hübscher Name. Das ist eine Vogelart, oder?«

Das Mädchen nickte. Ihre zerzausten Haare peitschten um ihre bleichen Wangen. Ihr Atem ging immer noch stoßweise, doch ihr Schluchzen hatte nachgelassen.

»Ich bin Serina.«

Das Mädchen nickte erneut, und in ihr Gesicht kehrte etwas Farbe zurück.

Da fiel Serinas Blick auf etwas weit draußen am Horizont. Im ersten Moment war es kaum zu erkennen, verborgen unter einer dichten Wolkendecke. Als sie näher kamen, tauchte eine Insel vor ihnen auf, grau und zerklüftet. Eine schwarze Masse erhob sich aus ihrem Zentrum und verschwand im zartrosa gefärbten Dunst. Ein Vulkan.

Wie jedes Kind in Viridia kannte Serina die Geschichte vom Berg des Verderbens. Vor langer Zeit war die Insel unter dem Namen Isola Rossa bekannt gewesen. Damals hatten sich an ihren

Küsten kostspielige Resorts für die reichsten Bürger Viridias gedrängt, die im Stile prunkvoller Herrschaftshäuser gebaut, doch bei Ausbruch des Vulkans vollständig zerstört worden waren. Die Flut von Lava hatte sämtliche opulenten Strandhäuser und Hotels unter sich begraben, ebenso wie unzählige Menschen. Die Übrigen erstickten an den giftigen Gasen oder ertranken jenseits der unversöhnlichen Küste.

Aus Isola Rossa wurde der Berg des Verderbens.

Jahrelang war die Insel verlassen geblieben, ein schwarzes Mahnmal zur Erinnerung an all jene, die hier ihr Leben verloren hatten. Bis der Vater des derzeitigen Regenten ein Frauengefängnis daraus gemacht hatte. Serina hatte immer angenommen, die Frauen, die hierhergeschickt wurden, wären restlos verkommen. Nicht einmal in ihren schlimmsten Albträumen hätte sie sich je vorstellen können, dass sie selbst hier landen würde.

Das Schiff stieß gegen einen ramponierten Betonpier, der heftige Aufprall warf die Gefangenen auf die Knie. Jacana schrie auf. Doch Serina konnte nicht einmal das. Die Stimme blieb ihr in der Brust stecken, eingepfercht zwischen ihren nach Atem ringenden Lungen und ihrem wild hämmernden Herzen.

Die Wachen liefen die beiden Reihen von Gefangenen ab und machten ihre Fesseln von den rostigen Ringen los. Serinas Hände fielen herunter wie Steine, noch immer von den Eisenfesseln beschwert.

Sie starrte ihre Handgelenke an, als gehörten sie zu einer Fremden. Noch vor einer Woche war sie zuversichtlich gewesen, dass sie den Thronfolger für sich gewinnen könnte, dass sie ihre Mutter stolz machen könnte, dass sie Nomi und sich selbst eine

Zukunft im Palast sichern könnte. Nichts war so gekommen, wie sie es erwartet hatte. Wie viele Schicksalsschläge würde sie noch einstecken können, bevor sie zusammenbrach?

»Vorwärts marsch, in Einerkolonne!«, blaffte eine der Wachen. Die anderen beiden wuchteten gefüllte Jutesäcke auf einen alten Karren, der protestierend quietschte, als sie ihn vom Schiff auf den Pier schoben.

Serina machte einen unsicheren Schritt hinunter ans Ufer und blickte sich um. Hier gab es keinen Strand, nur zerklüftete Klippen, in die ein schmaler, tückischer Pfad eingemeißelt war. Auf der Landzunge erhob sich ein hässliches graues Gebäude, umgeben von Stacheldrahtzäunen.

»Weitergehen!« Einer der Wachmänner versetzte Serina einen Stoß gegen die Schulter, und sie taumelte. Ihre Füße schlurften über den unebenen Boden. Hier war die Erde zu seltsamen schwarzen Dünen erstarrt, als wäre der Berg geschmolzen. Das Gebäude, auf das sie zuhielten, war direkt in den überirdisch anmutenden Fels gehauen, mit Fenstern aus gewölbtem Glas und breiten Eisenstangen.

Selbst der Wind war irgendwie anders; er heulte nicht, er schrie.

Der Wachmann stieß sie durch die Tür in einen Korridor, in dem es nach Urin und abgestandenem Rauch stank. Vor ihr blieb Jacana taumelnd stehen, sie weinte immer noch. Der Wärter hob eine Hand, um sie zu schlagen, doch Serina kam ihm zuvor und schubste Jacana sanft an, um sie zum Weitergehen zu bewegen. Das war alles, was sie tun konnte: weitergehen. Und beten, dass ihr Herz weiterschlug.

Schließlich kamen sie in einen fensterlosen Raum. Die Wachen zwangen die Frauen, sich mit dem Rücken zur Wand aufzustellen. Eine Sammlung beängstigender Werkzeuge hing an der rechten Wand, die linke war hinter einem hohen Metallregal verborgen, in dem sich Kleider und wasserfleckige Kisten türmten.

Die Wachen vom Schiff reichten ihre Formulare an eine Gruppe schwarz uniformierter Gefängniswärter weiter. Ein großer, muskulöser Mann kam herein, und die Wachmänner vom Schiff salutierten vor ihm und verabschiedeten sich mit einem ehrerbietigen: »Guten Abend, Kommandant Ricci«, ehe sie gingen.

Das wettergegerbte Gesicht und die stämmige Statur des Kommandanten ließen ihn ebenso unbeugsam erscheinen wie die Klippen draußen. Er deutete auf die Reihe von Frauen, und ein jüngerer Wärter trat eilig und mit grimmigem Gesichtsausdruck vor. Einer nach der anderen nahm er den Frauen die Handschellen ab.

Serina sog scharf die Luft ein, als die schweren Metallringe aufsprangen, und rieb sich ihre wunden Handgelenke. Rote Striemen überzogen ihre ansonsten makellose Haut.

Als alle von ihren Fesseln befreit waren, befahl Kommandant Ricci ihnen, sich auszuziehen. »Legt eure Kleider vor euch ab. Auch die Unterwäsche.«

Mit zitternden Fingern öffnete Serina den Verschluss ihrer Dienerinnenuniform, die völlig zerknittert war, nachdem sie die ganze Nacht in einem kleinen, verriegelten Raum an den Docks gekauert und darauf gewartet hatte, dass das Gefängnisschiff sie abholen kam. Das schlichte Kleid fiel zu Boden.

Sie hatte sich noch nie vor einem Mann nackt ausgezogen. Sie schauderte, ihr Körper zerschunden und verletzlich.

Der junge Wachmann mit dem kantigen Gesicht lief erneut die Reihe ab und sammelte die Kleider auf, während Kommandant Ricci die Gefangenen alle einzeln in Augenschein nahm. Serina hatte keine Ahnung, wonach er suchte. Als sie an der Reihe war, befahl er ihr, den Mund zu öffnen, die Arme zu heben und sich umzudrehen. Doch sie konnte sich nicht rühren.

Der Kommandant packte Serina am Arm und zog sie mit einem harten Ruck vorwärts, seine Finger bohrten sich in ihr Fleisch. »Bist du taub? Mund auf, Arme hoch und *umdrehen.*«

Serina richtete sich auf und schaffte es irgendwie zu tun, was er von ihr verlangte. Doch sie konnte die Tränen nicht aufhalten, die ihr lautlos über die Wangen rannen.

Hatte ihre Schwester geahnt, was für eine Strafe sie riskierte, als sie Renzo gebeten hatte, ihr Lesen beizubringen? Als sie das Buch gestohlen hatte? Bestimmt nicht. Nomi hatte wahrscheinlich gedacht, ihr drohe schlimmstenfalls eine Auspeitschung. Oder ein Bußgeld.

Wie hatte sie nur so dumm sein können?

Inzwischen hatten die meisten der Frauen angefangen zu weinen. Jacana drängte sich näher zu ihr. Ein paar Schritte entfernt sah Serina das Mädchen, das gegen die Wachen auf dem Schiff aufbegehrt hatte. Sie war ein paar Jahre älter als Serina und viel dünner, ihr Körper drahtig und muskulös. Die junge Frau starrte die Wärter mit zornig blitzenden Augen herausfordernd an. Serina wartete, dass jemand sie für ihre Respektlosigkeit zurechtwies – oder sie dafür bestrafte, was sie auf dem Schiff getan hatte –, aber die Wärter zeigten keine Reaktion. Vielleicht bekamen sie gar nichts davon mit.

Der Wärter mit dem schmalen Gesicht teilte kratzige Handtücher und eine Handvoll Kleidung an die Gefangenen aus. Serina zog die schlichte Unterwäsche, die ausgewaschene blaue Hose und das abgetragene Hemd so rasch wie möglich an. Ohne Korsett, endlose Knopfleisten, zarte Spitze und hochhackige Schuhe ging das Anziehen viel schneller.

»Ich rufe euch jetzt auf für die Zuteilung«, verkündete Kommandant Ricci. Auf seinem zerfurchten Gesicht zeigte sich nichts als mürrische Gleichgültigkeit. Der Ausdruck in seinen Augen und der jähe Ruck, mit dem er hin und wieder den Kopf bewegte, legten jedoch nahe, dass er alles genau beobachtete.

»Anika Atzo.«

Das muskulöse Mädchen trat vor an die Waage. Der Name passte zu ihr, er klang hart und scharfkantig. Dieses Mal hielt sie den Mund.

Als Serina an der Reihe war, sich messen und wiegen zu lassen, stieß der Mann an der Waage ein leises Pfeifen aus. »Wird wohl eine Weile dauern, bis *du* verhungerst, Blume.«

Serina blickte starr zu Boden, die Arme vor der Brust verschränkt. Ihre Mutter hatte sich sehr darum bemüht, dass sie zu einer Frau mit Rundungen und Kurven heranwuchs, wie es sich für eine Grace gehörte. Selbst Renzo und ihr Vater hatten kleinere Portionen bekommen als sie.

Der Mann stieß einen der anderen Wärter mit dem Ellbogen an. »Willst du wetten, wie lange sie durchhält? Eine zusätzliche Tüte Reischips darauf, dass ...«

»Ich wette nicht auf tote Mädchen«, unterbrach ihn der jüngere Wärter in gelangweiltem, aber derart überzeugtem Ton, dass Serina überrascht aufblickte. Er war braungebrannt, mit klaren Augen und dunklen Haaren, die sich um den Rand seiner Mütze kräuselten, als versuchten sie zu entkommen. Serina spürte seine kühle Musterung, ohne seinem Blick zu begegnen. »Schick sie in die Höhle«, sagte er. »Das dürfte interessant werden.«

»Nicht ins Hotel?«, fragte der andere verwundert.

Der junge Wärter zuckte die Achseln. Serina hatte keine Ahnung, wovon die beiden redeten, aber es machte ihr Angst. Der Mann an der Waage machte ein Kreuzchen auf seinem Formular.

»Dann ab mit ihr in die Höhle«, sagte er und winkte Serina weg.

Als Serina den anderen Frauen hinausfolgte, murmelte der junge Wärter fast zärtlich: »Willkommen auf dem Berg des Verderbens, totes Mädchen.«

8
NOMI

Am Morgen, nachdem Serina festgenommen worden war, wachte Nomi lange vor Sonnenaufgang auf; die Abwesenheit ihrer Schwester verfolgte sie in ihren Träumen. Während sie in der stillen Finsternis lag, stellte sie sich vor, sie wäre zu Hause in dem kleinen Schlafzimmer, das sie sich mit Serina teilte. Ihre beiden schmalen Betten eng zusammengerückt, die Rohre an der Decke leise zischend. Serinas Kleider erinnerten stets an schattenhafte Tänzer, wie sie dicht an dicht in der Ecke baumelten, wo ihre Mutter sie an einem Draht aufgehängt hatte, weil sie keinen Kleiderschrank hatten. Doch die Schemen, die in der Dunkelheit dieses Raumes kauerten, waren völlig verkehrt. Und Angeline, die auf einer Pritsche an der Tür schlief, holte nicht alle paar Minuten einmal zusätzlich Atem, und sie wälzte sich auch nicht herum oder seufzte im Schlaf, wie Serina es tat. Sie kroch nicht zu Nomi ins Bett, wenn es kalt war, oder tröstete sie, wenn sie aus einem Albtraum aufschreckte.

Die Frage, wo Serina war, welche Strafe sie über sich ergehen lassen musste, lastete schwer auf Nomis Herzen, drohte, sie zu erdrücken. Wenn sie es wüsste, könnte sie von der Flucht und einem Wiedersehen mit ihrer Schwester träumen.

Nomi wälzte sich auf die andere Seite. Ines hatte gesagt, sie solle aufhören, Fragen zu stellen, und die Regeln befolgen. Aber Nomi hatte immer Fragen gestellt, und sie wollte sich *nie* an die Regeln halten. Genau aus diesem Grund konnte sie lesen. Und wahrscheinlich war der Thronfolger genau deshalb auf sie aufmerksam geworden.

Er wusste bestimmt, was mit Serina geschehen war, schoss es ihr durch den Kopf. Und vielleicht könnte sie ihn überreden, es ihr zu verraten, wenn sie den richtigen Moment abwartete. Sie würde einen Weg finden, ihm zu imponieren und unersetzbar für ihn zu werden ...

Sie schluckte schwer, als plötzlich Panik in ihr aufstieg. Es gab einen offensichtlichen Weg. Aber schon allein die Vorstellung war unerträglich. Serina mochte darauf vorbereitet gewesen sein, den Thronfolger zu betören, doch Nomi war es nicht. Sie war ihr ganzes Leben davon ausgegangen, sie würde in der Fabrik oder als Zofe arbeiten, an eine Stellung gebunden, nicht an einen Dienstherren. Keine Wahl zu haben, was ihre eigene Zukunft anging, war schlimm genug, doch gezwungen zu sein, einem Mann zu gehorchen ...

Sie hatte den Fehler begangen anzunehmen, dass sie zumindest diesem Schicksal entrinnen würde.

Nomi hatte sich fest vorgenommen, den Thronfolger so weit möglich zu meiden. Sich ihm nicht zu fügen. Ihn auf Abstand zu halten. Cassia wollte seine Aufmerksamkeit, seine Zuneigung, und die konnte sie gerne haben. Aber was, wenn sie nur herausfinden konnte, was mit ihrer Schwester geschehen war, indem sie ihm gehorchte? Könnte sie es dann tun?

Die Frage spukte ihr im Kopf herum, doch sie fand keine Antwort.

Als die ersten Sonnenstrahlen über das Fenstersims krochen, wachte Angeline auf, und ihr Tag begann. Nomi ließ sich von ihrer Dienerin in ein wallendes, mit Blumenmuster besticktes Kleid helfen. Sie saß still da, während Angeline ihr die Haare bürstete und sie zu einem Nest aus Zöpfen und Seidenbändern, akzentuiert von silbernen Schmetterlingsbroschen, hochsteckte. Nomi sah in den Spiegel und zog irritiert die Stirn kraus, sie hatte das Gefühl, als blicke sie ins Gesicht einer Fremden.

Schon von klein auf hatte sie so viel Zeit damit verbracht, Serinas Gesicht zu studieren, und ihrem eigenen kaum Beachtung geschenkt. Doch jetzt erkannte sie mit brutaler Klarheit, in wie vieler Hinsicht Serina auf dieses Leben vorbereitet worden war und sie nicht. Sie sah es an ihren Haaren, so stumpf im Vergleich zu Serinas seidig glänzenden Locken. An ihren großen, von dunklen Wimpern umrahmten Augen, die kampflustig dreinschauten, nicht demütig.

Sie gehörte nicht hierher.

Nachdem Angeline sie, so gut es ging, herausgeputzt hatte, führte die Dienerin sie an einen langen Korbtisch auf einer Terrasse mit Meerblick. Maris und Cassia saßen schon am einen Ende und stocherten grazil auf ihren Tellern herum, die mit allerlei farbenfrohem Obst und Weichkäse beladen waren. Körbe mit Hörnchen standen auf dem Tisch verteilt.

Den Rest des Tisches nahmen die Graces des Regenten ein.

Der Regent bevorzugte keinen bestimmten Typ Frau – manche der Graces hatten dunkle Haut, andere waren geisterhaft blass. Auch ihre Haare hätten unterschiedlicher kaum sein können: brünett, blond oder schwarz; glatt oder lockig. Ihr Alter schien von Mitte vierzig bis ein, zwei Jahre älter als Maris und Cassia zu reichen. Der Regent sammelte seine Graces schon sehr lange.

Mit siebzehn war Nomi eindeutig die Jüngste. Man musste mindestens achtzehn sein, um zur Grace ernannt zu werden. Doch das waren die Regeln des Regenten – offenbar konnte sein Sohn sie brechen.

Wenn ich doch nur dasselbe Recht hätte, dachte sie erbittert und ließ sich auf den leeren Stuhl neben Maris fallen. Missmutig griff sie nach einem Hörnchen. Cassia sah zu den Frauen auf der anderen Seite des Tisches hinüber und lauschte begierig ihrem Tratsch über den Regenten.

»Aber die Fußmassagen, Rosario!«, rief eine der jüngeren Graces.

Eine Frau mit dunkelbrauner Haut und dichten Locken – vermutlich Rosario – schauderte. »Die fühlen sich an, als würde man in Reispapier eingewickelte Eisklötze massieren.«

Nomi beobachtete sie mit verstohlener Neugierde. Rosario war die Grace, die angeblich jedes Geheimnis kannte.

»Ist der Regent sehr krank?«, schaltete sich Cassia in das Gespräch mit ein.

Rosario zuckte anmutig die Achseln. »Er ist krank, aber auch sehr stur. Ich denke, er wird noch eine Zeitlang durchhalten.«

»Was passiert mit euch, wenn er stirbt?«, erkundigte sich Maris in ausdruckslosem Ton.

Rosario warf dem Mädchen ihr gegenüber einen amüsierten Blick zu. »Da haben wir aber eine echte Frohnatur.«

Nomi wandte sich Maris zu. Vielleicht war es eine seltsame Frage, aber sie war durchaus berechtigt. Der letzte Regent war vor ihrer Geburt gestorben; niemand redete je darüber, was mit seinen Graces geschehen war.

»Wisst ihr das?«, hakte Maris nach. »Werdet ihr im Palast bleiben oder zurück nach Hause geschickt?«

Rosario zuckte die Achseln, doch ein Schatten legte sich über ihr Gesicht. »Das entscheidet der Thronfolger. Wenn sein Vater stirbt, wird er bestimmen, was aus uns wird.«

Nomis Augen weiteten sich vor Überraschung. Es gab so viel an dieser Welt, was sie nicht wusste.

Rosario bemerkte Nomis fassungslosen Blick und stieß das Mädchen neben ihr schmunzelnd mit dem Ellbogen an, ihre gute Laune offensichtlich wiederhergestellt. »Sahen wir alle so verblüfft aus, als wir erwählt wurden?«

Verlegen senkte Nomi den Blick auf ihren Teller und spießte ein Stück Melone auf.

»Keine Sorge, kleine Blume«, neckte sie Rosario mit honigsüßer Stimme. »Du hast noch Zeit, dich an alles zu gewöhnen. Erst mal erwarten euch hauptsächlich Kleideranproben und Tanzstunden – bis zum Geburtstag des Thronfolgers. Dann geht der Spaß richtig los. Ich frage mich, welche von euch er auserwählen wird, mit ihm zu feiern.«

»Vielleicht alle drei?«, meinte jemand lachend.

Cassia nippte an ihrem Kaffee, ein kleines Lächeln auf den Lippen. Maris starrte mit steinernem Blick aufs Meer hinaus.

»Warum fängt der Spaß an seinem Geburtstag an?«, fragte Nomi.

Cassia zog eine Augenbraue hoch. »Weißt du das nicht? Dann wird unsere Stellung offiziell. Es wird eine Zeremonie geben und alles, was dazugehört. Bis dahin wird der Thronfolger den Bund nicht *vollziehen*« – sie ließ sich das Wort auf der Zunge zergehen. »Das Mädchen, das er in seiner Geburtstagsnacht zu sich einlädt, hat die besten Chancen, seine Oberste Grace zu werden. Genau wie Ines. Sie war eine der allerersten Graces des Regenten.«

Nomis Gesicht lief feuerrot an. Wäre Serina an ihrer Stelle, hätte sie sicher mit Cassia darum gewetteifert, dem Thronfolger den ersten Sohn zu schenken und seine Oberste Grace zu werden. Wenn der Regent starb, hatte Ines die tröstliche Gewissheit, dass ihr Sohn über ihr Schicksal bestimmen würde.

Rosario beugte sich vor. »Ines ist nicht nur die Mutter des Thronfolgers, sie hat auch seinen zweitgeborenen Sohn zur Welt gebracht. Sie ist eine Legende.«

Ein verträumter Ausdruck trat in Cassias Augen, als sie sich, wie Nomi vermutete, ein ähnliches Leben für sich selbst vorstellte.

»Ziehen Graces ihre Kinder selbst groß?«, erkundigte sich Nomi. Sie konnte sich nicht erinnern, dass Serina je etwas darüber gelernt hatte; allerdings hatte sie bei den Unterrichtsstunden auch nie wirklich aufgepasst. Sie hatte immer bis zum Ellbogen in Spülwasser gesteckt oder sich gerade am Herd verbrüht.

Rosario starrte sie an, als wäre ihr eine dritte Hand gewachsen. »Kinder großziehen? Siehst du hier irgendwelche Kinder?«

Cassia verdrehte die Augen. »Dafür gibt es Kindermädchen.«

Nomi hatte sich nie Kinder gewünscht, und dennoch überkam sie eine seltsame Trauer beim Gedanken daran, dass sie ihr, wenn sie denn jemals welche bekommen sollte, weggenommen werden würden. Sah Ines ihre Söhne je über einen überfüllten Ballsaal hinweg an und sehnte sich diese verlorenen Momente zurück? Diese verlorenen Jahre?

»Ich habe gehört, dass Malachi zu seinem Geburtstag einen Maskenball geben wird«, erzählte Rosario.

Das Mädchen ihr gegenüber grinste erwartungsvoll. »Wirklich? Einen Maskenball? Die sind immer hinreißend.«

Die Graces schwelgten in Erinnerungen an andere Maskenbälle, an andere Zeremonien, denen sie als Graces beigewohnt hatten, doch Nomi starrte stumm auf ihren mit Obst und Gebäck beladenen Teller, tief in Gedanken versunken. Serina erschien vor ihrem inneren Auge – alle Sorgen, alle Ängste führten zurück zu ihr. War sie in Ordnung? War sie verletzt? Hasste sie Nomi dafür, dass sie das Buch gestohlen hatte?

Auf einmal hatte Nomi einen dicken Kloß im Hals. Natürlich tat sie das. Das alles war allein Nomis Schuld.

In diesem Moment trat Ines auf den Balkon. »Guten Morgen, Graces«, sagte sie. Ihr goldgesprenkeltes Kleid glitzerte im spätmorgendlichen Licht. »Der Regent hat Eva, Aster und Rosario zum Mittagessen zu sich bestellt. Heute Abend findet ein Konzert für eine Delegation aus Azura statt. Seine Eminenz möchte, dass nur seine erfahrensten Graces daran teilnehmen. Ysabel, du spielst Harfe.« Eine Frau mit kupferroten Haaren am hinteren Ende des Tisches nickte. Ines wandte sich an Nomi und die anderen neuen Graces. »Der Thronfolger wünscht eine Audienz mit jeder von euch – noch heute«, sagte sie. »Während ihr wartet, möchte ich, dass ihr mit eurer Zofe eure Kleider durchgeht und diejenigen herauslegt, die einer Änderung bedürfen.« Sie musterte die jungen Graces eine nach der anderen, und schließlich verharrte ihr Blick auf Nomi. »Du zuerst.«

Nomi würgte ein Stück Brot hinunter, das ihr in der Kehle stecken geblieben war. »Natürlich, es ist mir ein Vergnügen«, brachte sie irgendwie heraus.

Sie spürte Cassias neidischen Blick auf sich, als sie aufstand und Ines nach drinnen folgte.

Die Oberste Grace führte Nomi durch einen langen Korridor zu einer reichverzierten Holztür, in die brechende Wellen und aus den Fluten springende Fische eingeschnitzt waren. »Frag ihn nicht nach deiner Schwester«, schärfte Ines ihr ein, ehe sie die Tür öffnete. »Das würde ihm nicht gefallen.«

Nomi nickte, spürte aber heftigen Trotz in sich aufsteigen. »Was soll ich dann tun?«

Ines sah sie an, als wäre die Antwort offensichtlich. »Du tust, was immer er von dir verlangt.«

Ohne ein weiteres Wort öffnete sie die Tür und schob Nomi in Malachis Gemächer.

Der große Wohnbereich erstreckte sich bis zu einem weitläufigen Balkon am anderen Ende des Raums. Durch eine offene Tür zu ihrer Rechten erblickte sie ein gigantisches Bett. Hitze stieg ihr ins Gesicht.

»Guten Tag, Nomi«, begrüßte sie der Thronfolger und erhob sich von einem der zwei Ledersessel, die in der Mitte des Zimmers standen. Seine große, muskulöse Statur beherrschte den Raum.

Er war nicht nah genug, um sie zu berühren, und doch drang seine Präsenz bis zu ihr vor und raubte ihr den Atem.

»Guten Tag, Eure Eminenz«, antwortete sie mit einem unbeholfenen Knicks. Ihre Hände umklammerten den Stoff ihres Kleids zu fest. Schon allein sein Anblick ließ ihre Wut aufwallen. Seine Vorfahren waren schuld daran, dass Frauen nicht lesen durften. Sein Vater war schuld daran, dass Serina nicht hier war. *Er* war schuld daran, dass sie es sein musste.

Malachi schwieg, und Nomi hielt den Blick starr auf das untere Ende seiner Leinenhose gerichtet, damit er den unbändigen Hass in ihren Augen nicht sah. Wie könnte sie sich diesem Mann je hingeben, selbst wenn sie nur so erfahren würde, was mit Serina geschehen war? Sie konnte ihn kaum ansehen.

»Du hast wohl nicht damit gerechnet, dass ich dich erwähle«, sagte er schließlich.

Nomi verbiss sich ein bitteres Lachen. »Nein, habe ich nicht ... Eure Eminenz«, fügte sie einen Tick zu spät hinzu.

»Du scheinst nicht zufrieden mit deinem großen Glück«, meinte er tadelnd, die Arme vor der Brust verschränkt. Ein Anflug von Angst erfasste Nomi. Sie konnte es sich nicht leisten, ihm zu widersprechen. Sie gehörte ihm; er konnte mit ihr tun, was er wollte.

Er konnte ihr weh tun.

»Ich fühle mich geehrt, dass Ihr mich zu Eurer Grace erwählt habt.« Irgendwie schaffte sie es, die Worte vorzubringen, ohne das Gesicht zu verziehen. »Ich ... ich wünschte nur, meine Schwester könnte hier sein. Sie weiß, was von einer Grace erwartet wird. Ich ... ich nicht.«

Bei der Erwähnung von Serina wandte sich Malachi abrupt ab und marschierte zur Terrasse. Nach einem Moment folgte Nomi ihm unsicher. Malachi blickte schweigend über die Brüstung auf die Steinbrücken und Gondeln Bellaquas hinab. Es war ein unbeschreiblicher Anblick, wie der Palast des Regenten zwischen den Kanälen der Stadt und dem Meer aufragte wie ein riesiges Schiff, isoliert und abschreckend.

»Ich werde morgen ausreiten, um die Truppen von Bellaqua zu inspizieren«, verkündete er schließlich. »Ich werde zwei Tage fort sein. Kurz nach meiner Rückkehr werden meine Graces mit mir dem Premio Belaria beiwohnen. Du liegst in Sachen Ausbildung und Erscheinungsbild hinter den anderen zurück. Ich erwarte, dass du diesen Rückstand bis zu diesem Ereignis aufholst, bei dem du zum ersten Mal an meiner Seite auftreten wirst.«

»Natürlich, Eure Eminenz«, antwortete Nomi, hin- und hergerissen zwischen Enttäuschung und Erleichterung. Seine Reise bedeutete, dass sie noch eine Weile nichts über Serina erfahren würde, da sie keine Gelegenheit haben würde, ihm Informationen zu entlocken. Aber sie bedeutete auch, dass sie eine Zeitlang Ruhe vor seiner nervenaufreibenden Gegenwart haben würde. Sie würde Zeit haben, einen Plan zu schmieden. Hoffentlich einen, mit dem sie leben konnte.

»Was ist der Premio Belaria?«, wagte sie zu fragen. Wenn das irgendeine Art Ball war, war sie verloren. Sie konnte nicht in zwei Tagen tanzen lernen.

»Ein Pferderennen«, antwortete er kurz angebunden. »Das bekannteste in ganz Viridia.«

»Ah«, sagte sie leise. Wenigstens musste sie nicht tanzen.

»Reitest du?«, wollte er wissen.

»Auf Pferden?«, fragte sie überrascht.

Er nickte.

»Ich hatte nie die Gelegenheit, Eure Eminenz.« *Was für eine dumme Frage* … Nur die reichsten Töchter und Ehefrauen konnten es sich leisten, reiten zu lernen.

Seine Ohren liefen rot an. »Natürlich.«

»Reitet Ihr gerne?«, erkundigte sie sich. Ausnahmsweise einmal schaffte sie es, höflich zu sein.

»Ja«, antwortete der Thronfolger. Seine Stimme nahm einen etwas sanfteren Tonfall an, als er hinzufügte: »Mein Pferd Bodi ist schon seit seiner Geburt bei mir. Ich habe ihn selbst zugeritten.«

Nomi wusste nicht, was er damit meinte, aber das Wort »zureiten« jagte ihr einen eisigen Schauer über den Rücken. »Der Wert eines Mannes kann anhand der Achtung ermessen werden, die er Mensch *und* Tier entgegenbringt.«

»Was hast du gesagt?« Malachi trat näher zu ihr, und seine Augen wurden schmal.

Nomi stockte der Atem. *Das war dumm.* Ihre Worte waren ein Zitat aus Renzos Buch der Legenden: die Geschichte eines armen Bauern, der einem reichen Kaufmann dadurch imponiert, dass er ein kostbares Familienerbstück verkauft, und das nicht etwa, um sich selbst zu ernähren, sondern um sein Pferd zu ernähren. Bestimmt hatte Malachi es erkannt. Hastig versuchte sie, ihren Fehler zu kaschieren. »Das … Das war ein Spruch, den mein Bruder und ich früher immer aufgesagt haben, Eure Eminenz«, sagte sie. »Habe ich Euch damit in irgendeiner Weise verärgert?«

Malachi schüttelte den Kopf. »Das ist ein Zitat aus einem Buch, das ich vor langer Zeit gelesen habe. Genau dieser Satz hat sich mir besonders eingeprägt.«

Nomi wusste, dass Serina, wäre sie an ihrer Stelle, das Gespräch wieder in ungefährlichere Bahnen gelenkt hätte. Doch sie konnte ihre Zunge nicht im Zaum halten. »Mein Bruder mochte diese Geschichte. Er sagte, es gehe darum, alles Leben gleichermaßen zu achten. Das von Männern, Tieren ... und Frauen.« Sie begegnete seinem Blick.

»Denkst du, ich achte nur mein eigenes Leben?« Er war ihr so nahe, dass sie seinen warmen Atem im Gesicht spürte.

»Das würde ich mir nicht anmaßen«, antwortete Nomi. Sie hatte versucht, unschuldig zu klingen, doch dem ärgerlichen Funkeln in Malachis Augen nach zu schließen, war der Versuch misslungen.

»Du ...«, knurrte er und trat noch einen Schritt näher. Zu nahe. »Du hast noch eine Menge zu lernen.«

Nomi erschauderte, so intensiv war sein Blick. Seine Augen waren zimtbraun, mit kleinen bernsteinfarbenen Sprenkeln, die im Licht funkelten. Sie wünschte, sie könnte sich losreißen, wegrennen, sich vor den namenlosen Gefühlen verstecken, die sie mit einem Mal durchfluteten.

Er hob die Hand, und sie taumelte einen Schritt zurück.

Doch er schlug sie nicht, sondern zeigte nur zur Tür. »Du kannst gehen.«

Nomi knickste und durchquerte den Raum auf wackligen Beinen; sie fühlte sich immer noch, als wäre sie einer Bedrohung ausgesetzt.

9
SERINA

Anstatt die Gefangenen in Zellen zu sperren, wie Serina erwartet hatte, führten die Wachen sie nach draußen. Dann, mit einem markerschütternden Quietschen, öffneten sie die Gefängnistore. Die Sonne hing bereits tief am Horizont, geschwollen und kränklich rot. Zum ersten Mal seit sie Lanos verlassen hatte, sehnte sie sich nach seinen kalten, zerklüfteten Bergen und seinen qualmenden Fabriken.

Serina entdeckte Jacana und ging zu ihr. »Wo bringen sie uns hin?«

Jacana schlang die Arme um sich. »Einer der Wärter meinte, dieses Gebäude dient nur der Registrierung der Gefangenen. Dass wir … dort draußen leben werden.« Sie deutete mit einer Kopfbewegung auf die karge, felsige Einöde hinter den Toren.

»Dort draußen?«, wiederholte Serina fassungslos. *Das Hotel, die Höhle* … waren das Gefängnisgebäude? Jenseits der Stacheldrahtzäune?

Anika trat zu ihnen. »Wie bist du hier gelandet?«, fragte sie und musterte Serina von Kopf bis Fuß. »Sie werden dich bei lebendigem Leib verschlingen.«

Serina wusste, wie sehr sie sich mit ihrer zarten, makellosen Haut und ihren weichen Rundungen von den anderen Frauen hier unterschied. »Ich habe etwas gestohlen«, sagte sie und vergrub ihre Angst tief in ihrem Innern, wo niemand sie sehen konnte. »Etwas aus dem Palast.« Niemand musste die Wahrheit wissen.

Anika taxierte sie mit skeptischem Blick.

»Was hast *du* getan?«, fragte Serina zurück.

»Ich habe jemanden umgebracht«, antwortete Anika in kaltem Ton. Doch ein Schatten huschte über ihr Gesicht, so flüchtig, dass es Serina beinahe entging.

In diesem Moment rief ein Wärter an den Toren: »Alle, die dem Hotel zugeteilt wurden, vortreten!«

Anika verließ die Anlage mit vier anderen Frauen.

Serina sah ihr nach, bis sie außer Sicht war. »Wofür wurdest du eingeteilt?«, fragte sie Jacana, die immer noch dicht bei ihr stand.

»Die Höhle«, murmelte das Mädchen, den Blick auf ihre Füße gesenkt.

»Ich auch«, sagte Serina erleichtert. »Wenigstens bleiben wir zusammen.«

Bei diesen Worten entspannten sich Jacanas steife Schultern etwas. Serina fragte sich, wie es sie wohl hierherverschlagen hatte. Was für ein Verbrechen könnte dieses zierliche, verängstigte Mädchen schon begangen haben?

»Die Südklippen, vortreten!«, rief der Wärter. Eine weitere Gruppe von Frauen verschwand.

Und dann: »Die Höhle!«

Sie folgten zwei anderen Mädchen durch das große Tor. Mit gesenkter Stimme stellten sich die beiden als Gia und Theodora vor. Der Wärter zeigte auf zwei Frauen, die draußen im letzten schwachen Licht der untergehenden Sonne warteten. »Folgt ihnen«, wies der Wärter sie an.

Zu ihrer eigenen Überraschung führte Serina die anderen durch das Tor.

Die Frauen sahen ihnen entgegen. Die kleinere der beiden war etwa vierzig, schätzte Serina, mit einem breiten, unscheinbaren Gesicht, von der Sonne geröteter Haut und dicken Augenbrauen. »Ich bin Cliff«, sagte sie. »Das ist Oracle. Sie hat in der Höhle das Sagen.«

Serina schnappte nach Luft. Eine Gefangene hatte hier das Sagen? Eine *Frau*? Wie war das möglich?

Oracle musterte die kleine Gruppe von Frauen schweigend. Ihr eines Auge war braun, das andere war von eigenartig milchigem Weiß. Sie war etwas jünger als Cliff, aber das machte sie nicht weniger einschüchternd.

»Bleibt dicht bei mir. Wir werden nicht auf euch warten.« Damit wandte sie sich ab und führte sie einen steinigen Pfad am Rande der Klippen hinunter. Sie folgten den Fußspuren der anderen Gruppen, ließen sich vom Flackern der Fackeln weit vor ihnen leiten. Oracle legte ein zügiges Tempo vor, und Cliff hielt mühelos mit.

Serina stolperte, ihre viel zu dünnen Schuhe blieben an dem schroffen Vulkangestein hängen. »Sollte uns nicht eine Wache begleiten?«, wagte sie zu fragen. »Gibt es denn keinen ...«

Cliffs bellendes Lachen schnitt ihr das Wort ab.

»Bitte«, murmelte Gia und wischte sich den Schweiß von der Stirn, »könnten wir einen Schluck Wasser kriegen? Sie haben uns nichts zu essen gegeben, und ...«

»Davor wollt ihr nichts essen«, erwiderte Cliff. »Und danach wahrscheinlich auch nicht.«

Davor? Danach? Was stand ihnen bevor?

Serina stapfte neben Jacana her, ihr Mund trocken vor namenloser Angst. Sie folgten den leuchtenden Fackeln hinunter zum Strand und hinter ein verfallenes Gebäude, dessen Größe und Bauweise von vergangener Pracht zeugten. Licht brannte hinter glaslosen Fenstern. In der Mitte des Hofes stand ein rissiger Marmorbrunnen, die blinden Augen der Statuen tanzender Frauen starr auf den Vulkan gerichtet.

Cliff deutete mit einer Kopfbewegung auf das Gebäude. »Hotel Misery.«

Serina lief ein kalter Schauer über den Rücken.

Stimmen erhoben sich über das Rauschen der Wellen. Endlich konnte Serina ihr Ziel sehen, jenseits des Hotels. Ein gigantischer Halbkreis aus Stein, der zu Sitzen gemeißelt war, erstreckte sich gegenüber einer Bühne mit einem großen Gebäude dahinter. Eine Seite war vollständig unter Lavagestein begraben – ein halbzerstörtes Amphitheater.

Serina dachte an all die Stunden zurück, die sie sich im Harfespielen geübt hatte, ungeduldig auf den Tag wartend, an dem sie endlich dem Thronfolger etwas vorspielen würde. Was auf dieser Bühne vorgeführt wurde, konnte sie nicht einmal erahnen.

Mehr als hundert Frauen drängten sich auf den Steinbänken

oder hockten auf breiten Streifen erstarrter Lava. Serina musterte die Gesichter eins nach dem anderen, doch sie entdeckte kein einziges Lächeln. Ihr wurde eng ums Herz.

Oracle führte sie zu einem Sitzbereich in der Mitte, wo sich etwa zwanzig oder dreißig Frauen versammelt hatten. Dann ging sie allein weiter und legte auf dem Weg einigen Frauen, an denen sie vorbeikam, die Hand auf die Schulter. Rings um die Bühne fanden sich nach und nach zehn Frauen ein. Oracle stellte sich neben eine große Frau mit kurzen, feuerroten Haaren, die an den Seiten abrasiert waren.

Serina starrte den Kopf der Frau verblüfft an. In Lanos durften Mädchen ihre Haare nicht kürzer als schulterlang tragen, aber die meisten ließen sie sich bis zur Taille oder sogar noch länger wachsen; langes Haar erfüllte sie mit Stolz. *Wie kann ich jetzt über so etwas Dummes nachdenken?* Serina schluckte schwer.

Wärter scharten sich auf dem Balkon des Gebäudes hinter der Bühne. Serina konnte nicht erkennen, wie viele es waren, da manche von ihnen im Schatten verschwanden, aber sie schätzte, dass es etwa vierzig waren – viel weniger als die Frauen, die das Amphitheater füllten.

Cliff musterte Serina und die anderen Neulinge mit grimmigem Blick. »Was auch passiert, fangt bloß nicht an zu weinen«, befahl sie ihnen. »Die Wärter halten nach Schwächen Ausschau. Und alles, was sie finden, werden sie gnadenlos gegen uns verwenden. Gebt ihnen keine Macht über euch. Verstanden?«

»Was geht hier vor?«, fragte Serina und bemühte sich, ihre Stimme ruhig zu halten. Die Anspannung in der Luft drang auf sie ein und raubte ihr den Atem.

Cliff blickte starr zur Bühne hinunter. »Beim ersten Mal ist es besser, nicht darauf vorbereitet zu sein.«

Kommandant Ricci trat auf die Bühne, und sofort senkte sich Stille über das Amphitheater. Seine Körpersprache war entspannt und autoritär, doch seine Hand lag griffbereit auf der Pistole an seiner Hüfte. Auf dem Balkon über ihm zogen sämtliche Wärter ihre Waffen und richteten sie auf die Menge.

»Kämpferinnen, nehmt eure Positionen ein«, befahl Ricci.

Kämpferinnen?

Fünf Frauen traten auf die Bühne, unter ihnen auch die rothaarige Frau, die sich mit Oracle unterhalten hatte. Kommandant Ricci verschwand in ein Treppenhaus, das zum Balkon hinaufführte.

Niemand regte sich. Niemand sprach.

Serina beobachtete das Ganze mit schreckgeweiteten Augen – was um alles in der Welt ging hier vor?

Wenig später erschien Kommandant Ricci an der Brüstung des Balkons. In den Händen hielt er eine Holzkiste. Er hob sie hoch über den Kopf und ließ sie dann fallen, während er mit donnernder Stimme rief: »Beginnt!« Als sie auf dem Boden aufschlug, brach sie mit einem lauten Krachen auseinander, das klang, als würde man mit einer Axt Feuerholz hacken. Ein dicker schwarzer Schlauch fiel heraus. *Nein* ... Das war kein Schlauch. Er blieb nicht liegen, sondern rollte sich langsam über den zerbrochenen Holzstücken aus. Serina riss erschrocken die Augen auf, als die Schlange ihren Kopf hob und in der Luft witterte.

Eines der Mädchen versuchte, sie mit dem Fuß zu zerstampfen, verfehlte jedoch ihren Kopf. Die Schlange fuhr herum und biss sie in den Knöchel. Das Mädchen schrie vor Schmerz. Die Zeit schien sich zu verlangsamen. Eine Sekunde. Zwei Sekunden. Sie brach zusammen, ihr Bein dick angeschwollen, während der Rest ihres Körpers wild zu zucken begann. Eine andere Frau packte die Schlange am Schwanz und schmetterte sie mit dem Kopf nach unten immer und immer wieder auf den harten Steinboden, bis sie schlaff und regungslos in ihrer Hand hing. Die übrigen Frauen trafen sich in der Mitte der Bühne und gingen mit fliegenden Fäusten, Knien und Ellbogen aufeinander los.

Serinas Herz wurde bleischwer. Frauen kämpften nicht. Niemals. Nicht gegen Männer und auch nicht gegeneinander. Gewalt zog die schlimmsten Strafen nach sich. Serina kannte Geschichten von Frauen, die sich verteidigt hatten – eine entfernte Cousine, die sich gegen ihren gewalttätigen Ehemann zur Wehr gesetzt hatte, ein Mädchen in der Textilfabrik, das einen Mann geohrfeigt hatte, als der versucht hatte, sie zu küssen. Diese Frauen waren hart bestraft worden. Ausgepeitscht, weggesperrt. Auf den Berg des Verderbens oder in eine ähnliche Sträflingskolonie verbannt. Wie konnte es sein, dass so etwas ausgerechnet an dem Ort erlaubt war, an dem ihnen solches Benehmen ausgetrieben werden sollte?

Eine andere Frau stöhnte, als ihr jemand mit voller Wucht gegen das Knie trat. Serina schloss die Augen und hielt sich die Ohren zu. Sie schirmte alles von sich ab. Das konnte nicht wahr sein. Es durfte einfach nicht wahr sein.

Das Poltern und Schreien war gedämpft, die Finsternis hinter ihren geschlossenen Augen absolut. Ein paar Minuten lang verkroch sie sich in ihrem eigenen Innern. Sie lebte im Pochen ihres Herzschlags und im leisen Rauschen ihres Atems.

Dann riss ein gellender, schmerzerfüllter Schrei ein Loch in die Dunkelheit, in ihren schützenden Kokon. Serina stockte der Atem. Der Schrei ging in ein gequältes Stöhnen über und verstummte dann ganz. Einen Moment herrschte Totenstille. Dann hörte sie das unverkennbare, grauenerregende Donnern von tosendem Applaus.

10
NOMI

Draußen im Gang vor den Gemächern des Thronfolgers sank Nomi gegen die schwere Tür, ohne darauf zu achten, dass sich einer der springenden Fische in ihren Rücken grub. Der Gesichtsausdruck des Thronfolgers, als sie den Raum verlassen hatte, ließ sie nicht los. Sie holte tief Luft, um ihren rasenden Herzschlag zu beruhigen.

Ines hatte nicht auf sie gewartet. Nomi schlug die Richtung ein, aus der sie gekommen waren, konnte die kleine Treppe, die sie hinaufgestiegen waren, jedoch nirgends finden. Der Drang zu fliehen war so stark, dass sie einfach immer weiterlief, obwohl sie keine Ahnung hatte, wie sie zu den Gemächern der Graces zurückkommen sollte.

Schließlich endete der Gang an einer Glaswand, die teilweise zurückgezogen war, so dass sie den Blick freigab auf eine lange Terrasse mit Aussicht aufs Meer. Eine kühle Brise wehte herein und strich Nomi über die Wangen. Angelockt von dem sanften, wohltuenden Wind ging sie zur Marmorbalustrade, umfasste den harten Stein mit ihren kalten Händen und schloss die Augen.

Ihr Heimweh zerfraß sie von innen heraus. Sie vermisste die sanfte Stimme ihrer Mutter und den rauen Stolz ihres Vaters. Renzos schelmische Unterstützung bei ihren kleinen Rebellionen. Jahrelang war sie sein Schatten gewesen und er ihre Stimme der Hoffnung. Doch am allermeisten vermisste sie Serina. Nomi hatte immer gewusst, dass sie sich eines Tages von ihren Eltern und ihrem Bruder würde verabschieden müssen. Aber Serina und sie hätten immer zusammenbleiben sollen.

»Du siehst aus, als bräuchtest du etwas Zeit für dich«, erklang plötzlich die Stimme eines jungen Mannes, »deshalb störe ich nur ungern, aber mir scheint, du hast dich verlaufen.«

Nomis Augen öffneten sich schlagartig. Erschrocken trat sie vom Geländer zurück, die Welt des Palazzos brach über sie herein, und das gleißende Sonnenlicht ließ den sanften Schein ihrer Erinnerungen verblassen.

Auf einer gepolsterten Chaiselongue ein paar Schritte von ihr entfernt lag der Bruder des Thronfolgers. Ihr Blick schweifte geradewegs zu dem Buch in seiner Hand, ein marineblauer Lederband, dessen Titel *Kurzer Abriss der Geschichte Viridias* mit Gold geprägt war. Neugier wallte in ihr auf, doch da wurde ihr plötzlich bewusst, dass Asa auf eine Antwort wartete.

Völlig aus der Fassung vor Nervosität wich sie zurück und knickste unbeholfen. »Bi-bitte verzeiht, dass ich Euch gestört habe, Eure Eminenz«, stammelte sie. »Ich bin wohl tatsächlich irgendwo falsch abgebogen. Ich gehe sofort wieder.«

Asa stand auf und folgte ihr, das Buch immer noch in der Hand. »Warte, warte«, sagte er und streckte die andere Hand nach ihr aus. »Ich helfe dir, den Weg zu finden.«

»Bitte macht Euch keine Umstände, Eure Eminenz. Ich bin sicher, ich kann …«

»Das macht mir keine Umstände«, unterbrach er sie lächelnd.

Mit gesenktem Kopf folgte Nomi ihm zurück in den Palazzo. Der zweitgeborene Sohn des Regenten war ebenso groß aber nicht so muskulös wie sein Bruder, und seine zerzausten Haare verliehen ihm eine viel unbefangenere Ausstrahlung, ganz anders als die grüblerische Eindringlichkeit seines Bruders. Sein Nacken war gebräunt, als verbrächte er viel Zeit im Freien.

»Du bist eine der neuen Graces, oder?«, erkundigte er sich, während sie den langen Korridor entlanggingen.

»Ja, Eure Eminenz. Mein Name ist Nomi Tessaro.«

»Ah, Nomi Tessaro. Natürlich«, sagte Asa und warf ihr über die Schulter einen Blick zu. Sie war sich nicht sicher, doch sie meinte, neuerwachtes Interesse in seinem Gesicht zu erkennen. Eine Schärfe, die vorher nicht da gewesen war. »Du bist als Dienerin in den Palast gekommen, richtig?«

Sie spannte sich an, machte sich darauf gefasst, verhöhnt zu werden. »Ja, Eure Eminenz.«

»Das muss eine ganz neue Erfahrung für dich sein«, sagte er in überraschend freundlichem Ton. Ihre Muskeln entspannten sich ein wenig. »Woher kommst du?«

»Aus Lanos.«

Er wurde langsamer, bis sie Seite an Seite durch den vergoldeten Korridor schlenderten. Sie senkte den Blick auf den Marmorboden. »Als Kind war ich mal in den Bergen nördlich von Lanos«, erzählte er, seine Stimme sanft und versonnen. »Da habe ich zum ersten Mal Schnee gesehen.«

»Ich habe es immer geliebt, wie Schnee alles verändern kann«, sagte Nomi, »Alte, zerstörte Gebäude, dreckige Straßen – die Welt kann innerhalb eines Nachmittags sauber und blütenrein werden.«

Asa machte ein zerknirschtes Gesicht. »Ich muss gestehen, dass ich lieber Schneebälle gemacht habe, als die Landschaft zu bewundern. Aber zu meiner Verteidigung: Ich war erst sieben.«

Nomi musste grinsen, den Blick immer noch auf ihre Füße gesenkt. »Das ist verständlich, Eure Eminenz.«

»Und wie gefällt dir dein Leben hier bisher?«, fragte er. »Bist du mit deiner neuen Rolle zufrieden?«

Ihr Lächeln verblasste, und die Verbindung, die sie einen kurzen Moment zu ihm gespürt hatte, zerriss. Waren die Fragen, die er ihr stellte, nur ein Test – wie alles andere an diesem Ort? »Der Palazzo ist wunderschön, und ich freue mich, hier zu sein«, antwortete sie pflichtgemäß, obgleich sich ihre Wangen vor Wut röteten.

Er warf ihr erneut einen Seitenblick zu. »Es ist sicher nicht leicht ohne deine Schwester.«

Nomi stockte der Atem. Auch ihre Füße gerieten ins Stocken und verfingen sich in ihrem langen, wallenden Kleid. Instinktiv streckte sie die Hand aus, um das Gleichgewicht wiederzufinden, und umfasste Asas Arm. Er wandte sich ihr zu, um sie zu stützen. Einen Augenblick standen sie wie erstarrt mitten im Gang und hielten einander fest.

Nomi ließ seinen Arm los und trat einen Schritt zurück, ihr Gesicht lief hochrot an. »Bitte verzeiht.«

Asa räusperte sich. »Nein, ich muss mich entschuldigen. Ich

hätte dich nicht auf deine Schwester ansprechen sollen. Ich wollte dich nicht beunruhigen.«

Er sah seinem Bruder so ähnlich, doch Malachis harte Gesichtszüge wirkten an ihm viel weicher. Nomi beugte sich ein Stück näher zu ihm. Vielleicht konnte sie ihn fragen ...

In diesem Moment schwang eine Tür vor ihnen auf, und Ines trat heraus.

Asa wandte sich rasch zur Obersten Grace um. Nomis Frage erstarb ihr auf den Lippen.

Ines knickste, doch ihre Augen wurden schmal, als sie Nomi hinter dem Bruder des Thronfolgers stehen sah. »Hallo, Eure Eminenz.«

»Ich habe Eure verlorene Grace gefunden«, sagte Asa fröhlich und zerstreute damit jegliche unangenehme Spannung. Er trat zur Seite, um Nomi vorbeizulassen.

»Es tut mir leid«, murmelte sie mit gesenktem Kopf. »Ich habe mich verlaufen.«

Ines nickte und bedeutete Nomi hereinzukommen. Doch Nomi wurde langsamer, warf einen Blick über die Schulter und sah zu, wie Asa um die nächste Ecke verschwand. Sie ignorierte Ines' strengen Blick, als sie in ihr Zimmer ging, tief in Gedanken versunken.

Vielleicht war der Thronfolger nicht der Einzige, der ihr verraten könnte, was mit Serina geschehen war. Als sie erneut an Asa dachte, erschien ein kleines Lächeln auf ihren Lippen.

11
SERINA

Die rothaarige Frau aus Oracles Crew gewann den Kampf. Als Serina die Augen öffnete, stießen die Frauen um sie herum triumphierend die Fäuste in die Luft, und alle anderen standen still da, während ihre Anführerinnen die Gefallenen aus dem Amphitheater schafften.

»Sind sie ... sind sie tot?«, flüsterte Serina.

Jacana schluckte schwer, ihr Gesicht totenbleich. »Die meisten von ihnen.«

Cliff kam, um die Neulinge abzuholen, und führte sie mit den anderen aus dem Amphitheater. Sie hielt eine Fackel hoch, um ihnen den Weg zu leuchten.

»Was war das?«, stieß Serina bestürzt hervor. Ihre Hände zitterten, und ihre Zähne klapperten – nicht vor Kälte, sondern vor Angst. Was sie gerade mit angesehen hatte, was sie gehört hatte ...

Cliff starrte sie finster an. »Es gibt nicht genug Essen für alle. Den Regenten kümmert es nicht, ob wir leben oder sterben.« Sie spuckte aus. »Also kämpfen wir.«

Jacana wimmerte leise.

»Ihr kämpft? Ums Essen?«, fragte Serina, und ihre Stimme brach. »Wie können die Wachen das zulassen?«

»Es zulassen? Sie haben damit angefangen. Die Wachen sehen jubelnd dabei zu, feuern uns an und schließen sogar Wetten ab, wer gewinnt.« Cliff bleckte zornig die Zähne, ihre Stimme rau und bitter. »Wir dienen ihrer *Unterhaltung*.«

Serina erinnerte sich, wie die Hofchargen des Regenten sie auf der Tanzfläche herumgereicht hatten. Es hatte sie nicht im Geringsten gekümmert, wer sie war oder was sie sagte, solange sie immer schön lächelte. Damals hatte sie das überhaupt nicht gestört. »Aber das ...«

»Es gibt fünf Klans auf dieser Insel. Wenn ein Boot ankommt, müssen sie alle eine Kämpferin auswählen, die für sie in den Ring steigt. Nur die Crew des Gewinners bekommt Rationen.« Cliff kletterte über einen herabgestürzten Felsbrocken. »Heute Abend hat unsere Kämpferin gewonnen. Das bedeutet, dass wir morgen reichlich zu essen haben. Die anderen Klans müssen die Insel nach allem absuchen, was sie auftreiben können, bis die nächste Ladung Gefangene eintrifft.«

Heftige Abscheu wallte in Serina auf. »Wie entscheiden die Wärter, wer gewinnt?«

Cliff zog eine Augenbraue hoch, als wäre die Antwort offensichtlich. »Hast du das nicht gesehen? Gewonnen hat diejenige, die überlebt.«

»Soll das heißen ... wir müssen einander *umbringen*?« Jacanas Stimme überschlug sich; ein schrilles, angsterfülltes Kieksen.

Cliff würdigte sie keines Blickes. »Feiglinge können sich ergeben und von ihrer Crew ins Exil verbannt werden. Aber die meisten, die kämpfen und verlieren, ziehen den Tod vor. Das geht schneller, als zu verhungern.«

In Serinas Augen brannten unvergossene Tränen. Wie hatte sie nur so arglos handeln und Nomis Buch aufschlagen können! Es hatte nur ein schneller Blick auf ihre Kindheit sein sollen, eine Erinnerung an ihren Bruder, um das Heimweh und den Abschiedsschmerz etwas zu mildern. Nur ein kurzer Moment, woraufhin sie das Buch hätte verstecken und Nomi für ihre Leichtsinnigkeit zurechtweisen sollen. Doch sie hatte keine Ahnung gehabt, was sie riskierte. Was *Nomi* damals riskiert hatte, indem sie beschlossen hatte, lesen zu lernen. Während Serina den Pfad hinaufstolperte und die Schreie der sterbenden Frauen in ihren Ohren nachhallten, wünschte sie sich nichts mehr, als das Buch der Legenden brennen zu sehen.

Cliff und die Neulinge folgten Oracles Crew einen verschlungenen, steinigen Pfad entlang, der durch die verbrannten Überreste eines Waldes führte. Hier und da kämpfte sich eine knorrige Zypresse durch die verdorrte Erde, und Efeu rankte sich um Steinbrocken, die vielleicht einst Teil einer Straße gewesen waren. Die einzige andere Pflanze, die in dieser Umgebung überleben konnte, war ein widerstandsfähiges gelbes Gras, das in kleinen Büscheln auf dem schwarzen Vulkangestein sprießte und kummervoll im Wind rauschte.

»Wohin gehen wir?«, fragte Gia. Sie drehte unentwegt eine Haarsträhne zwischen den Fingern, als brauche sie dringend etwas, woran sie sich festhalten konnte.

Serina versuchte angestrengt, zu Atem zu kommen, ihre Beine brannten wie Feuer.

Cliff wurde nicht langsamer. »Wir leben in einer Höhle. Nun, genau genommen in einem Lavatunnel. Die äußere Hülle ist abgekühlt, während die Lava noch floss, und so blieb dazwischen ein Hohlraum zurück.«

»Das klingt nicht gerade sicher.« Gia verzog das Gesicht. Ihre braungebrannte Haut und ihre von der Sonne ausgeblichenen Haare legten die Vermutung nahe, dass sie aus einer Stadt im Süden kam oder vielleicht aus einer der Nomadenfamilien, die entlang der Westküste auf Booten wohnten und vom Fischfang lebten.

»Ist es auch nicht«, blaffte Cliff sie an.

»Warum lebt ihr dann dort?«, fragte Serina.

»Oracle will nicht, dass wir sicher sind«, erwiderte Cliff und warf ihr über die Schulter einen ärgerlichen Blick zu. »Sie will, dass wir zäh und hart im Nehmen sind. Der Tunnel ist ein schrecklicher Ort zum Leben, und genau das ist der Sinn der Sache. Schluss jetzt mit den Fragen. Beeilt euch.«

Die Dunkelheit schloss sich um sie zusammen. Cliffs flackernde Fackel spendete nur wenig Licht, und Serina geriet immer wieder ins Straucheln. Jacana, so zaghaft sie auch war, lief den Pfad rasch hinauf.

Schließlich erreichten sie ein weit aufklaffendes Loch im Fels. Oracles Crew verschwand in der Höhle. Die Neuankömmlinge blieben zögernd am Eingang stehen, völlig erschöpft. Die Luft roch wie ein abgebranntes Streichholz. Von den Hügeln im Zentrum der Insel waberte ein rötlicher Schein hinauf in den Himmel.

Theodora starrte den Tunnel an und schüttelte den Kopf, die Augen weit aufgerissen. »Ich glaube, das halte ich nicht aus.«

Gia zog sie am Arm. »Willst du etwa die ganze Nacht alleine hier draußen bleiben?«

»Ohne Fackel ist es noch schwieriger«, sagte Cliff über die Schulter. Sie wartete nicht.

Als Serina die Höhle betrat, überzog bitterer Staub ihre Zunge. Das Fackellicht flackerte wie wild an den Wänden, und dennoch war es zu dunkel, um mehr als Jacanas blasse Silhouette vor ihr auszumachen.

Endlich tauchte vor ihnen ein hellerer Feuerschein auf und leuchtete ihnen den Weg. Der Tunnel dehnte sich zu einer großen, natürlich entstandenen Kaverne aus. Zahlreiche Frauen saßen auf rostigen Stühlen in der Mitte des Raums oder lagen auf Pritschen, die die gewölbten Wände säumten. Am hinteren Ende der Höhle war ein Feuer unter einem großen, zerfurchten Loch entzündet worden.

Hier gab es keine Wachen. Überhaupt keine Männer. Serina hatte noch nie so viele Frauen an einem Ort gesehen.

Oracle kam herüber und baute sich mit verschränkten Armen vor den Neuankömmlingen auf. Der Lärm in der Höhle verstummte abrupt. »Jeder hier steht irgendwann an einer Klippe«, begann sie mit lauter, weit tragender Stimme, »und fragt sich, ob es nicht leichter wäre zu springen.« Sie taxierte die Neulinge alle nacheinander mit stechendem Blick. »Lasst mich euch den inneren Konflikt ersparen. Es ist leichter.«

Einen langen Moment hingen ihre Worte in der Luft, niederschmetternd und unausweichlich. Serina schluckte den dicken Kloß in ihrem Hals hinunter.

»Hier auf dem Berg des Verderbens müssen wir uns unsere

Rationen verdienen«, fuhr Oracle fort. »Und *alle* hungern. Also springt, wenn ihr nicht anders könnt, aber erwartet nicht, durchgefüttert zu werden, wenn ihr nicht dafür arbeitet. Wenn ihr nicht dafür kämpft. Die Wärter kontrollieren die Insel, aber ihr kontrolliert, ob ihr überlebt oder nicht. Hört zu, lernt und merkt euch eins: Die Regeln, die euch in Viridia beigebracht wurden – dass ihr still, bescheiden, demütig und schwach sein sollt –, werden euch hier nicht helfen. Denn das Einzige, was hier zählt, ist Stärke.«

Serina war dazu ausgebildet worden, weichherzig zu sein. Gefügig. Ihre Anmut war ihr größter Trumpf gewesen. Jetzt war das alles vollkommen nutzlos. *Sie* war nutzlos. Niemand hier hatte ein Bedürfnis danach, dass sie Harfe spielte, tanzte oder stickte.

Oracles Blick richtete sich auf sie, ihr eigenartig trübes Auge schien jeden ihrer panischen Gedanken zu lesen. Fast als würde sie direkt zu Serina sprechen, fuhr sie fort: »Ihr müsst so stark sein wie dieses Gefängnis, so stark wie der Fels und der tosende Ozean, der euch hier festhält. Ihr seid Backstein und Stacheldraht. Ihr seid Eisen.«

An jedem anderen Tag wäre Serina womöglich in Tränen ausgebrochen. Doch sie hatte keine Tränen mehr übrig – keine Kraft, um zu trauern. Dies war jetzt ihr Leben. Irgendwie musste sie lernen, nicht unterzugehen.

Serina erwachte starr vor Angst. Ein unsichtbares Gewicht drückte sie nieder, so schwer wie die Felsen über ihrem Kopf. Sie fuhr hoch und riss an ihrem Hemd, versuchte, ihre Lungen aus dem Käfig zu befreien.

Eine Hand legte sich auf ihre Schulter. »Es ist nur ein Traum. Entspann dich. Alles in Ordnung.«

Die seltsame Stimme durchbrach ihre Benommenheit. Plötzlich, mit einem heftigen Keuchen, konnte Serina wieder atmen.

Sie versuchte, sich zu orientieren. In der großen Höhle flackerte in regelmäßigen Abständen Fackelschein auf und zerteilte die Dunkelheit in wabernde Blöcke aus Licht und Schatten.

»Im Tunnel werden manche Leute klaustrophobisch. Mir gefällt es hier.« Die raue, kratzige Stimme gehörte zu der Frau auf der Pritsche neben ihr. »Ich habe zehn Jahre im fensterlosen Keller eines sehr mächtigen Mannes verbracht und ängstlich auf das Geräusch seines Schlüssels im Schloss gelauscht. Ich bin die Dunkelheit gewohnt.«

»Wie bist du hier gelandet?«, fragte Serina mit zittriger Stimme, während sie sich noch bemühte, ins Hier und Jetzt zurückzufinden.

»Der Mann hat mir mein Kind genommen.« Das gnomenhafte Gesicht der Frau verfinsterte sich, ihre Augen wie dunkle Löcher, die das matte Licht nicht erreichte. Sie hob die Hände, und ihre Finger krümmten sich zu Klauen. »Also habe ich ihm die Augen genommen.«

Serina umklammerte den Rand ihrer Schlafmatte, versuchte aber, sich ihr Entsetzen nicht anmerken zu lassen. »Oh.«

»Man nennt mich Claw«, sagte die Frau und reichte Serina die Hand. »Hier verdienen wir uns unsere Namen.«

»Serina.« Als sie Claw die Hand schüttelte, krampfte sich plötzlich ihr Magen zusammen, und ihr brach der kalte Schweiß aus. Mit einem Mal hielt sie das Gewicht der Felsen über ihrem

Kopf und die bedrängende Gegenwart so vieler Fremder nicht mehr aus. Sie musste hier raus. »Wo ist die Latrine?«, fragte sie heiser.

»Außerhalb der Höhle, hinter den Dampfventilen auf der linken Seite.« Claw deutete mit einer Kopfbewegung auf eine Tunnelöffnung auf der anderen Seite des heruntergebrannten Feuers.

Serina rappelte sich auf und durchquerte die Höhle auf wackligen Beinen.

Der Tunnel war nicht beleuchtet, abgesehen von einem schwachen Lichtschimmer, der durch einige kleine Löcher fiel, wo der Tunnel wahrscheinlich eingebrochen war – eine Tatsache, über die Serina nicht weiter nachzudenken versuchte. Sie hielt sich nahe an der Wand und fuhr mit der Hand über den rauen Fels, um sich zu stützen. Der Boden war uneben und bohrte sich in die dünnen Sohlen ihrer hier nutzlosen Schuhe, und schon nach wenigen Schritten taten ihre Füße höllisch weh. Ihr war aufgefallen, dass ein paar der Frauen Stiefel trugen – wo hatten sie die wohl aufgetrieben?

Sie hatte gedacht, dass sie mehr Platz zum Atmen haben würde, wenn sie erst allein war, doch der Lavatunnel war ebenso beengend; voller Erinnerungen an so schrecklich viele Frauen, die verängstigt und allein hergekommen waren, genau wie sie. Die auf der Insel ausgesetzt worden waren, nur um im Kampf zu sterben.

Schließlich öffnete sich der Tunnel, sein felsiger Boden zerfiel zu grasbewachsenem, mit Reben überwuchertem Schotter. Gedrungene, rot umrandete Aloen brachen durch das Gestein, und vor ihr lag ein kleiner Wald, umsäumt von kümmerlichen Zitrusbäumen. Serina war sich ziemlich sicher, dass sie die Höhle gestern durch diesen Eingang betreten hatten, doch im Dunkeln hatte sie keine Einzelheiten erkennen können.

Zu ihrer Linken stieg wabernd Dampf auf und färbte sich im Morgenlicht silbergrau. Schwere, feuchtwarme Luft ersetzte die muffige Kühle der Höhle. Sie bahnte sich einen Weg über den steinigen Boden. Sie hatte sich noch nie draußen erleichtert. Das war etwas völlig anderes als die knarrenden Rohre zu Hause in Lanos oder die geräumigen, marmorverkleideten Badezimmer im Palazzo.

Als Serina fertig war, kletterte sie zurück über die Felsen.

Ein Quietschen und Rumpeln durchbrach die morgendliche Stille. Serina zog sich hastig zum Höhleneingang zurück, als ein Wärter in Sicht kam, der einen rostigen Karren vor sich herschob. Er blieb auf der Lichtung zwischen den Zypressen stehen, nahm seine Mütze ab und wischte sich den Schweiß von der Stirn. Da erkannte Serina ihn: der junge Wärter, der angeregt hatte, dass sie der Höhle zugeteilt wurde.

Serina schaute sich hilfesuchend nach Oracle oder irgendjemand anderem um, der wusste, was hier vor sich ging, was sie tun sollte, doch niemand tauchte aus den Schatten des Lavatunnels auf. Instinktiv fuhr sie sich mit der Hand durch ihre fettigen, zerzausten Haare und versuchte, ihr Hemd zu richten.

»Ah, totes Mädchen«, sagte der Wärter, als er sie bemerkte. Der spöttische Spitzname ärgerte sie. Sie brachte es nicht über sich, seinem Blick zu begegnen, sondern starrte stattdessen auf seine dunklen, lockigen Haare, die sich um den Rand seiner Mütze ringelten. Er lehnte sich an seinen Karren und verschränkte die Arme vor der Brust, sein graues Hemd schweißdurchnässt. »Hast du dich gut eingewöhnt?«

An sich eine höfliche Frage, die nach einer höflichen Antwort verlangt hätte, wären sie im Palazzo. Doch Serina war nicht im Palazzo, und letzte Nacht hatte sie zugesehen, wie sich junge Frauen auf Leben und Tod bekämpften, während Wärter wie er sie anfeuerten. Nomi würde nicht lächeln und höflich antworten. Also tat Serina es auch nicht.

»Wie gewöhnt man sich in die Hölle ein?«, erwiderte sie ungehalten. »Und warum sollte ich das überhaupt? Wie du mir unschwer zu verstehen gegeben hast, bin ich sowieso schon so gut wie tot.«

Er nickte, und in seiner Stimme schien Anerkennung mitzuschwingen. »Du hast etwas von deinem Feuer zurück. Gut.«

Völlig aus der Fassung fuhr Serina ihn an: »Was soll das jetzt wieder heißen?«

Er zuckte die Achseln. »Viele der Mädchen, die hierherkommen, sind schon wütend, bereit zu kämpfen. Doch andere brauchen Hilfe. Ich dachte, wenn du irgendwo eine Chance hast, dann am ehesten in der Höhle. Und jetzt, nach gerade einmal einem Tag, stehst du tatsächlich für dich ein.«

»Ich bin unhöflich zu dir, und deshalb denkst du, ich wäre bereit zu kämpfen?« Serina stemmte die Hände in die Hüften. Die Morgensonne brannte auf sie herab und rötete die nackte Haut an ihren Armen.

Der Wärter wandte sich mit einem rauen Lachen zu seinem vollbeladenen Karren um. »Du bist eindeutig noch nicht bereit. Aber Oracle kriegt dich so weit, wenn das überhaupt möglich ist. Sie weiß, wie sie die Verrückten bändigt und die Ängstlichen abhärtet. Ihre Crew gewinnt die Kämpfe um die Rationen öfter als alle anderen. Sie wird einen guten Einfluss auf dich haben.«

»Warte, du wolltest mir also helfen?«, stammelte Serina fassungslos.

Mit einem leisen Ächzen warf er sich einen prall gefüllten Jutesack über die Schulter. »Ich versuche, allen Mädchen zu helfen und sie dorthin zu schicken, wo sie am längsten überleben. Du schienst besonders bedürftig.«

»Danke«, gab Serina bissig zurück. Doch in Wahrheit war sie ihm wirklich dankbar. Sie war nicht wie Anika, abgebrüht und kühn. Sie passte nicht in diese furchterregende Welt.

Der Wärter schleppte den Sack zum Eingang der Höhle und legte ihn an der Wand ab. Dann ging er zurück, um einen weiteren zu holen.

Die Rationen, vermutete Serina. Bei dem Gedanken rumorte ihr Magen schmerzhaft.

»Also, totes Mädchen«, sagte der Wärter, als er das dritte Mal an ihr vorbeikam. »Wie heißt du wirklich?«

»Serina.« Sie wollte ihn gerade nach seinem Namen fragen, als eine Gruppe Frauen aus dem Schatten der Höhle auftauchte.

Oracle marschierte direkt auf den Wärter zu. Sie schüttelten sich die Hände, und Oracles grimmiges Stirnrunzeln verblasste etwas. Bis sie die aufgestapelten Säcke sah. »Das sind drei weniger als letztes Mal.«

»Kommandant Ricci hat mehr für sich behalten«, erklärte der

Wärter mit gesenkter Stimme. »Ich habe einen Beutel zusätzlich rausschmuggelt, aber mehr konnte ich nicht mitnehmen, ohne Verdacht zu erregen.«

»Danke.« Oracle legte ihm die Hand auf die Schulter. »Ist irgendeine Crew in kritischem Zustand?«

Er schüttelte den Kopf. »Der Südklippen-Klan ist nahe dran, aber sie hatten Glück beim Angeln. Wenn nötig halten sie noch einen Monat durch.«

Eine Hand umfasste Serinas Arm und ließ sie erschrocken zusammenfahren. Als sie sich umdrehte, begegnete sie Cliffs grimmigem Blick.

»Da bist du«, sagte sie. »Ich hab nach dir gesucht.«

Serina stieß den Atem aus. »Entschuldige. Ich ... ich bin früh aufgewacht und musste mal. Ich wollte nur ...«

»Valentino begaffen?«, fragte Cliff und deutete mit dem Kinn auf den jungen Wachmann.

Serinas Wangen röteten sich. »Er ist plötzlich aufgetaucht, als ich zurückgehen wollte.«

»Oh, ich ziehe dich doch nur auf.« Ein Grinsen erschien auf Cliffs breitem, unscheinbarem Gesicht. »Wir mögen Val. Er ist der Jüngste der Wachen, deshalb muss er die Rationen ausliefern. Manchmal gibt er uns ein, zwei Tipps und lässt es uns wissen, wenn der Kommandant eine seiner Launen hat.«

Serina wollte gerade fragen, was sie damit meinte, als Cliffs Lächeln verschwand. »Halt dich von den anderen Wärtern fern. Val ist die einzige Ausnahme, verstanden? Die anderen geben den Mädchen manchmal Versprechen ...« Cliff schüttelte den Kopf. »Das geht nie gut aus.«

Serina verstand nicht, was das bedeutete, nickte jedoch wortlos.

»Jetzt komm«, sagte die ältere Frau. »Zeit fürs Frühstück.«

Drinnen hatten sich alle um das Lagerfeuer zusammengefunden. Serina fiel auf, dass Jacana allein ein Stück abseits der Gruppe hockte. Sie setzte sich zu ihr.

»Konntest du ein bisschen schlafen?«, erkundigte sie sich leise.

Jacana nickte, blickte aber nicht auf.

Jemand reichte ihnen ein paar Stücke trockenes Brot, zähes Dörrfleisch und einige Orangenspalten. Serina beugte sich über ihre Portion und schlang alles gierig hinunter. Die karge Mahlzeit schmeckte vorzüglich, nachdem sie so lange hatte hungern müssen. Jacana pickte an ihrem Essen herum wie ein kleiner Vogel, aber sie aß genauso schnell auf.

Weder Cliff noch Oracle stellten die vier Neulinge der Gruppe vor, und niemand versuchte, ein Gespräch mit ihnen anzufangen. Als Serina fertiggegessen hatte und endlich wieder an etwas anderes denken konnte als an die gähnende Leere in ihrem Magen, sah sie sich ihre Mitgefangenen genauer an. Es gab hier etwa dreißig Frauen, die jüngsten höchstens fünfzehn oder sechzehn Jahre alt. Die älteste war eine runzlige Greisin, die auf einer Pritsche am Feuer hockte und ihr Brot mit zahnlosem Mund mümmelte. Die meisten der übrigen Frauen boten denselben Anblick: jung, mit schmalem, ausgemergeltem Gesicht, die Haare kurzgeschnitten oder straff zurückgebunden, die Uniformen mehrmals geflickt und schmutzig. Und sie hatten alle dunkle Schatten unter den Augen.

Überall um sie herum erzählten sich die Frauen Geschichten

und alberten herum, während sie ihr dürftiges Essen teilten. Zu Serinas Erstaunen war die Höhle von Gelächter erfüllt. Nicht etwa von dem leisen, befangenen Gekicher der Frauen auf dem Ball des Regenten. Diese Frauen lachten von Herzen.

Serina fragte sich, wer die Verrückten waren und wer die Ängstlichen.

»Ich hab letzte Nacht geträumt, dass Oracle mich von einer Klippe geworfen hat«, murmelte Jacana.

»Warst du beim Aufwachen glücklich oder enttäuscht, dass es nur ein Traum war?«, fragte Serina mit einem gequälten Lächeln.

Jacana sah sie überrascht an. Und dann, zum ersten Mal seit sie hier war, lachte sie. »Ich bin mir nicht sicher. Dieser Höllentrip endet so oder so nicht wirklich, oder?«

Serina musterte Jacanas kleine Nase, ihre dreckigen Haare und gehetzten grünen Augen. Das Mädchen war hübsch, doch in den kleinen Fältchen um ihre Augen und ihrem ständigen Stirnrunzeln zeigten sich die Nachwirkungen eines harten Lebens.

»Wie bist du hier gelandet?«, erkundigte sich Serina neugierig.

Jacana blickte auf ihre leeren Hände hinab. Sie waren mit feinem Vulkanstaub überzogen, ihre Fingernägel ungepflegt und schmutzig. »Ich war eine Diebin. Und ich wurde erwischt.«

Das konnte Serina sich beinahe vorstellen. Jacana war klein und schnell. Aber sie war so zaghaft. »Was hast du geklaut?«

»Alles, was ich konnte.« Jacana zuckte die Achseln. »Meine Eltern sind gestorben, als ich sieben war, also musste ich mich allein durchschlagen. Das Waisenhaus habe ich gemieden. Ich wollte nicht verheiratet werden. Niemand hätte mich um Erlaubnis gefragt.«

»Woher kommst du?«, fragte Serina. »Ich bin aus Lanos.«

Jacana warf ihr einen erstaunten Blick zu, und die Angst wich einen Moment aus ihrem Gesicht. »Du siehst nicht aus, als kämst du aus Lanos«, sagte sie. »Ich hätte auf die Goldene Insel getippt.«

Das Kompliment brachte Serina zum Lächeln, obwohl sie sich albern dabei vorkam. Welchen Nutzen hatte ihr gutes Aussehen jetzt noch?

»Ich bin in Bellaqua geboren«, erzählte Jacana. »Aber ich habe schon an vielen Orten gewohnt. Ich war eine ganze Weile in Ressida und in Diamond City.« Sie beugte sich vor und umschlang mit ihren schmächtigen Armen ihre Knie. »Ich war gut darin, meine Spuren zu verwischen. Aber ein Freund hat mich verraten.« Sie schien in sich zusammenzusinken. »Und jetzt werde ich hier sterben.«

Serina starrte auf ihre leeren Hände, ihr Magen rumorte noch immer. Die Wahrheit wog so schwer wie der Fels über ihnen – unbestreitbar, unentrinnbar.

Wir werden alle hier sterben.

12
NOMI

In den nächsten Tagen hielt Nomi nach Asa Ausschau, wann immer sie die Gemächer der Graces verließ, was nur zweimal vorkam. Sie erdachte und verwarf mehrere miese Pläne, wie sie sich mit ihm treffen könnte. Allmählich überkam sie das schreckliche Gefühl, dass sie ihre Hoffnungen auf einen Umstand gesetzt hatte, der womöglich nie eintreten würde. Sie konnte Asa nicht nach Serina fragen, wenn sie ihn nie wiedersah.

Auf dem Weg zur Schneiderin trödelte sie absichtlich, musterte jede Grace und jede Dienerin, an der sie vorbeikam, und fragte sich, ob sie vielleicht wusste, was mit ihrer Schwester geschehen war. Rosario hatte sie schon gefragt, aber sie wusste nur, was Cassia erzählt hatte: dass Serina unter mysteriösen Umständen aus dem Palast verschwunden war.

»Ich glaube, heute passen sie das schwarze Kleid an«, sagte Angeline, die neben ihr herging. »Das ist nicht so vielschichtig. Wird bestimmt kein großer Aufwand.«

»Danke«, sagte Nomi. Ihre Zofe wusste, wie sehr sie die Anproben hasste.

»Ich finde, das solltet Ihr beim Rennen tragen«, meinte Angeline nachdenklich. »Es wird im Mondlicht glitzern.«

»Hast du es je gesehen? Das Rennen, meine ich«, fragte Nomi.

»Mein Vater hat mich einmal vom Fenster im Obergeschoss zuschauen lassen. Es war der Wahnsinn. Ein Pferderennen quer durch die Stadt ... Es ist so berühmt, dass Leute aus aller Welt herkommen, um es zu sehen. Und Ihr habt den besten Ausblick. Der Regent und seine Gefolgschaft schauen immer vom Glockenturm ganz in der Nähe der Ziellinie zu.«

Sie hatten gerade die Tür erreicht, als die plötzlich nach außen aufschwang. Nomi wich hastig einen Schritt zurück.

Maris blieb abrupt stehen, um ein Haar wäre sie Nomi auf die Füße getreten. »Tut mir leid«, sagte sie. »Ich wusste nicht, dass ihr hier seid.«

Nomi winkte ab. »Schon in Ordnung. Ist ja nichts passiert.«

Maris strich sich ihre langen schwarzen Haare hinter die Ohren. Sie war mit Abstand die Größte der Graces; Nomi schätzte, dass sie fast so groß war wie der Thronfolger selbst. In dem eleganten grünen, mit winzigen silbernen Nieten besetzten Kleid, das sie momentan trug, wirkte sie sogar noch imposanter.

»Dieses Kleid sieht tödlich aus«, meinte Nomi, als Maris ihre Haltung änderte und die silbernen Metallspitzen im Licht aufblitzten. Angeline musterte das Kleid mit bewunderndem Blick.

»Es eignet sich besser für Dinnerpartys als für Bälle«, pflichtete Maris ihr bei. »Das ist mein Lieblingskleid. Darin kann ich mir zumindest einbilden, ich könnte etwas Abstand wahren.«

Ihre Antwort überraschte Nomi. War es nicht ihr Ziel, dem Thronfolger *näher*zukommen?

In diesem Moment trat Maris' Dienerin zu ihnen. »Es ist Zeit für Euren Harfenunterricht.«

Maris nickte und folgte ihrer Dienerin mit einem kleinen Achselzucken in Nomis Richtung den Gang hinunter.

»Ihr habt hiernach Tanzunterricht«, sagte Angeline. »Ich hole Euch dann ab.«

Nomi nickte ihr zum Dank zu, doch sie hatte ein flaues Gefühl im Magen. *Tanzunterricht*. Ihre allererste Stunde. Nun, zumindest würde sie nicht mit dem Thronfolger tanzen; er war noch nicht in den Palazzo zurückgekehrt.

Sobald Nomi das Zimmer der Schneiderin betrat, wurde sie von einer Handvoll ihrer Gehilfinnen umschwärmt. Ihre Kleider fielen in Sekundenschnelle zu Boden. Nomi musste sich auf eine erhöhte Plattform in der Mitte des Raums stellen, in ihrem dünnen Unterhemd fröstelnd, während die Frauen um sie herumwirbelten.

»Tss, tss. So dünn«, murmelte die Schneiderin, während sie Nomi das schwarze Kleid überzog. Als sie sah, wie locker es saß, rümpfte sie abschätzig die Nase. »Dieses Kleid wurde nicht für die Figur einer Dienerin entworfen.«

Schon bei den letzten Anproben hatten die Schneiderin und ihre Gehilfinnen mehr als deutlich gemacht, dass sie Nomis niedere Herkunft missbilligten. Aber mit dem Kleid hatte sie recht.

Serina hätte es perfekt gepasst.

»Mehr Nadeln!«, rief die Schneiderin.

Nomi blieb mit geradem Rücken und ausdruckslosem Gesicht stehen. Am liebsten hätte sie sich das Kleid heruntergerissen und es der Schneiderin vor die Füße geworfen, vor allem, als die sie »aus Versehen« mit einer Nadel stach. Aber Serina hätte in einer solchen Situation die Ruhe bewahrt, und Nomi war fest entschlossen, es ihr gleichzutun.

Wieder stach ihr eine Nadel in den Oberschenkel, und Blut quoll hervor. Nomi zuckte leicht zusammen, machte aber keinen Mucks – die Genugtuung würde sie der Schneiderin nicht geben. Das Kleid, das Serina für sie ausgesucht hatte, war tiefschwarz mit einem silbrigen Schimmer, wie ein klarer Sternenhimmel, und vielleicht hätte es Nomi sogar gefallen, wenn der Ausschnitt ihr nicht fast bis zum Bauchnabel reichen würde und es um die Taille nicht so eng wäre.

»So«, sagte die Schneiderin, »das sollte reichen.« Sie trat einen Schritt zurück und begutachtete ihr Werk. Ihre zusammengekniffenen Augen sahen nichts als das Kleid. Nomi hätte genauso gut eine Strohpuppe im Hinterzimmer eines Geschäfts sein können.

Während Nomi sich auszog, kam Ines herein. »Warte, behalt das an«, sagte sie. »Du hast jetzt Tanzunterricht. Ein langes Kleid und ein paar gutplatzierte Stecknadeln werden dir beim Lernen helfen.«

Nomi nickte gelassen, doch in ihrem Innern tobte ein Sturm.

Ines wartete nicht auf Angeline, sondern führte Nomi selber aus den Gemächern der Graces. In dem Labyrinth direkt aneinander anschließender Räume fand sich Nomi inzwischen ganz gut zurecht, aber der Rest des Palasts war ihr immer noch ein Rätsel – wahrscheinlich weil sie weit mehr auf die Diener achtete als auf ihre Umgebung. Trotz Rosarios entmutigender Worte hoffte sie immer noch, dass Serina zur Strafe eine niedere Tätigkeit verrichten musste und dass sie sich eines Tages irgendwo im Palast begegnen würden. Doch bisher hatte sie keine Spur von ihrer Schwester entdecken können.

Mit raschelndem Kleid folgte sie Ines durch einen blitzblanken Korridor nach dem anderen. Schließlich kamen sie in ein kleines Musikzimmer.

Die Wände waren rosarot tapeziert und mit einer großen Auswahl an Instrumenten behängt. Dachfenster tauchten den Raum in ein warmes Licht. Eine blassorange gekleidete Frau beugte sich über ein in der Ecke stehendes Klavier und entlockte ihm eine heitere Melodie. Die Möbel waren fortgeräumt worden, und in der Mitte des Zimmers wirbelte Cassia in Asas Armen über die Tanzfläche. Ein Tanzlehrer stand an der Seite und rief ihnen Anweisungen zu.

Asa? Sie übten mit *Asa?*

Wie vom Donner gerührt blieb Nomi im Türrahmen stehen.

Im selben Moment bemerkte Asa sie und geriet aus dem Rhythmus. Cassia sog scharf die Luft ein, als er ihr auf den Fuß trat. Nomis Wangen liefen hochrot an.

»Verzeihung«, murmelte Asa und widmete seine Aufmerksamkeit wieder seiner Tanzpartnerin.

Cassia neigte den Kopf. »Das war doch nicht schlimm, Eure Eminenz.«

»Das genügt«, sagte Ines, und die Frau am Klavier beendete das Stück mit schwungvoller Geste. Asa ließ Cassias Hände los.

»Danke für den Tanz«, sagte er und verneigte sich.

Cassia vollführte einen anmutigen Knicks, so dass ihre langen, offenen Haare wie ein Vorhang über ihr Gesicht fielen. »Es war mir ein Vergnügen, Eure Eminenz«, säuselte sie.

Nomi trat zur Seite, um Cassia durchzulassen, doch sie fühlte sich immer noch wie betäubt. Ihr Blick verharrte auf Asa, der in der Mitte des Raums stand und unruhig mit dem Fuß über den Boden scharrte. Bei all ihren vergeblichen Planungen war ihr nie in den Sinn gekommen, dass Asa ihr Tanzpartner sein könnte. Aber konnte sie es riskieren, ihn hier nach Serina zu fragen? Würde sie sich das trauen?

Der Instrukteur, ein geisterhaft dünner Mann mit eleganten Fingern, klatschte zweimal in die Hände.

Nomi zuckte zusammen. Unsicher trat sie einen Schritt vor. Sie hatte nie tanzen gelernt. Serina hatte immer mit Renzo geübt, und niemand war auch nur auf die Idee gekommen, sie in den Unterricht miteinzubeziehen. Der Lehrer würde ihr mehr als ein paar Hilfestellungen geben müssen, um ihren Stil zu verfeinern. Er würde Nomi jeden Schritt und jede Drehung beibringen müssen.

»Hör auf, die Stirn zu runzeln«, ermahnte sie Ines. »Eine Grace runzelt niemals die Stirn.«

Nomi straffte die Schultern. Wenn sie das hier überstehen wollte, wenn sie herausfinden wollte, was mit Serina geschehen war, musste sie ihre Frustration unter Kontrolle halten. Sie musste diese Dinge lernen. Sie durfte nicht riskieren, irgendjemanden zu verärgern.

Sie stand vor Asa und machte einen tiefen Knicks. Wenigstens in dieser Hinsicht hatte das ständige Üben geholfen. Das Sonnenlicht fing sich im Silber ihres Kleids, so dass es wie Sterne glitzerte.

»Ich muss mich entschuldigen, Eure Eminenz«, sagte sie. »Ich habe nicht viel Erfahrung im Tanzen.«

Seine warmen Hände umfassten die ihren. Ihre Finger zitterten. Er führte ihre linke Hand zu seiner Schulter und hielt die andere fest. Die ersten leise klimpernden Töne eines Lieds füllten den Raum, als er sie näher an sich zog, so nah, dass er ihr ins Ohr flüstern konnte: »Ich auch nicht. Deshalb will Vater, dass ich am Tanzunterricht der Graces teilnehme.«

Er roch nach Espresso und warmem Sand. Ohne nachzudenken, trat Nomi noch ein kleines Stück näher. Eine verborgene Stecknadel pikste ihr in den Oberschenkel.

Der Lehrer gab den Takt vor. »Eins, zwei, drei, vier. Schritt zurück, Linksschritt, Schritt nach vorn, und zurück.«

Nomi versuchte, sich zu konzentrieren, aber die Frage, die sie ihm stellen wollte, überlagerte alles andere. Sollte sie es wagen? Sie riskierte, eine Dreistigkeit zu begehen, und Ines ließ sie nicht aus den Augen. Sie hatte Nomi eingeschärft, keine Fragen zu stellen. Wenn sie sie hörte ...

Asa machte einen Schritt nach vorne, direkt auf Nomis Fuß.

Sie wich hastig zurück, stolperte jedoch über ihr hochgestecktes Kleid und geriet ins Wanken. Asas Arme legten sich fester um sie. Sie machte einen Schritt nach links, doch Asa bewegte sich genau in die entgegengesetzte Richtung.

Der Tanzlehrer räusperte sich. »Eure Eminenz, bitte verzeiht, dass ich mich missverständlich ausgedrückt habe. Meine Anweisungen galten Nomi.«

Asa machte ein seltsames schnaubendes Geräusch, als versuche er, ein Lachen zu unterdrücken. »Natürlich.«

Die Musik setzte wieder ein. Irgendwie schafften sie es, mehrere Runden durch den Raum zu drehen, ehe Ines sagte: »Nomi, Kinn hoch. Du starrst auf deine Füße, als hättest du Angst, sie könnten ohne dich weglaufen.«

Nomi blickte auf und sah gerade noch, wie Asa sich ein Lächeln zu verkneifen versuchte.

Er beugte sich näher zu ihr. »Beim Tanzen traue ich meinen Füßen auch nicht«, sagte er. »Sie haben die Angewohnheit …« Er trat auf ihr Kleid, so dass sie gegen seine Brust taumelte und mehrere Stecknadeln in ihre Taille stachen. Sie gab sich alle Mühe, nicht zusammenzuzucken, während das Lachen nun doch aus ihm herausbrach. »Nun, genau das zu tun.«

Sie machte einen unbeholfenen Schritt nach links. Er bewegte sich zwar ein wenig hölzern, aber sie war mit Sicherheit keine Hilfe. Genauso wenig wie die Nadeln. »Und ich bin eine miserable Tanzpartnerin. Es tut mir leid.«

Asa umfasste ihre Hände fester. »Ich besteche hier durch Ungeschick. Du hast nichts Miserables an dir, schon gar nicht in diesem Kleid, in dem dich der Himmel selbst zu umschmeicheln scheint.«

So ein überwältigendes Kompliment hatte Nomi in ihrem ganzen Leben noch nie bekommen. Heftig errötend senkte sie den Blick, und das Kleid zwinkerte ihr zu; Tausende winzig kleine Sterne, die in der Schwärze funkelten.

»Ich fühle mich wie eine Fremde«, gestand sie. »Überhaupt nicht wie ich selbst.«

»Dein ganzes Leben wurde auf den Kopf gestellt.« Er zuckte die Achseln. »Natürlich wirft dich das erst mal aus der Bahn. Alles ist anders und unerwartet … Das war nicht deine Entscheidung.«

Nomi blickte überrascht auf. Niemand sonst schien sie zu verstehen. Alle taten, als sollte sie in Begeisterungsstürme ausbrechen, oder sie behandelten sie wie eine Aussätzige, weil sie als Dienerin eine solche Stellung nicht verdient hatte. Sie sah verstohlen zu Ines hinüber, deren Aufmerksamkeit von irgendetwas draußen vor dem Fenster abgelenkt wurde. Vielleicht war das ihre Chance.

»Ich wollte Euch fragen …«

»Jetzt versucht es mit einer Drehung«, unterbrach sie der Tanzlehrer.

Asa stieß ein tiefes Seufzen aus. »Also los …«

Ehe sie wusste, wie ihr geschah, wirbelte er sie zur Seite, so schwungvoll, dass sie sich an seiner Hand festklammern musste, um nicht quer durch den Raum zu fliegen. Und dann, ganz plötzlich, flogen sie tatsächlich, sie sausten in stürmischen Pirouetten umher, die besser zu schnellerer, wilderer Musik gepasst hätten, als die Pianistin spielte.

Nomis Haare wehten ihr aus dem Gesicht, und sie konnte nicht anders; sie lachte freiheraus. Asa wirbelte sie erneut zur Seite und zog sie wieder zurück an seine muskulöse Brust. Sie schwankten beide leicht.

Er lächelte sie strahlend an, seine warmen, kaffeebraunen Augen glitzerten vergnügt.

Und schon schnellten sie wieder durch den Raum, vollführten rasend schnell Schritte, die Asa sich genauso gut ausgedacht haben könnte. Doch das kümmerte sie nicht, und sie spürte auch keinen einzigen Nadelstich. Zum ersten Mal seit beinahe einer Woche lockerten sich ihre angespannten Muskeln, ihre Sorge verflog, und ihr Kopf dröhnte nicht vor lauter Fragen und Reue.

Es war eine Wohltat, einen Augenblick wie ein Kind herumzutollen und so zu tun, als wäre sie frei.

Ines räusperte sich laut und demonstrativ, als versuche sie schon eine ganze Weile, sie auf sich aufmerksam zu machen. Die Klaviermusik hatte aufgehört. »Das reicht für heute«, verkündete sie.

Mit einem leisen Lachen wirbelte Asa Nomi noch ein letztes Mal herum und beendete den Tanz mit einer galanten Verbeugung. Er lächelte noch immer, und seine Wangen waren ebenso gerötet wie ihre. Sie atmeten beide keuchend.

Nomi schlug die Augen nieder. Der Saum ihres Kleids hatte sich an einer Seite von den Stecknadeln gelöst und hing über ihre silbernen Schuhe.

»Tut mir leid, da habe ich mich wohl einen Moment vergessen«, sagte Asa, aber er klang überhaupt nicht, als täte es ihm leid. »Danke für die Übung.«

»Ich habe zu danken, Eure Eminenz«, sagte Nomi und knickste. Ihr Herz wurde schwer. Der Tanzunterricht war vorbei, und sie hatte die Gelegenheit verpasst, ihn nach Serina zu fragen.

Nomi folgte Angeline schweigend zurück zu den Gemächern der Graces. Im Stillen fragte sie sich, ob sie wohl noch eine Chance bekommen würde. Sie *betete*, dass sie noch eine Chance bekommen würde.

Als sie ihr Schlafzimmer erreichten, machte Angeline kurzen Prozess mit Nomis schimmerndem schwarzem Kleid, das jetzt ziemlich zerknittert war. »Keine Sorge«, sagte ihre Zofe fröhlich. »Ich lasse es gleich reinigen und vernähen, damit ihr es beim Premio Belario tragen könnt.«

Dann half sie Nomi in eine weiche, cremefarbene Tunika und wallende Hosen.

»Danke, Angeline«, sagte Nomi. »Könnte ich ein paar Minuten allein sein?«

Das Mädchen verbeugte sich. »Natürlich. Ich warte draußen.«

Allein in ihrem Zimmer ließ sich Nomi auf einen Stuhl sinken, die Ellbogen auf die Frisierkommode gestützt, das Gesicht in den Händen vergraben. Immer und immer wieder spielte sie ihren Tanz mit Asa in Gedanken durch. Sie hätte einen Weg finden *müssen*, ihn nach Serina zu fragen.

Frust wallte in ihr auf. Sie hatte gehofft, sich eine Weile ausruhen zu können, aber solange ihre Gedanken um Serina kreisten, war an Schlaf nicht zu denken. Sie stand so abrupt auf, dass sie ein kleines Döschen Lipgloss vom Tisch fegte. Seufzend hob sie es auf und öffnete die oberste Schublade der Kommode, um es wegzupacken.

Doch als sie die Schublade aufzog, entfuhr ihr ein erschrockenes Keuchen. Dort, halb verborgen unter einem Seidenschal und Kohlestiften, lag ein Buch.

Nomi donnerte die Schublade wieder zu und blickte sich panisch um. Erst als sie sicher war, dass niemand sie beobachtete – die Vorhänge waren zugezogen, und Angeline wartete draußen –, zog sie die Schublade wieder auf.

Es war immer noch da. Sie hatte es sich nicht nur eingebildet. Ihre Finger strichen über das weiche Leder, und ein Schauder durchlief ihren Körper, als sie es hervorholte.

Kurzer Abriss der Geschichte Viridias.

Nomi schlang die Arme um sich. Ein Buch in ihrem Besitz zu haben war gefährlich – das hatte Serinas Festnahme mehr als bewiesen. Aber wo war es hergekommen?

Ehe sie sich auch nur im Klaren war, was sie da tat, stopfte sie das kleine Buch zwischen Matratze und Bettgestell, so tief, dass es nicht herausfallen würde, wenn Angeline das Laken wechselte. Ihr Herz hämmerte wild. Dann sank sie zu Boden und lehnte sich schwer gegen das Bett.

Plötzlich fühlte sie sich wie ein Akrobat, der auf einem schwankenden Seil balancierte, die Welt gefährlich weit unter sich. Jemand spielte mit ihr, doch es war ein Spiel, dessen Regeln sie nicht kannte.

13
SERINA

»Oracle will die Frischlinge sehen. Also los.« Cliff baute sich mit vor der Brust verschränkten Armen vor ihnen auf. Serina verdrückte den letzten Rest ihres dürftigen Mittagessens und rappelte sich auf. Anscheinend fungierte Cliff als Betreuerin der Neuankömmlinge. Sie sagte Serina und den anderen immer, was sie zu tun hatten.

Jacana, Gia und Theodora standen ebenfalls auf, und zusammen folgten sie Cliff aus dem Lavatunnel. Einige der anderen Frauen arbeiteten bereits – manche sammelten Orangen und Zitronen, andere durchforsteten den kleinen Wald. Cliff bemerkte, wie Serina eins der Mädchen beobachtete, das mit Zitruspflanzen und anderen Gewächsen beladen war.

»Ohne das bisschen zusätzliches Essen würden wir sterben«, erklärte sie. »Es gibt auch ein paar Beeren, die nicht giftig sind, auch wenn sie wie Säure schmecken, und Wildschweine, die auf der Insel herumstreunen. Allerdings nicht mehr lange«, fügte sie hinzu, während sie die Mädchen zu einem Pfad durch das Gehölz führte. »Sie können sich nicht schnell genug fortpflanzen, ehe wir sie erlegen. Niemand, der die Chance auf frisches Fleisch hat, lässt sie sich entgehen.«

»Angelt ihr auch?«, fragte Gia. Wie sich herausstellte, stammte sie tatsächlich aus einer Fischerfamilie. Sie war dabei ertappt worden, wie sie als Junge verkleidet auf dem Markt Fisch verkauft hatte, als ihr Vater krank geworden war.

Cliff rieb sich ihren sonnenverbrannten Nacken. »Nur der Strand- und der Südklippen-Klan. Überall sonst ist die Strömung so stark, dass kein Fisch nahe genug an die Küste kommt. Der Dschungel-Klan fängt hin und wieder welche an einer Wasserstelle nicht weit von seiner Zuflucht, aber nur sehr wenige. Sie hungern genau wie alle anderen«, schloss sie grimmig.

Serina zog irritiert die Stirn kraus. »Was passiert, wenn ein Klan die Kämpfe immer wieder verliert?«

»Dann müssen sie selbst genug Nahrung auftreiben. Oder sie verhungern«, antwortete Cliff in einem Ton, der keine weiteren Fragen duldete.

Als sie aus dem Wald traten, erblickten sie vor sich ein weiteres Lavafeld. Ein leises Ächzen und das Klatschen, mit dem Haut auf Haut traf, ließen Serina erschrocken aufhorchen. Ein paar Schritte rechts von ihnen, auf einer weiten Grasfläche, die von der Lava verschont geblieben war, kämpften mehrere Frauen gegeneinander. Oracle und die Frau mit den kurzen, an den Seiten abrasierten roten Haaren standen ein Stück abseits und schauten zu.

Jacana blieb wie angewurzelt stehen. Auch Serina erstarrte.

Cliff deutete mit einer Kopfbewegung auf die Kämpferinnen. »Hier trainieren wir. Meistens leitet Ember das Training, aber wenn Oracle euch einen Rat gibt, dann hört gut zu.«

Serina entfuhr ein entsetztes Keuchen, als eine der Kämpferinnen ihrer Gegnerin in den Magen schlug. Die Angriffs- und Ausweichmanöver der Frauen erinnerten an einen seltsamen Tanz; die Hitze und das grelle Sonnenlicht ließen ihre Bewegungen schwindelerregend wirken.

Ember kam zu ihnen herüber.

»Oracle wollte die Frischlinge sehen?«, fragte Cliff.

Ember musterte die Neuankömmlinge prüfend. Da bemerkte Serina, dass sie eine wulstige, glänzend weiße Narbe am Hals hatte, als hätte jemand versucht, ihr die Kehle aufzuschlitzen.

»Bindet euch die Haare zurück«, befahl sie.

Cliff holte einige Fäden Zwirn aus ihrer Tasche und teilte sie aus. Serina band ihre Haare zu einem Pferdeschwanz zusammen und schauderte, als sie fühlte, wie fettig und strähnig sie waren.

»Dann wollen wir doch mal sehen, was ihr draufhabt«, sagte Ember und marschierte zu der Grasfläche.

Gia stieß ein leises Schnauben aus. »Das soll wohl ein Witz sein«, sagte sie und brachte damit Serinas eigene Fassungslosigkeit zum Ausdruck. Von ihnen wurde doch sicher nicht erwartet, dass sie mittrainierten – nicht jetzt schon.

Ember hielt inne und bedachte das Mädchen mit einem eisigen Blick. »Alle müssen früher oder später um Rationen kämpfen. Je eher ihr mit dem Training anfangt, desto besser stehen eure Chancen, dabei nicht draufzugehen.«

Theodora schluckte schwer. Sie war die Größte der Neulinge, mit langen Armen, die wie die Gliedmaßen einer Marionette schlackerten. Ihre langen, dünnen Finger zupften am Saum ihres

Hemds herum; eine nervöse Angewohnheit, die Serina schon öfter an ihr aufgefallen war.

Ember deutete auf den provisorischen Kampfring. »Jetzt rein mit euch.«

Niemand sonst legte Widerspruch ein. Mit wild hämmerndem Herzen ging Serina neben Jacana in Stellung. Ihr ganzes Leben war ihr eingeschärft worden, dass andere Frauen ihre Konkurrentinnen waren. Diese Überzeugung hatte ihre Mutter ihr eingebläut: *Traue nie einer anderen Frau. Gib dich nie dem Irrglauben hin, dass sie dich nicht um deine Stellung als Grace oder deine Chance, einen guten Ehemann zu finden, bringen will. Du musst immer die schönste, selbstsicherste Frau im Raum sein.*

Aber das Einzige, worum sie kämpfen konnte, war Aufmerksamkeit.

»Petrel, Mirror, zeigt ihnen, wie's geht«, sagte Ember und deutete auf Serina und Jacana. Die anderen beiden Kämpferinnen stellten sich Gia und Theodora entgegen. Ember gesellte sich zu Oracle und Cliff, die am Rande der Lichtung standen.

Eine der Kämpferinnen grinste Serina zu. Sie hatte glatte, schulterlange Haare und Piercings im Ohr, die sie als ehemalige Bewohnerin von Sola zu erkennen gaben. »Ich bin Petrel«, stellte sie sich vor. »Lasst euch von uns keine allzu große Angst einjagen.«

»Zu spät«, murmelte Serina, ehe sie sich zurückhalten konnte.

Zu ihrer Überraschung lachte Petrel. Das andere Mädchen, Mirror, grinste. Sommersprossen bedeckten jeden Quadratzentimeter ihrer Haut, und ihr schwarzes Haar war kurzgeschoren. Ihrem Blick entging nichts.

»Alle haben sich die Haare kurzgeschnitten«, sagte Jacana leise.

Petrel nickte. »Ja, die meisten von uns. So sind sie leichter zu handhaben, und die Regeln hier sind nicht so klar definiert. Oder, na ja …« Sie unterbrach sich, als müsste sie das noch einmal überdenken. »Vielleicht sind sie einfach anders.« Ihr heiterer Ton wurde düsterer. »Überall gibt es Regeln, oder?«

Serina hatte keine Ahnung, was hier für Regeln gelten mochten. Und das war noch beängstigender, als in einer Gesellschaft zu leben, in der alles verboten war. Wenn sie die Regeln nicht kannte, wie sollte sie dann wissen, wann sie sie gebrochen hatte?

»Legt los!«, rief Ember und beendete damit die Einführung.

Petrel hob die Hände und ballte sie zu Fäusten. »Macht lockere Fäuste – so – und hebt sie auf Brusthöhe, die Arme bereit, aber nicht angespannt. Klar?«

Serina verstand nichts davon, aber sie hob die Hände und versuchte es. Neben ihr tat Jacana es ihr gleich.

Plötzlich schnellte eine Faust auf Serinas Gesicht zu. Ein heißer Schmerz durchfuhr ihren Kiefer, und sie stürzte rücklings auf den Boden. Einen Moment starrte sie benommen zum diesigen blauen Himmel hoch, der hier und da von Wolken verhangen war. Dann rappelte sie sich auf und fuhr sich über den Mund.

»Petrel, fang bei ihr mit der Fußarbeit an.« Oracles Stimme durchbrach die Panik, die ihr Herz immer schneller schlagen ließ. »Sie kann tanzen. Das ist ein guter Ansatzpunkt.«

Überrascht blickte Serina zu ihr hinüber. Woher wusste Oracle, dass sie tanzen konnte?

Petrels Faust grub sich in Serinas Bauch, und sie fiel erneut.

»Sorry«, sagte Petrel fröhlich, als Serina sich wieder aufrappelte. »Stell dich etwas breitbeiniger hin. Beug die Knie. Bleib locker.«

Das Training dauerte den ganzen Morgen. Erst schlug Petrel Serina wieder und wieder zu Boden und gab die ganze Zeit schwer verständliche Kommentare zu Serinas Haltung und Reaktionszeit von sich. Dann kamen die anderen Kämpferinnen an die Reihe. Und schließlich kämpften die Frischlinge gegeneinander. Auch die anderen Mädchen schlugen Serina zu Boden. Selbst Jacana bezwang sie; sie war klein und schüchtern, aber, wie Serina schon vorher aufgefallen war, erstaunlich schnell. Angesichts ihrer Vorgeschichte leuchtete das ein.

Serinas Fingerknöchel waren wund, die Blasen an ihren Füßen offen. Aus ihrer aufgeplatzten Lippe rann ihr Blut in den Mund. Sie konnte sich nur immer wieder aufrichten und schwankend auf ihre nächste Tracht Prügel warten. Die Mädchen, gegen die sie kämpfte, waren Messer; sie war Teig – ein weicher, gefügiger Körper, der sich einzig und allein als Boxsack eignete.

Wenn sich Nomi an die Regeln gehalten hätte, wäre sie nie hier gelandet. Bei dem Gedanken durchzuckte sie eine unbändige Wut. Serina schlug nach Mirrors Gesicht, doch das Mädchen fing ihren Hieb mühelos ab und warf sie erneut zu Boden.

Als das Training endlich vorbei war, konnte sich Serina kaum noch auf den Beinen halten, ihre geschundenen Fäuste hingen schlaff herunter, während die anderen sich den Dreck abklopften und in die Höhle zurückkehrten. Petrel schlang einen Arm um Serinas Schultern und schleppte sie mit sich.

»Komm, jetzt kriegst du erst mal was zu essen. Das erste Mal ist immer eine Tortur. Oracle will, dass wir euch Frischlinge hart rannehmen, um zu sehen, aus welchem Holz ihr geschnitzt seid«, erklärte sie. »Es wird leichter.«

»Das bezweifle ich«, ächzte Serina. Ihre Stimme war ebenso rau wie alles andere an ihrem geschundenen Körper. Vals neuentdeckte Zuversicht, was ihre Zukunftschancen anging, konnte sie nicht teilen. Er hatte mit seiner ersten Einschätzung recht gehabt. Sie war wirklich so gut wie tot. *Und das ist allein Nomis Schuld.*

Serina schüttelte den Kopf und versuchte, den Gedanken zu verdrängen. Er fühlte sich an wie ein Verrat an ihrer Schwester.

»Wenn du dich erholt hast, geh raus ins Gelände«, riet Petrel ihr. »Halt dich nur von den Wachtürmen und den anderen Klans fern. Sonst kannst du überallhin. Lauf, so viel du kannst, und werde schneller, wenn du dich bereit fühlst. Klettere mit bloßen Händen und Füßen ... das Vulkangestein wird dafür sorgen, dass du Schwielen kriegst. Du musst zäher werden.«

Serina entfuhr ein heiseres Lachen. Das war die Untertreibung des Jahrhunderts.

Petrel lächelte erneut. »Wie heißt du?«

»Nennen wir sie Softie«, rief eine der anderen Kämpferinnen von weiter vorn.

Ihre Begleiterin lachte.

»Nein. Wie wär's mit Loser – schließlich hatte sie gegen uns nicht die geringste Chance.«

In diesem Moment konnte sich Serina nicht einmal über die demütigenden Spitznamen aufregen, die sie ihr verpassten. Sie war wirklich zu weich. Unterlegen. Schwach.

Ein Stück vor ihnen kam die Kolonne zum Stehen. Oracle wartete, bis alle zu ihr aufgeschlossen hatten. Sie musterte die vor ihr versammelten Frauen, allesamt nassgeschwitzt und sichtlich ermattet vom Kampftraining in der glühenden Hitze. Doch den jämmerlichsten Anblick bot eindeutig Serina. In ihrem ganzen Leben hatte sie nie auch nur einen einzigen Tag ohne gewaschene, ordentlich gekämmte Haare, schöne Kleider und ein perfektes Lächeln im Gesicht zugebracht. Wie erbärmlich musste sie jetzt aussehen, mit ihrer geschwollenen Lippe, den Prellungen im Gesicht und ihren völlig zerzausten Haaren.

Oracle bedachte sie mit einem bohrenden Blick, der alles zu sehen schien; all ihre Hoffnungen, Träume und Wünsche genau wie all ihre Unzulänglichkeiten. Und als ihre Anführerin sich abwandte, rief sie den anderen über die Schulter zu: »Nennt sie Grace.«

14
NOMI

Das Buch brannte ein Loch durch Nomis Bett. Seine scharfen Kanten hielten sie nachts wach, führten sie in Versuchung, wenn Angeline schlief. In der Dunkelheit wisperte ihr Herzschlag von schwarzer Tinte und seidenem Papier, ihr Innerstes war von einem Verlangen erfüllt, das immer schmerzhafter wurde, je länger sie ihm widerstand. Sie sehnte sich so sehr danach, einen verstohlenen Blick zu wagen, doch das Risiko war es nicht wert. Sie würde nie Serinas Gesicht vergessen, während sie so getan hatte, als würde sie ihr vorlesen, und ihren gellenden Schrei, als die Wachen sie fortgeschleift hatten.

Nomi schüttelte den Kopf und versuchte, das Buch aus ihren Gedanken zu verbannen. Das Problem war, dass sie, sobald sie nicht mehr über das Buch nachsann, immerzu an Asa denken musste. Half er den frisch erkorenen Graces immer beim Tanzunterricht oder nur, wenn der Thronfolger gerade nicht da war? Wann würde sie ihn wiedersehen? Würde er auch bei dem großen Pferderennen sein, das demnächst stattfand? Sie war fest entschlossen, einen Weg zu finden, ihn nach Serina zu fragen. Sie konnte es sich nicht leisten, noch mehr Chancen zu vertun.

Momentan saßen sie und die anderen neuernannten Graces in einem der etwas privateren Wohnzimmer auf weich gepolsterten Sesseln, vor denen Porzellanschüsseln voll warmem Wasser standen. Sie sollten lernen, wie man jemandem die Füße massierte, indem sie aneinander übten.

Mit festem Griff ließ Nomi ihre ölgetränkten Daumen Cassias Fuß hochgleiten.

»Ich fasse es nicht, dass ich so etwas sage, aber ich glaube, du wirst tatsächlich besser«, sagte Cassia und ließ den Kopf mit einem wohligen Seufzen auf die Sessellehne sinken.

Nomi widerstand dem Drang, mit den Fingernägeln über ihre Fußsohle zu kratzen. Stattdessen rang sie sich ein schiefes Lächeln ab. »Es wird auch Zeit, dass ich endlich was richtig hinbekomme«, sagte sie, als hätte sie tatsächlich Interesse an diesen Dingen.

Maris stieß ein missmutiges Schnauben aus. »Ich hasse Füße.« Sie übte an ihrer Zofe, die aus dem Kichern gar nicht herauskam, weil Maris nicht fest genug drückte. »Unglaublich, dass so etwas von uns erwartet wird. Das ist widerwärtig.«

Der Fuß ihrer Zofe zuckte, als sie erneut eine empfindliche Stelle traf. »Entschuldige«, murmelte sie.

Cassia tauchte ihre Füße in die Wasserschüssel. »Ich finde es wundervoll. So sinnlich.«

Nomi wischte sich die Hände ab; der Grad ihres Ekels schien irgendwo zwischen dem der anderen beiden Mädchen zu liegen.

»Jetzt bin ich dran«, sagte Cassia und tätschelte Nomi wie einem Hund den Kopf, als sie aufstand. Sie tauschten die Plätze. Nomi sank in das Polster ihres Sessels und legte die Füße auf den mit einem Handtuch bedeckten Fußschemel.

Doch bevor Cassia anfangen konnte, tauchte Ines im Türrahmen auf. »Der Thronfolger ist zurück«, verkündete sie. Nomis Herz setzte einen Schlag aus.

»Er möchte dich sehen, Cassia.«

Nomi atmete erleichtert auf. Den Sternen sei Dank war sie diesmal nicht die Erste.

Cassia schritt zur Tür und warf ihnen über die Schulter ein selbstgefälliges Grinsen zu. Maris schnaubte nur verächtlich, als Cassia davonrauschte.

Nomi beugte sich vor, um sich zu strecken, und ließ sich dann genüsslich in die Polster zurücksinken. Sie schloss die Augen und verdrängte alle Gedanken an Serina, Asa, Malachis Rückkehr ... einfach alles. Ihr Leben lang hatte sie nur so wenige Gelegenheiten gehabt, einfach auf einem bequemen Stuhl zu sitzen und durchzuatmen. Ihre Eltern arbeiteten beide in der Textilfabrik, und Renzo ging zur Schule, also musste sie die Wohnung sauber halten, auf dem Markt einkaufen gehen, das Essen vorbereiten und danach den Abwasch machen.

Maris' Dienerin kicherte erneut. Maris warf ihren Bimsstein angewidert auf den Boden. Der Mann an der Tür trat unbehaglich von einem Fuß auf den anderen.

»Alles in Ordnung?«, erkundigte sich Nomi leise und warf dem blassen, weiß uniformierten Mann einen flüchtigen Blick zu – was er wohl über sie dachte?

Maris wischte sich mit einem Handtuch das Öl von den Händen. »Ich wünschte, wir könnten schwimmen oder am Strand spazieren gehen«, murrte sie. »Ich fühle mich, als würde ich auf einen Sturm warten, der sich direkt vor der Küste zusammenbraut, aber nicht näher kommt.«

Nomi strich mit den Händen über ihre eigenen Füße, um das restliche Öl zu verreiben. »Bis zum Geburtstag des Thronfolgers sind es nur noch wenige Wochen. Danach ...«

Danach würden sie all ihren Pflichten als Graces nachkommen müssen. Nomi erschauderte.

Eine Weile saßen Nomi und Maris schweigend beisammen, denn keine von ihnen hatte Lust, sich der nächsten Aufgabe zuzuwenden. Nomi war schon fast eingedämmert, erschöpft von ihren eigenen Gedanken, als Maris mit einem Ruck aufsprang. »Ich bin über und über mit diesem Zeug bedeckt, und von dem Geruch wird mir schlecht. Ich werde ein Bad nehmen.«

»Ich sollte mich wahrscheinlich auch waschen«, meinte Nomi. Die Passatwinde waren letzte Nacht abgeflaut, und die feuchtwarme, stickige Luft klebte ihr auf der Haut, so schwer und zäh wie ihre Angst, was Malachi nach seinem Geburtstag von ihr erwarten würde.

Nomi und Maris wanderten durch die stillen, prunkvollen Räume, und ihre Dienerinnen folgten ihnen schweigend. Selbst Angeline war ruhig, wenn sie sich im Gemeinschaftsbereich befanden. In jedem Raum standen Männer des Regenten, Teil des Mobiliars und doch wieder nicht – Nomi konnte nie vergessen, dass sie alles beobachteten und dem Regenten meldeten.

Als sie den Baderaum erreichten, legten Maris und Nomi mit

Hilfe ihrer Dienerinnen ihre Kleider ab. Auf ein Nicken Nomis hin zog sich Angeline nach draußen zurück, und Maris' Zofe folgte ihr rasch. Selbst der männliche Bedienstete verließ den Raum, auch wenn er direkt vor der Tür stehen blieb. Maris ließ sich mit einem leisen Stöhnen ins Becken plumpsen, so dass sich das Wasser um sie herum kräuselte. Nomi gesellte sich zu ihr.

»Gefällt es dir hier?«, fragte Maris unvermittelt. Ihre glänzend schwarzen Haare trieben auf dem Wasser wie ein Ölfleck.

Nomi schlang die Arme um ihren Körper, woraufhin sich kleine Wellen über die Oberfläche des Bassins ausbreiteten. Sie sah zu, wie sie gegen den gebogenen Marmorrand wogten, bis die letzte von ihnen verebbte. Wäre die Frage von Cassia gekommen, hätte Nomi sie einfach bejaht. Aber aus irgendeinem Grund hatte sie das Gefühl, dass sie Maris die Wahrheit anvertrauen konnte. »Ich hasse es«, flüsterte sie, damit der Mann draußen vor der Tür sie nicht hörte. »Ich vermisse meine Schwester, meine Familie ... Mein Bruder wurde nur ein paar Minuten nach mir geboren. Siebzehn Jahre lang waren wir nie mehr als einen Tag getrennt. Und meine Schwester ...« Ihre Stimme brach. Über Serina konnte sie nicht reden.

Maris starrte einen langen Moment wortlos auf den Schatten des Mannes an der Tür. »Meine Mutter hat immer gesagt, gegen ein Leben aufzubegehren, an dem du nichts ändern kannst, verletzt nur dich selbst.« Ihre Stimme stockte. »Aber sie hatte Glück. Sie ist früh gestorben.«

»Das tut mir leid«, sagte Nomi. Irgendetwas an Maris' grimmigem Blick ließ ihr Herz schneller schlagen. Auf einmal wurde ihr klar, dass sie Angst hatte. Sie hatte Angst, dass Maris ihr etwas sagen würde, was sie nicht sagen durfte. Oder dass sie sich selbst nicht mehr zurückhalten könnte.

Maris' Stimme wallte unaufhaltsam über das Wasser. »Ich hätte hier glücklich werden können. Aber mein Vater, er … er hat alles ruiniert.« Ihr Mund schloss sich abrupt.

Ehe Nomi fragen konnte, was sie damit meinte, kamen ein paar Graces des Regenten herein. Maris setzte ein Lächeln auf, und mit einem Mal schien es, als hätte es das Mädchen, das sie gerade noch gewesen war, nie gegeben.

Da erkannte Nomi, dass sie nicht die Einzige war, die ein Geheimnis hütete. Maris hatte auch eins.

15
SERINA

Eine Woche lang trainierte Serina jeden Tag mit Petrel. Sie wurde besser darin, auf den Beinen zu bleiben und den Fäusten und Ellbogen ihrer Gegnerin auszuweichen, aber ihre Arme waren immer noch schwach, und ihre Schläge richteten kaum etwas aus. Ihr Körper fühlte sich nicht mehr an wie ihr eigener, wenn Ember sie ein ums andere Mal auf den Kampfplatz beorderte. Ihre Muskeln schrien so gellend wie die kreischenden Möwen am Himmel über ihnen.

»Du machst dich gut«, meinte Petrel fröhlich und klopfte Serina auf die Schulter.

Serina stützte sich auf die Knie und versuchte, wieder zu Atem zu kommen.

Petrel lachte. »Lauf eine Runde«, riet sie ihr. »Vertritt dir die Beine, damit sie nicht verkrampfen.« Mit diesen Worten ging sie, um Mirror und Jacana beim Trainieren zuzusehen.

»Was willst du, Grace?«, fragte Oracle, als Serina auf sie zukam. Die Klananführerin saß am Eingang zur Höhle und schnitzte Stöcke zu Speeren für die Wildschweinjagd.

Serina wurde wütend. Sie hasste den Spitznamen, den sie sich »verdient« hatte. Sie war nie eine Grace gewesen.

Und jetzt sah sie auch ganz sicher nicht mehr aus wie eine. Zwar hatte sie sich noch nicht die Haare abgeschnitten, aber das würde sie bald müssen; sie hingen ihr, zu einem schlaffen, dreckigen Zopf geflochten, über den Rücken und kamen ihr ständig in die Quere. Ihre Hände waren mit feinem schwarzem Vulkanstaub bedeckt – ganz gleich, wie oft sie sie auch schrubbte, sie wurden nie richtig sauber. Und ihre einst strahlende Haut war von der Sonne gerötet und rau.

»Der Vulkan«, sagte sie und sah zu der dichten Rauchwolke auf, die über den Hügeln hinter Oracle hing. »Was, wenn er ausbricht? Warum bleibt ihr so nahe bei ihm? Ist das nicht gefährlich?«

Oracle hielt einen Moment inne, ihre Hände verharrten auf ihrem Speer. »Wenn der Vulkan erneut ausbricht, werden alle auf der Insel sterben. Willst du lieber unter den Ersten sein und rasch den Tod finden oder noch Zeit haben, panisch zu beten?«

»Ich denke nicht, dass ich den Tod so einfach akzeptieren würde«, gab Serina zurück.

»Der Tod wird dich ereilen, ob du es akzeptierst oder nicht«, sagte Oracle, senkte den Kopf und widmete sich wieder ihrer Arbeit – eine unmissverständliche Aufforderung zu verschwinden.

»Kann ich eine Wanderung machen?«, fragte Serina.

Oracle lachte, machte sich aber nicht die Mühe aufzusehen. »Warum fragst du mich um Erlaubnis? Tu, was du willst. Halt dich nur von den Wärtern fern.«

Verärgert stampfte Serina davon. War es so seltsam, dass sie

Oracle um Erlaubnis gefragt hatte? Immerhin war sie im *Gefängnis*.

Sie wanderte nach Norden, um den Rand des Kraters herum. Das zerklüftete Terrain riss an ihren viel zu dünnen Schuhen. In der Ferne ragte ein Wachturm auf; als sie sich ihm näherte, sah sie den Wärter, der davor Wache stand, die Hand griffbereit an seiner Waffe. Sie lief schneller, bis er außer Sicht war.

Schließlich erreichte sie das andere Ende des gigantischen Kraters; der grauweiße Fels rauchte an einigen Stellen noch immer. Hier wuchsen keine Pflanzen, nicht einmal das robuste goldene Gras. Ihr Kopf dröhnte, weil sie der Sonne schon so lange ausgesetzt und dehydriert war.

Schwer atmend erklomm sie eine steile Böschung. Als sie endlich oben ankam, sackte sie erschöpft auf die Felsen und wischte sich den Schotter von ihren wunden, mit Blasen übersäten Händen. Noch bildeten sich keine Schwielen. Vor ihr erstreckte sich der Ozean glitzernd über die gesamte Länge des Horizonts. Hinter ihr stiegen Rauchschwaden aus dem Krater auf.

Weit und breit war niemand zu sehen. Selbst der Wachturm war verschwunden, hinter einer Anhöhe verborgen. Hier draußen konnte sie sich fast einbilden, sie wäre der einzige Mensch auf dieser Insel. Der einzige Mensch auf der ganzen Welt.

Tu, was du willst.

Oracles Worte gingen ihr nicht aus dem Kopf. Das hatte noch nie jemand zu ihr gesagt. Ihr Leben war immer von Pflichten bestimmt gewesen. Und niemand, nicht einmal die Menschen, die sie liebte, hatte sie das je vergessen lassen.

Sie hatte gehofft, ihre Ernennung zur Grace würde ihre Belohnung sein. Doch jetzt führte Nomi das Leben, von dem sie immer geträumt hatte: eine endlose Abfolge von Bällen, Konzerten und köstlichen Mahlzeiten. *Nomi* wurde herausgeputzt und nach Strich und Faden verwöhnt. *Nomi* schlief in einem weichen Bett in ihrem eigenen Zimmer. *Nomi* fürchtete nicht jeden Tag um ihr Leben.

Manchmal wünschte Serina, Nomi wäre mit dem Buch erwischt worden – dass sie selbst für ihr Verbrechen hätte geradestehen müssen. An solchen Tagen fühlte sie sich wie die schlechteste Schwester der Welt. Wie konnte sie irgendjemandem wünschen, an diesem Ort zu landen, geschweige denn jemandem, den sie über alles liebte?

Heute konnte Serina einzig und allein daran denken, wie Nomi sie in jener Nacht im Palazzo – Serinas einziger Nacht im Palazzo – gebeten hatte, mit ihr im Bett zu schlafen. Nomi hatte ihre große Schwester gebraucht, doch sie hatte ihr den Rücken zugekehrt. Sie dachte an den Morgen danach zurück, als sie Nomi hätte umarmen oder aufmuntern können, es aber bewusst nicht getan hatte.

Serina würde hier sterben, so viel stand fest. Sie würde Nomi nie wiedersehen. Sie hätte ihrer kleinen Schwester sagen können, dass sie sie liebte, dass sie stolz auf sie war. Doch jetzt würde sie nie mehr die Gelegenheit dazu haben.

Mit einem tiefen Seufzen kletterte sie von dem Felsen hinunter und machte sich auf den langen Rückweg zurück zum Lavatunnel. Die untergehende Sonne hielt mit ihr Schritt, wie ein Feuerball glitt sie über den Horizont und färbte die Umrisse des Wachturms blutrot.

Plötzlich hörte Serina ein Poltern, und im selben Moment tauchte eine Gestalt aus dem Unterholz abseits des Weges auf. Der Wärter baute sich direkt vor ihr auf, verstellte ihr den Weg.

»Was haben wir denn hier? Einen Neuling oder eine Verbannte?«, sinnierte er und musterte sie von Kopf bis Fuß. »Sonst gibt es keinen akzeptablen Grund, warum du dich allein hier draußen rumtreibst.«

Die kühle Berechnung in seinen Augen gefiel Serina ganz und gar nicht. Sie senkte den Blick und verschränkte die Arme schützend vor der Brust. Ein Kratzer an ihrem Unterarm fing wieder an zu brennen, als sich die Haut spannte.

»Verzeihung«, sagte sie und versuchte, an ihm vorbeizugehen. Ihr Herz hämmerte.

Der Wärter versperrte ihr erneut den Weg. Er war nicht besonders groß, aber er brauchte auch keine stämmige Statur, um ihr Angst zu machen. Es reichte schon völlig aus, dass er ihr so schnell so nahe kam und nach seiner Pistole griff. Als wäre er es gewohnt, Gefangene zu bedrohen.

Er beugte sich vor und raunte ihr ins Ohr: »Deine Schuhe fallen auseinander. Lass mich dir ein Paar Stiefel besorgen.«

Eine Hand verharrte auf seiner Pistole. Mit der anderen langte er nach ihr, ließ seinen Finger über ihren Hals gleiten.

Jeder Atemzug, den Serina nahm, fühlte sich an wie ein stummer Schrei. Was sollte sie jetzt tun? Es war offensichtlich, was dieser Mann im Austausch für die Stiefel wollte, und sie wollte es ihm nicht geben.

Dazu war sie nicht bereit.

Aber wann hatte das je eine Rolle gespielt?

Es hätte nichts geändert, wenn sie zur Grace erwählt worden wäre.

Zum ersten Mal begriff Serina, was Nomi in jener Nacht im Palazzo gemeint hatte, als sie sagte, man habe nicht wirklich eine Wahl, wenn es nicht erlaubt war, nein zu sagen. Serina hatte sich entschieden, willig zu sein – den Thronfolger zu begehren. Doch es wäre völlig belanglos gewesen, hätte sie es nicht getan.

Und das war es auch jetzt.

»Ich ... Ich will keine Stiefel«, stammelte sie – mehr als ein heiseres Flüstern brachte sie nicht heraus. Sie versuchte, vor ihm zurückzuweichen, aber er hielt sie fest, eine Hand an ihrer Kehle.

»O doch«, sagte er und packte fester zu. »Das tust du.«

Serina schloss die Augen. Sie bekam kaum noch Luft.

»Sie will die Stiefel nicht, Bruno«, ertönte eine Stimme hinter ihr. Ein Ächzen war zu hören und dann ein dumpfes Poltern. Plötzlich aus dem Griff des Wärters befreit, taumelte Serina zurück.

Als sie die Augen öffnete, lag Bruno ausgestreckt am Boden. Petrel stand über ihm. »Sie gehört zur Höhlencrew«, sagte sie und taxierte ihn mit bohrendem Blick. »Und sie hat *nein* gesagt.«

Bruno rappelte sich auf, sein schmales Gesicht puterrot vor Wut. »Du solltest dich besser in Acht nehmen«, knurrte er, doch Petrel lachte ihm ins Gesicht.

»Du weißt, wo Oracle die Grenze zieht«, sagte sie.

Er spuckte ihr vor die Füße, dann stampfte er in Richtung Wachturm davon.

Petrel wandte sich Serina zu. »Alles in Ordnung?«

Serina nickte stumm, obwohl sie sich ganz und gar nicht gut

fühlte. Ihr Herz hämmerte immer noch wie wild, und sie hatte höllische Kopfschmerzen. Petrel hatte den Wärter *geschlagen*. Sie hatte ihn aufgehalten. »Welche Grenze zieht Oracle?«, fragte Serina mit schwacher, zittriger Stimme.

Petrel legte ihr einen Arm um die Schultern und zog sie mit. »Das System an diesem Ort ist fragil. Auf dem Kampfplatz haben die Wärter die ganze Macht. Aber hier draußen, wo sie sich zwischen Patrouillen und Wachtürmen aufteilen müssen ... Hier draußen können wir uns manchmal verteidigen. Oracle toleriert nicht, dass die Wärter uns Gewalt antun.« Sie schenkte Serina ein beruhigendes Lächeln. »Inzwischen lassen uns die meisten Wärter in Ruhe. Bruno ist dämlich. Er wird hier nicht lange überleben.«

Serinas Hände zitterten. Auf unsicheren Beinen stapfte sie neben Petrel her, den Blick starr auf ihre Füße gesenkt. »Ich wusste nicht, was ich tun sollte.«

Petrel drückte ihre Schulter, dann ließ sie den Arm sinken. »Du musst dich wehren. Immer.«

Als sie die Höhle erreichten, ging Petrel wortlos weiter. Niemand wartete am Eingang, obwohl es schon fast Zeit fürs Abendessen war.

»Wohin gehen wir?«, fragte Serina. Ihre Kopfschmerzen ließen ihre Sicht verschwimmen, was der Abenddämmerung etwas Surreales verlieh.

»Der nächste Kampf steht an.« Petrel strich sich ihre schulterlangen Haare hinter die Ohren. »Oracle hat mir aufgetragen, dich zu holen. Sie wusste, dass ich etwas Zeit für mich brauche, bevor ich zum Kampfplatz aufbreche.«

Serina hob ruckartig den Kopf. »Noch ein Boot ist eingetroffen? Jetzt schon?«

Petrel nickte. »Neue Rationen. Neue Gefangene.«

Serina schluckte schwer, ihre Kehle war wie zugeschnürt. »Wen hat Oracle als Kämpferin ausgewählt?«

Petrel antwortete nicht. Sie marschierte weiter den steinigen Pfad entlang, selbst im Dunkeln fand sie den Weg mühelos. Serina stolperte hinter ihr her. Ein tiefes, entsetzliches Grauen erfasste sie. Es gab nur eine plausible Erklärung, warum Petrel vor dem Kampf Zeit für sich brauchte. »Petrel …«

»Keine Sorge«, antwortete Petrel in trügerisch heiterem Ton. »Ich hab schon zwei Kämpfe gewonnen.«

Als sie die Ruinen des Amphitheaters erreichten, hatte sich der Großteil ihrer Crew bereits dort eingefunden. Petrel drückte noch ein letztes Mal Serinas Schulter, dann ging sie zur Bühne, wo Oracle auf sie wartete. Serina setzte sich zu Jacana und Gia. Cliff kam mit einer zerzausten, völlig verängstigten älteren Frau im Schlepptau zu ihnen.

»Setz dich hierher«, sagte sie zu der Frau. »Und fang bloß nicht an zu weinen. Die Wärter werden deine Schwäche sehen und sie gnadenlos ausnutzen. Das darfst du nicht zulassen.« Denselben Vortrag hatte sie letztes Mal auch gehalten. Serina fragte sich, wie oft sie diese Worte schon hatte aussprechen müssen.

»Wo warst du?«, fragte Jacana leise und stupste Serina mit dem Ellbogen an.

Mit einem Mal spürte Serina wieder Brunos Hand an ihrer Kehle. Ängstlich blickte sie zum Balkon hoch, konnte ihn aber nicht sehen. »Spazieren« war alles, was sie herausbrachte.

Serina sah zu Petrel und Oracle, die die Köpfe zusammensteckten.

»Cliff, worüber reden die beiden?«, fragte sie.

Cliff folgte ihrem Blick. »Oracle kann fast sofort erkennen, wie jemand kämpft, was für Stärken und Schwächen er hat. Ein, zwei Bewegungen, und sie weiß genau, was eine Kontrahentin tun wird, noch bevor sie es selbst weiß. So hat sie sich ihren Namen verdient. Sie hat all diese Frauen schon kämpfen sehen. Sie sagt Petrel, wie sie sie schlagen kann.«

»Sind das die anderen Klananführerinnen mit ihren Kämpferinnen?« Serina musterte die Frauen am Rand der Bühne, versuchte, sie einzuschätzen. Waren sie gute Kämpfer? Konnte Petrel sie besiegen?

Cliff deutete mit einer Kopfbewegung auf das Paar ganz links. Eine der Frauen war mindestens einen Kopf größer als die andere, ihre Arme und Beine so lang und dünn wie Eisenstangen. »Die Große ist Twig, die Anführerin des Strand-Klans. Sie leben an einem Küstenstreifen im Norden.«

»Wird sie Twig genannt, weil sie groß und dünn ist?« Serina versuchte, sich zu konzentrieren. Die Ruhe zu bewahren.

Cliff warf ihr einen gereizten Blick zu. »Sie wird Twig genannt, weil sie im Kampf gerne Knochen krachen lässt. Zerbricht sie einfach wie Zweige.«

Serinas Magen krampfte sich zusammen.

Cliff zeigte auf das nächste Duo. »Slash, die Anführerin vom Hotel Misery. Die mit den stachligen Haaren. Sie stellt Messer her.« Die junge Frau neben Slash wippte unruhig auf den Fußballen auf und ab, dass ihre dichten schwarzen Haare wogten.

»Die Wärter lassen euch mit Waffen kämpfen?«, fragte Gia sichtlich entsetzt.

Cliff schnaubte. »Nein. Sie nehmen ihr die Messer ab, aber irgendwie schaffen sie und ihre Crew es immer, sich die Materialien zu beschaffen, um neue zu basteln. Wir sind nicht unbedingt dafür bekannt, dass wir uns an die Regeln halten, oder?«

»Warum nennt man dich eigentlich Cliff?«, erkundigte sich Jacana.

Cliff sah sie einen langen Moment schweigend an, ehe sie antwortete. »Weil ich nach dem ersten Kampf, den ich mit angesehen habe, fast von einer Klippe gesprungen wäre.«

Genau wie beim letzten Mal rief Kommandant Ricci die Kämpferinnen auf die Bühne und stieg dann die Treppe zum Balkon hinauf. Alles war still bis auf das Gemurmel der Wärter, die ihre Wetten abschlossen.

Ricci hob eine Kiste hoch über den Kopf.

»Was sind das für Kisten?«, flüsterte Serina Cliff zu, die wie gebannt zur Bühne starrte.

»Er macht die Kämpfe gerne interessanter«, antwortete sie. »Die Kisten sind bei jedem Kampf mit etwas anderem gefüllt. Einmal hat er ein Seil runtergeworfen, und die Mädchen haben sich alle gegenseitig erdrosselt.«

Kommandant Ricci ließ die Kiste fallen und rief: »Los geht's!« Als sie auf dem Boden aufschlug, brach ein Wespenschwarm aus dem zerstörten Nest im Innern hervor. Die Frauen in den vordersten Zuschauerreihen wichen hastig von der Bühne zurück.

Die Kämpferin des Dschungel-Klans versetzte dem Wespennest einen Tritt, und es landete in hohem Bogen auf einem der anderen Mädchen. Dann ging sie auf Petrel los. Sie schlug mit der Faust nach ihrem Gesicht, doch Petrel duckte sich, schlang mit einer blitzschnellen Bewegung die Arme um den Kopf ihrer Gegnerin und riss ihn herum.

Das Mädchen sackte zusammen, ihr Hals in einem unnatürlichen Winkel verdreht.

Der Kampflärm wurde vom Jubeln der Wärter übertönt. Serina unterdrückte ein Schluchzen. Diesmal konnte sie das Grauen nicht ausblenden, konnte nicht die Augen davor verschließen. Konnte nicht fassen, dass sie das früher oder später auch würde tun müssen. Wenn sie an der Reihe war zu kämpfen, würde sie ganz sicher nicht überleben.

Ein markerschütternder Schrei durchschnitt die Luft – eine der Frauen wich taumelnd vor den anderen zurück und wand sich vor Schmerz. Die Wespen hatten sie umschwärmt. Im verzweifelten Versuch, sich zu schützen, krallte sie nach ihrem Gesicht. Eine große Frau – die Kämpferin des Nordstrand-Klans – trat ihr in die Kniekehlen, um sie zu Fall zu bringen. Sich immer noch qualvoll windend ging das Mädchen zu Boden und schrie: »Ich ergebe mich! Ich ergebe mich!«

Niemand zog sie weg oder half ihr mit den Wespen. Ein paar Sekunden später, während die anderen Kämpferinnen ungerührt weiterfochten, hörte das Mädchen auf zu weinen. Sie bewegte sich nicht mehr. Sie atmete nicht mehr. Ihr Gesicht war geschwollen und lila angelaufen, als wäre sie erdrosselt worden.

Jeder Muskel, jedes Atom in Serinas Körper schrie danach, aufzuspringen und so schnell wie möglich aus der Arena zu fliehen, fort von dem Grauen, das sich direkt vor ihren Augen abspielte.

Mit einem Übelkeit erregenden Krachen erledigte die Anführerin vom Hotel Misery die Kämpferin des Nordstrand-Klans. Während sie noch über ihrer gefallenen Gegnerin stand, schlug Petrel ihr so schnell und fest ins Gesicht, dass ihr Kopf nach hinten flog. Sie waren als Einzige noch übrig.

Das Mädchen fiel, doch ehe Petrel einen zweiten Treffer landen konnte, schwang Misery ihr Bein herum und brachte sie auch zu Fall. Anstatt sich auf eine Rangelei am Boden einzulassen, sprang Petrel sofort wieder auf und trat ein paar Schritte zurück.

Einen Moment taxierten die beiden Frauen einander reglos. Petrels Kontrahentin war ungefähr so groß wie sie, mit einer wilden braunen Haarmähne und einem schmalen Gesicht. Von ihrem Standpunkt aus konnte Serina nicht erkennen, wer von beiden stärker war.

Schlagen, zustoßen, parieren.

Petrel wich Miserys Angriffen mühelos aus, fast als wüsste sie, was sie erwartete. Ihre lässige Art und ihr süßes Lächeln waren einem kalten Kalkül gewichen, das Serina ihr nie zugetraut hätte.

Wieder traf Petrel Misery ins Gesicht, und das Mädchen stieß einen frustrierten Schrei aus. Petrel nutzte ihren Vorteil und versetzte ihrer Gegnerin gleich noch einen harten Schlag. Misery wich zurück. Petrel stürzte vor. Sie prügelte wie wild auf Miserys Gesicht und Bauch ein, legte ihre gesamte Kraft in jeden einzelnen Hieb. Ihre wuchtigen Schläge hätten Knochen brechen können.

Niemand jubelte oder buhte die Kämpferinnen aus, nicht einmal die Wärter. Alles war totenstill.

Miserys Gesicht war blutig geschlagen und verquollen. Sie

stand am Rand des Kampfplatzes, die Hände zum Schutz erhoben, und versuchte nicht einmal mehr, sich zu wehren. Petrel machte eine Drehung und trat ihr mit voller Wucht gegen das Knie. Mit einem dumpfen Schrei sank das Mädchen zu Boden. Sie krümmte sich um ihr verletztes Bein zusammen und zog den Kopf ein. Petrel hielt inne – sie *wartete*. Sie wollte, dass Misery sich ergab.

Das Mädchen schwieg.

Petrel ballte einen Moment die Fäuste, ihr Gesicht verzerrte sich vor unbändiger Wut. Dann griff sie mit beiden Händen nach unten, um Misery zu erwürgen oder ihr das Genick zu brechen.

Serina kam die Galle hoch. Sie konnte nicht hinsehen. Sie konnte nicht mit ansehen, wie *noch* ein Mädchen starb. Diesmal geschah es so bewusst, nicht im Eifer des Gefechts, während überall um sie herum Kämpfe tobten, nicht im verzweifelten Bemühen zu überleben. Petrel musste sich nicht mehr verteidigen. Sie beging einen Mord.

Plötzlich konnte Serina das Gedränge um sie herum nicht länger ertragen; die Hitze, die elektrisierte Stille, während sie alle wie gebannt darauf warteten, dass Misery starb. Sie hielt das nicht mehr aus. Sie vergrub das Gesicht in den Händen, gerade als sich um sie herum ein erschrockenes Keuchen erhob. Als sie den Blick hob, sah sie etwas aufblitzen; etwas, das die Sonne reflektierte.

Petrels Mund öffnete sich.

Ihre Hände fielen von Miserys Kehle … und umklammerten ihre eigene.

Ihre Finger färbten sich schwarz. Nein. Rot. Sie versuchte, das Blut zu stoppen. Das Blut, das aus ihrer Kehle hervorströmte.

Sie machte ein entsetzliches gurgelndes Geräusch. Als sie langsam auf die Knie sackte, richtete sich Misery auf, wobei sie darauf achtete, ihr verletztes Bein nicht zu belasten. In ihrer Hand glitzerte etwas. Ein Messer.

»Betrüger!«, rief jemand wütend. Ein aufgebrachtes Raunen ging durch das Amphitheater.

Das Gurgeln hörte auf. Petrel fiel zur Seite, die Augen immer noch weit geöffnet.

Serina konnte nicht atmen, die Welt verschwamm vor ihren Augen, als würde sie dort liegen, in einer Pfütze ihres eigenen Bluts. Sie konnte nicht klar denken. Sie konnte nicht begreifen ...

Die Kämpferin vom Hotel Misery stieß eine blutige Faust in die Luft.

Ihre Crew jubelte.

Eine Bewegung in der Nähe der Bühne zog Serinas Blick an; Oracle und Ember sprangen auf und holten Petrels Leichnam. Als sie sie wegtrugen, tropfte Blut auf den blassen Stein und markierte ihren Weg. Reglos vor Entsetzen starrte Serina auf die rote Spur. So viel Blut war hier vergossen worden. Wie konnte so viel Tod keinen bleibenden Makel hinterlassen?

16

NOMI

Nomi stand auf dem größten Gebäude in Bellaqua, ihr schwarzsilbernes Gewand bauschte sich im tosenden Wind. Den ganzen Tag war Angeline völlig aus dem Häuschen gewesen und hatte Nomi mit Geschichten über den Premio Belaria erfreut. Das berühmteste Pferderennen der Welt, das einzige, das durch die Straßen einer Stadt führt. Das schwierigste Rennen der Welt. Nomi hatte eine Menge Einzelheiten über alle berühmten Teilnehmer erfahren, von denen einige gewonnen, andere jedoch den Tod gefunden hatten.

»Vor zwei Jahren war seine Eminenz Asa mit dabei«, schwärmte Angeline regelrecht verzückt. »Er war der jüngste Teilnehmer aller Zeiten, und er hat gewonnen. Dabei war es wirklich ein schlimmes Jahr. Es sind viele Teilnehmer ums Leben gekommen.«

Nomi hatte sich nie auch nur im Geringsten für Pferderennen interessiert. Aber als sie so dastand, hoch über den Straßen der Stadt, durchströmte sie ganz gegen ihren Willen eine freudig gespannte Erwartung.

In fast jedem Fenster und auf jedem Dach in ihrem Blickfeld

sah sie die Silhouetten anderer Zuschauer. Doch die von Laternen erleuchteten Straßen und Kanäle unter ihnen waren gespenstisch leer.

»Die Stadt hält den Atem an«, murmelte Maris. Sie trug ein paillettenbesetztes grünes Gewand. Mit ihren offenen windgepeitschten Haaren und dem vom flackernden Fackellicht erhellten Gesicht wirkte sie irgendwie gefährlich.

Hinter ihnen erhob sich ein Mauerturm in die Dunkelheit; auf dem schmalen Laufgang, der den Turm umschloss, drängten sich die Menschen: Der Regent und der Thronfolger waren zugegen, beide mit ihren Graces, ein paar Würdenträger und Diener, außerdem einige Soldaten, die auf beiden Seiten des Türdurchgangs zum Treppenschacht strammstanden. Und irgendwo dort war auch Asa. Nomi hatte den ganzen Abend nach ihm gesucht und sich gefragt, ob es einen Moment geben würde, in dem sie allein und ungestört mit ihm sprechen konnte.

Als sie mit schmerzenden Füßen – die sie ihren unpraktischen Schuhen verdankte – die Wendeltreppe bewältigt hatte und oben angekommen war, hatte sie ihn kurz gesehen. Jetzt schaute sie sich noch einmal nach ihm um, konnte ihn aber nirgendwo entdecken.

»Das ist so aufregend«, meinte Cassia, die neben Nomi am Geländer erschien. »In Sola hatten wir nie Pferderennen.«

Maris schüttelte den Kopf. »Ich verstehe immer noch nicht, wie die Pferde dieses Rennen überleben – wie sie das Rennen durch kopfsteingepflasterte Straßen und über die schmalen Brücken schaffen können.«

»Einige überleben es ja auch nicht«, warf Malachi ein, der sich nun ebenfalls zu ihnen gesellte. »Und die Reiter manchmal genauso wenig. Der Premio Belaria ist ein brutales Rennen. Unübersichtliche Kurven, enge Gassen, ungleichmäßiger Untergrund, es müssen sogar Wasserflächen durchschwommen werden – um zu gewinnen, braucht man nicht nur eine Menge Geschick, sondern auch Glück und vor allem ein hervorragendes Pferd.«

»So viele Gefahren.« Cassia drehte sich um und lehnte sich ans Geländer, wodurch ihre üppige Figur noch besser zur Geltung kam. »Habt Ihr jemals teilgenommen, Eure Eminenz?«

In Malachis Kiefer zuckte ein Muskel. »Nein, bisher nicht«, antwortete er. »Aber mein Bruder war dabei.«

Nomi konnte seinen Gesichtsausdruck nicht einordnen, aber seine Worte hatten einen nervösen Unterton. Sie starrte wieder hinunter auf die Stadt; der Parcours war gut beleuchtet, der Rest lag in Dunkelheit. Die Ziellinie wurde von zwei großen roten Fahnen hoch über der Straße markiert, die an dem Gebäude, auf dem sie standen, angebracht waren.

Ein Abgesandter des Regenten würde das Startzeichen geben, und am Ende des Rennens würde der Regent dem Sieger persönlich den Preis überreichen. Seine Eminenz stand ganz in der Nähe, seine knochigen Hände umklammerten das Geländer. Er wirkte gebrechlich und hager, hielt sich aber kerzengerade. Sie sah, wie er jemandem zunickte, und im nächsten Augenblick löste sich einer der Soldaten von der Mauer und verschwand im Treppenaufgang.

Erneut wandte Nomi sich an Malachi. »Wie ich gehört habe, hat Euer Bruder das Rennen gewonnen, Eure Eminenz.« Schon den ganzen Tag hatte sie versucht, sich vorzustellen, Asa würde an einem solchen Rennen teilnehmen, aber vor ihrem inneren Auge erschien immer nur sein sanftes, ironisches Lächeln.

»Ja«, erwiderte Malachi ausdruckslos. »Das hat er.«

Verwundert zog Nomi eine Augenbraue hoch. War der Thronfolger etwa eifersüchtig auf die Erfolge seines jüngeren Bruders?

Plötzlich zerriss ein gellender Schrei die Luft.

Nomi klangen in der Stille, die folgte, die Ohren. Aus ihrem Blickwinkel konnte sie den Start des Rennens nicht sehen, aber sie hörte ein Geräusch wie ferner Donner, begleitet von lautem Wiehern.

Cassia kreischte vor Aufregung, Maris beugte sich über das Geländer und reckte den Hals, um einen Blick auf die Pferde zu erhaschen. Um besser sehen zu können, verlagerte sich die Menge auf die andere Seite des Turms; Malachi bot seinen Graces den Arm, und Cassia ergriff ihn hastig, bevor Nomi oder Maris ihr zuvorkommen konnten. So folgten die beiden der Schar von Schaulustigen. Maris blieb ein Stück zurück, und als Nomi sich zum Gehen wandte, entdeckte sie Asa, der ein paar Meter entfernt allein am Geländer lehnte. Auf dieser Seite des Turms befanden sich nur noch wenige Leute. Nomi zögerte.

Malachi schaute nicht zurück, sondern verschwand bereits um die Biegung des Gebäudes, Cassia und Maris im Schlepptau. Nomi nahm allen Mut zusammen und steuerte in die entgegengesetzte Richtung.

Von Ferne brandete Beifall auf, das Donnern der Hufe wurde lauter. Langsam schlenderte Nomi zu einer freien Stelle am Geländer, nicht allzu nah bei Asa, um nicht aufdringlich zu wirken.

Er lächelte, als er sie entdeckte. »Von hier sieht man nicht besonders viel. Interessierst du dich nicht für Pferderennen?« Er hatte etwas Einnehmendes, Unkonventionelles an sich, ganz anders als Malachi mit seiner argwöhnischen, grüblerischen Art.

»Ich hab noch nie ein Pferderennen gesehen, deshalb kann ich es nicht beurteilen«, antwortete Nomi. »Aber ich mag keine Menschenmengen.«

In dem Versuch, die Pferde beim Einlaufen in die Zielgerade zu sehen, beugte sich Asa weit über das Geländer. Der Lärm wurde lauter: das Grölen der Menge, die Schreie der Pferde, das dumpfe Hufgetrappel.

Nomi wollte ihn zurückzerren, weg vom Rand des Abgrunds. Wie er sich da über das Geländer legte, so weit, dass sein Körper zu einem Großteil frei in der Luft hing, machte sie nervös. »Ihr seid ein Freund des Pferderennens, habe ich gehört. Man sagt, Ihr habt das Rennen einmal gewonnen, der jüngste Sieger, den es je gab«, sagte Nomi.

Er erwiderte ihren Blick mit einem verschmitzten Funkeln in den Augen. »Hab ich«, erwiderte er. »Held des Premio Belaria. Ich habe einen goldenen Pokal. Gelegentlich trinke ich Wein daraus, um mir in Erinnerung zu rufen, wie unvergleichlich begabt und talentiert ich bin.«

»Und bescheiden?«, fügte Nomi lachend hinzu.

Asa setzte ein unschuldiges Gesicht auf. »Der absolute Meister aller Dinge, zu deinen Diensten«, sagte er mit einer tiefen Verbeugung. »Ich bitte um Verzeihung, aber absolute Meister sind nun mal nicht bescheiden.«

Nomi verdrehte die Augen, konnte aber ihr Lächeln nicht unterdrücken.

Mittlerweile rasten die ersten Pferde um die Ecke und die Straße direkt unter ihnen entlang. Ehe sie die letzte Kurve vor der Ziellinie erreichten, mussten sie noch in einem großen Bogen über die Hauptpiazza, eine schmale Brücke entlang und durch einen Kanal, aber von der Stelle, wo sie jetzt standen, war der ganze Rest des Rennens gut zu sehen. Schon füllte sich das Geländer auf dieser Seite wieder mit Schaulustigen.

»Sind absolute Meister denn auch allwissend?«, fragte Nomi mit einem schalkhaften Blick zu Asa.

»Selbstverständlich«, antwortete er. »Ich kann dir sogar sagen, dass das Pferd in Gelb mit dem blutbeschmierten Jockey gewinnen wird.« Das fragliche Tier und sein Reiter waren nicht die Einzigen, die Kampfspuren aufwiesen. Nomi sah noch ein anderes Pferd mit einer klaffenden Wunde an der Schulter und ein weiteres, dessen Reiter tief gebückt über seinem Hals hing und kurz davor zu sein schien herunterzustürzen.

»Als ich damals mitgemacht habe, war ich schon nach der Hälfte blutüberströmt«, fuhr Asa im Plauderton fort. »Ich hatte mir beim Durchqueren eines Kanals eine tiefe Schnittwunde zugezogen. Du kannst dem allwissenden absoluten Meister ruhig glauben, es ist ein wildes, wüstes Rennen.«

Nomi klopfte das Herz bis zum Hals. Sie blickte sich um. Malachi war nirgends zu sehen, auch sonst achtete niemand auf sie. Das war ihre Chance. »Wo der absolute Meister doch Allwissenheit besitzt«, begann sie mutig, starrte dabei aber, weil sie Asa nicht in die Augen schauen konnte, unverwandt auf das Rennen, »hat er denn vielleicht eine Ahnung, was mit der Schwester einer einfachen Grace geschehen ist?«

Plötzlich brach eins der führenden Pferde zusammen, seine Hufe glitten auf dem Pflaster weg, es schlitterte in den Kanal und stieß ein ohrenbetäubendes Gewieher aus.

Nomi hielt den Atem an. Jemand – ein älterer Mann mit ausgeprägten Hängebacken und buschigen Augenbrauen – rempelte sie an. Asa legte leicht die Hand auf ihren Ellbogen, und zog sie weg von dem Mann, näher zu sich. Als er jetzt sprach, hatte seine Stimme jeglichen Sarkasmus verloren. Leise sagte er: »Der absolute Meister weiß es, aber ich fürchte, er wird dir nicht die Antwort geben können, die du suchst.«

Nomis Magen krampfte sich zusammen, sie schloss die Augen. »Was ist mit ihr passiert?«

»Sie wurde auf den Berg des Verderbens geschickt«, murmelte Asa. »Es tut mir so leid.«

Wie Steine, die sie zu erdrücken drohten, legten sich die Worte auf Nomis Brust. Der Berg des Verderbens ... »Für wie lange?«

»Den Berg des Verderbens verlässt niemand je wieder, so leid es mir tut«, wiederholte er.

Nomi schlug die Hände vors Gesicht. Die Nachricht brach ihr das Herz, sie ertrug es nicht.

Es ist meine Schuld.

In diesem Augenblick überquerte das siegreiche Pferd die Ziellinie, und um sie herum brach die Menge in Applaus und ohrenbetäubenden Jubel aus. Ehe die übrigen Reiter vorüberdonnerten, öffnete Nomi die Augen und sah einen gelben Blitz. Hastig wischte sie sich die Tränen von den Wangen und nahm sich zusammen. Sie konnte hier nicht zusammenbrechen, nicht jetzt, mitten in diesem Chaos.

Aus allen Türen und Fenstern beugten sich die Menschen und schwenkten weiße Tücher. Eins ums andere schwebte auf die erschöpften Wettkämpfer hinab, die jetzt, da das Rennen vorüber war, kraftlos umherhumpelten.

Wieder berührte Asa Nomis Arm. »Ich kann versuchen, mehr in Erfahrung zu bringen«, versprach er leise. »Ihr Zustand, ob es ihr einigermaßen gutgeht ... irgendetwas.«

Nomis Hals war wie zugeschnürt. In Viridia wurden Frauen nie zum Tode verurteilt. Die härteste Strafe war Gefängnis, und der Berg des Verderbens war das schlimmste von allen. Dorthin schickte man Mörder, Verräter, Diebe.

Serina hatte nur ein Buch in der Hand gehalten. Wie war das nur passiert?

»Erinnerst du dich an die Terrasse, auf der wir uns das erste Mal unterhalten haben? Würdest du die Stelle wiederfinden?«, fragte Asa, und seine Stimme klang dringlich.

Sie nickte stumm.

Asa drückte ihren Arm, als wolle er sie ermutigen. »Gut, dann treffen wir uns dort in drei Tagen, wenn der Mond hoch am Himmel steht und alle schlafen. Bis dahin müsste ich mehr wissen.«

»Ich danke dir.« Die Worte kamen heiser und fremd aus ihrem Mund.

Aus dem Augenwinkel sah sie in diesem Moment Malachi auf sie zukommen, flankiert von Cassia und Maris.

Verzweifelt mühte Nomi sich, ihre Gefühle von ihrem Gesicht zu verbannen.

Auch Asa blickte auf und bemerkte seinen Bruder. Mit einem frechen Grinsen sah er Nomi an. »Dann werde ich mir jetzt meinen Gewinn abholen. Der absolute Meister aller Dinge hat auf das richtige Pferd gesetzt.«

Gerade als Malachi und seine Gefolgschaft sie erreichten, verschwand er in der Menge. »Da bist du ja«, sagte der Erbe. »Hat dir das Rennen gefallen?«

Nomi nickte. »Es war sogar noch aufregender, als ich dachte, Eure Eminenz.«

Mit einem starren Lächeln im Gesicht schloss sie sich den Festivitäten an, aber ihr Inneres war wüst und leer, Schutt und Asche.

17
SERINA

Oracle und Ember trugen Petrels Körper zurück in die Höhle. Dort legten sie ihn behutsam auf einen alten Holztisch, der in der hintersten Ecke stand, abseits der Schlafpritschen. Neben Petrels Kopf und zu ihren Füßen entzündeten zwei Frauen eine Fackel. Eine andere brachte Wasser, um das Blut abzuwaschen.

Serina saß neben den anderen, die Arme um die eng an den Körper gezogenen Knie geschlungen, und beobachtete alles. Niemand sprach oder machte sich bereit zum Schlafengehen, obwohl es schon weit nach Mitternacht war.

Serinas Augen brannten.

Oracle hüllte Petrel in ein weißes Laken und strich den fadenscheinigen Stoff über Gesicht und Armen glatt. Dann traten Ember und zwei andere Frauen zu ihr, und zu viert hoben sie Petrels Körper auf ihre Schultern.

Serina schloss sich der Prozession an, hinaus aus der Höhle, hinein in die Nacht. Sie wusste nicht, wo sie hingingen, sie nahm nur die bedrückende Dunkelheit wahr und Petrels weißes Laken, das den Weg wies.

So wanderten sie immer weiter, Serinas Gefühl nach stundenlang. Irgendwann überlagerte ein rötlicher Schimmer das Licht der Fackeln, der Pfad wurde steiler und enger. Als der Zug der Frauen schließlich haltmachte, spürte Serina eine trockene, schweflige Hitze, die auf ihren Wangen pulsierte.

Vor ihnen lag ein weiterer Krater, aber dieser hier war aktiv.

Unter ihnen durchzog ein Riss die Erde, so dass ein kleiner Lavatümpel sichtbar war, hell genug, dass sein Licht alles, was Serina sah, rötlich einfärbte.

Dann erhob sich Oracles Stimme und stieg in die Nacht empor. Eine nach der anderen gesellten sich die anderen Frauen zu ihr, bis ihr Lied das rastlose Knacken und Knistern der Lava übertönte. Serina kannte die Worte nicht, aber der gespenstische Rhythmus grub sich in ihre Brust, und schon bald sang sie mit.

Feuer, atme
Wasser, brenne
Angst, verblasse
Deine Herrschaft ist vorbei
Feuer, atme
Wasser, brenne
Sterne, zeigt den Weg
Eure Schwester ist da

Mit einem markerschütternden Schrei hoben Oracle und die anderen drei Petrels Körper hoch über ihre Köpfe. Auch die anderen stimmten ein, und der Schrei schwang sich kraftvoll hinaus in die Nacht wie ein Schwarm von Raubvögeln. Das weiße Laken glühte rot, als Petrels Körper in den Vulkan eintauchte. Funken flogen auf, stoben empor bis zu den Sternen.

Die Frauen hielten Wache, bis der letzte Funke erloschen war. Die Stille der Nacht kehrte zurück.

Serina schluckte, ihre Kehle kratzte und schmerzte vom Schreien. Ihre Hände hingen zu Fäusten geballt an ihren Seiten, ihre Wangen waren nass. Sie folgte den Frauen in den Urwald hinab. Doch als sie die Höhle erreichten, ging sie weiter, denn sie hatte das dringende Bedürfnis, alleine zu sein.

Ein schmaler Pfad führte in Richtung Küste, das Mondlicht zeigte ihr den Weg durch die Bäume, hinaus auf ein weiteres massives Lavafeld, auf dem der Fels mit seinen Wirbeln und Wellen silbern schimmerte. Die Stille war vollkommen. Doch aus dem Augenwinkel sah sie in weiter Ferne Lichter glitzern.

Sorgfältig bahnte sie sich einen Weg über das öde, unebene Gelände auf sie zu. Erst als ihre Füße an den Rand der Klippe rutschten und das Heulen des Winds und das Donnern der Wellen in ihren Ohren dröhnte, wurde ihr klar, dass es die Lichter von Bellaqua waren, die dort in der Ferne glitzerten. Bei Tageslicht war die Stadt unsichtbar, aber jetzt, in der Dunkelheit, erkannte man ihr schwaches Schimmern.

Serinas Herz wurde schwer. Irgendwo dort draußen, in einem Palazzo aus Gold und Glas, tanzte wahrscheinlich in diesem Moment Nomi mit dem Thronfolger. Serina wusste, dass ihre Schwester nichts von dem, was geschehen war, so gewollt hatte. Aber mit jeder Zelle ihres Körpers wünschte sie sich, dass Nomi sich endlich einmal so verhalten hätte, wie es sich für eine Frau in Viridia gebührte.

Serina starrte in das weiß brodelnde Chaos hinunter. War es möglich zu springen? Sie konnte versuchen zu schwimmen, dem Sog der Insel zu entkommen und sich von der Strömung nach Bellaqua tragen zu lassen. Vielleicht würde sie auch untergehen und so ihre eigene Zuflucht vor der Verzweiflung finden.

»Das ist nicht die beste Klippe zum Springen.«

Erschrocken stolperte Serina einen Schritt zurück. Aber es war nicht Bruno. Stattdessen stand Valentino neben ihr, die dunklen Haare vom Wind zerzaust. Im Donnern der Wellen hatte Serina ihn nicht kommen hören.

Den Blick in die aufgewühlte Brandung unter ihnen gerichtet, fügte er hinzu: »Es gibt hier Strömungen, die dich ein ganzes Stück mitnehmen, ehe sie dich aufsaugen. Zum Springen sind die Klippen am besten, unter denen es jede Menge Felsen gibt. Da ist die Chance größer, dass du beim Aufprall sofort tot bist. Schnell und vielleicht schmerzlos, wenn du richtig aufkommst. Manchen Mädchen misslingt der Versuch, dann brechen sie sich den Rücken oder die Beine, und sie schreien, wenn sie ertrinken. Am besten eignen sich die Südklippen. Da landet man am härtesten.«

Serina fröstelte. Es würde sich beinahe lohnen, um das Blut aus ihren Gedanken zu tilgen und die Albträume zum Schweigen zu bringen.

»Spring nicht«, sagte Val, und der Wind trug seine Stimme davon.

Serina sah ihn an, aber in der Dunkelheit konnte sie sein Gesicht nicht entziffern. »Aber du hast mir doch gerade erklärt, wie ich es anstellen müsste.«

»Das hab ich dir gesagt, weil es ganz allein deine Entscheidung ist, und die solltest du unbedingt aufgrund handfester Informationen treffen.« Er starrte hinaus zu den schimmernden Lichtern. »Aber ich hoffe, dass du nicht springst.«

»Warum?«, fragte Serina. Er zwang ihr kein Machtspielchen auf wie Bruno. Und es war nicht möglich, dass er ein romantisches Interesse an ihr entwickelte. In ihrer abgewetzten Gefängniskleidung, mit ihrem sonnenverbrannten Gesicht und den ungewaschenen Haaren hatte sie keinerlei Ähnlichkeit mehr mit der eleganten jungen Frau, die vor zwei Wochen die Treppen zum Palazzo des Regenten hinaufgestiegen war.

Warum also kümmerte es ihn, ob sie lebte oder starb?

Er zuckte die Achseln, ohne den Blick vom sternenbeschienenen Ozean zu wenden. »Eine Frau, die mir sehr viel bedeutet hat, ist hierhergebracht worden. Bevor ich gekommen bin. Sie ist gesprungen.«

Serina stockte der Atem, ihr wurde eng um die Brust. »Das tut mir sehr leid, Valentino.«

»Val«, korrigierte er sie. »Ich denke oft an sie. Meistens frage ich mich, was passiert wäre, wenn jemand ihr zur Seite gestanden hätte, wie ich dir jetzt zur Seite stehen möchte.« Er nahm seine Mütze ab und fuhr sich mit der Hand durch seine widerspenstigen Haare. »Vielleicht wäre sie dann noch am Leben.«

»Deshalb versuchst du, die Sprungbereiten davon abzuhalten«, sagte Serina. Sie betrachtete sein Profil, im Mondlicht deutlich zu sehen. Trotzdem, er war ein Wärter. Er gehörte zu diesem Gefängnis. Wie Bruno. Ihre Stimme wurde härter. »Was ist mit den Kämpferinnen? Stört es dich zuzusehen, wie Frauen sich gegenseitig umbringen? Oder klatschst du Beifall wie die anderen Wärter?«

»Ob es mich stört?« Er wandte sich ihr zu, in seinem Kiefer zuckte ein Muskel. Mit bebender Stimme fuhr er fort: »Jeden Abend, jedes Mal, wenn ich die Augen schließe, sehe ich diese Frauen. Immer, immer leiden sie Qualen. Ich trage sie bei mir, und ich werde sie bei mir tragen bis zum Tag meines Todes.«

Schockiert starrte Serina ihn an. Das war das Letzte, was sie von ihm erwartet hätte.

»Bitte«, setzte er hinzu, und jetzt klang er flehentlich, kaum hörbar im Geheul des Windes. »Es wäre mir lieber, du würdest mich nicht auch noch heimsuchen.«

Ganz gegen ihren Willen fühlte Serina, wie sie weich wurde. Sie war sicher, dass seine Worte nicht als Trost gemeint waren, aber nichtsdestotrotz beruhigten sie sie. Wenn sie hier sterben sollte, würde sich zumindest ein Mensch an sie erinnern.

Valentino wandte sich wieder der Klippe zu, und etwas an der Art, wie er dastand, an dem Schmerz, den sie in seiner Stimme gehört hatte, bewog sie zu fragen: »Hast du jemals mit dem Gedanken gespielt?«

Er warf ihr einen kurzen Blick zu, und die Schatten in seinen Augen waren tief und unergründlich. »Ständig.«

Manchmal überlegte Serina, was Nomi tun würde, wenn sie hier wäre. Vielleicht wäre sie eine gute Kämpferin oder eine Persönlichkeit wie Oracle, klug genug, um Strategien zu entwickeln und anderen zu helfen. Vielleicht würde sie versuchen, eine Methode zu finden, wie man die Regeln brechen konnte, genau wie sie es auch zu Hause tat. Unmöglich, das vorherzusagen, aber eines wusste sie genau: Wenn Nomi hier wäre, würde sie niemals aufgeben. Das war schon immer eine ihrer frustrierendsten Eigenschaften gewesen.

Serinas Augen füllten sich mit Tränen.

Nomi würde wollen, dass auch Serina nicht aufgab. Serina musste mit der Erinnerung an Petrel leben, mit dem Blut und den Albträumen. Sie würde weiterkämpfen müssen. Sogar Petrel hatte ihr das eingeschärft. Du musst dich wehren, hatte sie gesagt. Immer.

Serinas dünnes Hemd konnte wenig gegen den unablässig brausenden Wind ausrichten. So wandte sie sich ab vom kalten, fernen Funkeln der Stadt Bellaqua und zurück zu dem Pfad, auf dem sie hergekommen war. Einem Impuls nachgebend, umfasste sie Vals Handgelenk und drückte es.

»Spring nicht«, sagte sie.

18
NOMI

Es begann als Traum, nicht als Albtraum. Nomi und Serina saßen mit Renzo zusammen, der ihnen *Die Unzertrennlichen* vorlas.

Der kleine dunkle Raum von Nomis Erinnerung öffnete sich und wurde zum Himmel, weit und brausend, und Nomi und Serina verwandelten sich in Vögel, ihre Gesichter vom Wind befiedert. Nomi ritt auf Serinas Rücken, genau wie in der Geschichte.

Weit, weit, weit hinaus aufs Meer flog ihre Schwester. Doch bald wurde Serina müde und begann abzusinken, immer tiefer, immer näher zum strudelnden Wasser. Mit einem Flügelschlag löste Nomi sich von ihrer Schwester und ließ nun Serina auf ihrem Rücken Platz nehmen.

Aber Serina war zu schwer und Nomi zu schwach. Sie hielt Ausschau, ob nicht endlich Land in den Fluten auftauchte, wartete sehnsüchtig auf Rettung, doch stattdessen verdunkelte sich der Himmel. Die Wogen fielen übereinander her, der Wind peitschte ihr ins Gesicht.

Sie schaffte es nicht, ihre Flügel gaben nach und sanken herab, schwer wie Blei.

Mit einem Schrei stürzte Serina in die Tiefe, und das Meer verschlang sie.

Schweißüberströmt, mit wild klopfendem Herzen erwachte Nomi. Den Bruchteil einer Sekunde glaubte sie, zu Hause zu sein, in dem Zimmer, das sie mit Serina teilte. Aber dieses Bett war zu weich. Zu groß. Und ihre Schwester strich ihr nicht die nassen Haare aus der Stirn, niemand tröstete sie, niemand verscheuchte den Albtraum. Auf der anderen Seite des Zimmers, auf der schmalen Liege neben der Tür bewegte sich Angeline und seufzte leise im Schlaf.

Nein. Das war nicht ihr Zuhause.

Vor dem Fenster sah Nomi die verblassenden Sterne, den langsam heller werdenden Schimmer der Morgendämmerung. Ob Serina auf denselben Himmel hinaussah? War sie wohlauf?

Ich hab sie fallen lassen.

Nomi konnte die Verzweiflung ihres Traums nicht abschütteln. Serina war auf dem Berg des Verderbens, in einem Wirklichkeit gewordenen Albtraum, und es war ihre, es war Nomis Schuld.

Von Schuldgefühlen gequält lag sie da, doch trotzdem lockte sie das geheimnisvolle Buch mit seinem Sirenengesang. Nomi konnte sich beinahe einbilden, die scharfen Ecken durch die Matratze zu fühlen, während Angeline tief und fest schlief. Jemand hatte das Buch für sie zurückgelassen. Warum? War es eine Falle? Oder eine Botschaft?

Hinter ihr rührte sich Angeline wieder. Nomi kletterte aus dem Bett und holte ein Sommerkleid aus dem Schrank.

Sie war als Erste zum Frühstück auf der Terrasse und suchte sich einen Korbstuhl am Geländer aus, damit sie das Glitzern des

Ozeans sehen konnte. Weiße Wattewolken krochen vom Horizont empor. Ein paar Diener erschienen und brachten Schalen mit frisch aufgeschnittenem Obst und Joghurt. Andere trugen Körbe mit warmen, knusprigen Brötchen herbei.

Hinter ihnen kam Maris auf die Terrasse und nahm den Stuhl neben Nomi in Anspruch.

»Guten Morgen«, murmelte sie und gähnte ausgiebig.

Nomi stocherte in einem Schälchen Joghurt und einer Kelle von dem farbenfrohen Obst herum; der Schmerz über Serinas Abwesenheit nagte heftig an ihr.

»Hat dir das Rennen Spaß gemacht?«, fragte sie Maris.

»Es war mir zu blutig.« Maris starrte auf ihren Teller und verzog angewidert das Gesicht. »Die armen Pferde.«

Nun erschien auch Cassia auf der Terrasse. »Ich hab noch nie etwas so Aufregendes erlebt. Habt ihr gesehen, wie dieses Pferd von der Brücke in den Kanal gesprungen ist? Ich dachte, es ertrinkt ganz bestimmt.«

Nomi war froh, dass sie den größten Teil des Rennens verpasst hatte. Sie hatte die Gespräche der Männer danach gehört: wie viele Pferde tot waren, wie viele getötet werden mussten, weil sie sich die Beine gebrochen hatten. Auch ein Jockey war ums Leben gekommen.

»Und wohin hast du dich verdrückt?«, wollte Cassia wissen und deutete mit dem Finger auf Nomi. »Es hat Malachi überhaupt nicht gefallen, dass er dich suchen musste.«

Nomis Magen verkrampfte sich. »Ich wollte die Ziellinie im Auge behalten, damit ich sehe, wer gewinnt.«

Cassia verdrehte die Augen. »Du hast echt keine Ahnung, wie

das funktioniert, oder? Du musst dafür sorgen, dass der Thronfolger zufrieden ist, Nomi, nicht ihn verärgern.«

Nomi zuckte die Achseln. Es lag nicht daran, dass sie nicht verstand, wie sie ihn zufriedenstellen konnte. Aber sie wollte es nicht.

Als alle Graces sich eingefunden hatten, begann Ines mit den Ankündigungen des Tages. »Heute gibt es keine Abendaktivitäten, ihr könnt euch ausruhen. Nächste Woche geben wir ein Schiffsfest zu Ehren der Abordnung aus Gault. Der Regent hat mehrere Harfenspielerinnen und eine Sängerin angefordert. Wer auserwählt ist, werde ich in den nächsten Tagen bekanntgeben. Bitte sucht euch eure Gewänder aus, zeigt sie mir aber vor dem Wochenende, damit ich entscheiden kann, ob sie meine Billigung finden.« Nun wandte sie sich an die Graces des Thronfolgers. Nomi musste sich zusammenreißen, nicht auf ihrem Stuhl herumzurutschen. »Der Regent war gestern nicht zufrieden mit eurem Aussehen. Eure Dienerinnen brauchen mehr Übung mit den Kosmetika. Ich möchte, dass ihr nach dem Frühstück alle zusammen an diesem Problem arbeitet. Eure Dienerinnen können voneinander lernen.«

Nomi unterdrückte ein Seufzen.

»Ich hasse Schminke«, murmelte Maris kopfschüttelnd.

Sie versammelten sich in einem Umkleidebereich beim Baderaum. An der Wand stand eine Reihe zierlicher Tische mit vergoldeten Spiegeln, vor jedem ein Hocker ohne Lehne, damit die weiten Röcke ihrer Gewänder Platz fanden.

Angeline erschien mit einer Bürste und einem Schminkköfferchen, Nomi setzte sich an den Tisch neben Maris, die sich in ihrem Spiegel anstarrte, während ihre Dienerin ihr die Haare bürstete. Noch immer waren ihre Augen dunkel und bekümmert.

»Die armen Pferde«, flüsterte sie.

Unterdessen stellte Angeline Nomis Schminkkoffer auf ihrem Tischchen ab und musterte Maris mit teilnahmsvollem Blick. »Ich war immer fasziniert von dem Rennen, aber es ist ganz sicher nicht ohne Risiko.« Sie legte die Hand aufs Herz. »Als ich noch ein kleines Mädchen war, lag ich im Bett, das Hämmern der Hufe vibrierte in meiner Brust, und ich betete inständig, dass die Pferde überlebten. Um die Jockeys machte ich mir damals nicht so große Sorgen«, fügte sie lächelnd hinzu.

Maris erwiderte das Lächeln, und ihr Gesicht entspannte sich etwas. »Ich hatte auch mehr Angst um die Pferde.«

Nomi wandte ihre Aufmerksamkeit ihrem Spiegelbild zu. Das schwache Licht und die üppigen Verzierungen am Spiegelrand verliehen ihrem Teint einen goldenen Schimmer. Bevor sie in den Palast gekommen war, hatte sie nie die Zeit und auch nicht den Wunsch gehabt, sich selbst zu betrachten; jetzt schien es ihre einzige Beschäftigung zu sein. Sie fragte sich, ob ihre Augen immer diesen ruhelosen Ausdruck behalten würden.

Die Dienerinnen probierten an ihren Graces verschiedene Techniken aus, bis Nomis Haut spannte und ihre Augenlider schwer wurden. Als Ines endlich mit Angelines Arbeit zufrieden war, stand Nomi auf.

»Angeline, ich bin immer noch müde von gestern Abend«, murmelte sie. »Ich glaube, ich lege mich ein bisschen hin.«

»Natürlich«, stimmte Angeline zu. »Erholt Euch gut.«

Nomi machte sich auf den Weg in ihr Zimmer. Dort schloss sie die Tür und lehnte sich dagegen, starrte auf ihre schneeweißen Laken, auf das schmale Bett, in dem Serina in jener ersten Nacht geschlafen hatte – eine Erinnerung, die für Nomi jetzt so kostbar war. Draußen waren die weißen Wattewölkchen dick und dunkel geworden und verdeckten den blauen Himmel.

Wie viel Zeit hatte sie, bevor Ines sie wieder zum Üben rufen würde? Bis Angeline zurückkehrte?

Konnte sie es wagen?

Kurz entschlossen schob Nomi die Hand unter die Matratze, immer weiter, bis ihre Finger eine harte Ecke berührten. Behutsam zog sie das Buch heraus, machte es sich damit auf dem Bett bequem und strich zärtlich über das weiche Leder.

Kurzer Abriss der Geschichte Viridias.

Nomi kannte die Geschichte von Viridia. Ein König hatte das Land regiert, ehe die Flut den größten Teil des Landes hinweggespült hatte. Als das Wasser sich zurückzog, waren die meisten Einwohner und auch die königliche Familie tot. Eine neue Regierung musste geschaffen werden. Der erste Regent war einer der engsten Berater des ehemaligen Königs. Er übernahm die Regentschaft und erbaute Viridia neu.

Nomi schlug das Buch trotzdem auf.

Viridias Vergangenheit ist lang und sagenumwoben, von dem Augenblick an, als in uralten Zeiten die ersten Siedler sich niederließen …

Nomi ließ sich die Worte im Mund zergehen, ohne sie auszusprechen, ließ von ihnen die Fragen in ihrem Kopf beruhigen. Beim Lesen musste sie nicht an Serina denken.

Schon bald war sie tief in den Worten versunken, die sich

schwarz und nüchtern von der Seite abhoben, Seite um Seite blätterte sie um.

Die Siedler beugten sich dem Aufstieg einer religiösen Regierung, angeführt von Kardinal Bellaqua. Renzo hatte in der Schule viel über Bellaqua gelernt. Er wurde als heroische, jedoch tragische Figur betrachtet, gestürzt vom Söldnerkönig Vaccaro.

Kardinal Bellaquas lange und glorreiche Regierungszeit kam zu einem schockierenden Ende, als eine Kriegerin aus Azura ihn verführte – verführte? Nomi runzelte die Stirn – *und vergiftete. Sie beanspruchte den Thron für sich selbst, nannte sich Königin Vaccaro und herrschte nahezu dreißig Jahre gewaltsam über das Land ...*

Nomis ganzer Körper spannte sich an. *Königin Vaccaro?* So kannte sie die Geschichte nicht. Plötzlich drohte ihre Welt komplett aus den Fugen zu geraten.

... allen Versuchen, ihr die Regentschaft zu entreißen, zum Trotz. Sie klammerte sich an die Macht, ihre Tochter und Enkelin folgten ihr nach, doch der Widerstand wuchs.

Nomi blätterte immer schneller, sie konnte kaum glauben, was sie las. Aber da stand es geschrieben. Die ganze Geschichte ihres Landes, die sie zu kennen glaubte, in einer völlig anderen Version.

Und als letzten Schock erklärte das Buch die Wurzel der Flut – Nomi hatte gelernt, dass es sich dabei um eine Naturkatastrophe gehandelt hatte, von der die ganze Welt betroffen war. Aber nun las sie, dass die Infrastruktur überall im Lande manipuliert worden war, und zwar mit dem ausdrücklichen Ziel, eine Katastrophe hervorzurufen, die die Monarchie bedrohte. Wer hatte das inszeniert? Die obersten Ratgeber der Königin, die danach zur Macht aufstiegen.

Die Helden von Viridia, so nannte sie der Historiker.

Der erste Regent nahm die Königin und ihre beiden Töchter als seine ersten Graces und schränkte die Rechte und Handlungsfreiheit der Frauen im Land ein, aus Angst vor einer Bedrohung seiner Herrschaft nach dem Vorbild von Kardinal Bellaquas Sturz. Die Herangehensweise erwies sich als erfolgreich und sorgte dafür, dass der Regent und seine Erben das Land sicher und unbestritten im Griff behielten. Heute ist die Tradition der Graces die meistverehrte in ganz Viridia.

Die erste Grace des Regenten war die Königin gewesen! Die Gesetze dieses Landes, die Methoden, mit denen Frauen unwissend und ohnmächtig gehalten wurden ... alles, weil die neuen Machthaber nicht wollten, dass die Geschichte sich wiederholte.

Der Ururgroßvater des Regenten hatte Viridia zerstört, wurde Nomi plötzlich klar. Absichtlich.

Sie starrte aus dem Fenster auf die Wolkenbank, die sich am Horizont auftürmte. Zorn erfüllte sie, schwer und heiß und anhaltend. Ein Zorn, den sie nicht einfach durch Willenskraft vertreiben konnte.

In Viridia wurden Frauen unterdrückt, weil die Männer Angst vor ihnen hatten.

Frauen hatten dieses Land regiert. Und die Geschichte hatte sie verleumdet und abgewertet. Ausradiert. Nomi war sicher, dass man Renzo so etwas nicht beigebracht hatte. Das hätte er ihr erzählt.

Aber der Regent wusste es. Wer auch immer ihr dieses Buch gegeben hatte, wusste es.

Und jetzt wusste sie es auch.

19
SERINA

Serina drückte Jacana die Hälfte eines harten Stücks Brot in die Hand. Nach Petrels Tod gab es nicht mehr genug, dass jede ihr eigenes Stück haben konnte. Über dem Feuer brutzelte ein Keiler, von dem das Fett zischend in die Flammen tropfte. Der Duft des frischen Fleischs ließ Serina das Wasser im Mund zusammenlaufen. Aber es war erst Mittag – das Wildschwein würde erst zum Abendessen fertig werden.

Ein Stück entfernt stöhnte Tremor, eine Frau der Jagdtruppe. Über die ganze Länge ihres Unterarms zog sich eine klaffende Fleischwunde, die sie den scharfen Hauern des Keilers zu verdanken hatte. Jede Crew trug eine medizinische Notfallausrüstung bei sich – Verbandszeug, Salbe zur Vermeidung von Infektionen, Nadel und Faden –, aber ohne Ärzte waren sie in ihren Heilungserfolgen recht eingeschränkt. Mirror versuchte, den Arm der Verletzten zu nähen, aber Tremor zuckte jedes Mal, wenn die Nadel die Haut durchstieß, heftig zusammen, und die Stiche waren ungeschickt und ungleichmäßig.

Wieder ächzte Tremor, und Mirrors Gesicht wurde bleich unter ihren Sommersprossen. Serina konnte die Augen nicht abwenden. Die Stiche waren so weit voneinander entfernt, dass Teile der Wunde noch offen waren. Aller Wahrscheinlichkeit nach würde sie sich entzünden, die Salbe würde nicht viel helfen.

Auf einmal hielt Serina es nicht mehr aus.

Sie gab Jacana auch den Rest ihres Brots und bahnte sich einen Weg durch die Umstehenden zu der Verletzten. »Gib mir die Nadel«, sagte sie und kauerte sich neben Mirror. »Du machst ihren Arm kaputt.«

Mit großen Augen blickte Mirror auf. »Wie bitte? Ich komme gut zurecht.«

Aber Serina nahm ihr die Nadel aus der Hand. »Nein, überhaupt nicht. Jetzt mach schon Platz, ich kann es besser.«

Zumindest dachte sie das. Wenn sie ein Stück Stoff und Stickgarn vor sich gehabt hätte, wäre sie sogar sicher gewesen. Aber sie hatte noch nie versucht, Haut zusammenzunähen.

Serina sah der verletzten Frau ins Gesicht. »Also gut, Tremor«, sagte sie und versuchte, gelassen und beruhigend zu klingen. »Ich werde deinen Arm zusammenflicken, ja?«

»Fein«, knurrte Tremor. »Tu es einfach.«

Serina nickte. Mit erbostem Gesicht zog Mirror sich zurück. Serina konzentrierte sich auf die Wunde, die gesäubert worden war, aus der aber noch immer Blut quoll. Etwa ein Drittel war genäht, und sie begann an diesem Ende und fügte an den Stellen, wo die Haut noch auseinanderklaffte, kleine Stiche hinzu. Nach dem ersten vergaß sie alles um sich herum, nur noch die Bewegung ihrer Hände war wichtig, das Einstechen und Durchführen der Nadel, das rasche Anziehen des Fadens. Haut wurde zu Stoff, Faden zu Stickgarn, und in wenigen Minuten war Tremors Wunde mit winzigen, ordentlichen Stichen vernäht. Serina band den letzten Faden ab, nahm den Salbentopf und bestrich die Naht.

»Hier«, sagte sie. »Fertig.«

Die Frau betrachtete ihren Arm. »Das ging aber schnell«, stellte sie verwundert fest.

Ember klopfte Serina auf die Schulter. Der schmale Streifen ihrer roten Haare war frisch geschnitten, wodurch sie besonders wild aussah. »Gute Arbeit, Grace.«

Mirror drückte Serinas Arm. Inzwischen hatte ihr Gesicht wieder etwas Farbe bekommen. »Du hattest recht. Deine Stiche sind wirklich besser. Das nächste Mal hole ich dich gleich.«

Serina stand auf und bemerkte jetzt erst das Blut auf ihren Händen. Ihr Nacken war schweißnass, ihre Finger zitterten. Sie sprang auf und eilte zum Tunnel. In der drückenden Nachmittagshitze tauchte sie die Hände in den kleinen Bach, der die Orangenbäume benetzte, und schrubbte, was das Zeug hielt, noch lange, nachdem längst alle Blutspuren verschwunden waren.

Sie hatte menschliche Haut durchstochen, hatte einen Arm zusammengenäht, praktisch ohne nachzudenken. Was machte dieser Ort nur aus ihr?

Ein bisschen später hörte sie Schritte aus dem Innern der Höhle; Jacana näherte sich ihr. »Ember sagt, wir müssen zum Training.«

Stumm folgte Serina dem kleineren Mädchen durch die Bäume. Als sie den Trainingsplatz erreichten, waren Gia, Oracle und noch einige andere bereits mitten im Kampf. Die Neue war immer noch blass vor Angst. Serina war zwar erst ein paar Wochen hier, aber irgendwie gewöhnte sie sich daran. Die Ausbildung zur Grace, die endlosen Lektionen und der Zwang, die eigenen Bedürfnisse zu ignorieren, taten ihr hier gute Dienste. Statt zu tanzen, kämpfte sie. Statt Harfe zu spielen, unternahm sie Streifzüge nach Essbarem. Statt ein Kissen zu besticken, nähte sie Haut zusammen. Und statt dem Thronfolger gefällig zu sein, versuchte sie, ihre Crew zufriedenzustellen.

Wenn Serina es so betrachtete, wenn sie ihre Aufgabe in den Mittelpunkt stellte, war ihre Trauer um die Dinge, die sie sich vielleicht in ihrem Leben gewünscht hätte, nicht so groß. Und um die Menschen, die sie vermisste.

»Grace, du bist dran!«, rief Oracle aus dem Kreis.

Serina wappnete sich und machte sich auf den Weg zu ihr. Allmählich wurde sie besser beim Kämpfen, obwohl sie es noch immer hasste.

Als sie eine freie Stelle mit niedergetrampeltem Gras erreicht hatte, trat Oracle ihr entgegen. Serina machte große Augen und warf einen Blick zu Gia, die der Neuen gegenüberstand. »Ich dachte, ich würde …«, begann sie.

»Du kämpfst heute gegen mich«, fiel Oracle ihr ins Wort. Ihre nicht zusammenpassenden Augen nahmen Serina aufs Korn, und auf einmal fühlte sie sich auf äußerst unangenehme Weise bloßgestellt. Wenn es stimmte, dass Oracle eine Person nur anzuschauen brauchte, um ihre Gedanken zu lesen und ihre nächsten Schritte vorauszuahnen, musste sie auch wissen, dass Serina fliehen wollte.

Aber Serina hatte schon gelernt, dass Weglaufen keine Option war. Nicht an diesem Ort.

Sie hob die Fäuste.

Oracle versetzte ihr einen Stoß in den Magen, ehe Serina auch nur gemerkt hatte, dass sie angefangen hatten zu kämpfen. Serina stöhnte auf. Oracles nächstem Schlag wich sie aus, wandte sich blitzschnell zur Seite und holte selbst zum Schlag aus. Zwar traf sie nicht, aber zumindest war Wucht dahinter. Oracle ließ sich fallen, drehte sich und versuchte, Serina von den Beinen zu holen, aber sie konnte rechtzeitig zur Seite springen, wirbelte herum und nutzte den Schwung, sich nach vorn zu werfen und Oracle kräftig zu schubsen. Es war eine hinterlistige Aktion, die Oracle ausnahmsweise nicht erwartet hatte. Sie taumelte ein paar Schritte zurück, fiel aber nicht um.

Doch Serina nutzte ihren Vorteil, landete einen ordentlichen Hieb in Oracles Magen und schubste sie erneut. Oracle stieß mit einem der anderen Mädchen zusammen und stolperte über ihr Bein. Jetzt stürzte sie tatsächlich, aber ehe Serina sie erreichte, hatte sie sich schon wieder auf die Füße gehievt, stürmte los und erwischte Serina am Bauch, so dass beide zu Boden gingen. Zum Glück schrammte sich keine den Kopf an dem das Trainingsfeld umgebenden Vulkangestein auf.

Keuchend starrte Serina zum Himmel empor und wartete, bis sie wieder Luft holen konnte. Oracle setzte sich auf und rieb sich den Unterarm. »Nicht schlecht, Grace«, sagte sie, klang jedoch eher traurig als beeindruckt. »Schubsen kann als Überraschungselement ganz gut sein, aber du solltest es nicht zu oft verwenden. Kopf und Nacken sind dabei ungeschützt.«

Als endlich wieder ein bisschen Luft in ihre Lungen gelangte, setzte Serina sich auf. Bis sie antworten konnte, dauerte es noch mal eine Minute. »Ich werde es mir merken.«

»Und trainiere weiter deine Beinarbeit. Deine Tanzkünste helfen, aber du bewegst dich immer noch zu langsam. Arbeite am Tempo, an deiner Reaktionszeit.« Dann wandte sie sich den anderen Kämpferinnen zu.

»Warum machen wir das?«, fragte Serina. Diese Frage verfolgte sie schon seit ihrer ersten Nacht auf der Insel. »Warum lassen wir uns von den Wachen zum Kämpfen zwingen? Wenn wir alle einfach nein sagen würden, wären sie dann nicht gezwungen, uns stattdessen zu verpflegen?« Natürlich sah sie ein, dass die Nahrungsmittel rationiert werden mussten, aber mit allen zu teilen wäre doch sicher besser als das jetzige System.

Oracle sah zu Serina zurück und zog sie ohne ein Wort auf die Füße. »Komm«, befahl sie und zog sie weg von den anderen Kämpferinnen.

Schweigend gingen sie ein paar Minuten nebeneinanderher, und als sie einen Bestand verkrüppelter Bäume erreichten, wo die anderen sie weder sehen noch hören konnten, fuhr Oracle Serina heftig an: »Sprich nie wieder davon, das Kämpfen zu verweigern, hörst du? Niemals.«

Serinas Augen wurden groß. »Ich verstehe nicht.«

Oracle runzelte die Stirn, tiefe Falten erschienen um ihren Mund. Ihr blasses, milchiges Auge, das mit dem anderen, braunen stark kontrastierte, schien fast zu glühen. Lange starrte sie Serina stumm an.

»Als ich hier angekommen bin«, sagte sie schließlich, »haben ein paar Frauen protestiert. Sie standen auf der Bühne und weigerten sich zu kämpfen. Sie wussten, dass in dieser Woche niemand die Essensration bekommen würde, aber sie wollten nicht mehr die Marionetten der Wärter sein.«

Serina schnappte hörbar nach Luft.

»Die Wärter haben alle erschossen«, fuhr Oracle mit ausdrucksloser Stimme fort. »Und sie haben auch willkürlich auf die Zuschauer gefeuert. Fünfzehn Frauen sind dabei umgekommen, und die Wärter haben uns nicht erlaubt, die Leichen wegzuschaffen. Die Kandidatinnen der nächsten Woche mussten neben den verwesenden Leichen kämpfen. In dieser Woche gewann ich zum ersten Mal.«

Serina konnte nicht verhindern, das Grauen in Gedanken vor sich zu sehen.

»Wir kämpfen, weil wir kämpfen müssen. Verstehst du, Grace?« Oracle wandte sich ab und wollte den Abhang wieder hinaufsteigen.

»Der Name, den ihr mir gegeben habt«, sagte Serina schnell, während sie noch die Gelegenheit hatte. »Ich bin keine Grace.«

Oracle hielt inne und drehte sich zu ihr um. »Aber du wurdest dazu ausgebildet. Das erkenne ich.«

»Wie?« Genau wie die anderen Mädchen war Serina schmutzig, sonnenverbrannt, und ihre Glieder schmerzten.

»Deine Bewegungen, die Körperhaltung. Es ist unverkennbar.« Oracle ballte die Fäuste. »Ich wusste schon immer, dass irgendwann noch eine Grace hierherkommen würde.«

»Noch eine …?« Serina erstarrte, auf einmal dämmerte ihr etwas.

Oracle sank langsam in einen anmutigen Knicks, ihre Hände griffen elegant nach unsichtbaren Röcken. Am Oberkopf ließ die Sonne ihre braunen Haare ganz hell erscheinen.

Serina war so erschüttert, dass sie kein Wort herausbrachte. Sie hatte Oracle kämpfen sehen, ihre beinahe chirurgischen Hiebe, unter denen ihre Gegnerinnen beim Training keuchend in die Knie gingen. Sie hatte gesehen, wie Oracle den Körper einer Frau meilenweit einen Berg hinaufgeschleppt und einem Vulkan überantwortet hatte. Oracles plötzliche Anmut und Eleganz waren das Letzte, was Serina von ihr erwartet hätte. »Wie bist du hier gelandet?«, brachte sie schließlich heraus.

Oracle reckte das Kinn. »Ich habe mein ganzes Leben damit verbracht, zur Grace ausgebildet zu werden. Ich war perfekt. Aber nicht deshalb hat der Regent mich auserwählt, sondern weil ich klug war.« Sie hielt inne und fasste sich wieder. »Und er wusste, dass es eine weit größere Befriedigung sein würde, ein eigenwilliges Mädchen zu brechen.«

»Dich zu brechen?«

»Er kann alles haben, was er will«, antwortete Oracle. »Aber an Dingen, die einfach zu bekommen sind, hat er kein Interesse. Für ihn ist es ein Spiel.«

Auf einmal erinnerte Serina sich an die Eiseskälte in der Stimme des Regenten, als er das Urteil über sie gesprochen hatte. Wie er sie nach Nomi gefragt hatte.

Ihren Gefühlen freien Lauf lassend, fuhr Oracle fort: »Als ich es nicht mehr aushielt, wehrte ich mich. Ich wusste, er würde mich töten, wie er schon andere Mädchen getötet hatte. Ich wusste, mein einziger Ausweg war der Tod.«

Die Bilder, die in Serinas Phantasie aufblitzten, ließen sich nicht auslöschen.

»Aber ich konnte nicht sterben. Ich sah die Schläge voraus, ich hatte seine Muster gelernt. So vermied ich die todbringenden Treffer. Schließlich war es seine Wache, die mich bewusstlos schlug – sein Hieb hat mein Auge so zugerichtet.« Oracle deutete auf ihr blindes Auge. »Hätte dieser Mann mich nicht gehindert, hätte ich den Regenten umgebracht.«

»Deshalb haben sie dich hierhergebracht«, flüsterte Serina. Hochverrat, versuchter Mord. Nichts so Belangloses wie das Lesen eines Buchs. Hielt der Regent das Lesen für ebenso gefährlich wie einen Mordversuch? Oder waren die Gründe für die Gefangenschaft auf dem Berg des Verderbens den wechselhaften Launen der Beamten unterworfen, die das Strafmaß ansetzten?

»Deshalb haben sie mich hierhergebracht, ja. Ich bin froh, dass du nicht so leiden musstest wie ich«, sagte Oracle und musterte Serina mit ihrem durchdringenden Blick. »Ein Leben in diesem Gefängnis ist trotz all seiner Gefahren immer noch besser als eines in der Hölle des Regenten.«

»Meine Schwester … meine Schwester ist an meiner Stelle auserwählt worden«, erklärte Serina. Wieder schauderte sie beim Gedanken an das eiskalte Starren des Regenten. »Aber sie ist eine Grace des Thronfolgers. Bestimmt ist er anders, nicht so schlimm wie sein Vater …« Unter Oracles Blick verlor sich ihre Stimme.

Mitleidig sah die Ältere sie an. »Meiner Erfahrung nach sind die Söhne schlimmer. Bete darum, dass deine Schwester leicht zu brechen ist. Es sind die Aufsässigen, die am meisten leiden müssen.«

Serina dachte an Nomi, an ihr geheimes Wissen, ihre mangelnde Gefügigkeit, und schauderte heftig. Warum wollte Malachi sie, wenn nicht, um ihren Willen zu brechen? Serina war zu brav gewesen, zu gehorsam. Genauso, wie man sie erzogen hatte.

Noch nie hatte sie ein solches Ausmaß an Zorn und Furcht gefühlt wie jetzt, einer Flutwelle gleich, die über sie hinwegbrauste.

Sie blickte hinaus auf den Ozean, zu den funkelnden Lichtern in der Ferne. Ihre Schwester war irgendwo dort draußen; eine in Seide und Spitze gehüllte Gefangene, die dem Thronfolger ausgeliefert war.

In diesem Augenblick fällte Serina eine Entscheidung. Der Berg des Verderbens sollte sie nicht bekommen. Und sie würde nicht zulassen, dass der Thronfolger Nomi bekam. Sie würde fliehen. Irgendwie würde sie fliehen. Und sie würde ihre Schwester retten.

20
NOMI

Mit geschlossenen Augen lauschte Nomi Angelines regelmäßigen Atemzügen. Mit einem Gewicht, das körperlich spürbar war, lastete die Dunkelheit auf ihr. Asa hatte gesagt, sie sollten sich treffen, wenn der Mond hoch am Himmel stand, aber heute Nacht verbargen die Wolken, die seit Tagen den Himmel bedeckten, auch den kleinsten Mondstrahl. Sie stellte sich schlafend, bis sie sicher war, dass ihr Herz gleich bersten würde. Bis sie beim Zählen von Angelines Atemzügen bei hundert angekommen war. Und dann zählte sie noch einmal bis hundert.

Schließlich verließ sie ihr Bett und zog einen seidenen Morgenmantel über ihr Nachthemd. Mit Schuhen hielt sie sich erst gar nicht auf. Zum Glück veränderte sich Angelines Atmen nie, nicht einmal, als sie leise die Tür öffnete und hinausspähte. Hastig zog sie sie wieder zu und lehnte ihre Stirn an das kühle Holz.

Dort, am Ende des Korridors, stand noch immer der Wachmann des Regenten.

Nomi wartete eine Minute. Zwei Minuten.

Dann schaute sie noch einmal nach. Die stämmige Gestalt war verschwunden.

Nomi holte tief Luft, hielt den Atem an und schlüpfte aus dem Zimmer, lehnte sich von außen gegen die Tür und spürte, wie das ins Holz geschnitzte Reh gegen ihren Rücken drückte.

Die letzten zwei Tage war sie länger aufgeblieben als üblich und hatte Schlaflosigkeit vorgetäuscht. In Wahrheit jedoch hatte sie die Männer beobachtet, die bei den Zimmern der Graces umherstreiften. Die meisten verschwanden, wenn die Graces zu Bett gingen, aber zwei von ihnen blieben die ganze Nacht auf ihren Posten, gingen auf den Korridoren auf und ab, inspizierten die Terrassen, wanderten durch den leeren Speisesaal und den Ballsaal. Für ihre Runde brauchten sie etwa fünf Minuten. Manchmal gingen sie zusammen, manchmal nahm jeder einen anderen Weg.

Nomi betete, dass sie heute zusammenblieben.

Sie zog ihren Morgenmantel enger um sich. Wenn sie erwischt wurde, würde sie sagen, sie sei schlafgewandelt. Sie würde so tun, als wäre sie verwirrt. Ängstlich.

Letzteres würde ihr nicht schwerfallen.

Auf Zehenspitzen schlich sie zum Ende der Halle. Für gewöhnlich inspizierten die Männer zuerst die Terrassen. Also müsste sie Zeit haben, in die andere Richtung zu huschen. Sich zu fragen, was passieren würde, wenn das Glück sie im Stich ließ, hatte keinen Sinn.

Als sie fast in dem runden Empfangsraum angekommen war, hörte sie Schritte hinter sich. Schnell schlüpfte sie durch die Tür und erstarrte dort mit angehaltenem Atem.

Stampf. Stampf. Stampf.

Plötzlich konnte sie sich nicht mehr erinnern, in welche Richtung die Wachen gingen, wenn sie auf den Terrassen gewesen waren. Waren sie auf dem Weg hierher, oder gingen sie den Korridor hinunter zu den Baderäumen? Ihr Herzschlag dröhnte in ihren Ohren so laut, dass sie nicht mehr sicher war, ob sie Schritte hörte oder nur das Hämmern ihres Herzens.

Schließlich fasste sie einen Entschluss und rannte zu der Tür auf der anderen Seite des Raums, der Tür, die von den Gemächern der Graces wegführte.

Ihre Hand berührte den Türknauf. Niemand schlug Alarm. Noch eine Sekunde, und sie war auf der anderen Seite. Der Gang draußen war von in großen Abständen angebrachten flackernden Lampen schwach erhellt. Sie eilte um die Ecke und weiter zu der Glaswand.

Alle Trennwände waren geschlossen, dahinter herrschte undurchdringliche Finsternis. Unmöglich zu erkennen, ob Asa auf sie wartete. Mit zitternden Fingern schob sie die Glastür so weit zur Seite, dass sie durchschlüpfen konnte.

Ein Windstoß kam durch die Öffnung und brachte den Saum ihres Morgenmantels zum Flattern. Gleichzeitig packte jemand ihr Handgelenk und zog sie nach draußen.

Sie holte Luft, um zu schreien.

»Psst.« Eine andere Hand hielt ihr den Mund zu. »Ich bin es nur.«

Vor Erleichterung sank Nomi einen Moment in sich zusammen.

Rasch zog Asa die Glastür wieder zu. »Tut mir leid, dass ich dich erschreckt habe«, murmelte er. »Ich hatte Angst, jemand würde dich sehen.«

So gut sie konnte, beruhigte Nomi ihr wild klopfendes Herz, aber der Wind, die Dunkelheit und die Nähe seines Körpers machten es schwierig.

Um ein bisschen Raum zum Atmen zu haben, machte sie einen Schritt zurück.

»Was würde passieren, wenn wir erwischt werden, Eure Eminenz?«, fragte sie. Allmählich gewöhnten sich ihre Augen an die Dunkelheit, und sie konnte jetzt die Umrisse seines Gesichts ausmachen, das sich dem schwachen Licht des Ganges hinter dem Glas zuwandte.

»Das weiß ich nicht«, antwortete er. »Ich habe so etwas noch nie gemacht.«

»Wenn man auf den Berg des Verderbens geschickt werden kann, weil man ein Buch liest ...« Ihre Stimme zitterte.

»Nein, Nomi. Ich würde niemals zulassen, dass dir so etwas passiert«, entgegnete er ernst und beugte sich zu ihr. »Das verspreche ich dir.«

All die Enttäuschungen, die Schuldgefühle, der Kummer, all das, was sie in sich verschlossen und zum Schweigen gebracht hatte, drohte aus ihr herauszubrechen. »Ich ertrage das nicht. Serina sollte nicht dort sein«, stieß sie hervor, und die Worte stolperten förmlich übereinander. »Das ist einfach nicht fair.«

»Du hast vollkommen recht – es ist nicht fair.« Asa führte sie hinüber zum Geländer, weg vom Licht, das durch die Glaswand fiel. »Nichts an Viridia ist fair.«

»Was kann ich tun? Es gibt doch bestimmt eine Möglichkeit,

wie man den Regenten davon überzeugen kann, sie freizulassen, oder nicht?« Nomi wusste, dass sie sich an einen Strohhalm klammerte. Aber sie konnte Serina nicht an ihrer Stelle leiden lassen. Nicht länger. Nicht, wenn sie etwas tun konnte, irgendetwas. »Vielleicht wenn ich ihm sage, dass ich das Buch genommen habe, dass ich in Wahrheit diejenige war, die lesen konnte …«

Sie zögerte. War ihm klar, dass sie eine Beichte ablegte? Sie wollte alles gestehen. Sie wollte alle wissen lassen, dass ihre Schwester unschuldig war und es nicht verdient hatte, bestraft zu werden. Im Gefängnis zu schmachten.

Aber Asa schüttelte nur den Kopf. »Absolut nicht. Mein Vater würde euch beide bestrafen. Er und Malachi …« Nomi spürte sein Schaudern durch seine Hände, die ihre immer noch festhielten. »Der kleinste Verstoß kann deinen Tod bedeuten. Mein Vater war schon immer gnadenlos, aber Malachi ist noch weit schlimmer … er ist sprunghaft, er handelt willkürlich. An einem Tag lässt er Barmherzigkeit walten, am nächsten verhängt er Höllenqualen. Ich habe jetzt schon Angst davor, was er als Regent tun wird. Seine Unberechenbarkeit könnte ganz Viridia in Gefahr bringen.«

Nomi wurde flau im Magen. Sie erinnerte sich an jenen ersten Tag auf dem Korridor, als Malachi sie voller Wut an die Wand gedrängt hatte, nur um sie keine zwei Stunden später zur Grace zu küren. Sprunghaft, ja. Und das war der Mann, an den ihr Leben für alle Zeiten gebunden war.

»Dann können wir nichts tun?« Sie spürte Tränen in ihren Augen brennen. Tränen für Serina. Und für sich selbst.

Er hielt ihre Hände noch fester. »Es tut mir so leid, Nomi. Ich wünschte, ich hätte größere Macht, dann könnte ich so viel tun.«

Sein Blick verschwamm und wandte sich nach innen. »Aber eines gibt es zumindest«, fuhr er dann fort, die Stimme nur ein Flüstern, so leise, dass sie sich näher zu ihm beugen musste, um ihn zu hören. Sie hatte den Wind im Rücken, er schob sie, der Saum ihres Morgenmantels flatterte und wehte in seine Richtung wie ausgestreckte Arme. »Ich kann dir helfen zu fliehen.«

»Was?« Ein heftiger Schreck durchzuckte sie. »Warum solltest du?«

Asa fuhr sich mit der Hand durch die Haare. »Ich sehe dich, Nomi. Du warst nicht dazu bestimmt, eine Grace zu werden, du wolltest nie eine sein, und er hat dich trotzdem auserwählt.«

»Warum hat er das getan?« Nomi hatte immer noch keine Erklärung dafür gefunden. Malachi schien nicht sonderlich an ihr interessiert, ganz bestimmt nicht mehr als an den anderen. Sie verstand nicht, warum sie mehr Anziehungskraft gehabt hatte als all die hübschen Kandidatinnen, die auserwählt werden wollten, die auf dieses Leben getrimmt worden waren.

Asa antwortete so lange nicht, dass sie schon dachte, er wollte es ihr nicht sagen oder wüsste es nicht. Schließlich jedoch antwortete er leise: »Ich glaube, er hat es getan, um dich zu bestrafen. Er hat gemerkt, dass du dich von ihm nicht einschüchtern lässt. Du hast eine solche Stärke ausgestrahlt an jenem Tag, als du ihm gesagt hast, wo die Toilette ist. Er wird versuchen, deinen Willen zu brechen, als wärst du eines seiner Pferde.«

Das so klar ausgesprochen zu hören war erschreckend, aber Nomi merkte, dass es sie nicht wirklich überraschte. Es leuchtete ihr ein. Der Thronfolger war wütend, er wollte ihr weh tun. Für Nomi war es wie eine Gefängnisstrafe, dass sie zur Grace erkoren worden war. Sie würde den Rest ihres Lebens einem Mann dienen müssen, den sie hasste.

Asa umklammerte das Geländer mit beiden Händen und starrte hinaus in die wolkendunkle Nacht. »Niemand sollte sich schwach und machtlos fühlen müssen. Du nicht und ich auch nicht. Niemand sollte das.«

So hatte Nomi noch niemanden reden hören. Nicht einmal Renzo.

»Wohin würde ich denn gehen?«, flüsterte sie.

»Wohin du willst.«

Eine Aussicht, die so enorme Möglichkeiten eröffnete, dass ihre Vorstellungskraft streikte. Wohin du willst.

Er sprach von Freiheit.

»Es war nicht immer so«, fuhr er leise fort. »Vor der Flut ...«

Vor der Flut.

Nomi stockte der Atem. War es womöglich Asa gewesen, der das Buch für sie hinterlassen hatte? Sie wagte nicht zu fragen, wagte nicht zu bestätigen, dass sich ein Buch in ihrem Besitz befand. Auch nicht, dass sie es lesen konnte.

»Was ist vor der Flut passiert?«, fragte sie vorsichtig.

Er zuckte die Achseln. »Ich meine nur ... ich glaube, wir könnten so viel mehr tun, so viel besser sein, als wir es jetzt sind. Wenn mein Vater sehen könnte, was dieses Land wirklich braucht, wenn wir von einem Menschen mit Visionen angeführt würden anstelle eines hartherzigen alten Manns ... oder meines Bruders ...«

»Was glaubst du, das dieses Land braucht? Wenn du der Thronfolger wärst, was würdest du verändern?«

Asa lehnte sich ans Geländer und seufzte. »Ehrlich? Alles. Ich würde keine Graces aussuchen. Ich würde die Frauen lesen lernen lassen.« Er zögerte kurz und sah sie an, sein Gesicht wurde weicher. »Ich würde Serina befreien.«

Die Antwort schmeckte wie Schokolade und brannte wie Feuer. Süß. Verlockend.

Gefährlich.

Er lachte freudlos und schüttelte den Kopf. »Ich habe einmal mit meinem Vater darüber gesprochen. Habe dafür argumentiert, mich statt Malachi zu seinem Nachfolger zu machen. Ich habe versucht, ihn zu überzeugen, dass ich der bessere Sohn für Viridia sein würde.«

»Und er ließ sich nicht überzeugen?«

»Nein, er ließ sich nicht überzeugen«, bestätigte Asa mit einem traurigen Lächeln.

»Ich wünschte, du wärst der Thronfolger«, sagte Nomi wehmütig und starrte auf die schwarzsilbernen Wellen hinunter.

Asa lachte. »Ich auch. Aber wenn Malachi nicht etwas zustößt, haben wir ihn am Hals, wenn unser Vater einmal stirbt.«

Unwillkürlich musste Nomi an Königin Vaccaro denken, die Kardinal Bellaqua mit nichts anderem als ihrem Lächeln und ihrem Giftparfüm gestürzt hatte. In dem Geschichtsbuch klang es, als wäre es der schlimmste Verrat gewesen, aber für Nomi ...

Für Nomi war es ein Hoffnungsschimmer. Früher waren die Frauen in diesem Land mächtig gewesen. Vielleicht konnten sie es wieder sein. Ihre Gedanken kreisten, kitzelten zarte, gefährliche Möglichkeiten hervor. Schuldgefühle trieben sie an, Schuldgefühle und Trauer. Aber darunter war Wut, die nie erlosch. Frauen waren keine minderwertigen Wesen.

»Was, wenn Malachi tatsächlich etwas zustoßen würde?«, fragte sie, so leise, dass der Wind ihre Worte davontrug.

Asa warf ihr einen forschenden Blick zu. »Ich werde nicht zulassen, dass jemand meinen Bruder ermordet.«

»Nein, kein Mord.« In ihren Gedanken strafften sich die Fäden, die Möglichkeiten verwoben sich zu einem Muster, aus dem möglicherweise ein Plan entstehen würde. Skandal. List. Genau wie bei Königin Vaccaro, nur ohne den Mord. »Wenn man ihm einen Mord anhängen würde, vielleicht …«

»Dann würde er für etwas bestraft, was er nicht getan hat«, erwiderte Asa, aber er klang nachdenklich, nicht empört.

»Ihr habt gesagt, es gibt Dinge, die er tatsächlich getan hat. Er ist nicht unschuldig«, sagte Nomi.

Asa legte ihr die Hände auf die Schultern und drehte sie sanft um, so dass sie ihm gegenüberstand. »Ein solcher Plan braucht Zeit. Es gibt Unwägbarkeiten. Risiken. Eine Menge Risiken.« Er strich eine Haarsträhne von ihrer Wange, und auf einmal wurde Nomi bewusst, wie nah sie sich hier in der Dunkelheit waren. Auch darin lag ein Risiko.

»Du könntest einfach fliehen«, sagte er. »Ich könnte dir helfen, aus dem Palast zu kommen, und für dich einen Platz zum Leben finden. Eine neue Identität. Ein Vertrag mit einer Fabrik oder eine Arbeit als Dienerin. Was dir lieber ist. Du hättest die Wahl.«

»Wenn ich das tun würde«, entgegnete sie leise, »würde sich nie etwas ändern.« Und Serina würde nicht gerettet werden.

Er beugte sich näher zu ihr. Selbst in der Dunkelheit konnte Nomi das Funkeln in seinen Augen sehen. »Was sollen wir dann machen?«

Nomi und Asa verbrachten die halbe Nacht damit, ihren Plan auszuarbeiten.

»Das Verbrechen muss etwas sein, das sich direkt auf den Regenten bezieht«, meinte Asa mit einer gewissen Bitterkeit. »Sonst ist es meinem Vater gleichgültig. Er würde wahrscheinlich feiern.«

»Vielleicht könnte Malachi einen Krieg anzetteln?«, überlegte Nomi.

»Zu viele bewegliche Teile, schwer vorzutäuschen – wir müssten wirklich einen Krieg beginnen, um es überzeugend wirken zu lassen.«

»Ein Attentat?«

»Auf den Regenten? Könnte funktionieren. Vater ist sehr krank, aber er hat immer noch den Willen zu kämpfen in sich. Vielleicht brennt Malachi so darauf, an die Macht zu kommen, dass er der Natur ein wenig nachhilft.«

Nomi musste an das Parfüm der ersten Königin denken. »Würde er Gift verwenden?«

Jetzt saßen sie auf einer der Chaiselonguen, zusammengekauert gegen den kalten Wind. »Gift ist schwer zu beschaffen, und ohne echtes Gift würde niemand die Bedrohung glauben. Was, wenn wir jemanden anheuern würden, ihn tätlich anzugreifen?«

»Und du verhinderst genau im richtigen Moment das Schlimmste, entlarvst die Verschwörung und rettest deinen Vater.« In Nomis Ohren klang es wie ein Märchen.

All die Wut, die ihr Blut zum Kochen brachte, hatte sich in Freude verwandelt. Sie würde die Dinge verändern. Sie und Asa würden Viridia sein wahres Erbe zurückgeben. Sie würden es zu dem Land machen, das es sein sollte.

Und sie würden Serina befreien.

»Es kann aber kein echter Attentäter sein«, überlegte Asa. »Ich lasse nicht zu, dass mein Vater tatsächlich getötet wird. Das ist wichtig. Es muss jemand sein, der die Feinheiten versteht, der weiß, dass wir eine Darbietung brauchen, keine echte Bedrohung.«

»Also muss es jemand sein, dem wir vertrauen. Jemand, den wir vor der Strafe bewahren können.«

»Ja«, pflichtete Asa ihr bei. »Warum sollte uns jemand helfen, wenn wir ihm keine Immunität zusichern können?«

»Kennst du eine solche Person?«, fragte Nomi.

»Es gibt einige Palastwachen, von denen ich glaube, dass sie mir gegenüber loyal sind«, antwortete er. »Aber alle sind im Palast wiedererkennbar. Jeder kennt sie als meine persönliche Wache und würde sofort die Verbindung zu mir herstellen.«

»Ich kenne überhaupt niemanden außer meiner Familie.« Ihr Herz stolperte. Renzo.

Nein. Sie konnte ihn nicht in diese Sache mit hineinziehen. Das Risiko war zu groß.

»Wie würden wir unseren falschen Attentäter denn beschützen?«, fragte sie. »Es würde bestimmt nicht reichen, deinen Vater zu drängen, Milde walten zu lassen. Du hast selbst gesagt, dass er hartherzig ist.«

»Du hast recht. Wir müssten eine Fluchtmöglichkeit arrangieren, vielleicht eine Verkleidung …«

Nomi setzte sich auf. »Der Geburtstag des Thronfolgers. Die

Graces reden schon die ganze Zeit davon. Jemand hat gesagt, es gibt einen Maskenball.« In dieser Nacht konnte Malachi sie in seine Gemächer rufen, wenn er wollte.

Aber nicht, wenn er festgenommen wird.

»Stimmt. Das ist perfekt.« Asa wirkte ganz aufgeregt. »Eine Verkleidung und eine Fluchtmöglichkeit. Unser Mitverschwörer kann unerkannt bleiben. Hereinschlüpfen, das Attentat vortäuschen und verschwinden. Keine Gefahr, erwischt zu werden.«

Keine Gefahr.

Sie wandte sich ihm zu und musterte ihn. Inzwischen hatten die Wolken sich verzogen, und ein Mondstrahl schien auf Asas jungenhaftes Gesicht. »Fällt dir jemand ein, der uns helfen kann?«, fragte sie noch einmal und betete, dass er ja sagen würde.

Doch nach reiflicher Überlegung schüttelte Asa den Kopf. »Ich kenne nur Wachen und Höflinge. Verkleidet könnte eine Wache es vielleicht schaffen, aber sie müssen beim Ball ihre Arbeit verrichten. Es wäre also schwierig, seine Enttarnung zu vermeiden. Und von den Höflingen vertraue ich keinem einzigen. Aber gib die Hoffnung nicht auf. Ich denke weiter nach.«

Kopfschüttelnd erwiderte Nomi: »Nein. Ich kenne jemanden, der die Aufgabe erfüllen kann. Jemanden, dem ich vorbehaltlos traue. Mein ...« Sie unterbrach sich abrupt. »Mein Cousin.«

Sie musste schlau sein, für seine Sicherheit sorgen. Schließlich ging es um Renzos Leben.

»Ein Cousin ist gut«, meinte Asa, und seine Hand rieb leicht über ihren Arm. Sie war nicht sicher, ob er sich dessen überhaupt bewusst war. Aber ihr gefiel die sanfte Berührung, der Kontakt. »Wo wohnt er denn? Wie erreichen wir ihn?«

»Ich kann mich mit ihm in Verbindung setzen«, antwortete Nomi. Sie wollte ihm nicht mehr über Renzo erzählen, als sie unbedingt musste.

»Wie? Wohnt er in Bellaqua?«

»Ich …« Sie hielt inne. Wie konnte sie mit Renzo in Kontakt treten, ohne Asa zu sagen, wer er wirklich war? Wo er wohnte?

Spielte das eine Rolle?

Schon jetzt hatte sie Asa so viel anvertraut. Schon allein auf Grundlage ihres Gesprächs könnte er sie ins Gefängnis werfen lassen. Aber dabei riskierte sie nur ihr eigenes Leben, nicht das von Renzo. Sie holte tief Luft. »Ich werde ihm schreiben.«

Einen Moment schwieg Asa, dann sagte er: »Du kannst also tatsächlich lesen und schreiben.«

Nomi sah ihn an, auf einmal hatte sie den Wunsch, dass er alles verstand. »Ja. Ich bin diejenige, die es sich beigebracht hat. Ich habe das Buch gestohlen. Nicht Serina. Ines hat sie mit dem Buch in der Hand gesehen, aber es war meines. Ich weiß nicht, warum sie nicht die Wahrheit gesagt hat. Aber verstehst du jetzt? Nicht sie sollte auf dem Berg des Verderbens sein, sondern ich.«

»Nomi, niemand sollte dafür eingesperrt werden, dass er lesen kann. Weder du noch deine Schwester.« Asa legte seine Hand auf ihre und drückte sie. »Wir werden sie befreien. Zusammen werden wir alles verändern.«

Nomi stand vor einem Abgrund, der ebenso sturmgepeitscht und gefährlich war wie eine reale Klippe. Zwischen Trotz und offener Rebellion war ein großer Unterschied. War sie fähig, diesen Plan zu verwirklichen? Würde sie den Sprung wagen?

Vielleicht nicht für sich selbst. Aber für Serina.

21
SERINA

Der Entschluss, den Berg des Verderbens zu verlassen, war einfach, wirklich zu fliehen würde wesentlich schwieriger werden.

»Es ist steil hier«, sagte Jacana, während sie sorgfältig ihren Weg über einen Streifen Lavagestein wählte.

Serina näherte sich dem Rand der Klippe, soweit es ihr möglich war, und studierte den Strand, der sich in einem schmalen Bogen unter ihnen erstreckte. »Es ist zu steil hier. Die Wärter und andere Gefangene kommen nicht hierher, aber es wäre fast unmöglich für uns hinabzuklettern.«

»Vielleicht irgendwo weiter südlich?« Jacana setzte sich auf den Felsen und klopfte sich den Staub von den Händen, ehe sie sich den Schweiß von der Stirn wischte. Sie waren den ganzen Morgen gewandert.

Serina war froh, Jacana bei sich zu haben. Jedes Mal, wenn sie einen Wachturm oder einen patrouillierenden Wärter sahen, spannten sich Serinas Muskeln an, und ihr Magen rumorte. Einmal hatte sie Bruno aus der Ferne entdeckt, aber er war nicht näher gekommen. Anscheinend zeigte Petrels Warnung Wirkung.

Der Gedanke, dass sie, wenn Petrel nicht aufgetaucht wäre, einfach getan hätte, was Bruno sagte, ließ Serina nicht los. Ihr ganzes Leben war sie dazu erzogen worden, fügsam zu sein. Sich dem zu beugen, was die Männer wollten. Erst seit ein paar Wochen lernte sie zu kämpfen.

»Das beste Holz gibt es im Süden«, sagte sie und verdrängte die Gedanken an Bruno – und an Petrel. »Dann müssten wir unsere Vorräte nicht quer über die ganze Insel schleppen.« Müde ließ sie sich neben Jacana nieder. »Aber V– ...« Sie brach ab. Bisher hatte sie niemandem von ihrem Gespräch mit Val erzählt, nicht einmal Jacana. »Äh, verschiedene Leute haben mir schon erzählt, dass die Felsen dort sehr gefährlich sind. Also wäre es schwierig, das Floß von der Insel wegzusteuern.«

Jacana warf einen Blick über die Schulter zu dem Wachturm in der Ferne. »Ich glaube, das wird sowieso schwierig.«

Serina sog die feuchte, salzige Luft tief ein. »Es wird beinahe unmöglich werden und viel Zeit brauchen, aber ich weiß, dass wir es schaffen können.«

Nachdenklich zupfte Jacana an ihrem Zopf, und die Falte zwischen ihren Augenbrauen wurde tiefer. »Ich mache mir mehr Sorgen darüber, wie wir das Floß bauen. So was habe ich noch nie in meinem Leben gemacht. Und wir haben weder Werkzeug noch Material ...«

»Werkzeuge zu beschaffen kann nicht so schwer sein – mit meiner liebenswürdigen Art und deinem Talent zum Stehlen«, unterbrach Serina sie und rieb sich die schmutzigen, schwieligen Hände. »Und wenn wir so weit sind, dass wir mit dem Bauen anfangen können, sagen wir Gia Bescheid. Sie hat ihr Leben lang auf einem Boot gelebt, sie kann uns helfen. Wo Platz für zwei ist, ist auch Platz für drei.«

Jacana starrte hinaus über den schimmernden Ozean. »Sie werden uns erwischen. Oder wir schaffen es aufs offene Meer, das Floß bricht auseinander, und wir ertrinken.«

»Vielleicht.« Als sie Jacanas Blick sah, korrigierte sich Serina: »Wahrscheinlich.«

Sie rappelte sich wieder auf. Natürlich ließ sich nicht bestreiten, dass der Plan gefährlich und tollkühn war. Sich ein Versteck am Strand zu suchen und dort aus Holz und Ranken ein Floß zu bauen? Absurd.

Aber Serina hatte es sich immer wieder durch den Kopf gehen lassen und war zu dem Schluss gekommen, dass es besser war, etwas – irgendetwas – zu unternehmen, als nichts zu tun. Nomi brauchte sie, und je länger Serina auf der Insel blieb, desto wahrscheinlicher wurde es, dass sie kämpfen musste. Und wenn sie kämpfte, würde sie sterben. Ganz gleich, wie sie es betrachtete, die Zeit lief, und Nomis Schicksal schlitterte genau wie ihr eigenes immer dichter auf die Katastrophe zu.

»Irgendwann müssen wir kämpfen«, sagte sie und ballte unwillkürlich die Fäuste. »Möchtest du lieber in dem kranken Spielchen des Kommandanten sterben oder bei einem Fluchtversuch?«

»Ich möchte überhaupt nicht sterben«, antwortete Jacana leise. Plötzlich strafften sich ihre Schultern. »Da kommt ein Wärter auf uns zu.«

Serina wurde flau im Magen. Doch als sie sich umdrehte, sah sie, dass der Mann, der sich ihnen näherte, die Hand nicht auf der Schusswaffe hielt und sie auch nicht ansah, als würde er sie verdächtigen. Unter seinem Hut lugten dunkle Haare hervor, und mit seinen klugen, ebenfalls dunklen Augen betrachtete er sie neugierig.

»Ich hab vom Wachturm erfahren, dass wieder ein paar von euch springen wollen«, sagte Val und zog, an Serina gewandt, eine Augenbraue hoch.

»Wir sind nicht hergekommen, um zu springen«, versicherte sie ihm. »Wir haben nur, äh ... nur eine Stelle gesucht, wo wir uns im Wasser abkühlen können.«

Reglos wie eine Statue saß Jacana auf dem harten Felsen. Starr vor Angst vielleicht. Was Serina verstehen konnte – wenn es jemand anderes gewesen wäre als Val ...

Er kniff die Augen vor der hellen, heißen Sonne zusammen. »Auf der Ostseite gibt es ein paar Strände, wo ihr ins Wasser könnt, ohne euch Sorgen wegen des Sogs zu machen«, erklärte er. »Aber bleibt an der Küste, haltet euch fern vom Dschungel-Klan und geht nicht zu weit nach Norden, sonst trefft ihr Twig und ihre Crew.«

Serina wischte sich die Hände an ihrer Hose ab und meinte beiläufig: »Wir haben gehofft, eine schattige Stelle zu finden, mit ein paar kräftigen Bäumen. Und ungestört ... auf die neugierigen Blicke der Wärter können wir gut verzichten.«

Val rieb sich den sonnengebräunten Nacken. »Ein paar Bäume, ungestört ...«, wiederholte er nachdenklich. »Ja, da habt ihr an der Ostküste die besten Chancen. Da gibt es ein paar solche Strände, aber möglicherweise müsst ihr einigen der anderen Mädchen aus dem Weg gehen.«

»Danke.« Serina lächelte, begierig, seinen Tipp auszuprobieren. »Schaffst du noch ein Stück?«, fragte sie Jacana, die immer noch starr auf ihrem Felsen kauerte.

Jacana nickte, stand langsam auf, jedoch ohne Val aus den Augen zu lassen.

Mit einem letzten freundlichen Blick zu Serina sagte er: »Ich muss weiter meine Runden gehen. Passt auf euch auf, Mädchen, ist keine ganz einfache Strecke. Ihr braucht wahrscheinlich ein paar Stunden.« Dann wandte er sich nach Süden und ging weiter die Küste entlang.

Serina brach zum Zentrum der Insel auf.

»Du vertraust diesem Wärter?«, fragte Jacana und holte sie ein.

Serina überlegte. Vertraute sie Val tatsächlich? »Ich vertraue darauf, dass er mich nicht absichtlich verletzen will«, antwortete sie schließlich. »Und ich vertraue auf das, was er über die Ostküste gesagt hat.« Sorgfältig wählte sie einen Weg zwischen dicken Baumwurzeln, die sich über einen schmalen Streifen Lavagestein schlängelten. »Aber mein Leben würde ich ihm nicht anvertrauen«, fügte sie hinzu. »Er ist immer noch ein Wärter, gebunden an die Befehle von Kommandant Ricci.«

Jacana ging schneller, bis sie praktisch über die Unebenheiten hüpfte, als würde sie vor etwas davonlaufen. »Ich habe Geschichten über die Wärter gehört. Als ich ihn auf uns zukommen sah, war ich total blockiert.«

In Serina regten sich unwillkommene Erinnerungen. In dem Bestreben, Jacana zu beruhigen, erzählte sie ihr, was Petrel gesagt hatte. »Dass wir in Oracles Crew sind, schützt uns. Wir sind in Sicherheit, Jacana.«

Jacanas Reaktion überraschte sie, denn das Mädchen lachte

laut auf. »In Sicherheit? Ich hab mich in dem verlassenen Lagerhaus in Sola sicherer gefühlt, als die Gesetzeshüter die Tür aufgebrochen haben. Und da hatte ich in dem Gebäude Diebesgut versteckt. Jeder Abschnitt dieser Insel ist schlimmer als der schlimmste Albtraum, den ich je hatte.«

Sie wanderten hinauf in die Hügel, in den Schatten des buschigen Walds. Serina musterte das üppige Grün um sie herum, das dem Zorn des Vulkans entgangen war. Hier, unter den Bäumen, konnte man fast meinen, man würde einen schönen Spaziergang machen. »Weißt du, dass ich, bevor ich hierhergekommen bin, niemals allein gewandert bin? Nicht einmal mit meiner Schwester oder einer Freundin. Vielleicht ...«

»Vielleicht ist es nicht so schlimm? Die Wärter, die Kämpfe, der Hunger, der Vulkan.« Kopfschüttelnd fuhr Jacana sich durch ihre zerzausten Haare. »Da gibt es kein Vielleicht. Es ist schlimm. Es ist die Hölle.«

So bitter hatte Jacana sich noch nie angehört. Leise antwortete Serina: »Ich wollte sagen, vielleicht gehört das zu dem Albtraum, dass wir gerade genug Freiheit hingeworfen kriegen, um uns in Versuchung zu führen, obwohl wir wissen, es ist eine Illusion. Obwohl wir wissen, der Berg des Verderbens wird uns umbringen, irgendwie, ganz gleich, was wir tun.«

Jacana blieb einen Moment stehen, um zu verschnaufen, die Hand auf einem windschiefen Baum. »Es sei denn, wir bauen unser Floß.«

»Das werden wir«, bestätigte Serina mit einem Lächeln. »Wir werden einen Weg finden, der aus dieser Hölle führt.«

Zwar sah Jacana nicht sonderlich hoffnungsvoll aus, aber sie wanderte weiter. Während Serina sich durch den Wald schlängelte, hielt sie die Augen offen nach Früchten oder sonst etwas Essbarem. Zum Frühstück hatten sie lediglich ein paar Bissen Brot gehabt, und schon jetzt fühlten sich ihre Gliedmaßen träge und bleischwer an, als trüge sie ein eisernes Kleid.

So wanderten sie den größten Teil des Nachmittags, gingen weiträumig um das Gebiet des Dschungel-Klans herum und machten Rast, um Wasser aus dem kleinen Bach zu trinken, der unangenehm dicht an einem Wachturm entlangplätscherte. Als sie die Ostküste erreichten, dauerte es eine Weile, bis sie eine Stelle fanden, die ihren Zwecken genügte. Trotzdem fühlte Serina sich ermutigt. Hier waren sie allein, eine gute Stunde vom Dschungel-Klan entfernt und noch weiter weg vom Hotel Misery im Süden. Für die anderen Crews gab es kaum einen Grund, sich bis hierher durchzuschlagen.

Endlich fanden sie eine weiche, gut zugängliche Stelle mit sanften Wellen, ein paar Zypressen kletterten von der sandigen Küste den Abhang hinauf, und dort, ein Stück den Strand entlang, wo die Felsen sich allmählich wieder zu Klippen auftürmten, gab es sogar eine kleine Höhle.

Holz für ihr Floß, ein Versteck dafür und ruhiges Wasser, um es vom Stapel zu lassen.

Es war perfekt.

»Jetzt brauchen wir nur noch ein bisschen improvisiertes Werkzeug und die Zeit zu arbeiten.« Serina schloss Jacana einen Moment in die Arme. »Wir können es schaffen.«

Jetzt erschien auch auf Jacanas scheuem Gesicht ein Lächeln. »Vielleicht.«

22
NOMI

Am Morgen, nachdem sie sich mit Asa getroffen hatte, beugte Nomi sich über den Zettel auf ihrem Schminktisch und nahm ihren Kajalstift in die Hand. Asa hatte ihr Schreibutensilien angeboten, aber sie hatte Angst, dass Angeline sie finden würde. Der tiefschwarze Kajal hob sich krass von der leeren Seite ab, die sie widerstrebend hinten aus dem Geschichtsbuch gerissen hatte. Je mehr sie darüber nachdachte, desto sicherer war sie, dass Asa es gewesen war, der das Buch für sie hinterlassen hatte. Als sie ihm gesagt hatte, dass sie selbst eine Möglichkeit finden würde, den Brief zu schreiben, hatte er nicht überrascht gewirkt.

Sie brauchte lange, um sich klarzuwerden, wie sie ihre Nachricht kodieren sollte. Hoffentlich würde Renzo die Worte verstehen, die sie in eine ihrer Lieblingslegenden eingeflochten hatte, die Geschichte von den Brüdern und der geheimnisvollen tätowierten Frau.

Es ging um einen sehr freundlichen jungen Mann, der sich in ein Küchenmädchen mit einem Geheimnis verliebt: Ihr Vater, ein Pirat, hat ihr ein Vermögen hinterlassen. Sie hat die Schatzkarte in ihre Haut eintätowiert, damit sie niemals vergisst, wo der Reichtum vergraben ist, und plant nun, ihn mit Hilfe des jungen Mannes zu finden. Aber sein böser jüngerer Bruder durchkreuzt ihre Pläne und tötet beide, als die Frau sich weigert, ihm die Karte zu zeigen. Er findet sowohl die Karte als auch den Schatz, aber der Geist seines Bruders und der der geheimnisvollen Frau erscheinen ihm und jagen ihm einen solchen Schrecken ein, dass sein Herz aufhört zu schlagen, er stirbt und der Schatz ist für immer verloren.

Es war eine ziemlich blutrünstige Geschichte. In ihrer Version änderte Nomi sie so, dass sie Renzo Hinweise geben konnte.

Der Ältere der beiden war der böse Bruder.

Der Jüngere wusste, wie man ihn aufhalten konnte.

Die Frau entschloss sich zu helfen, statt ihr Geheimnis für sich zu behalten.

Außerdem schwebte in Nomis Version die Schwester der Frau in großer Gefahr. Nomi war so deutlich, wie sie es wagte. Sie bat Renzo, nach Bellaqua zu kommen, sobald er konnte, und sie zu informieren, sobald er hier war. Sie warnte ihn, dass es gefährlich war.

Selbst mit einer Maske, selbst mit einem Plan, war es dennoch gefährlich.

Sie unterschrieb nur mit einem N, damit Luca, Renzos bester Freund, nicht wissen würde, von wem der Brief kam. Dann riss sie eine weitere Seite aus dem Buch, faltete diese wie einen Umschlag um den Brief und schrieb Lucas Adresse darauf. Sie selbst hatte keine Möglichkeit, den Brief aus der Stadt zu bringen, aber Asa konnte es bewerkstelligen. Nomi wusste, dass Luca die

Nachricht an Renzo weiterleiten würde, auch wenn er sie nicht verstand. Mit ein paar Tropfen Kerzenwachs versiegelte sie den Brief.

Heute Abend bei der Schiffsfeier würde sie versuchen, Asa den Brief zuzustecken. Natürlich würde es nicht einfach werden, einen ungestörten Augenblick zu finden, aber sie kamen beide zu dem Schluss, dass es weniger gefährlich war, als so bald nach dem ersten Geheimtreffen gleich ein zweites zu versuchen.

Ein leises Klopfen rüttelte sie auf. »Moment bitte!«, rief sie und versteckte den Brief hastig unter der Matratze, zusammen mit dem Buch.

Angeline schlurfte ins Zimmer, in den Armen einen riesigen Ballen roten Stoffs.

»Was ist das denn?«, fragte Nomi und musterte misstrauisch Angelines Last.

Ihre Dienerin legte alles aufs Bett. »Euer Gewand für das Fest heute Abend. Endlich ist es fertig, die Schneiderin hat es als Letztes gemacht. Ganz schön knapp geschnitten diesmal.«

Überraschung, dachte Nomi nur. Ihre Beziehung zu der Schneiderin war noch immer angespannt.

»Ich hab vergessen, wie voluminös es ist.« Bei der ersten Anprobe hatte sie kaum Luft bekommen, und sie erinnerte sich, dass sie sich in dem Kleid sehr fremd gefühlt hatte.

Trotzdem stellte sie sich jetzt die Frage, wie Asa es wohl finden würde mit dem weiten Rock und dem enganliegenden, ausgeschnittenen Oberteil.

»Es ist rot«, stellte Angeline lächelnd fest. »Malachis Lieblingsfarbe.«

Nomi wurde flau im Magen. Trotzdem versuchte sie, das Lächeln ihrer Dienerin zu erwidern. »Es ist sehr hübsch.«

Unbeirrt plauderte Angeline weiter. »Ihr wisst doch, dass sein Pferd ein Rotbrauner ist?«

Nomi starrte sie verständnislos an.

»Auch rot«, erklärte Angeline. »Ein großes, massiges Tier mit einer langen schwarzen Mähne. Als ich neulich die Terrasse geputzt habe, ist er vorbeigeritten. Hinreißend. Das Pferd, meine ich. Ehrlich gesagt fand ich den Thronfolger immer ziemlich furchteinflößend. Ist er immer so ernst? Aber natürlich sieht er sehr gut aus, findet Ihr nicht auch?«

»I-ich weiß nicht«, stotterte Nomi. Plötzlich wollte sie irgendwo anders sein, nicht in diesem Zimmer. Sie hatte nicht den geringsten Drang, über den Thronfolger zu tratschen. Was würde Angeline denken, wenn Nomi ihr gestand, dass der Thronfolger auch ihr Angst einflößte?

»Das Fest beginnt erst in ein paar Stunden. Ich glaube, ich arbeite noch an meiner Stickerei. Und gehe ein bisschen an die frische Luft.« So schnell sie konnte, sammelte Nomi ihre Stickutensilien zusammen und hastete hinaus auf den Korridor. Während sie durch die überladenen, bedrückend stillen Wohnzimmer wanderte, wünschte Nomi, sie könnte nach draußen entkommen und die Luft an ihrem Gesicht spüren. Die Terrassen waren das Beste, was ihr zur Verfügung stand.

»Oh! Entschuldige«, rief Nomi, als sie Maris in einem Korbstuhl am Geländer sitzen sah. Sie starrte durch die Lücken zwischen den verschlungenen Eisenblumen hinaus aufs Meer.

Maris deutete auf den Stuhl neben sich. »Du störst mich nicht.«

Nomi machte es sich bequem und holte ihren Stickrahmen heraus.

Einer der Männer des Regenten erschien in der Tür, verharrte dort eine Weile und beobachtete sie. Schließlich verschwand er wieder, glitt auf seinen weißen Schuhen lautlos über die Fliesen. Unwillkürlich überlegte Nomi, ob es einer von denen war, denen sie in der vorigen Nacht aus dem Weg gegangen war. In ihr Zimmer zurückzukommen war ein bisschen weniger nervenaufreibend gewesen, als hinauszuschleichen; Asa hatte ihr den Weg zum Dienstboteneingang gezeigt, der nicht auf der Route der Wachen lag.

Maris' Blick huschte zu der leeren Tür. »Ich hasse es, wie sie plötzlich in irgendeiner Ecke auftauchen und lauschen«, murmelte sie. »Gestern hat der Regent Eva für etwas gemaßregelt, was sie gesagt hat, als eine seiner Wachen sie beobachtete.«

»Weißt du, was sie gesagt hat?«, fragte Nomi.

Maris schüttelte den Kopf. »Ich hab es nicht gehört. Aber sie ist erschrocken, als Ines ihr gesagt hat, dass der Regent sie zu sich beordert. Und Rosario hat mir erzählt, dass der Thronfolger uns morgen anstelle des Regenten auf einen Ausflug mitnimmt, als Strafe für Evas Frechheit. Das wird Ines beim Mittagessen bekanntgeben.«

»Dann sollen wir den Palast verlassen?«, fragte Nomi. Beim Gedanken, dass der Regent Eva bestrafte, schauderte sie, aber sie konnte nicht abstreiten, dass sie darauf brannte, den Mauern des Palazzos den Rücken zuzukehren. »Weißt du, wohin wir gehen?«

Maris nickte. »Zu einer Parfümerie – das hat Rosario zumindest gesagt. Aber es ist mir gleich, wohin wir gehen, solange wir hier rauskommen.«

Nomi musterte Maris. Es klang, als wäre Nomi nicht die Einzige, die sich hier eingesperrt fühlte. Mit einem tiefen Seufzer wandte sie sich wieder ihrer Stickerei zu und versuchte, sich nicht in den Finger zu stechen.

Mit einer Geste zu Nomis Stickerei meinte Maris: »Das ist gute Arbeit. Du hast Talent.«

Nachdenklich betrachtete Nomi den Rahmen in ihren Händen, die halbfertige Silhouette von Bellaqua. Sie hatte versucht, Serinas Arbeit fertigzustellen, aber ihre Stiche waren im Vergleich zu denen ihrer Schwester unelegant, und ihr drängte sich immer mehr der Gedanke auf, dass sie das Ergebnis schlechter machte.

Bis letzte Nacht hatte sie das Gefühl gehabt, alles schlechter zu machen. Aber jetzt hatte sie einen Plan. Sanft strich sie mit dem Finger über Serinas Stiche. Die Abwesenheit ihrer Schwester war wie ein Loch in ihrer Brust, das immer größer wurde, je länger sie getrennt waren. Sie musste Serina retten. Wenn sie es nicht tat, war irgendwann nichts mehr von ihr übrig.

»Meine Schwester hat den größten Teil davon gemacht«, sagte sie leise. »Sie ist diejenige mit der Begabung. Ich kann Socken stopfen und Flicken aufnähen, aber das hier ist eine Herausforderung für mich.« Sie räusperte sich. »Wie alles andere hier.«

»Hast du herausgefunden, was mit ihr passiert ist?« Maris schob ihre tintenschwarzen Haare von der Schulter.

»Der Regent hat sie weggeschickt«, antwortete sie und stach die Nadel durch den Stoff. »Rosario hatte ganz recht.«

»Nach Hause?«

Nomi schluckte. »Nein.«

Maris wandte ihre Aufmerksamkeit wieder dem Ozean zu. »Es ist schwer, von den Menschen getrennt zu werden, die man liebt.«

»Ist das der Grund, weshalb du hier nicht glücklich bist?«, fragte Nomi leise. »Vermisst du auch deine Familie?«

Maris' Gesicht wurde hart. »Ich habe keine Familie. Meine Mutter ist tot, und mein Vater ist für mich ebenfalls gestorben.«

Vorsichtig warf Nomi einen Blick zur Tür. Niemand war da. Keine lauernden Schatten. »Du hast gesagt, du wärst glücklich hier, wenn dein Vater nicht wäre. Was hast du damit gemeint?«

Maris beugte sich vor und legte den Kopf in die Hände.

»Vergiss es. Entschuldige, dass ich gefragt habe«, sagte Nomi zerknirscht. Sie hatte Maris nicht traurig machen wollen.

»Nein«, erwiderte Maris durch ihre Hände. »Es ist nur ... ich konnte bisher nicht darüber sprechen. Und es bringt mich um.« Sie holte tief Luft.

Nomi behielt die Tür im Auge, sie hatte das Gefühl, Maris würde nicht wollen, dass der Regent etwas über dieses Gespräch erfuhr.

Hastig stieß Maris hervor: »Mein Vater hat den Richter unserer Provinz bestochen, mich zu wählen.« Ihr Gesicht wurde rot. »Er hat mich erwischt, wie ich jemanden geküsst habe ...« Sie konnte nicht weitersprechen.

»Du warst in jemanden verliebt, der ihm nicht gepasst hat?«, fragte Nomi leise.

Jetzt hob Maris den Kopf und starrte hinaus zum Horizont. »Ihr Name war Helena«, flüsterte sie.

Nomi musste sich einen Ausruf des Erstaunens verbeißen. In Viridia war die Liebe zwischen zwei Frauen verboten.

»Wir hatten einen Plan ... Sie sollte meine Dienerin werden. Dann wären wir zusammen gewesen. Aber mein Vater hat uns ertappt und mir gedroht«, fuhr Maris etwas lauter fort, und nun hörte man die Wut in ihren Worten. »Ich sollte den Thronfolger dazu bringen, mich ohne Helena als eine seiner Graces auszuwählen, sonst würde er die Behörden informieren und mich wegschicken lassen.« Abrupt schloss sie den Mund und wandte den Kopf, um Nomi in die Augen zu sehen. »Also habe ich es getan.«

Nomi konnte den Blick nicht abwenden. Sie konnte sich nicht rühren. Wenn Maris nicht ausgewählt worden wäre und ihr Vater seine Drohung wahrgemacht hätte, wäre sie genau wie Serina ins Gefängnis gekommen.

Und das Schlimmste war: In beiden Fällen war Maris für immer von der Person getrennt, die sie liebte.

Auf einmal fragte Nomi sich, was ihre eigenen Eltern getan hätten, wenn sie herausgefunden hätten, dass sie lesen konnte. Hätten sie versucht, ihre Tochter zu beschützen? War Maris' Vater ein Monster ... oder einfach nur ein Bürger von Viridia, der tat, was jeder andere in diesem Land auch tun würde?

»Was ist mit Helena geschehen?«, fragte Nomi.

Nach langem Schweigen antwortete Maris: »Ich weiß es nicht.«

»Das tut mir so leid«, sagte Nomi ratlos. Wusste der Thronfolger, dass zwei seiner drei Graces ihm nur widerwillig zu Diensten waren? Und dass sich das nie ändern würde? Vielleicht hatte er sie genau aus diesem Grund gewählt, aus dem sadistischen

Wunsch heraus, sie leiden zu lassen. Vielleicht war es das, was ihm gefiel.

»In Geschichten geben Frauen immer alles auf«, sagte Maris mit angespannter Stimme. »Von uns erwartet man, dass wir immer nur geben. Wir sollen nicht kämpfen. Warum ist das wohl so, was meinst du?«

Wieder dachte Nomi an Königin Vaccaro und ihre Töchter, betrogen von ihren männlichen Beratern, gelöscht aus der Geschichte des Landes.

Und sie dachte an den Brief, der in ihrem Zimmer versteckt war.

Mit leiser Stimme, wohl wissend, dass sie sich auf Messers Schneide bewegte, murmelte sie: »Weil die Männer Angst davor haben, was passiert, wenn wir es tun.«

23
SERINA

Kurz vor dem Mittagessen kam ein Schiff mit neuen Gefangenen auf dem Berg des Verderbens an.

Der Höhlen-Klan war in Aufruhr. Wen würde Oracle als Kämpferin wählen?

Serina kaute auf ihrem faden Brotkanten und versuchte, sich dabei vorzustellen, es wäre eins von Nomis Zimt-Nelken-Butterplätzchen. Trotz strikter Rationierung und dem Fleisch des Keilers schmolzen die Lebensmittelvorräte dahin.

»Wenn sie mich auswählt, werde ich sterben«, sagte Jacana leise und starrte auf ihre kleinen, leeren Hände.

»Du bist so flink, Jacana«, meinte Serina aufmunternd. Jacana hatte sich den Spitznamen Mouse »verdient«, aber Serina weigerte sich, sie so zu nennen. Sicher, Jacana war zierlich und schreckhaft, reagierte aber oft sehr schnell und einfallsreich. Sie hatte mehr Potential, als sie sich selbst zugutehielt. »Ich glaube nicht, dass du dir Sorgen machen musst, aber wenn ... wenn Oracle glaubt, dass du bereit bist, dann vertraue ihr«, beruhigte Serina sie.

Vor ihrem inneren Auge erschien Petrels heiteres Gesicht.

»Ein guter Rat zur rechten Zeit«, sagte Gia mit gespannter Stimme, denn im gleichen Moment sahen sie Oracle auf sich zukommen.

Jacana ergriff Serinas Hände. Auf ihrer anderen Seite sog Theodora hörbar die Luft ein. Sie hatte ihre langen, elastischen Arme um die Knie geschlungen und kauerte sich zusammen, als könnte sie sich irgendwie kleiner, weniger auffallend machen.

»Alles gut, macht euch keine Sorgen«, flüsterte Serina.

Allerdings war sie nicht sicher, ob sie die anderen beruhigen wollte oder sich selbst. Ihr klopfte das Herz bis zum Hals und flatterte, als wäre es ein Vogel im Käfig, der um jeden Preis fliehen wollte.

Auf einmal musste sie daran denken, wie sie sich gewünscht hatte, dass der Thronfolger sie herausstellen, sie auserwählen würde. Die schimmernden Gewänder, der goldene Filigranschmuck, die erlesene Musik ... Jetzt betete sie darum, unsichtbar zu werden.

Bitte nicht Jacana, bitte nicht Gia, bitte nicht ...

»Serina, ich möchte draußen mit dir sprechen.« Oracle ragte direkt über ihr auf.

Nein. Die Höhle schrumpfte zusammen. Einen Augenblick überlegte sie, sich zu weigern. Aber die Blicke der ganzen Crew ruhten auf ihr. Jacana ließ ihre Hände los.

Mit weichen Knien stand Serina auf und folgte Oracle den Tunnel hinunter, durch Säulen aus Sonnenlicht und tiefe Schattengräben, eng und kalt wie ein Grab. Als sie den Eingang erreichten, war Serinas Nacken schweißnass und klebrig, und ihre Hände zitterten.

Oracle blieb stehen und blinzelte in die Sonne.

»Ich bin nicht bereit«, sagte Serina, ehe Oracle etwas sagen konnte. Es war zu unwirklich. Ein Albtraum. »Die Crew braucht Essen, und ich …«

Doch Oracle unterbrach sie. »Für den ersten Kampf nach einem Sieg suchen wir immer eine Neue aus. Dann ist es am sichersten, neue Kämpferinnen zu testen – am sichersten zu verlieren.« Sie blickte zum fernen Ozean. »Ich hatte vor, dich zu wählen. Du warst die beste unter den Neuen, aber ich habe nicht geglaubt, dass du gewinnen würdest.«

Serina entfuhr ein Laut des Erstaunens. Also hatte Oracle geplant, sie zu opfern?

Ehe Serina etwas sagen konnte, hob Oracle die Hand und fuhr fort: »Petrel hat es mir ausgeredet. Sie meinte, mit ein bisschen mehr Training könntest du gewinnen. Sie hatte nie gesehen, dass jemand sich so schnell entwickelt wie du.« Jetzt schaute sie Serina endlich in die Augen. »Sie hat freiwillig an deiner Stelle gekämpft.«

Serinas Herz setzte einen Schlag aus. »Ich … ich …«

Ich habe sie nie darum gebeten.

»Petrel wollte, dass ich dir noch etwas Zeit gebe, und das habe ich getan«, fügte Oracle hinzu. »Du kämpfst sehr überlegt – manche Mädchen setzen ihren Instinkt ein, aber du nutzt deine Intelligenz.« Sie seufzte, und zum ersten Mal sah Serina einen Riss im Panzer ihrer Anführerin. »Noch weiß keine von euch, wie man kämpft, das ist ein Vorteil für dich. Wenn du schlau bist, Grace, dann kannst du gewinnen.«

Serina konnte kaum atmen, sie wollte Oracle anflehen, es sich noch einmal zu überlegen. Aber wen würde sie dann aussuchen? Jacana? Gia? Eine Frau mit mehr Erfahrung, eine weitere Petrel, die an ihrer Stelle sterben musste? Serina konnte nichts sagen. Um ihr eigenes Leben zu betteln bedeutete, ein anderes zu opfern.

Vorhin hatte sie Jacana geraten, auf Oracles Urteil zu vertrauen. Sie würde sich wohl ihren eigenen Rat zu Herzen nehmen müssen.

Allem Anschein nach hatte Oracle Verständnis für den Aufruhr in Serinas Innerem, denn sie legte die Hand auf ihre Schulter und drückte sie aufmunternd. »Nimm dir ein bisschen Zeit für dich allein. Es wird noch ein paar Stunden dauern, bis wir zum Kampfplatz aufbrechen.«

Dann verschwand sie in der Höhle. Einen Moment blieb Serina reglos stehen, die Angst schnürte ihr die Brust zusammen. Dann machte sie sich auf den Weg zu den Klippen.

Erst als sie den von einer dicken Wolkenbank verhangenen Horizont sehen konnte, machte sie halt. Sie hatte sich geschworen zu fliehen. Nomi zu retten.

Aber ihr blieb nicht genug Zeit.

Serina starrte in die Richtung, wo sie die Lichter von Bellaqua hatte schimmern sehen, so weit weg, und sie begann, laut in den heulenden Wind zu schreien.

Irgendwann versagte ihre Stimme.

»Fühlst du dich jetzt besser?«

Ohne sich umzudrehen, antwortete sie: »Hallo, Val.«

Mit einem leisen Ächzen hockte sie sich hin und ließ die Beine vom Rand der Klippen baumeln.

»Du verbringst viel Zeit an den Klippen. Bist du sicher, dass du nicht doch wieder mit dem Gedanken spielst zu springen?«

»Warum tauchst du immer auf, wenn ich hier bin?«, fragte sie, ohne den Blick von der weißen Gischt am Fuß der Klippe zu wenden.

»Ich hab Streifendienst, ich gehe meine Runden.« Val setzte sich neben sie. »Und ich habe den Befehl, alle Crews zu informieren, dass in zwei Stunden ein Kampf stattfindet.«

Serina wischte sich die schmutzigen Hände an ihrer Hose ab. »Oracle weiß es bereits.«

»Sicher wissen es schon alle.« Val nahm eine Handvoll Schotter und warf ihn in die Wellen. »Aber ich habe meine Befehle.«

Sosehr sie sich bemühte, konnte Serina die Tränen nicht zurückhalten. »Ich muss heute kämpfen«, flüsterte sie mit erstickter Stimme.

Val stutzte. »Schon?«

Serina nickte, schaute hinaus auf die Wellen, die sich unter ihr brachen, eine nach der anderen von der Klippe zerstört. »Du hattest recht«, fügte sie hinzu, und plötzlich war es vorbei mit ihrer Entschlossenheit. »Ich bin tatsächlich ein totes Mädchen.«

»Hol dir die Kiste«, sagte Val hastig, beinahe dringlich.

»Wie bitte?«

»Der Kommandant wird heute Waffen in den Ring werfen. Ob Messer oder Steine, das hat er noch nicht entschieden. Aber auf jeden Fall ist es keine Bedrohung. Nicht wie die Schlange oder die Wespen.« Er drehte sich zu ihr und legte die Hand unter ihr Kinn, so dass sie den Kopf heben und ihm in die Augen schauen musste.

»Hol dir die Kiste, hörst du?«, drängte er erneut. »Besorg dir eine Waffe. Dann musst du schnell und entschlossen gegen die anderen Mädchen kämpfen. Denk nicht darüber nach, was du tust, und halte nicht inne, bevor deine Aufgabe erledigt ist.«

Doch Serina war damit beschäftigt, sein Gesicht zu betrachten – die dunklen Brauen, die kleine Ansammlung von Sommersprossen auf seiner linken Wange, die Dringlichkeit seines Blicks. Ihm schien wirklich wichtig zu sein, ob sie siegte oder den Tod fand.

»Serina? Hörst du mir zu?«

Er sah gut aus, sehr gut. Natürlich hatte sie das schon vorher bemerkt, aber ohne ihm wie jetzt direkt ins Gesicht zu starren, basierte diese Meinung lediglich auf flüchtigen Eindrücken: eine Haarlocke, ein zuckender Mundwinkel, ein Armmuskel. Jetzt aber sah sie zum ersten Mal ganz deutlich, wie gut seine sonnengebräunten Wangen zu seinem vollen, ausdrucksvollen Mund passten. Seine leuchtenden Augen, seinen glasklaren Blick. Wie besorgt er sie ansah.

Nie zuvor hatte Serina das Gesetz gebrochen. Sie war im Gefängnis aufgrund einer Straftat, die sie nicht selbst begangen hatte. Sie hatte nie rebelliert. Niemals ihre Welt verflucht, ganz anders als Nomi. Gleich würde sie einen Kampf auf Leben und Tod führen. Der wahrscheinlich mit ihrem eigenen Tod endete.

Warum sollte sie noch irgendeine Vorschrift befolgen?

Kurz entschlossen legte sie ihre raue Handfläche auf Vals Gesicht. Er verstummte. Sie beugte sich langsam vor, bis ihre Stirn seine berührte. Er wich nicht zurück.

Sanft strich sein warmer Atem über ihre Lippen, ihre Hand

glitt in seine Haare und zog ihn noch ein bisschen näher zu sich. Ein elektrisches Prickeln strömte durch ihre Adern, ihre Haut kribbelte. Das Herz klopfte ihr bis zum Hals.

Dann trafen sich ihre Lippen, weich und hingebungsvoll.

Er streckte die Arme nach ihr aus.

Doch sie entzog sich ihm.

Als sie sich aufrappelte, sanken seine Hände auf den Kies hinunter.

»Warte.« Er griff nach ihren Knöcheln, aber nicht so, als wollte er sie mit Gewalt zurückhalten, und sie befreite sich ohne Mühe.

»Tut mir leid«, sagte sie, obwohl es nicht stimmte. Nicht wirklich. Schon immer hatte sie sich gefragt, wie ein Kuss sich anfühlte. Natürlich wusste sie in der Theorie Bescheid darüber, was beim Küssen passierte, aber mit dem Kribbeln in den Adern und der Hitze im Bauch hatte sie nicht gerechnet.

»Warte! Serina!«, wiederholte er und stand ebenfalls auf.

Eigentlich hatte sie sich ihren ersten Kuss als den Beginn von etwas vorgestellt, nicht als das Ende.

Im Davonlaufen rief sie über die Schulter zurück: »Man nennt mich jetzt Grace!«

24
NOMI

Nomi trat auf das Schiff, und der weite Rock ihres prächtigen roten Kleids fächerte sich in der frischen Seeluft glockenförmig auf. Ihre Taille wurde betont durch einen enganliegenden breiten Goldgürtel, der perfekt zu den goldenen Sandalen und den langen Ohrringen passte, die Angeline für sie besorgt hatte.

Die Dienerin hatte Nomis Wangen mit Goldpuder bestäubt und ihre Lippen rot gefärbt. Eine dramatische Kombination, auffallender, als Nomi es gewohnt war, und zum ersten Mal fühlte Nomi sich, als entspräche sie der Rolle einer Grace.

Aber sie würde immer eine Rebellin bleiben.

Der Brief an Renzo brannte auf der Haut ihrer Brust. Als Angeline im Waschraum war, hatte sie ihn rasch in ihr Mieder gesteckt. Asa hatte eine Kontaktperson außerhalb des Palazzos, dem er die Nachricht übergeben würde; jetzt musste Nomi auf diesem mit Festgästen und den Männern des Regenten gefüllten Schiff nur noch einen ungestörten Augenblick mit ihm finden.

In der Menge nach Asa Ausschau haltend, näherte Nomi sich einem freien Platz an der Reling. Das Schiff des Regenten war anders als alle, die sie je gesehen hatte. Es ankerte auf der dem Ozean zugewandten Seite des Palazzos, denn für die engen Kanäle der Stadt war es zu groß. Über dem geräumigen Deck waren Lichter und kleine klimpernde Glöckchen aufgehängt worden, die Reling bestand aus poliertem, kunstvoll mit geschnitzten Meerjungfrauen und springenden Fischen verziertem Holz.

Das Oberdeck war offen und mit breiten Streifen weißen Seidenstoffs überspannt. Am Heck gab es zwei schmiedeeiserne Aufzüge, die Gäste zum Stockwerk darunter und von dort nach oben transportierten. Männer in weißer Livree bedienten Seile und Rollen, um jedem Gast eine reibungslose Fahrt zu gewährleisten. Andere Diener schlängelten sich mit Tabletts durch die Menge und versorgten die Gäste mit Gläsern und Häppchen. Im Zentrum des Decks spielte ein kleines Musikensemble, um sie herum tanzten die Graces des Regenten mit den Männern, die dieser ausgesucht hatte, um Gefälligkeiten zu belohnen oder zu erlangen. Die Delegation aus Azura war in Hellblau gekleidet.

Nomi lehnte sich ans Geländer und wandte ihre Aufmerksamkeit dem Meer zu. Die Sonne war gerade untergegangen, nur ein paar Lichtstrahlen klammerten sich noch an den Rand der Welt. Am Himmel erwachten blinzelnd die Sterne zum Leben.

Als Nomi sich wieder umwandte, entdeckte sie Asa auf der anderen Seite des Schiffs, und ihre Blicke trafen sich sofort. Hitze breitete sich von ihren Wangen aus bis hinunter in den Bauch.

Ein Mann machte sich an Asa heran, sagte etwas zu ihm, und Asas Mund bewegte sich zwar, als er antwortete, jedoch wandte er den Blick keine Sekunde von Nomi ab.

Doch plötzlich blockierte ihr eine Gestalt die Sicht, und eine

Flüsterstimme ließ ihr das Blut in den Adern gefrieren. »Guten Abend, Nomi.«

Der Regent.

Nomi stockte der Atem. Sie versank in einen Knicks, und auf einmal kam ihre frühere Unbeholfenheit mit Macht zurück. Sie war wieder eine kleine Dienerin, fehl am Platz und ungraziös in ihrer glitzernden Aufmachung. Obendrein mit einem hochverräterischen Brief unter ihrem Kleid.

»Ines hat mir erzählt, dass dein Training Fortschritte macht«, fuhr der Regent fort, ergriff Nomis Hand und hielt sie mit seinen knochigen fest wie mit Eisenstangen. Dann zog er ihren Arm nach oben und gab ihr zu verstehen, dass sie sich drehen sollte. Langsam tat sie es, ihre Hand verbog sich in seinem Griff und steigerte ihr Gefühl, ihm ausgeliefert zu sein.

Sein Geruch – Orangenöl und Desinfektionsmittel – drehte ihr fast den Magen um. Die Krankheit, die den alten Mann langsam umbrachte, hatte sein Gesicht ausgemergelt und seine Haare ergrauen lassen, jedoch nicht die eisigen Flammen in seinen Augen ausgelöscht.

»Ich denke, ich kann sehen, was meinen Sohn an dir fasziniert.« Er zog sie dichter zu sich und bedrängte sie. Nomis Hals war wie zugeschnürt, ihre Finger kribbelten in seinen Knochenhänden, seine Nägel gruben sich in ihre Haut. »Du hast einen Willen, der darum bettelt, gebrochen zu werden.«

Jetzt hielt sie es nicht mehr aus und riss ihre Hand los.

Der Regent machte große Augen. Seine Hand glitt um ihre Taille, und zum ersten Mal war Nomi froh über ihr Korsett, denn es fühlte sich an wie eine Rüstung, eine Barriere zwischen ihnen.

Er umschlang ihr Handgelenk so fest, dass sie sich nicht befreien konnte. Ob Malachi den Wunsch hatte, sie zu zähmen, spielte keine Rolle, der Regent wollte es. Und er würde es tun, wann immer es ihm gefiel.

Selbst wenn sie seinem Sohn gehörte.

Nach einem kurzen, qualvollen Tanz ließ der Regent sie los und neigte den Kopf, worauf Nomi mit einem zittrigen Knicks antwortete. Nicht das Schaukeln des Schiffs war schuld daran, dass ihre Beine auf einmal wacklig waren.

»Tanze mit Signor Flavia«, befahl er, und schon wurde sie von anderen Händen gepackt, und ein stämmiger Mann wirbelte sie übers Deck, presste sich mit seiner verschwitzten Brust an sie, und sein nach Wein riechender Atem verstopfte ihre Lungen.

»Entschuldigung«, sagte eine tiefe Stimme an ihrer Schulter, und den Bruchteil einer Sekunde dachte sie, es sei Asa. Aber es war sein Bruder.

Signor Flavia hielt mitten in der Drehung inne. »Eure Eminenz«, sagte er und verbeugte sich.

Wieder andere Hände zogen Nomi davon, als wäre sie eine Pfeife, die von einem zum anderen weitergereicht wird. Aber der Thronfolger tanzte nicht mit ihr, sondern führte sie zum Geländer, wo die kühle Meeresbrise ihre erhitzten Wangen kühlte.

Malachi war wesentlich kräftiger als Asa. Muskulös, wo Asa drahtig war. Imposant, nicht freundlich wie sein Bruder.

»Deine Hände haben gezittert. Beunruhigt das Schiff dich so sehr?«, fragte Malachi.

Nomi hatte Angst, ihm in die Augen zu schauen. Was, wenn er ihren Verrat erkannte? Ihren Hass?

»Ich bin nur vom Tanzen erhitzt, Eure Eminenz«, antwortete sie.

»Aber deine Hände sind ganz kalt.«

Rasch löste Nomi ihre Hände aus seinen und sah sich genötigt, ihn anzuschauen. »Ach wirklich?«, fragte sie mit nervöser Stimme.

Seine kurzen dunklen Haare waren frisch geschnitten und seine Wangen gerötet, als hätte er die letzten Tage in der Sonne verbracht. Er trug einen dunkelblauen Anzug, durchzogen von dünnen Goldfäden. Die scharfen Gesichtszüge verrieten ihr genauso wenig wie seine dunklen Augen.

Genoss er ihr Unbehagen? Schwelgte er in dem Bewusstsein, dass sie ihm auf Gnade und Barmherzigkeit ausgeliefert war?

Seine Antwort ließ so lange auf sich warten, dass sie ihn, nur um das Schweigen zu brechen, schließlich fragte: »Woran denkt Ihr?«, in der sicheren Erwartung, dass er ihr sagen würde, das gehe sie nichts an.

Aber er legte den Kopf schräg und erwiderte, ohne sie aus den Augen zu lassen: »Ich glaube, du würdest besser in eine andere Zeit passen.«

Nomi schnaubte. »Was soll das denn heißen?«

Was für eine freche Antwort. Warum konnte sie ihre Zunge nie im Zaum halten?

Er beäugte sie aufmerksam, fast so, als wöge er ihre Reaktion ab. Doch plötzlich konzentrierte sich sein Blick auf ihren Arm, er packte wieder ihre Hand und hob sie hoch, so dass die violetten Halbmonde auf dem Gelenk, wo die Fingernägel des Regenten sich in ihre Haut gegraben hatten, zum Vorschein kamen. Lange betrachtete er sie, dann fragte er: »Hat mein Vater das getan?«

»Überrascht es Euch?« Nomi blickte zum Himmel empor, an dem nun die Sterne glitzerten, hell wie eine Million Kristallkronleuchter, und wünschte sich dort hinauf, weit, weit weg von hier.

»Er hat nicht das Recht, dich anzufassen.«

Nomi staunte, wie viel Wut in Malachis Worten lag. Aber dann verstand sie. Natürlich.

Es ging um Besitz.

Auch sie wurde immer wütender. »Weil ich Euch gehöre, dürft nur Ihr mich berühren, meint Ihr.«

Eine Sekunde senkte er die Augen. Wenn Nomi es nicht besser gewusst hätte, wäre ihr der Gedanke gekommen, dass er sich schämte. Dann hob er die Brauen. »Du hast da etwas ...«, sagte er, brach aber ab und deutete wortlos auf ihr Dekolleté.

Als Nomi an sich heruntersah, stockte ihr der Atem. Aus ihrem Korsett lugte eine Ecke des Briefes hervor.

Vor Schreck wurde sie puterrot, ihr blieb fast das Herz stehen, aber ihr Gehirn arbeitete fieberhaft. »Das ... das gehört zu meinem Kleid, Eure Eminenz. Wie peinlich.« Wieder versank sie in einem Knicks und entschuldigte sich.

So schnell sie ihre Beine trugen, eilte sie zum Aufzug, schlängelte sich mit tief gesenktem Kopf am Kreis der Tanzenden vorbei. Dort angekommen, drehte sie sich um, als das kunstvolle Metallgitter sich schloss und sah zu den Tanzenden hinüber, die sich anmutig um die Musiker in ihrer Mitte drehten. Ein grüner Blitz huschte vorbei – es war Maris in den Armen eines älteren, korpulenten Mannes mit roten Lippen und Schweißtropfen auf der Stirn. Ihre Augen wirkten leer und unkoordiniert, ihre Bewegungen dagegen präzise und beherrscht. Sie lächelte, aber Nomi sah ihr an, wie elend sie sich fühlte.

Wenn es Malachi so viel ausmachte, dass der Regent seine Graces anfasste, warum störte es ihn dann nicht, wenn andere Männer das Gleiche taten?

Mit einem lauten Zischen senkte der Aufzug sich ab, und Nomi konnte die Tanzenden nicht mehr sehen.

Hastig stopfte sie die Ecke des Briefs zurück in ihr Korsett. Wie hatte sie nur so unachtsam sein können?

Die kleine Metallkabine hielt an, die Tür glitt auf. Hier gab es weniger Fackeln und mehr Schatten. Es war leiser, die Musik und das Gelächter von oben waren nur gedämpft zu hören. Sie stand in einem engen, holzverkleideten Gang.

Der zweite Aufzug rauschte heran. Seine Türen öffneten sich, und heraus kam ein Mann der Palastwache, groß und breit, mit zerfurchtem Gesicht. Nomi trat beiseite, um ihn durchzulassen. Hier unten war das sanfte Schaukeln des Schiffs deutlicher, und einen Moment fürchtete sie, seekrank zu werden.

Doch der Mann ging nicht an ihr vorbei.

»Folge mir«, sagte er barsch. Sie hatte sich an das Schweigen der Männer in den Gemächern der Graces gewöhnt, und seine Stimme machte sie panisch. Obwohl jeder Muskel in ihrem Körper sie in die entgegengesetzte Richtung ziehen wollte, folgte sie ihm. Ihr Herz klopfte laut, lauf weg, lauf weg.

Von oben hörte Nomi Lachen und Schritte, aber abgesehen von einem einzigen Diener begegneten sie keiner Menschenseele.

Ihr Magen rebellierte vor Angst, als der Mann eine Tür öffnete, sie in einen engen Raum beorderte und sie dort allein im Dunkeln stehen ließ.

Sie kämpfte mit den Tränen. Malachi hatte den Brief gesehen. Er wusste Bescheid. Und jetzt würde er sie bestrafen.

25
SERINA

Serina stand neben Oracle am Rand der Bühne. Irgendwo hinter ihr saß Jacana, zusammen mit Gia und Theodora. Cliff schärfte den neuen Mädchen ein, auf keinen Fall zu weinen, und Ember stand mit vor der Brust verschränkten Armen bei der Crew. Die Wärter schlossen Wetten ab, welche Kämpferin gewinnen würde, und Serina fragte sich, ob Val wohl auf sie gesetzt hatte.

Aber sie konnte sich nicht nach ihm umschauen, sie konnte nichts anderes sehen als die leere Bühne vor ihr. In ein paar Minuten würde der blasse Steinboden blutüberströmt sein.

»Der Dschungel-Klan setzt Venom ein«, sagte Oracle und warf einen kurzen Blick nach links. »Offenbar brauchen sie die Rationen ganz dringend.«

»Warum?«, fragte Serina und stellte fest, dass ihre Stimme heiser klang. Ihre Hände prickelten, ihr Herzschlag dröhnte hinter ihren Schläfen. Die Luft war wie elektrisch aufgeladen, die drückende Ruhe vor dem Sturm.

»Sie ist ihre beste Kämpferin. Bleib weg von ihr, wenn du kannst«, antwortete Oracle. »Sie beißt gern – und bestreicht ihre

Zähne vorher mit Gift –, daher ihr Name. Niemand weiß, wie sie sich selbst vor seiner Wirkung schützt.«

Venom bemerkte, dass sie beobachtet wurde, lächelte und entblößte ihre spitz gefeilten Zähne. Um ein Haar hätte Serina sich übergeben.

Doch Oracle packte sie am Arm, um ihre Aufmerksamkeit auf sich zu lenken. »Für die Südklippen kämpft heute Pearl. Sie ist stark und kann hart zuschlagen, mit Vorliebe in den Magen ihrer Gegnerin, aber ihre Knie sind schwach. Auf die solltest du zielen.«

Serina schluckte und nickte. Verstohlen warf sie nun doch einen Blick auf die Frau. Mit ihren breiten Schultern und schmalen Hüften überragte Pearl sogar die Anführerin ihrer Crew. Obwohl Serina sich anstrengen musste, überhaupt zu atmen, konnte sie sich die Frage nicht verkneifen: »Woher hat sie ihren Namen?«

Schließlich waren Perlen doch im Allgemeinen klein und zart, richtig?

Ohne den Blick von Serinas Gegnerinnen zu wenden, antwortete Oracle: »Pearl stammt aus einer Familie von Perlentauchern. Sie wurde hierhergeschickt, als die Behörden herausfanden, dass sie für das Familienunternehmen arbeitete, obwohl es Frauen nicht gestattet ist zu tauchen.« Sie nickte zu einem Mädchen auf der anderen Seite. »Die Kämpferin für den Strand ist nicht die Stärkste der Crew. Sie kämpft bevorzugt mit dem linken Arm, wahrscheinlich aufgrund einer Verletzung beim Training. Nutz diese Schwäche aus.«

Serina wischte sich die feuchten Hände auf den Oberschenkeln ab und überlegte, was die Anführerinnen der anderen Crews wohl über sie sagten. Doch da betrat Kommandant Ricci die Bühne, und wieder flutete ein Adrenalinstoß durch ihren Körper.

»Kämpferinnen, nehmt eure Plätze ein«, rief er und machte sich dann auf den Weg zu der Treppe, die zum Balkon hinaufführte.

Serinas Beine schienen jede Bewegung verlernt zu haben. Das letzte Tageslicht war dabei zu ersterben, und ein grässlicher Gedanke durchzuckte sie. Hatte sie heute die Sonne zum letzten Mal gesehen?

»Hotel Misery hat letzte Woche gewonnen, deshalb testen sie eine neue Kämpferin. Behalte sie im Auge«, sagte Oracle. »Sie sieht nicht so ängstlich aus, wie sie eigentlich sollte.«

Irgendwie wusste Serina schon bevor das Mädchen auf die Bühne kam, dass Oracle von Anika sprach; das Mädchen mit dem trotzigen Blick, dem sie bei der Registrierung begegnet war. Sie stand als Erste auf ihrem Platz. Um ihre sehnigen, muskulösen Arme zu zeigen, hatte sie sich die Ärmel aus ihrem Hemd gerissen, die Haare trug sie in mehreren Reihen enggeflochtener Zöpfe. Hatte Anika nicht gesagt, sie wäre auf die Insel geschickt worden, weil sie jemanden umgebracht hatte?

»Ich kann das nicht«, flüsterte Serina, plötzlich ganz von ihrer Angst überwältigt. Sie fürchtete nicht nur um ihr eigenes Leben, sie fürchtete sich fast noch mehr davor, einem anderen Menschen das Leben zu nehmen. Sicher, sie hatte die Logistik des Kämpfens trainiert, aber ihr Herz – ihre Entschlossenheit, einen Menschen zu töten – war noch nie erprobt worden. Noch einmal flüsterte sie kläglich: »Ich kann nicht.«

»Petrel war überzeugt, dass du es kannst«, erwiderte Oracle mit fester Stimme. »Und ich bin es auch. Es ist, als würde man als Grace auserwählt – nur, dass *du* entscheiden kannst, wer gewinnt. Und du darfst deswegen zornig sein.« Sie gab Serina einen kleinen Schubs. »Werde zornig, Grace!«

So trat Serina auf die Bühne. Und als sie ihre Kontrahentinnen und die verängstigten, hungrigen Frauen betrachtete, die sie ebenfalls beobachteten, taten Oracles Worte ihre Wirkung. In Serina machte sich Zorn breit.

Oracle hatte ganz recht. Jeder Aspekt ihrer Welt, bis hin zu Viridias Gefängnissen, spielte die Frauen gegeneinander aus, und die Männer schauten ihnen dabei zu.

»Los!«, rief Kommandant Ricci und warf eine Kiste ins Zentrum des Kampfrings. Ein Blitz zuckte über den Himmel.

Hol dir die Kiste, hatte Val gesagt.

Serina stürzte sich darauf und betete, dass sie Val trauen konnte. Hinter ihr schrie eine der Kämpferinnen auf. Blitzschnell griff sich Serina die zerbrochene Kiste, riss sie auf und enthüllte eine Handvoll Messer. Eines davon packte sie und warf den Rest von der Bühne, gerade als jemand ihr das Knie in den Rücken rammte. Sie ging zu Boden, aber wenn sie etwas konnte, dann war es aufstehen.

Sie sprang auf die Füße und schwang das Messer. Offensichtlich schockiert, konnte Pearl nur mit knapper Not zur Seite springen. Serina jagte ihr nach, zielte auf die Knie ihrer Gegnerin und stieß mit aller Kraft dagegen. Die große Frau taumelte zurück, und Serina riss sie von den Beinen, ehe sie das Gleichgewicht wiedergefunden hatte.

Mit wild kreisenden Armen stürzte Pearl zu Boden, schlug mit dem Kopf gegen die erste Reihe der Steinsitze und sank mit grässlich verdrehten Augen schlaff in sich zusammen. Zwar atmete sie noch, stand aber nicht wieder auf.

Galle stieg in Serinas Kehle.

Doch sie wirbelte gerade rechtzeitig herum, um mit anzusehen, wie Venom die Kämpferin der Strandcrew ausschaltete. Das Gesicht des Mädchens hatte sich violett verfärbt, auf ihrer Schulter waren tiefe, blutende Wunden zu sehen. Als ihr Opfer zusammenbrach, trat Venom einen Schritt zurück, nahm breit grinsend Blickkontakt mit Serina auf. Ihre spitzen Zähne waren blutrot. Und sie kam auf Serina zu.

Jeder Muskel in Serinas Körper sehnte sich danach wegzulaufen.

Doch da kam auf einmal ein Messer durch die Luft geflogen und bohrte sich in Venoms Brust. Venom schwankte, stürzte aber nicht. Ein weiteres Messer landete in Pearls Kehle und tötete sie auf der Stelle. Serina rang nach Luft. Anika trat in den Kampfring zurück, mehrere Messer in beiden Händen. Offenbar hatte sie die Kämpfe der anderen ausgenutzt, um sie sich zurückzuholen.

Serina machte sich darauf gefasst, ebenfalls von einem Messer getroffen zu werden, doch Anika stürzte sich auf Venom und schnitt ihr die Kehle durch.

Vor Serinas Augen begannen dunkle Flecken zu tanzen. Einer der Wärter klatschte Beifall, die übrigen Zuschauer beobachteten schweigend das Geschehen.

Im Ring lagen drei Leichen.

Nicht nachdenken. Nicht innehalten. Vals Stimme füllte ihre Gedanken.

Nur noch eine Gegnerin. Dann war es vorbei.

Anika wandte sich Serina zu, in jeder Hand ein Messer schwingend, und fixierte sie mit wild entschlossenem, finsterem Blick. Serina lief ein eiskalter Schauder nach dem anderen über den Rücken. Das flackernde Fackellicht warf groteske Schatten, die sich wie böse Geister über die Bühne bewegten.

Als Anika auf sie losstürzte, drehte Serina sich blitzschnell und wich der tödlichen Flugbahn der Messer aus. Gleichzeitig streckte sie das Bein, und für den Bruchteil einer Sekunde fühlte es sich tatsächlich an, als würde sie tanzen. Anika stolperte und fiel, und Serina trat so fest sie konnte gegen die eine Hand ihrer Kontrahentin. Mit einem hohlen Klirren schlitterte das Messer über den Boden.

Anika stieß einen frustrierten Schrei aus. Doch als Serina den Fuß auf ihre andere Hand setzte, war Anika darauf gefasst, riss die Schulter hoch und rammte sie Serina in den Magen, so dass diese einen Schritt zurücktaumelte und auf dem glatten Steinboden ausrutschte. Mit einer raschen Bewegung holte Anika mit dem Messer aus und schlitzte Serinas Arm auf.

Blut spritzte aus der tiefen Schnittwunde, ein heißer Schmerz durchzuckte Serina. Sie schnappte nach Luft, und schon stürzte Anika, die ihren Vorteil zu nutzen versuchte, sich auf sie. In letzter Sekunde schaffte Serina es auszuweichen, und die Wucht ihres Angriffs brachte Anika ins Straucheln. Serina wirbelte herum und versetzte ihrer Gegnerin einen Tritt in die Kniekehle, so dass diese hart zu Boden ging. Während sie sich aufzurappeln versuchte, trat Serina erneut gegen ihre Hand, und diesmal flog auch das zweite Messer davon.

Da Serina nicht sicher sein konnte, ob Anika nicht vielleicht irgendwo ein weiteres Messer versteckt hatte, ging sie kein Risiko ein, warf sich auf Anikas Brust, drückte der Gegnerin ihr eigenes Messer an die Gurgel, stieß ihr die Knie in die Schultern und drückte, so fest sie konnte.

Anika wehrte sich nach Kräften, konnte Serina jedoch nicht abschütteln. Wie sie bei ihrer ersten Begegnung schon so hilfreich hervorgehoben hatte, war Serina nicht so mager wie die anderen hungrigen Mädchen, und jetzt war ihr zusätzliches Gewicht von Vorteil.

»Ergib dich«, knurrte sie und drückte das Messer fester gegen Anikas Hals, so dass Blut hervorquoll.

Aber Anika spuckte ihr ins Gesicht. »Nein!«

Die Zeit blieb stehen. Serina starrte das Mädchen unter ihr an, das nicht mehr versuchte, sich zu wehren. Aber ihr Gesicht war immer noch trotzig, ihr Mund zuckte, ihre Augen glänzten wie im Fieber.

Serina würde sie töten müssen.

Sie musste lediglich das Messer ein wenig stärker in Anikas Hals drücken, dann hatte sie gesiegt. Dann war sie am Leben, und ihre Crew bekam die Lebensmittel, die sie so dringend brauchte.

Nur ein einziges Leben. Ein einziger Tod.

Ein einziger Mord.

Serina starrte in Anikas Augen. Außer dem Keuchen dieses Mädchens, dem Brausen des Windes und dem Pochen ihres eigenen Bluts drang kein Laut an ihr Ohr.

Komm schon, Serina. Du hast doch schon gesiegt.

»Ergib dich, Anika, los«, murmelte sie. »Ich möchte dich nicht töten.«

Anikas Augen wurden schmal. »Wenn du es nicht tust, tu ich es.«

Es war kein leeres Geschwätz, sie meinte es tödlich ernst. Aber in ihrem Gesicht lag ein seltsam gehetzter Ausdruck. Serina hatte immer angenommen, dass Anika zu den Gewalttätigen gehörte. Zu denjenigen, die es verdient hatten, hier zu sein. Hatte sie nicht selbst gesagt, dass sie einen Mord begangen hatte?

So, wie du etwas gestohlen hast? Serina wurde flau im Magen. Hatte irgendeine von ihnen es wirklich verdient, hier zu sein? Ihre Hand mit dem Messer begann zu zittern.

Anika versuchte, Serinas Verstörtheit auszunutzen, und tastete nach ihrem eigenen Messer, das nicht weit von ihr entfernt auf dem Steinboden lag. Serina sah, dass es nur eine oder zwei Sekunden dauern würde, bis der Kampf wieder begann.

Doch das war ihre Chance, ihren eigenen Standpunkt zu wählen. Ihre eigene Entscheidung zu treffen. In diesem Augenblick hatte Serina gewonnen.

Das Messer zitterte in ihrer Hand. Doch die Klinge drang nicht tiefer ein.

Ihr eigenes Grauen gellte ihr in den Ohren, als sie die Hände hob und rief: »Ich ergebe mich!«

Hinter ihr war ein kollektiver Laut der Verwunderung zu hören. Darüber, auf dem Balkon, erhob sich ein unheilvolles Murmeln, das sein Echo im Flüstern der Menge fand.

Anikas Kiefer wurde schlaff. Dann schob sie Serina von sich herunter.

Wie betäubt umklammerte Serina noch immer ihr Messer. Aber eine große Überzeugung durchströmte und erfüllte sie: die Überzeugung, dass sie richtig gehandelt hatte.

Anika hob eines der Messer auf, griff Serina jedoch nicht an, sondern stand einfach nur da und starrte auf Serina hinab. Es war gegen die Regeln, eine Kämpferin zu töten, die sich ergeben hatte, aber niemand schien zu wissen, was stattdessen zu tun war.

Dann dröhnte die Stimme von Kommandant Ricci über die Menge hinweg: »Bringt sie weg!«

Ehe die Wärter gehorchen konnten, wurde Serina von Oracle und Ember gepackt, von der Bühne geschleift und hinaus in die hereinbrechende Nacht geschleppt.

26
NOMI

Nomi lief ruhelos in dem winzigen Raum auf und ab. Durch ein kleines rundes Fenster fiel das Mondlicht, zwei Schlafstellen säumten die Wände. Es fühlte sich an wie eine Zelle.

Ihr Magen vertrug das Schaukeln des Schiffs kaum noch. Sie starrte zum silbern glänzenden Horizont hinaus. Einen Moment glaubte sie, sich übergeben zu müssen.

Doch da öffnete sich die Tür. Nomi wirbelte herum. Im Licht einer Laterne erkannte sie das verhärtete Gesicht des Wachmanns. Und neben ihm ...

Asa.

Nomi stockte der Atem.

»Danke, Marcos«, sagte Asa und entließ die Wache. Er schloss die Tür und hängte die Laterne an einen Haken in der Wand. Dann wandte er sich Nomi zu, deren voluminöses Gewand in dem engen Raum fast den ganzen Platz beanspruchte.

Sie war so erleichtert, dass sie sich um ein Haar in seine Arme geworfen hätte.

»Dein Bruder hat eine Ecke des Briefs gesehen«, erzählte sie ihm atemlos. »Ich habe behauptet, dass es ein Teil meines Kleids sei, aber als die Wache mich hergebracht hat, dachte ich, Malachi würde mich hier bestrafen.«

Asa trat auf sie zu, er wirkte angespannt, als müsste er seine Energie schon viel zu lange unterdrücken. »Du musst vorsichtiger sein, Nomi. Es gefällt mir nicht, wenn du so viel riskierst. Wenn dir etwas passiert ...«

Er war so nah. Nah genug, dass er die Hände um ihre Taille legen konnte. Sie fühlte nicht nur seinen Blick auf sich ruhen, sondern auch die Umarmung, obwohl sie nur in ihrer Phantasie stattfand. Ihre Finger schmerzten fast vor Sehnsucht danach, die Muskeln seiner Arme anzufassen, seine Haut an ihrer zu spüren.

Das Verlangen machte ihr Angst.

»Ich war dumm, ich weiß.« Sie wurde rot, als sie in seine dunklen Augen blickte. »Aber es ist das Risiko wert. Ich kann nicht – ich kann nicht Malachis Grace sein. Ich kann nicht leben, wenn der Regent mich in der Hand hat. Und Serina ... unser Plan wird funktionieren, und wir werden alle frei sein. Nächstes Mal passe ich besser auf, das verspreche ich.«

Jetzt berührten seine Hände tatsächlich ihre Taille, genau wie sie es sich vorgestellt hatte. »Ich habe in meinem ganzen Leben noch keinen Menschen kennengelernt, der so leidenschaftlich ist wie du.«

Ehe Nomi sich bremsen konnte, lagen ihre Hände auf seinen Schultern. Er verstärkte seinen Griff, und dann, an die Tür gedrückt, küssten sie sich. Goldene Funken blitzten über Nomis geschlossene Augenlider. Sie ließ die Hände durch seine dichten Haare gleiten, und dann öffnete sich sein Mund an ihrem und vertiefte den Kuss. Sanft schaukelte das Schiff unter ihnen und drängte sie noch näher zusammen.

Wenn Serina da gewesen wäre, hätte sie Nomis Verhalten entsetzlich gefunden. Aber Nomi hielt nicht inne. Sie genoss die würzige Hitze von Asas Mund, das weiche und gleichzeitig raue Gefühl seiner Haut an ihrer, die Empfindungen, die sich in ihr entfalteten und das dunkle Zimmer rot färbten.

Dann zog sie sich mit einem leisen Keuchen zurück. In der Dunkelheit schimmerte wirklich ein roter Lichtschein. Durch das Fenster sah sie die Reste des Feuerwerks verlöschen. Noch eine Explosion von Rot und Gold ergoss sich über den Nachthimmel.

»Schau nur«, sagte sie ehrfürchtig. Zwar hatte sie schon von Feuerwerken gehört, aber noch nie eines gesehen.

Asa schlang von hinten die Arme um ihre Mitte, und so beobachteten sie gemeinsam das Spektakel. Ein riesiger glitzernder Feuerball aus Grün und Violett raubte Nomi fast den Atem, und sie seufzte tief, als er verblasste und nichts als fedrige weiße Streifen übrig blieben.

Asa küsste die empfindliche Haut in ihrem Nacken, während der letzte Feuerwerkskörper goldene Fäden zum Meer hinunterzog. Nach und nach verzog sich der Rauch, und die Sterne zeigten sich wieder.

»Wahrscheinlich wird man bald nach uns suchen«, murmelte Asa.

Nomi legte den Kopf wieder auf seine Schulter. Sie wollte nicht weg von hier. Aber wenn man sie erwischte, würde Serina nie frei sein.

Sie zog den Brief aus ihrem Korsett. Als sie ihn Asa geben

wollte, schüttelte er bedauernd den Kopf. »Tut mir leid. Ich weiß, ich habe gesagt, ich könnte ihn morgen Trevi bringen, aber ich kann morgen nicht wie geplant in die Stadt gehen. Mein Vater hat ausgerechnet Waffentraining für mich angeordnet. Im Schwertkampf bin ich genauso schlecht wie beim Tanzen.«

»Was machen wir dann?«, fragte Nomi bestürzt.

Er strich mit der Hand über ihren Arm. »In drei Tagen müsste ich den Palast verlassen können. Aber ich bin abhängig von meinem Vater, genau wie du. Er bestimmt, was ich zu tun habe, und bei der geringsten Provokation ändert er seine Meinung.«

Nomi gab sich alle Mühe, die aufsteigende Panik niederzukämpfen. *Das ist nicht genug Zeit.*

»Der Thronfolger begleitet uns morgen in die Stadt, zu einer Parfümerie. Wo ist denn deine Kontaktperson? Könnte ich vielleicht den Brief übermitteln?«

Noch bevor die Frage ganz aus ihrem Mund war, schüttelte er schon den Kopf. »Das ist zu gefährlich. Wenn jemand dich sieht ...«

»Aber du hältst es nicht für unmöglich«, fiel sie ihm ins Wort.

Asa fuhr sich mit der Hand durch die Haare. »Trevi ist auf dem Markt, der auf der großen Piazza stattfindet. Es ist ziemlich wahrscheinlich, dass ihr von dort eine Kutsche nehmt, also könnte es schon sein, dass du ihn siehst, aber ...«

»Ich schaffe das. Irgendwie.« Nomi weigerte sich, an die Risiken zu denken. Es war ihre Schuld, dass Serina auf dem Berg des Verderbens war. Wenn Nomi bei dem Versuch, sie zu retten, erwischt wurde, dann würde sie wenigstens für ihr eigenes Verbrechen bezahlen.

»Ich weiß nicht, Nomi. Wenn wir erst mal abwarten …«

»Das können wir nicht«, unterbrach sie ihn wieder. »Es dauert sechs Tage, nach Lanos zu kommen, und dann sechs Tage zurück. In vierzehn Tagen findet der Maskenball statt.« Sie berührte sein Gesicht, zaghafte Finger auf der stoppeligen Haut seiner Wange. »Schon jetzt können wir es uns kaum leisten, dass etwas schiefgeht.«

Er seufzte und drückte sein Gesicht an ihre Hand. »Aber du musst mir versprechen, vorsichtig zu sein. Wenn du meinen Kontaktmann nicht findest oder wenn du keine Möglichkeit hast, dich von der Gruppe zu entfernen, musst du aufgeben. Versprich es mir, Nomi. Wenn du es nicht schaffst, finden wir einen anderen Weg.«

Als Antwort küsste sie ihn sanft.

Er nahm sie fester in die Arme, während er erklärte: »Trevi ist ein kleiner Mann, älter als mein Vater. Er trägt eine blaue Weste mit Messingknöpfen und arbeitet an einem Stand, an dem Messer verkauft werden. Du musst eine Ausrede erfinden, ein bisschen alleine umherzuwandern, weg von den anderen, denn er wird sich den Kutschen nicht nähern. Aber wenn du ihm den Brief gibst und ihm sagst, dass er von mir ist, wird er ihn entgegennehmen.«

Nomi nickte.

Lautes Gelächter vor der Tür ließ sie beide erschrocken zusammenfahren.

»Du musst gehen«, sagte Asa und schob sie sanft zur Tür. »Ich folge dir in ein paar Minuten. Wenn Malachi oder sonst jemand fragen sollte, sag ihnen, dass du dich seekrank gefühlt hast.« Er überprüfte noch einmal, ob der Brief gänzlich unter ihrem Kleid verborgen war. »Marcos, der Mann, der dich hierhergebracht hat, ist mir loyal gesonnen. Falls du mir eine Nachricht übermitteln musst, kannst du ihn damit betrauen. Er macht Schichtdienst in den Räumen der Graces. Aber vertraue keinem außer ihm. Nicht einmal deiner Dienerin. Hast du verstanden?«

Verwirrt nickte Nomi. Plötzlich schien alles so schnell zu geschehen.

»Du wirst deine Schwester wiedersehen, Nomi«, flüsterte Asa. »Das verspreche ich dir. Aber jetzt geh.« Mit einem schnellen Kuss auf ihre Schläfe schob er sie aus der Tür.

27
SERINA

Oracle und Ember ließen Serina erst los, als sie das Amphitheater weit hinter sich gelassen hatten. Benommen stolperte sie die zerfurchte Straße entlang.

Der Mond beleuchtete Oracles harte Gesichtszüge. In der Ferne erschien ein seltsames Glühen am Horizont. Zwar konnte Serina es nicht mit Sicherheit erkennen, aber sie glaubte, dass es ein Feuerwerk war.

Der Rest der Höhlencrew folgte. Serina schaute sich nicht um, sie wusste, was sie sehen würde – Enttäuschung. Wut.

Die Wunde an ihrem Arm blutete stark.

Als die Gruppe in die Höhle strömte, schwiegen alle. Jemand entfachte ein Feuer, Funken stoben auf.

Serina hatte erwartet, dass Oracle sie für ihre Strafpredigt beiseitenehmen würde, aber sie ging vor versammelter Mannschaft auf sie los. »Du hast uns betrogen, Blume«, sagte sie barsch, und das übliche Kosewort klang mehr wie eine Beschimpfung. »Du hattest die Chance zu gewinnen … Petrel ist gestorben, um dir diese Chance zu geben. Jetzt werden wir verhungern.«

»Weil ich keinen Mord begehen wollte«, platzte Serina heraus. Sie hatte nicht vor, sich schuldig zu fühlen, weil sie eine Grenze erkannt hatte, die sie nicht überschreiten wollte. Sie konnte niemanden kaltblütig umbringen. Nicht einmal, um ihren Freunden etwas zu essen zu beschaffen. Nicht einmal, um sich selbst zu retten. »Seht ihr denn nicht, wie falsch das ist? Die Wärter zwingen uns, einander zu ihrem Vergnügen zu töten. Wir sollten uns zusammentun, um dafür zu sorgen, dass niemand verhungert.«

Oracles Augen blitzten. »Ich habe dir gesagt, was passiert, wenn wir uns weigern zu kämpfen. Dann sterben nicht nur vier Mädchen, sondern wir sterben alle. Ich werde nicht das Leben von uns allen aufs Spiel setzen, weil du zu schwach warst, um zu tun, was nötig ist.«

»Es ist keine Schwäche, wenn man nicht kämpfen will!«, rief Serina aufgebracht. Bis sie hierhergekommen war, hatte sie Viridias Gesetze nie in Frage gestellt. In der ersten Zeit ihrer Gefangenschaft hatte sie die Kämpfe hingenommen. Sie waren grausam, furchterregend und unmenschlich ... aber so lief das hier eben. Es war die Realität, und sie alle waren gezwungen, diese Realität zu ertragen. Genau wie die Realität der Graces. Genau wie die Realität von Viridias Gesetzen.

Frauen durften nicht lesen.

Frauen durften ihre Ehemänner, ihre Arbeit, ihre Zukunft nicht selbst wählen.

Sie durften nicht nach Perlen tauchen und keine Waren auf dem Markt verkaufen, um ihre Familie zu unterstützen.

Sie durften sich nicht die Haare schneiden, es sei denn, ein Mann befahl es.

Sie durften nicht eigenständig denken.

Sie durften nicht aussuchen, was sie wollten.

Aber warum?

»Meine Mutter hat mir beigebracht, nie einer anderen Frau zu vertrauen, weil wir immer miteinander konkurrieren würden. Aber das ist nicht wahr. Schaut doch, wie wir uns hier umeinander kümmern.« Sie entdeckte Tremor in der Gruppe. »Wir heilen einander.« Sie sah zu Jacana. »Wir teilen unser Essen miteinander.« Sie dachte an Petrel. »Wir sterben füreinander.« Ihre Augen füllten sich mit Tränen.

»Serina ...«, sagte Oracle warnend.

Aber Serina konnte nicht aufhören. Es war, als hätte sich in ihrer Brust eine Welle aufgebaut, und wenn sie nicht sagte, was sie dachte, würde diese Welle sie zerstören. »Warum lassen wir uns das antun?«, fragte sie und dachte an die barbarischen Schaukämpfe für die Wärter. »Warum lassen wir uns von ihnen brechen? Aushungern? Und dafür bestrafen, dass wir so sind, wie wir sind? Lassen wir es zu, weil wir uns für süße zarte Blümchen halten?« Ihre Stimme wurde lauter. »Ich glaube, wir waren noch nie das, was sie wollen. Deshalb sind wir ja überhaupt hier.« Sie erinnerte sich daran, was Oracle gesagt hatte, als sie angekommen war, und auf einmal bedeuteten die Worte noch mehr, denn jetzt glaubte Serina sie.

»Wir sind keine Blumen«, fuhr sie mit fester Stimme fort. »Wir sind Beton und Stacheldraht, genau wie du gesagt hast, Oracle. Wir sind Eisen.« Serina starrte zu den Frauen, die sie umgaben. »Wir sind schlau, und wir sind gefährlich. Das wissen die Wärter. Sie wissen, dass wir die Macht haben, sie zu besiegen, wenn wir zusammenhalten. Deshalb müssen wir aufhören, uns gegenseitig umzubringen, und gegen sie kämpfen!«

Niemand sagte etwas, aber Embers Augen blitzten. Ein paar Frauen kamen näher, um besser hören zu können. Serina sah wieder zu Jacana. Ihre Augen waren groß geworden, ihre knochigen Hände waren zu Fäusten geballt. Wenn sie zusammenhielten, wenn sie einfach ...

»Raus!« Oracles Stimme durchschnitt die Stille wie ein Messer.

Sie ging Serina durch Mark und Bein. »Aber, Oracle ...«

»Du hast dich ergeben«, knurrte Oracle. »Du warst schwach und hast deine Crew verraten. Die Strafe für Unterwerfung ist Verbannung. Du bist allein, Grace. Jetzt wird der Berg des Verderbens dich bekommen.«

Niemand legte Widerspruch ein.

Auf einmal wurde Serina klar, dass es bereits ihr zweites Todesurteil war – der Regent hatte nicht erwartet, dass sie den Berg des Verderbens überleben würde, und jetzt, ohne Essen, ohne Obdach und Wasser, würde sie es auch nicht. Instinktiv drückte sie ihren verletzten Arm an sich und merkte, dass sie das Messer noch immer in der Hand hielt. Mit einem letzten Blick zu Jacana wandte sie sich zum Tunnel. Die Frauen machten ihr Platz.

Aber Serina spürte kein Bedauern. Sie wusste, dass sie recht hatte. Vielleicht würde sie dafür sterben, aber zu ihren eigenen Bedingungen zu sterben war besser, als zum Mörder zu werden und weiterzuleben. Ihre Schwester würde stolz auf sie sein.

Jetzt war Nomi nicht mehr die einzige Rebellin.

28
NOMI

Erst zum zweiten Mal in ihrem Leben bekam Nomi Gelegenheit, den Palazzo zu verlassen. Die frische Luft hier draußen hätte sich befreiend anfühlen müssen, aber stattdessen fühlte sie sich in ihren Lungen schwer und dick an wie Öl. Cassia plauderte aufgeregt, als die Gondel den Kanal zu Bellaquas großer Piazza überquerte, wo der Thronfolger sie erwartete. Maris sah aus, als würde sie Cassia gern zum Schweigen bringen. Aber Nomi konnte nur stumm über das Wasser starren und sich anstrengen, ein neutrales Gesicht zu machen.

Der Brief steckte wieder in ihrem Korsett.

Asas Beschreibung des Kontaktmannes ging ihr im Kopf herum: *Er heißt Trevi. Er trägt eine blaue Weste. Er arbeitet an einem Messerstand. Er wird sich den Kutschen nicht nähern.*

Noch immer hatte sie keine Ahnung, wie sie es schaffen konnte, sich wegzuschleichen, um diesen Mann zu finden. Hätte er Bänder oder Stoff verkauft, hätte sie ein Interesse an seinen Waren vortäuschen können. Aber Messer? Warum sollte eine Grace einen Stand mit Messern näher betrachten?

Und diese Frage war nur die erste Hürde in ihrem Plan. Angenommen, Luca gab den Brief rasch an Renzo weiter, wie sie es erbeten hatte, und Renzo erreichte Bellaqua vor dem Geburtstag des Thronfolgers, waren immer noch mehrere Stufen des Plans zu überwinden, von denen jede ihre speziellen Risiken und Unsicherheiten mit sich brachte.

Als Erstes würde sie einen weiteren Brief schreiben müssen, in dem genaue Anweisungen enthalten waren, was Renzo in der Nacht des Balls tun sollte. Asa würde eine Möglichkeit finden müssen, ihn zu übermitteln. Sie würde Renzo erklären, dass er das Attentat bedrohlich aussehen lassen musste, ohne den Regenten dabei jedoch wirklich in Gefahr zu bringen. Er würde einen Kampf mit Asa simulieren müssen, der seinem Vater zu Hilfe eilte. Dabei musste Renzo Malachi als den Mann entlarven, der ihn angeheuert hatte. Dann musste er aus dem Palast fliehen.

Außerdem würde Nomi einen Beweis in Malachis Gemächer schmuggeln müssen: einen Brief des Attentäters, in dem er zustimmte, den Anschlag zu begehen.

Wenn all das wie vorgesehen klappte, würde Asa augenblicklich seinen Bruder entlarven und den Beweis, also den belastenden Brief, in Malachis Zimmer suchen und finden.

Als sie sich den Plan in jener Nacht auf der Terrasse ausgedacht hatten, war er Nomi zwar riskant und kompliziert vorgekommen, aber durchaus vernünftig. Doch jetzt, im hellen Tageslicht, mit dem Brief im Korsett, erschien er absolut lächerlich. Denn alles, jeder einzelne Schritt, hing davon ab, dass sie einen ungestörten Moment fand, in dem sie auf einem belebten Markt mit einem fremden Mann sprechen konnte. Das war die erste Hürde und mit großer Wahrscheinlichkeit diejenige, die all ihre Hoffnungen zunichtemachen würde.

Nomi musste gegen eine Welle von Übelkeit ankämpfen.

»Geht es dir gut?«, fragte Maris und legte ihr besorgt die Hand auf den Arm. »Du siehst aus, als wäre dir schlecht.«

Nomi bemühte sich, einen klaren Gedanken zu fassen, aber ihr Magen war immer noch unruhig. »Ich hab schreckliche Angst vor Gewittern«, sagte sie schwach und machte eine Kopfbewegung zum Himmel, an dem sich drohende Wolken zusammenbrauten. Es stimmte, und die Tatsache, dass sie das Wetter bis zu diesem Augenblick gar nicht wahrgenommen hatte, war ein weiterer Beweis dafür, dass sie sich große Sorgen machte.

Beruhigend strich Maris ihr über den Arm. »Das sind bloß Regenwolken und noch ziemlich weit weg. Solche Wolken hängen manchmal tagelang am Horizont. Wahrscheinlich wird es nicht mal regnen.«

Cassia mischte sich ein: »Du hast Angst vor Gewittern?«

Nomi biss die Zähne zusammen.

Mit einem leichten Schlag gegen die Kaimauer legte der Gondoliere an der Piazza an. Auf dem Platz wartete schon eine große schwarzgoldene Kutsche, daneben standen der Thronfolger und sein Fahrer in Habachtstellung. Hinter der Kutsche sah man die kleinen Karren der Händler, die hier frisches Obst, Stoffe und sogar ganze geschlachtete Schweine feilboten.

Nomi war als Erste an Land und schlenderte auf den Markt zu, fieberhaft nach einem kleinen Mann in blauer Weste Ausschau haltend, aber immer bemüht, Interesse an sämtlichen der ausgestellten Waren vorzutäuschen.

Zuerst sah sie die Messer.

Silber blitzte in der Sonne, und mit ihren kunstvollen, juwelenbesetzten Metallgriffen wirkten die Waffen allesamt wie Kunstwerke. Der Karren stand zwischen zwei Ständen, von denen der eine Fleischpasteten und der andere fein gearbeitete Handschuhe anbot.

»Nomi!« Plötzlich packte Malachi sie am Arm, und sie zuckte zurück. »Die anderen warten schon.«

Der Thronfolger führte sie zu der Kutsche, und Nomi hätte am liebsten laut geheult. Sie konnte sich nicht von Malachi losreißen, aber, oh – wie gern sie es wollte! Dies war ihre Chance, höchstwahrscheinlich ihre einzige. Um die Fassung zurückzugewinnen und ihre Betroffenheit zu verbergen, senkte sie den Kopf.

Die schwarzgoldene Kutsche war überdacht, seitlich jedoch offen, mit zwei gepolsterten Bänken und poliertem Holzboden. Der Fahrer sprang auf den Kutschbock, direkt hinter den beiden Pferden.

Cassia wartete auf den Thronfolger. Er half erst ihr, dann Maris beim Einsteigen.

Zuletzt reichte er auch Nomi seine warme, feste Hand und setzte sich dann neben sie auf die Bank. Als die Kutsche sich langsam in Bewegung setzte und über die kopfsteingepflasterte Piazza rumpelte, war Nomi sich nur allzu bewusst, wie Malachi sein Bein an ihres drückte, so dass ihre Knie bei jedem Ruck zusammentrafen. Bis sie außer Sichtweite waren, behielt sie den Messerstand und den kleinen Mann in der blauen Weste im Blick. Sie hätte schreien können.

Du hast noch eine Chance, rief sie sich ins Gedächtnis und versuchte, damit die Woge der Hoffnungslosigkeit abzuwehren, die sie zu zerschmettern drohte. Wenn die Kutsche zurückkommt. Dann hast du noch eine Chance.

»Wie geht es dir denn heute, Nomi?«, fragte der Thronfolger. Er trug ein dünnes weißes Hemd und eine weiche Lederhose. Unter anderen Umständen hätte Nomi ihn womöglich attraktiv gefunden.

»Mir geht es gut, danke, Eure Eminenz«, antwortete Nomi und versuchte, überzeugend zu klingen.

»Ines hat gesagt, wir werden eine Parfümerie besichtigen«, mischte sich Cassia ein, und beugte sich zu Malachi hinüber, so dass man ihre Kurven in ihrem orangegelben Gewand besonders gut betrachten konnte.

Der Thronfolger nickte.

»Habt Ihr einen Lieblingsduft, Eure Eminenz?«, fragte Cassia. »Neulich habt Ihr erwähnt, dass Ihr frische Blumen nicht so gerne mögt.« Da sie die anderen Mädchen als Konkurrentinnen ansah, protzte sie mit ihrem Wissen, aber Nomi wusste – im Gegensatz zu Cassia –, dass die hübsche Blondine die Einzige war, die wirklich hier sein wollte. Maris und Nomi würde es keine schlaflosen Nächte bereiten, wenn der Thronfolger nur Aufmerksamkeit für Cassia zeigen würde.

Nomi spürte Malachis kaum wahrnehmbares Schulterzucken. »Ich weiß nicht«, antwortete er. »Ich hab nie wirklich darüber nachgedacht.«

»Dann müssen wir wohl raten«, meinte Cassia kokett. »Vielleicht findet eine von uns ja den richtigen Duft, um Euch zu verlocken.«

»Vielleicht«, erwiderte er mit einem unverbindlichen Lächeln. Dann wandte er sich Maris zu, und Nomi sah die Enttäuschung in Cassias Augen, ehe sie ihren Gesichtsausdruck wieder in den Griff bekam.

»Maris«, sagte Malachi. »Was gefällt dir am besten am Palast?«

Maris lächelte und warf die Haare zurück. Sie sah aus wie eine Puppe: makellos und leer. »Dass wir Zeit mit Euch verbringen können, Eure Eminenz.«

Sein Arm spannte sich an, und Nomi spürte es an ihrem eigenen. »Natürlich«, antwortete er.

Als er keine weiteren Gesprächsversuche mehr machte, beobachtete Nomi die vorüberziehende Stadt. Die Kutsche holperte durch schmale Gässchen und ratterte über gewölbte Brücken. Rot blühende Ranken kletterten in den Winkeln und Rissen der Steinhäuser, Wäschestücke hingen über den Straßen wie Segel ohne Wind. Im Westen der Stadt ballten sich die dunklen Wolken immer höher. Oft fuhr die Kutsche ein langes Stück im Sonnenschein auf einer Kopfsteinstraße entlang, und sobald sie um die Ecke bog, wurde plötzlich der Blick frei auf ein bedrohliches Wolkenungetüm.

Nomi hoffte, dass Maris recht hatte und es nur regnen würde. Schon als Kind hatte sie Angst vor Gewittern gehabt. Sie erinnerte sich noch mit Grauen an die Stürme, die über die Berge brausten, den Regen horizontal über den Boden fegten und mit jedem Donnerschlag das Haus erzittern ließen. Damals war Serina zu ihr ins Bett gekrochen, und sie hatten das Unwetter gemeinsam überstanden. Serina sang Schlaflieder, und Nomi hatte noch lange, nachdem das Gewitter vorüber war, gezittert.

Mit einem lauten Klappern kam die Kutsche vor einem Geschäft mit Glasfront zum Stehen. Malachi stieg aus und reichte einer Grace nach der anderen die Hand, um ihr zu helfen. Als Nomi auf dem Kopfsteinpflaster aufkam, knickte sie um, weil ihr Schuh auf dem unebenen Boden stecken blieb. Sofort eilte der Thronfolger ihr zu Hilfe, stützte sie und zog sie dabei etwas näher an sich, als ihr lieb war.

Er hatte nichts von der angespannten Energie oder der geschmeidigen Anmut, die Asa auszeichnete. Malachi war stark, robust und sehr fokussiert. Unter seinem intensiven Blick hatte sie das Gefühl zu schrumpfen und ihre Entschlusskraft zu verlieren.

Wie konnte sie sich davonschleichen, ohne dass er sie sah? Es schien ihr unmöglich.

Als sie die Parfümerie betraten, zuckte Nomi vor dem strahlenden Glanz des Geschäfts zurück, das heller war als der diesige Morgen draußen. In einem großen Saal standen in ordentlichen Reihen zahllose kleine Spiegeltische. Da auch an den Wänden Spiegel hingen, die sich gegenseitig reflektierten, hatte der Raum eine surreale Aura, fast so, als könne man die Spiegelwand betreten und endlos weitergehen.

Auf jedem Tischchen standen eine kleine Flasche aus geschliffenem Kristall, eine Schale mit Kaffeebohnen und ein Gefäß mit Wattebällchen. Die Hände aufs Herz gepresst, blickte Cassia sich um und kicherte begeistert, während Nomi und Maris sich an der Tür zusammendrängten.

»Von Parfüm muss ich niesen«, flüsterte Maris.

»Das könnte als Abschreckungsmittel nützlich sein«, erwiderte Nomi leise.

Maris stieß einen sonderbaren Laut aus, halb Lachen, halb Schnauben.

Malachi schaute zu ihnen, und Nomi musste sich anstrengen, das hysterische Lachen zu unterdrücken, das in ihr blubberte.

In diesem Augenblick trat der Parfümeur aus einem Hinterzimmer und ging mit großen Schritten auf den Thronfolger zu. Der Mann war klein und stattlich, mit einem weißen Haarbusch, der seinen kahlen Oberkopf umgab, und einer runden Brille. Er verneigte sich tief. »Eure Eminenz, es ist mir eine Ehre, dass Ihr uns heute besucht.«

»Danke, Signor. Es tut mir leid, dass mein Vater uns nicht begleiten konnte, wie es sein Wunsch war«, antwortete Malachi.

Dann wandte er sich an seine Graces. »Freundlicherweise hat der Parfümeur sich bereiterklärt, mit uns ein paar Stunden in diesem Raum zu verbringen. Bitte probiert die Parfüme und findet eines, das zu euch passt. Wenn ihr eure Wahl getroffen habt, sagt mir Bescheid, und es wird mir ein Vergnügen sein, eine Flasche für euren persönlichen Gebrauch zu arrangieren.«

Sich freundlicherweise bereiterklärt ... Nomi musste sich das Lachen verbeißen. Als hätte der Parfümeur die geringste Wahl.

Nomi knickste zusammen mit den anderen. Gerade wollte sie sich Maris zuwenden und sie fragen, wo sie anfangen wollte, als der Thronfolger vor sie trat. Er hielt ihr, ganz der höfliche Gentleman, die Hand hin und deutete zu dem Tisch, der am nächsten bei ihnen stand. »Sollen wir einen Duft für dich aussuchen?«

Widerstrebend legte Nomi ihre Hand in seine. Verstohlen

schaute sie sich um. Maris musterte wie erstarrt die Fläschchen auf einem Nebentisch, während Cassia Parfüm auf ein Wattebällchen tupfte und anmutig daran schnupperte.

Malachi streckte ihr ein feuchtes Stückchen Watte hin. »Wie wäre es damit?«

Nomi beugte sich darüber, roch daran und rümpfte die Nase. »Ganz bestimmt nicht. Das riecht ja wie verfaulte Pfirsiche.«

Der Thronfolger zog die Augenbrauen hoch und hielt sich die Watte ebenfalls an die Nase. In seinem Kiefer zuckte ein Muskel. »Du nennst es verfault, ich würde eher sagen ... überreif.«

Nomi rang sich ein Lachen ab, und der Thronfolger ging zum nächsten Tisch. Sie folgte ihm langsam, gleichzeitig verärgert und verwirrt. Dass er die Parfüme mit ihr ausprobierte, hatte sie überhaupt nicht erwartet, sie war davon ausgegangen, dass er sich an die Seite stellte und seine Graces mit seinem furchterregend intensiven Blick beobachtete.

Nomi roch Orangenöl, und sofort bekam sie eine Gänsehaut, weil es sie daran erinnerte, wie der Regent sie auf dem Schiff gepackt hatte. Als Malachi ihr das Parfüm anbot, schüttelte sie entschieden den Kopf. Dann kam Frangipani, süß und schnörkellos, aber beim Thronfolger eher unbeliebt, und ein klarer, grasiger Duft, der Nomi nicht störte, dem sie aber auch nicht viel abgewinnen konnte.

Während Cassia sich kichernd und in dem Versuch, sich Aufmerksamkeit zu verschaffen, durch das Angebot arbeitete, merkte Nomi nach einer Weile, dass sie selbst die Aufgabe ernst nahm. Vielleicht, weil es sie von dem Brief in ihrem Korsett ablenkte, wenn sie sich auf die Spuren von Gewürzen und Sandelholz konzentrierte. Von der hoffnungslosen Aufgabe, die sie trotzdem zu bewältigen hoffte.

»Das hier ist schön«, meinte Malachi und hielt ihr den nächsten Wattebausch hin.

Nomi konnte den Duft nicht identifizieren, aber er ließ sie an kalte, verschneite Abende in Lanos denken, mit einer Andeutung von Holzfeuer und etwas Frischem und Belebendem. Auf einmal stiegen ihr Tränen in die Augen.

»Kann ich das hier haben, Eure Eminenz?«, fragte sie leise, tupfte sich ein wenig aufs Handgelenk und atmete den Duft erneut ein. »Es erinnert mich an zu Hause.«

»Es wäre mir ein Vergnügen«, sagte Malachi und neigte den Kopf.

»Danke«, erwiderte Nomi und knickste. »Und danke, dass Ihr mit uns diesen Ausflug macht, Eure Eminenz. Das ist sehr großzügig von Euch.«

Er zuckte die Achseln. »Ich weiß, wie es ist, wenn man nie aus dem Palazzo herauskommt.«

»Wenn man eingesperrt ist, wolltet Ihr wohl sagen?«, gab Nomi, ohne nachzudenken, zurück.

Erschrocken schlug sie sich die Hand vor den Mund.

Malachi horchte auf. »Fühlst du dich so?«

»Nein, natürlich nicht«, ruderte Nomi rasch zurück. »Der Palast ist wunderschön. Ein Traum. Es ist einfach so lange her, dass ich seine Mauern verlassen habe, und ich wollte schon immer Bellaqua sehen. Es ist ein Geschenk, heute hier zu sein.«

Und plötzlich wusste Nomi, wie sie zu Trevi kommen würde.

»Genau genommen, würde ich ... würde ich Eure Eminenz

gerne ebenfalls ein Geschenk machen«, sagte sie schüchtern. Verstohlen warf sie ihm einen Blick zu und sah gerade noch die Überraschung in seinem Gesicht. »Um mich dankbar zu erweisen. Darf ich auf dem Markt etwas für Euch aussuchen?«

Sie hielt den Atem an. War ein Kinkerlitzchen vom Markt womöglich unter seiner Würde? Würde er ihre Beweggründe hinterfragen?

Bitte.

»Du schuldest mir nichts, Nomi«, sagte er, und seine Stimme klang weder schroff noch distanziert.

»Das weiß ich«, antwortete sie ein bisschen zu hastig. »Aber ich kann doch sicher nett sein, oder nicht? Ihr wart heute auch nett zu mir.«

Malachi rieb sich das Kinn. »Na schön. Wenn du unbedingt willst.«

Mit einer kleinen Verbeugung wandte er sich nun Cassia und schließlich Maris zu. Als alle drei ihr Parfüm ausgesucht hatten, war der Himmel noch dunkler geworden, und in der Ferne hörte man Donnergrollen.

Als Malachi ihr in die Kutsche half, musste Nomi gegen ihre wachsende Panik ankämpfen. Wenn es anfing zu regnen, ehe sie die Piazza erreichten, würde ihr Plan nicht funktionieren.

Die Fahrt verlief ruhig, auf den Kopfsteinstraßen wurden sie alle vier ordentlich durchgeschüttelt. Nomi behielt die regenschweren Wolken und das Wetterleuchten in ihnen im Auge.

Nach ein paar Minuten hielt die Kutschc. Als der Thronfolger ihr beim Aussteigen half, entzog Nomi ihre Hand nicht so schnell. Wenn ihre List gelingen sollte, musste sie so tun, als wäre sie Malachi gegenüber weicher geworden, denn er musste ihr glauben, dass sie wirklich nett zu ihm sein wollte. Möglicherweise kam das sogar ihrer zweiten Aufgabe zugute, indem es ihr eine Einladung in seine Gemächer sicherte, wo sie den belastenden Brief deponieren konnte.

Ihr fiel etwas ein, was ihre Mutter vor Jahren einmal zu Serina gesagt hatte: »Dein Talent, deine wahren Gefühle, dein wahres Ich zu verbergen, wird deine beste Waffe sein.«

»Brauche ich eine Waffe?«, hatte Serina gefragt.

Ihre Mutter hatte das Kinn gereckt. »Jede Frau braucht eine Waffe.«

Während Malachi den anderen Graces beim Aussteigen half, machte Nomi sich auf den Weg zu den Karren im Zentrum der Piazza. Die Luft war schwül und schwer. Zu ihrem Entsetzen waren einige Händler bereits verschwunden, wahrscheinlich, um dem Gewitter zu entgehen, das jeden Moment loszubrechen drohte. Auch Trevi war dabei, seine Messer einzupacken.

Nein.

Aber der Handschuhverkäufer neben dem Messerstand war noch offen. Sie eilte zu ihm hinüber. Ganz bestimmt würde Malachi ihr in Kürze folgen, vermutlich beobachtete er sie schon jetzt.

Sie strich mit der Hand über das weiche Leder eines schwarzen Handschuhpaars und warf rasch einen Blick über die Schulter. Malachi hatte sich umgedreht und sprach mit dem Kutscher. Kurz entschlossen entfernte sie sich von dem Handschuhverkäufer, steckte die Hand in ihren Ausschnitt und zog den Brief hervor. Trevi stand tief gebückt vor den Regalbrettern, die in den unteren Teil seines Karrens eingebaut waren, und verstaute seine in Samt verpackten Dolche.

Mit zitternden Händen streckte sie ihm den Brief entgegen. Er blickte überrascht auf.

»Von Seiner Eminenz Asa«, murmelte sie. »Es ist dringend, sonst hätte er ihn selbst gebracht.«

Gerade noch konnte Trevi ihr kurz und wortlos zunicken, da hörte sie Schritte auf dem Kopfsteinpflaster. Rasch wandte sie sich wieder dem Handschuhverkäufer zu und liebkoste ein weiteres Paar, diesmal in Dunkelbraun.

Schon war Malachi neben ihr.

Sie nahm die Handschuhe. »Die gefallen mir, Eure Eminenz. Sind sie ein würdiges Geschenk?«

Sie hatte kein Geld, aber sie hoffte, dass der Händler auch von Malachi keines annehmen würde. Dass für ihn die Auswahl des Geschenks den wahren Wert darstellte, nicht die Bezahlung.

Malachi nickte dem Händler zu.

Nomi überreichte ihm die Handschuhe. Und ihre Hände berührten sich, als er das Geschenk entgegennahm.

»Ich danke dir«, sagte er.

Im gleichen Moment fielen die ersten dicken Regentropfen vom Himmel.

Sie eilten zum Kanal, wo Maris und Cassia bereits in einer großen schwarzen Gondel warteten. Sobald Nomi und der Thronfolger ebenfalls eingestiegen waren, legte der Gondoliere sich in die Riemen.

Nomi konnte das Lächeln nicht unterdrücken, das sich auf ihrem Gesicht breitmachte. Sie hatte es geschafft. Wenn alles nach Plan lief, würde sie Renzo in weniger als zwei Wochen wiedersehen.

Und irgendwann auch Serina.

Der Regen hinterließ Spuren auf ihrem perlenbesetzten Kleid und verdunkelte das Silber. Als der erste Blitz direkt über ihnen vom Himmel zuckte, fuhr sie heftig zusammen. Der Donner brachte das Boot zum Schwanken und tat ihr in den Ohren weh. Jetzt, da sie ihr Vorhaben erfolgreich bewältigt hatte und nicht mehr so unter Druck stand, machte sich ihre Angst vor Gewittern stärker bemerkbar. Als die Gondel endlich anlegte, kletterte sie an Land, ehe der Thronfolger ihr helfen konnte.

»Entschuldigt, Eure Eminenz«, murmelte sie mit ersterbender Stimme.

Hinter sich hörte sie Cassia etwas Gemeines sagen, der Wind peitschte ihr die Haare aus dem Gesicht, Pfeile kalten Regens prasselten auf sie ein. Donner dröhnte.

Verzweifelt rannte sie auf den Palazzo zu, als eine Hand ihren Arm packte. »Hier entlang.«

Der Thronfolger führte sie einen Pfad rechts der Treppe entlang, in einen labyrinthischen Garten. Blitze rasten über den Himmel. Malachi zog sie unter einen Mauervorsprung, wo sie vor dem schlimmsten Regen geschützt waren. Auf Nomis bloßen Armen hatte sich eine dicke Gänsehaut gebildet, und sie fühlte sich an Lanos im Spätsommer erinnert, wenn Stürme über das Tal brausten und die Luft abkühlten, als müssten sie Platz schaffen für die schärferen Herbstwinde.

Nomi sah sich um, aber sie war allein mit Malachi.

»Jetzt habe ich etwas gefunden, wovor du Angst hast«, sagte er.

Nomi starrte durch ihre windzerzausten Haare zu ihm empor. »Glaubt Ihr, Unwetter sind alles, wovor ich Angst habe?«

Ein Blitz erhellte die Dunkelheit und funkelte in Malachis Augen. »Hast du auch Angst vor mir?«

Nomi starrte ihn an. »Wollt Ihr das denn nicht?«

Wieder grollte der Donner, und Malachi musste die Stimme heben, um ihn zu übertönen. »Warum bist du so?«

»Wie?« Nomi schwankte. Der Regen wurde stärker, ganze Schwaden stürzten auf den Garten nieder. Der Vorsprung bot keinen effektiven Schutz, Nomis Haare und ihr Kleid klebten wasserschwer an ihrer Haut, und ihr Herz klopfte viel zu schnell.

»So. Anders. Widerspenstig.« Malachi machte einen Schritt auf Nomi zu, aber es wirkte beinahe, als wehrte er sich dagegen, sein Gesicht war finster, sein Mund schmal. In seinen Augen erkannte sie eine Anspannung, die sie nicht verstand. »Ich weiß nicht, ob ich dich strafen soll, oder ...«

»Macht, was Ihr wollt«, stieß Nomi wütend hervor, vom Unwetter angestachelt. »Meine Schwester habt Ihr schon weggeschickt. Und mich zu Eurem Besitz gemacht.«

»Du antwortest nie so, wie ich es erwarte.« Malachi fuhr sich mit der Hand durch seine nassen Haare und schaute hinaus auf die Hecken, von denen das Wasser troff. »Als ich dich auserwählt habe ... da habe ich nicht nachgedacht. Ich weiß nicht, warum ...«

»Aber ich weiß es«, erwiderte sie. Der Regen peitschte ihr ins Gesicht. Sie konnte den Mund nicht halten, sie konnte sich nicht zurückhalten. Nicht hier im Zentrum eines Gewitters, mit dessen Lautstärke die Angst und der Zorn, die in ihr tobten, es jederzeit aufnehmen konnten. »Weil Ihr meinen Willen brechen wolltet. Ist es nicht so? Das jedenfalls sagt Euer Vater.«

»Er spricht nicht für mich«, fauchte er, und sie erschrak. »Ich bin nicht mein Vater!«

»Nein«, räumte sie ein und dachte an das, was Asa gesagt hatte. Sprunghaft, unberechenbar. »Ihr seid noch schlimmer.«

»Du weißt ja nicht, wovon du sprichst«, entgegnete er frustriert. Ein Blitz erleuchtete seine geröteten Wangen, und Nomi zuckte vor seiner Helligkeit zurück. »Du bist …«

Nomi trat auf ihn zu, dicht vor ihn, mit wild klopfendem Herzen. »Was?«, forderte sie ihn heraus.

Durch den prasselnden Regen blickte er auf sie hinunter. »Gefährlich.«

Mit der Wucht eines Donnerschlags fanden seine Lippen die ihren. Einen Augenblick war sie wie erstarrt, doch dann merkte sie, wie sie nachgab, regennass, fiebrig, zitternd. Er umfasste sie fest, und seine Umarmung war gleichzeitig ein Schutz vor dem Wetter und selbst wie ein Sturm.

Keuchend entzog Nomi sich ihm wieder. Seine vollen Lippen waren leicht geöffnet, seine Brust hob und senkte sich heftig, als wäre er gerannt.

Nomi wandte sich um und floh hinaus in den strömenden Regen.

29
SERINA

Als Serina es am späten Nachmittag, kurz vor der Abenddämmerung, fast zur Ostküste geschafft hatte, brach ein Gewitter über sie herein. Innerhalb von Sekunden waren ihre dünnen Kleider vom herabprasselnden Regen durchweicht, der Wind zerrte an ihren Haaren und peitschte nasse Strähnen in ihr kaltes Gesicht.

Doch Serina ging weiter, ignorierte beharrlich die zuckenden Blitze und den markerschütternden Donner. Sie hatte keine Angst. Wenn überhaupt, dann tröstete das Gewitter sie, denn bei diesem Wetter würden Bruno und die anderen Wärter sicher nicht auf Patrouille gehen.

Schließlich erreichte sie den östlichen Strand. Statt sich in die kleine Höhle zu kauern, die sie mit Jacana gefunden hatte, setzte Serina sich in den nassen Sand, ließ sich vom Regen sauberwaschen, hielt die hohlen Hände in die Höhe und trank daraus. Während sie die Blitze beobachtete, die über die aufgewühlten Wellen zuckten, dachte sie an Nomi. Ihre Schwester hätte Angst, und Serina wünschte sich, bei ihr sein und sie trösten zu können, wie sie es früher so oft getan hatte.

In der vorigen Nacht, gleich nach ihrer Verbannung, war sie zu den Klippen gewandert und hatte nach Bellaqua hinübergespäht. Kurz hatte sie mit dem Gedanken gespielt zu springen. Aber am nächsten Morgen war sie immer noch da und grübelte immer noch, wie sie zu Nomi kommen konnte.

Jetzt, während der Sturm auf sie eintrommelte, ließ Serina ihre Gedanken ruhen. Ihr leerer Magen schmerzte, der kalte Regen prickelte auf ihrer Haut und verkrampfte ihre Muskeln. Aber sie ließ sich treiben, und diese Trance war wie ein Geschenk.

Als der Tag heraufdämmerte, hatte das Wetter sich beruhigt, und der Morgen war frisch und klar. Als die Sonne feurig wie ein Phönix aus der Asche aus dem Ozean aufstieg, war ihr klar, dass sie die Dunkelheit nicht siegen lassen konnte.

Sie verband die Wunde an ihrem Arm mit einem Stück Stoff, das sie von ihrem fadenscheinigen Hemd abriss, dann schaute sie sich auf dem windgepeitschten Strand um und machte sich daran, einen Plan zu entwickeln.

Als Erstes brauchte sie etwas zu essen. Seit gestern hatte sie nichts mehr gehabt.

Sie sah sich nach Beeren um und fand die Art, von der Cliff ihr erzählt hatte, die schmeckten, als wären sie giftig. Aber sie brachten einen nicht um, und Serina atmete weiter.

Dann untersuchte sie die Bäume, die den Strand säumten, und wanderte an den Felsen entlang, die den schmalen Sandstreifen begrenzten. Die Klippen als solche interessierten sie nicht, wohl aber die kleinen Höhlen, die ihnen zu Füße lagen. Die, die sie und Jacana gefunden hatten, war eine der größten, wahrscheinlich groß genug, um ein Floß darin zu verstecken.

Gerade als sie, in der Hoffnung, noch etwas Essbares zu entdecken, wieder unterwegs zu den Bäumen war, hörte sie Schritte, die das stetige Rauschen der Wellen übertönten.

Serina ging auf den Weg zu, es kam ihr nicht in den Sinn, sich zu verstecken, denn sie vermutete, dass Val kam, um nach ihr zu sehen. Vielleicht hoffte sie das sogar.

Aber es war nicht Val, sondern Jacana.

»Was machst du denn hier?«, fragte Serina. Ihre Freundin sah noch scheuer aus als sonst, ganz in sich selbst zurückgezogen, halb hinter ihren strähnigen blonden Haaren versteckt.

Dort, wo das wehende goldene Gras dem goldenen Sand Platz machte, blieb Jacana stehen. »Ich dachte mir, dass du hierherkommen würdest. Ich wollte nach dir schauen. Mich vergewissern, dass du in Ordnung bist.«

Serina setzte sich neben sie und starrte hinaus aufs Meer. »Dass ich in Ordnung bin, kann ich nicht behaupten. Aber immerhin lebe ich noch.«

Jacana hielt ihr eine Flasche hin. »Das hab ich aus dem Vorrat geklaut. Ich dachte, du kannst bestimmt was zu trinken brauchen.«

Dankbar nahm Serina die Flasche entgegen und trank von dem Wasser. »Danke.«

»Essen konnte ich leider nicht mitgehen lassen, aber das Wasser müsste für ein oder zwei Tage reichen, und mit der Flasche kannst du welches sammeln.« Jacana sah zurück zu den Bäumen. »Oracle ist richtig wütend. Die meisten Mädchen sind es.«

»Ich weiß«, seufzte Serina. »Aber ich glaube nicht, dass ich unrecht habe.«

»Ich glaube das auch nicht«, stimmte Jacana zu. Sie zog ihre dünnen Schuhe aus und wühlte die Zehen in den Sand. »Aber es ist gefährlich. Und wir haben alle Hunger.«

»Und warum müssen wir hungern?« Sofort spürte Serina wieder die Wut, die in ihrem Innern brodelte. »Weil der Regent nicht genug Lebensmittel schickt? Oder weil Kommandant Ricci alles für sich behält? Ich habe Oracle und Val miteinander reden hören ... Val hat gesagt, dass der Kommandant das für uns bestimmte Essen einfach behält.«

Jacana zuckte die Achseln. »Aber was können wir tun? Wir können uns nicht alle ergeben. Wie Oracle gesagt hat, würden die Wärter uns dann einfach selber töten.«

Nachdenklich betrachtete Serina die auf sie zurollenden und sich wieder ins Meer zurückziehenden Wellen. »Was würden die Wärter tun, wenn niemand mehr zu den Kämpfen erscheinen würde?«, fragte sie versonnen. »Wenn wir einfach nicht hingingen?«

Jacana rieb sich das Kinn. »Vermutlich würden sie uns holen.«

»Aber können sie das?«, gab Serina zu bedenken. »Sie haben Schusswaffen, aber wir sind Hunderte und sie nur vierzig. Und wir kennen diese Insel. Sie nicht. Sie hocken in ihren Wachtürmen aus Beton und Stacheldraht, gehen kaum mal auf Patrouille ...«

»Aber wenn wir nicht zu den Kämpfen erscheinen, kriegen wir trotzdem nichts zu essen«, unterbrach Jacana leise. »Auf der Insel gibt es nicht genug zu essen für alle. Das weißt du doch. Wir würden verhungern.«

Serina rieb sich die Augen. »Das stimmt.« Aber sie konnte einfach nicht aufhören, über einen Ausweg zu grübeln. »Vielleicht können wir eine Rebellion starten, eins der Schiffe erobern, wenn es ankommt, und damit fliehen.«

»Ist das realistischer als ein Floß?«, fragte Jacana.

»Nichts ist wirklich realistisch«, gab Serina zu. Aber sie musste weitermachen. »Ganz gleich, welchen Plan wir schmieden, es fängt immer damit an, dass wir die Crews dazu bringen, miteinander zu reden. Gemeinsamkeiten zu finden. Vielleicht das Essen, das wir haben, miteinander zu teilen.«

»Ohne dass die Wärter davon erfahren«, warf Jacana ein. Wieder warf sie einen Blick über die Schulter, als könnte jemand kommen, um sie zu belauschen.

»Wenn sie herausfinden, dass wir uns gegen sie verschwören, werden sie Mittel und Wege finden, uns auseinanderzutreiben.« Serina dachte an den Kommandanten, an seine grausamen Augen. Ganz sicher würde er sich Methoden einfallen lassen, sie bezahlen zu lassen.

»Wie also kriegen wir die Crews dazu, miteinander zu sprechen?« Jacana strich sich die Haare hinter die Ohren. Ein verblassender Bluterguss verfärbte ihren Unterkiefer, das Überbleibsel des Trainings. Serina tat alles weh von dem Kampf.

»Botschafter«, antwortete Serina, und das Wort rief Erinnerungen an den Palast wach. »Wenn Oracle ein paar Mädchen zu jeder der anderen Crews schicken würde, nur um ein Gespräch zu beginnen ... vielleicht könnten sie als Versöhnungsangebot ein Geschenk mitbringen – ein bisschen was zu essen oder extra Wasser. Wenn die Höhlencrew zeigt, dass sie zum Wohle aller bereit ist, Entbehrungen hinzunehmen ...«

»... dann wären die anderen womöglich eher bereit, uns zuzuhören. Vielleicht sogar, uns zu vertrauen«, vollendete Jacana den Satz. Auf einmal funkelten ihre Augen wieder.

»Ja«, bestätigte Serina. Vielleicht war es am besten, sich vorerst auf ganz kleine Schritte zu konzentrieren und nicht gleich auf das Endziel. »Aber ich glaube nicht, dass Oracle sich auf so etwas einlässt. Sie wird ihre Crew nicht in Gefahr bringen.«

Jacana rieb sich die Beine, stand dann auf und schlüpfte mit ihren sandigen Füßen in die Schuhe. »Ich rede mit ihr. Die meisten aus der Crew waren sauer auf dich, aber ein paar teilen deine Meinung. Ich zum Beispiel. Viele von uns wissen, dass sie sterben werden, wenn sie in den Kampfring müssen. Und einige würden eher das Risiko eingehen zu fliehen. Vielleicht sind wir genug, um Oracle zum Handeln zu zwingen.«

»Sie wird mich hassen«, sagte Serina und ließ den Kopf in die Hände sinken. Sie respektierte Oracle – sie hatte nie vorgehabt, sich gegen sie zu wenden.

Aber Jacana lachte leise. »Tut mir leid, Grace. Ich glaube, das tut sie bereits.«

Die Flasche an die Brust gedrückt, stand Serina auf. »Wenn sie ihre Meinung ändert, wenn ich irgendwas tun kann, bitte lass es mich wissen.«

Jacana legte den Kopf schief. »Vielleicht ... vielleicht könntest du selbst versuchen, mit den anderen Klans zu sprechen? Du glaubst an deine Sache. Erklär du es ihnen.«

»Vielleicht.« Serina rieb sich den Nacken »Vorausgesetzt, die anderen töten mich nicht auf der Stelle. Wahrscheinlich denken sie, ich versuche, ihnen ihre Vorräte zu stehlen, und lassen mich überhaupt nicht zu Wort kommen.«

»Stimmt. Aber sie haben dich gestern gesehen, wie du für deine Überzeugung eingestanden bist. Womöglich hören sie dir zu.« Jacana lächelte, aber ihre grünen Augen waren rot und traurig. Sie drückte Serina kurz aber fest an sich. »Pass auf dich auf. Mirror hat gesagt, die Wärter machen gern Jagd auf verbannte Mädchen, die nicht von ihrer Crew beschützt werden …« Sie verstummte.

Serina biss die Zähne zusammen. »Danke für die Warnung. Und für das Wasser. Und pass auch auf dich auf.«

Lange sah Serina ihrer Freundin nach, bis diese zwischen den Bäumen verschwand. Inzwischen brannte die Sonne ihr auf die Schultern, und sie war dankbar für das Wasser.

Um das Ende der größten Hitze abzuwarten, verkroch sie sich in der Höhle. Ihr Magen schmerzte vor Hunger und Angst.

Irgendwann versank sie in einen unruhigen Schlaf, bis die Albträume von dem Kampf und Anikas grimmig entschlossenem Gesicht sie endgültig hochschrecken ließen. Sie träumte auch von Nomi, in Malachis Armen, um ihren Hals wanden sich goldene Ketten. Hilf mir, wisperte ihre Schwester immer wieder. Aber auch Serinas Hände waren in Ketten, und ihre Beine ließen sich nicht bewegen. Je mehr sie sich anstrengte, zu ihrer Schwester zu kommen, desto enger zogen sich ihre Fesseln.

Schließlich blickte der Mann auf, der Nomi in den Armen hielt, und es war nicht der Thronfolger. Es war Kommandant Ricci, und er lachte.

Schweißgebadet setzte Serina sich auf, Tränen strömten ihr übers Gesicht.

Doch dann übertönte Jacanas Stimme die Albträume.

Du glaubst an deine Sache.

Vielleicht verfiel Serina bereits in Hungerphantasien, aber auf einmal erschien ihr der Plan gar nicht mehr dumm. Zu den anderen Crews zu gehen ... sie von einer Rebellion zu überzeugen ... Leise Hoffnung durchströmte sie. Vielleicht konnte sie die anderen überzeugen, dass sie sich vereinigen mussten. Wenn auch nur eine einzige andere Crew mit dem Höhlen-Klan zusammenarbeitete, konnte das die Dinge ins Rollen bringen.

Und sie wusste auch schon, mit welcher Crew sie anfangen würde.

30
NOMI

Nomi konnte nicht schlafen. Bis weit nach Mitternacht tobten Unwetter über dem Palazzo, und bei jedem Donnerschlag und jedem Blitz, der ihr Schlafzimmer taghell erleuchtete, zuckte sie heftig zusammen, als wäre sie unter Beschuss. Als der Himmel endlich aufklarte und die Morgendämmerung zum Fenster hereinkroch, wälzte sie sich aus dem Bett und setzte sich an ihren Frisiertisch. Lange starrte sie ihr Spiegelbild an, und es war, als sehe sie eine Fremde vor sich. Ihre Lippen waren leicht geschwollen, ihre Wangen gerötet. Sie starrte in den Spiegel, bis ihr Gesicht vor ihren Augen verschwamm und überhaupt nicht mehr zusammenpasste. Selbst in ihrem warmen Morgenmantel erschauerte sie.

Der Thronfolger hatte sie geküsst.

Immer wieder kehrten ihre Gedanken zu diesem Moment zurück.

Der strömende Regen, die Hitze seines Mundes, ihr Körper, der sich an seinen gepresst hatte, als begehrte sie ihn. Doch das tat sie nicht.

Ich begehre ihn nicht.

Jetzt, fernab von Regen, Hitze und Wut, drehte sich ihr schon allein bei der Vorstellung der Magen um. Hatte sie Malachi geküsst, weil sie wusste, dass sie ihm gehorchen musste? Weil er der Thronfolger war und sie keine Wahl hatte?

Da war sie sich nicht sicher.

So oder so fühlte es sich an wie ein Verrat an Asa.

Und an ihr selbst.

In diesem Moment eilte Angeline mit einem Stoffbündel im Arm herein. »Ines sagt, der Thronfolger möchte gemeinsam mit seinen Graces am Strand frühstücken. Es wird bestimmt schön, ein bisschen Zeit in der Sonne zu verbringen, meint Ihr nicht?«

Mit dem Thronfolger? Nomi wurde flau im Magen.

Angeline breitete das Kleidungsstück, das sie mitgebracht hatte, auf dem Bett aus: ein schwarzes Badekleid. »Es ist ein herrlicher Tag. Der Himmel ist so klar. Man würde nie darauf kommen, dass es gestern gewittert hat.«

»Ja«, sagte Nomi leise, den Blick starr auf ihr Spiegelbild gerichtet.

»Alles in Ordnung?«, erkundigte sich Angeline. »Ihr wirkt ein wenig abwesend. War der Ausflug gestern anstrengend?«

Anstrengend? *Der Thronfolger meinte, ich sei gefährlich, und dann hat er mich geküsst.*

Die Worte brannten ihr auf der Zunge. Wie gern hätte sie sich das Ganze von der Seele geredet. Aber diejenige, mit der sie sprechen wollte, war ihre Schwester. Nomi dachte an den Brief, der mittlerweile unterwegs nach Lanos sein müsste. Sie dachte an Asa, der plante, falsche Anklage gegen seinen Bruder zu erheben.

Der Thronfolger hat recht. Ich bin gefährlich.

Nachdem sie das Badekleid angezogen hatte, schloss sich Nomi den anderen Graces in der Empfangshalle an. Ines führte sie aus dem Palazzo und hinunter zum Strand. Widerwillig und mit müden Augen folgte Nomi Maris und Cassia hinaus ins gleißende Sonnenlicht.

Ein schmiedeeiserner Tisch war ein Stück vom Wasser entfernt auf einem schwarzweiß karierten Teppich aufgestellt worden. Weiße Tücher spannten sich darüber und spendeten etwas Schatten. Neben dem Tisch standen Liegestühle in Reih und Glied in der prallen Sonne.

Der Thronfolger saß allein am Tisch. Cassia eilte gleich los, um den Platz neben ihm zu ergattern, während Maris und Nomi gemächlich zu ihm hinübergingen; Nomis Riemchensandalen gaben ihr keinen festen Halt und füllten sich im Nu mit Sand. Sie hielt den Blick gesenkt. Ihr Kopf fühlte sich zum Bersten voll an, so viele Erinnerungen an gestern Nacht schwirrten darin herum.

Würde Malachi so etwas noch öfter von ihr erwarten?

Natürlich. Du bist seine Grace.

Sie gehörte ihm. Der Gedanke schoss ihr in den Kopf und ließ sie nicht wieder los. Es spielte keine Rolle, dass sie Gefühle für Asa hatte. Dass sie nicht wollte, dass Malachi sie berührte.

Bisher hatte sie sich damit trösten können, dass Cassia allem Anschein nach seine Aufmerksamkeit erregt hatte. Sie war fest davon ausgegangen, dass er auf ihre eifrigen Bemühungen ansprechen würde. Aber was, wenn er stattdessen *Nomi* auserwählte, in seiner Geburtstagsnacht das Bett mit ihm zu teilen? Was, wenn ihr Verhalten gestern Nacht sein Interesse neu entfacht hatte?

»Was ist zwischen Malachi und dir vorgefallen?«, fragte Maris leise. »Ihr seid beide so plötzlich verschwunden. Cassia war außer sich vor Wut.«

Vielleicht hätte Nomi ihr alles erzählt, aber nicht hier und jetzt. Nicht in Hörweite von Cassia und Malachi. Also antwortete sie stattdessen so gelassen wie möglich: »Er hat mir geholfen, aus dem Regen rauszukommen. Wahrscheinlich hatte er Mitleid mit mir, weil ich völlig verängstigt war.«

Was geschehen war, hatte nichts mit Mitleid zu tun. Das Ganze war eine Kurzschlussreaktion gewesen. Erst hatte er sie wochenlang ignoriert, dann wollte er sie auf einmal dringend sehen. Und dann, mitten in einem heftigen Streit – mitten in einem *Unwetter* –, hatte er sie plötzlich geküsst.

»Er ist dir nachgerannt«, sagte Maris. »Ich wünschte, das hätte er auch für uns getan. Auf dem Weg die Treppe hoch wurden wir völlig durchnässt; ich dachte, ich rutsche bestimmt aus und breche mir den Knöchel.«

Nomi lächelte matt. Auch sie wünschte, Malachi wäre den anderen Mädchen nachgelaufen. Dass er sich nie mit ihr unter dem Mauervorsprung untergestellt hatte. Dass er sie nie geküsst hätte. Dass sie seinen Kuss nie erwidert hätte.

Als Nomi und Maris ihre Plätze einnahmen, hatte sich Cassia schon mehrere winzige Butterbrote auf den Teller geladen. Für den heutigen Ausflug hatte sie ihre Haare hochgesteckt und sie mit einer kessen rosaroten Schleife fixiert. Dazu trug sie ein figurbetontes, tief ausgeschnittenes rosarotes Badekleid aus dehnbarem Stoff, vom Stil her ganz ähnlich wie Nomis, mit einem über der Brust gekreuzten Oberteil, das unten in einen kurzen Rock überging. Der einzige Unterschied war, dass Nomis Badeanzug schwarz war.

Maris hatte ihre schwarzen Haare zu einem dicken Zopf zusammengebunden, ihren gertenschlanken Körper zierte ein golden schimmerndes Badekleid.

»Guten Morgen«, begrüßte der Thronfolger seine Graces.

Er trug eine marineblaue Badehose, die seinen braungebrannten Oberkörper freiließ. Sein zufriedenes Lächeln erinnerte auf unangenehme Weise an seinen Vater.

Er starrte Nomi direkt an.

Ihre Wangen röteten sich, und sie senkte den Blick hastig auf ihren Teller. Maris neben ihr aß schweigend ihr Brot und sah zu, wie die Wellen ans Ufer brandeten. Nomi tröpfelte etwas Honig auf ein kleines Fladenbrot und versuchte, einen Happen zu essen, doch ihr Magen gab einfach keine Ruhe. Nicht solange ihr der Thronfolger direkt gegenübersaß. Nicht solange ihr die Erinnerung an letzte Nacht wieder und wieder durch den Kopf ging. Sie wünschte, Asa wäre hier. Er würde seinen Bruder ablenken, ihr ein kleines, verstohlenes Lächeln schenken und sie so daran erinnern, wofür sie kämpften.

»Hast du gut geschlafen, Nomi?«, riss sie der Thronfolger aus ihren Gedanken.

»Sehr gut sogar«, antwortete sie. »Und Ihr?«

»Ich habe auch recht gut geschlafen.« Seine Stimme nahm einen tieferen, raueren Ton an. »Ein derart gewaltiges Unwetter lässt so manches in anderem Licht erscheinen, nicht wahr?«

Maris wandte sich zu ihnen um. Cassia beobachtete sie sichtlich neugierig.

Nomi konnte nur verlegen lächeln und stocherte lustlos in ihrem Essen herum – der Appetit war ihr endgültig vergangen. Sobald die Teller abgeräumt waren, stand sie auf. »Entschuldigt mich.«

Sie floh ans Wasser, zog sich mit zitternden Händen die Sandalen aus und ließ sie in den Sand fallen. Dann legte sie den Kopf in den Nacken und schloss die Augen, spürte das grelle, heiße Sonnenlicht im Gesicht.

»Schwimmt Ihr gerne, Eure Eminenz?« Cassias Stimme übertönte das leise Rauschen der Wellen.

Nomi ging ins Wasser. Auf ihrer erhitzten Haut fühlte es sich angenehm kühl an, und die Wellen umspülten sie sanft. Hier draußen musste sie niemandem etwas vormachen. Sie musste nicht mit ansehen, wie Malachi sich in Selbstzufriedenheit suhlte, weil er seine Beute erobert hatte. Vielleicht dachte er, dass sie ihm die Handschuhe geschenkt hatte, hieße, sie hätte sich ihm ergeben. Aber da lag er falsch.

Ein lautes Platschen hinter ihr ließ sie erschrocken zusammenfahren. Als sie sich umdrehte, sah sie Malachi durchs Wasser auf sie zuwaten. »Sehr erfrischend«, sagte er.

Nomi blieb vor Überraschung der Mund offen stehen. »Eure Eminenz.«

Malachi warf ihr ein kleines Lächeln zu und tauchte dann unter, verschwand vollständig unter Wasser. Als er wieder auftauchte, schüttelte er sich wie ein Hund und spritzte sie nass. »Kannst du schwimmen?«

Nomi schüttelte den Kopf. In Lanos hatte sie keinen Grund gehabt, es zu lernen.

Er umfasste ihre Arme. Die Berührung schockierte sie so sehr, dass sie im ersten Moment gar nicht merkte, wie er sie langsam ins tiefere Wasser zog. Sie widersetzte sich. Ihre Zehen gruben sich in den Sand, als ihr kleine Wellen ans Schlüsselbein schwappten. Panik ergriff sie. *Zu tief, zu tief.* »Bitte, Eure Eminenz.«

Machte es ihm Spaß, ihr Angst einzujagen? Ihr Herz schlug schneller.

Malachi blieb stehen, die Arme immer noch locker um ihre Taille geschlungen. »Als ich fünf war«, sagte er in lässigem Plauderton, »hat mich mein Vater ins Wasser geworfen. Ich habe ziemlich schnell rausgefunden, wie man sich über Wasser hält.«

Nomi verschlug es den Atem. Das war furchtbar. Er hätte ertrinken können!

Würde der Thronfolger ihr dasselbe antun?

»In Lanos kann man nirgendwo schwimmen gehen«, sagte sie mit zittriger Stimme und stellte sich auf die Zehenspitzen, als ihr eine höhere Welle entgegenschlug. Ihre Panik wallte wieder auf. »Ich dachte immer, schwimmen wäre schön, aber ... aber es ist beängstigend.« Sie wich ins seichtere Wasser zurück.

Malachi ließ sie los, aber anstatt sich zurückzuziehen, kam er näher und schlang die Arme erneut um sie. »Genau das meinte ich«, sagte er in einem anderen, viel sanfteren Ton. »Ich glaube nicht, dass es beängstigend sein *muss*. Hier, leg die Arme um mich. Ich zeig's dir.«

Er spielt mit mir.

Widerwillig stützte Nomi ihre Arme auf seine und umfasste seine Schultern. Ihr Blick verharrte wie gebannt auf seiner Kehle, wo seine sonnengebräunte Haut feucht glänzte.

»Sieh mich an.«

Zögerlich hob sie das Kinn und sah ihm in die Augen. Sein Blick war genauso intensiv wie bei ihrer ersten Begegnung, als er sie in der Nähe der Bibliothek erwischt hatte. »Ich lasse dich nicht los. Versprochen.«

Er zog sie noch näher, bis ihr Körper sich an seinen schmiegte. Langsam, Schritt für Schritt führte er sie ins tiefere Wasser. Ihr Herz setzte einen Schlag aus, als sie den Boden unter den Füßen verlor. Instinktiv klammerte sie sich fester an ihn. *Zu tief, zu tief.*

Aber sie schwamm. Malachis sachte Umarmung hielt ihren Kopf oben, und der Rest ihres Körpers trieb auf dem Wasser. Nomi trat leicht mit den Füßen aus, ließ sich von der Strömung tragen.

Ihre Augen wurden groß.

Malachi lächelte ihr zu. »Siehst du?«, sagte er. »Ist doch gar nicht so schlimm.«

Die Enge in ihrer Brust löste sich allmählich. »Ich fühle mich so leicht. Wie eine ... wie eine Wolke. Als könnte ich davonschweben.« Wenn sie das doch nur wirklich könnte ...

»Lass uns nicht gleich davonschweben«, sagte er mit einem verschmitzten Grinsen. Einen Moment sah er fast fröhlich aus. »Ich hatte einen harten Start, aber jetzt liebe ich es zu schwimmen.« Irgendetwas an der Art, wie er das sagte, der Wärme in seinen Augen, sandte einen heißen Schauer durch ihren Körper. Seine Hände wanderten ihren Rücken hinab, und die Strömung trieb sie noch dichter zusammen, so dicht, dass ihre Beine sich wie von selbst um seine Hüfte schlangen. Sie hielt sich überall an ihm fest.

Überall.

Nomi stockte der Atem. Sie blickte ihm noch immer in die Augen, sein Gesicht nur ein kleines Stück von ihrem entfernt. Ihr Herz machte einen Satz. Seine Augen verdunkelten sich; die überwältigende Intensität war zurück, alle Fröhlichkeit verschwunden. Die Welt reduzierte sich auf das seidig glatte Gefühl seines Körpers an ihrem, den rasch schwindenden Abstand zwischen ihren Lippen.

»Hast du das Geschenk gefunden, das ich für dich hinterlassen habe?«, fragte er leise.

»Geschenk?«, wiederholte sie verständnislos. Es fiel ihr schwer, klar zu denken. Was war nur los mit ihr?

»Das Buch.«

Das Buch? Nomi erstarrte. *Asa* hatte ihr das Buch zukommen lassen. ... Oder nicht?

»Warum um alles in der Welt solltet Ihr mir ein Buch schenken?« Sie bemühte sich um einen unbekümmerten Ton, aber das Zittern in ihrer Stimme verriet sie.

»Deine Schwester konnte lesen.« Sein Körper schwankte leicht in der reißenden Strömung. »Ich dachte, vielleicht könntest du es auch. Ich hatte gehofft ...« Er ließ den Gedanken unausgesprochen.

Der Moment – jegliche Zuneigung, die sie ihm gegenüber empfunden hatte – zerbarst.

Eine Falle, eine Falle, eine Falle.

Nomi balancierte nicht mehr über das Drahtseil. Sie klammerte sich mit einer Hand daran fest. Die Frage war nicht, *ob* sie fallen würde, sondern *wann* sie fallen würde.

»Nein, Eure Eminenz«, erwiderte sie mit rauer, brüchiger Stimme. »Ich kann nicht lesen.«

Das Sonnenlicht ließ seine Augen goldbraun erstrahlen. Nomi konnte den Blick nicht von ihnen abwenden. »Verstehe«, sagte er schließlich, doch sie konnte nicht erkennen, ob er ihr glaubte. »Es war ein Geschenk, wie schon gesagt. Womöglich nicht ganz ohne Hintergedanken, aber es war nicht als Köder gedacht. Wenn du lesen kannst ...«

Nomi schwirrte der Kopf, und plötzlich erschien ihr das Wunder, dass sie schwerelos auf dem Wasser trieb, wie der schlimmste Fluch. Sie konnte dem Thronfolger nicht entfliehen, nicht in derart tiefem Wasser. Dabei musste sie ihm so dringend entfliehen. »Bitte«, flüsterte sie und versuchte, sich aus seinen Armen zu befreien. »Ich will hier weg.«

»Habe ich dich irgendwie gekränkt?«, fragte er – ob er tatsächlich besorgt um sie war oder sich über sie lustig machte, konnte sie nicht sicher sagen.

»Ich ... ich will einfach raus aus dem Wasser«, stammelte sie, als die Panik endgültig die Überhand gewann. Sie riss sich von ihm los, und im selben Moment schlug das Wasser über ihrem Kopf zusammen. Hustend und keuchend kämpfte sie sich wieder an die Oberfläche, jeder Muskel in ihrem Körper versteifte sich vor Angst. Aber irgendwie schaffte sie es zurück ins seichtere Wasser. Irgendwie schaffte sie es ans Ufer.

Ihre Zähne klapperten. Ihre Lungen brannten.

Taumelnd watete sie an den Strand und griff sich eins der Badetücher, die auf den Liegestühlen bereitlagen. In der Sonne war es sommerlich heiß, und dennoch fröstelte sie, als sie sich darin einhüllte. Auch Malachi watete durchs Wasser, er war ihr gefolgt. »Alles in Ordnung?«, erkundigte er sich.

Sie knickste unbeholfen und senkte den Kopf, denn sie wusste genau, dass Cassia und Maris jede ihrer Bewegungen beobachteten. »Ja, Eure Eminenz. Mir ist nur kalt. Dürfte ich in mein Zimmer zurückgehen und mir etwas Trockenes zum Anziehen holen?«

»Natürlich.« Er sah aus, als wollte er noch mehr sagen, aber was immer es war, sie konnte es nicht ertragen.

Die Kälte steckte ihr noch den ganzen Tag tief in den Knochen.

31
SERINA

Erst nach drei Tagen fand Serina den Mut, sich dem Hotel Misery zu nähern. Bis dahin sprach sie mit niemandem, versteckte sich tief in ihrer Höhle, wenn Wärter auf Patrouille vorbeikamen, und ernährte sich von Muscheln, die sie aus dem Sand ausgrub, und Beeren, die sie am Waldrand sammelte.

Sie hoffte, Jacana würde mit guten Nachrichten zurückkommen – dass Oracle bereits einen Waffenstillstand ausgehandelt hatte.

Sie wartete auf Val und grübelte, warum er nicht gekommen war, um ihr zu helfen. Hatte er ihr Gespräch über den Oststrand vergessen? Oder war es ihm egal, jetzt, wo sie wahrscheinlich ohnehin sterben würde?

Sie dachte an Nomi, die der Gnade grausamer Männer ausgeliefert war. War der Geburtstag des Thronfolgers schon gefeiert worden? Sie wusste, was passieren würde, wenn es so weit war, und wie sehr Nomi von da an würde leiden müssen.

Sie fragte sich, was Renzo gerade tat. Vielleicht lernte er für die Schule. Oder er machte einen Spaziergang durch die Stadt.

Sie schloss die Augen und stellte sich vor, wie er über den großen Markt von Lanos schlenderte. Er passierte Stände mit frischem Fleisch, gehäuteten Kaninchen und Hühnern, die an den Füßen aufgehängt waren, zum Braten bereit. Den Obststand, mit Eimern voller burgunderfarbener Kirschen, hochroter Erdbeeren und saftiger Pfirsiche. Als Nächstes kam er an einem Stand mit getrockneten Früchten vorbei; süße Ananas, knusprige Bananenchips, zähe Apfelringe, gewürzt mit frisch geriebenem Muskat. In ihrer Vorstellung machte Renzo bei ihrem Lieblingsbäcker Alonso mit seinem ofenfrischen, noch warmen Brot halt. Er kaufte ein Hörnchen und ein Gebäckstück aus Blätterteig, gefüllt mit Haselnusscreme. Mit einem zufriedenen Grinsen strich er sich seine dunklen Haare zurück.

Wer sollte ihm die Haare schneiden, wenn Nomi nicht da war?

Nur mit Mühe konnte Serina ihre Gedanken wieder in die Gegenwart, auf den Berg des Verderbens zurückholen. Tränen rannen ihr über die Wangen. Sie stand auf. Es war Zeit.

Bevor sie die kleine Höhle verließ, sammelte sie so viele Muscheln, wie sie auftreiben konnte, und wickelte sie in ihr Hemd. Sie trank einen kleinen Schluck aus Jacanas Feldflasche und hängte sie sich am Trageriemen über die Schulter. Ihr Messer, das sie im Kampf erbeutet hatte, hing an einem Loch, das sie in ihren Hosenbund geschnitten hatte.

Sie marschierte eine Stunde an der Küste entlang nach Süden, ehe sie sich weiter landeinwärts wagte. Die Insel war nicht groß – um von der südlichsten bis zur nördlichsten Spitze zu gelangen, bräuchte man vermutlich einen Tag – und es war relativ leicht, sich dort fortzubewegen. Wege verliefen kreuz und quer durch das Grasland und den Wald, und die Lavafelder waren übersichtliches Gelände. Serina orientierte sich an den Wachtürmen, auch wenn sie einen weiten Bogen um sie machte.

Als sie an einem kleinen Bach vorbeikam, füllte sie ihre Feldflasche auf. Sie hielt nach Wildschweinen Ausschau, konnte aber keine entdecken.

Schließlich erreichte sie das Amphitheater. Menschenleer, wie es jetzt war, hatte es nichts gemein mit dem von Kämpferinnen und dem Tode erfüllten Ort, aus dem so viel Furcht und Schrecken hervorging. Trotzdem verursachte sein Anblick Serina eine Gänsehaut. Es war zu still. Die Luft wurde dicker, und einen Moment hatte sie das Gefühl, als würden die Geister all der Frauen, die hier gefallen waren, sie beobachten. Serina schüttelte den Kopf und versuchte, den Gedanken zu verdrängen.

Als sie das Hotel Misery erreichte, war es später Nachmittag.

Sie hatte gerade die Abzweigung zu dem halb eingestürzten Gebäude genommen, als sich ihr eine große Frau in den Weg stellte. Die Haare hingen ihr zu zwei langen Zöpfen geflochten über die Schultern, und eine wulstige Narbe zog sich seitlich über ihren Hals. Sie baute sich drohend vor Serina auf, die Arme vor der Brust verschränkt. »Wir nehmen keine Streuner auf.«

Serina wickelte ihr Hemd auf, so dass die Frau die Muscheln sehen konnte. Ihr Herz hämmerte. »Sieh es als Friedensangebot. Ich bitte euch nicht, mich aufzunehmen. Ich will nur mit Slash reden.«

Die Frau musterte sie einen langen Moment schweigend. Schließlich entspannte sich ihre Haltung. »Mir nach.«

Serina folgte ihr den steinigen Pfad entlang, an dessen Ende das Hotel Misery lag. Gewaltige Säulen ragten schräg in den Himmel, bis in alle Ewigkeit in erstarrter Lava gefangen. Das Gitterdach der Eingangshalle war eingestürzt, und durch die wenigen kleinen Lücken, die von der Lava verschont geblieben waren, schimmerten letzte Reste des weißen Marmors. Riesige Keramikvasen lagen zerbrochen und halb geschmolzen am Boden, ihre einst leuchtenden Farben versengt. Ramponierte, verkohlte Bambuswände stießen mit einem schauerlichen Pochen aneinander, wenn der Wind wehte.

Serina erschauderte. Sie hatte gedacht, Oracles Höhle wäre ein schrecklicher Ort zum Leben, aber das Hotel war wirklich ein Bild des Elends, wie sein Name schon vermuten ließ. Es war zu leicht, sich vorzustellen, wie die Leute, die hier gewohnt hatten, um ihr Leben rannten. Zu leicht, sich vorzustellen, dass ihre Geister noch immer hier herumspukten.

Die Frau führte sie durch das verfallene Foyer und dann nach links, durch einen Gang unter freiem Himmel, der auf einer Seite vom Stein- und Stahlgerippe eines zerstörten Gebäudes und auf der anderen von einem brackigen, übelriechenden Kanal begrenzt wurde. Auf der gegenüberliegenden Seite des Wassers erhob sich ein ganz ähnliches Gebäude. Beide Häuser waren drei Stockwerke hoch, mit verfallenen Terrassen und dunklen Löchern, wo Türen sein sollten. Am Ende des Kanals waren die beiden Gebäude durch einen massigen, runden Turm verbunden. Der größte Teil des Turms war abgebrannt, aber sein gebogenes Eisenskelett mit Rippen aus Beton stand noch. Oben auf der flachen Marmortreppe, die sich am Fuße des Gemäuers erhob, saß Slash und schleifte Metallstücke zu Messern.

Als sie Schritte hörte, blickte sie auf. Ihre stachligen schwarzen Haare umrahmten ein kantiges Gesicht, das mit messerdünnen Narben übersät war. »Was soll das?«

»Sie wollte mit dir reden«, erklärte die Wache.

Slash bedachte die Frau mit einem stechenden Blick. »Und?«

Serina trat vor, wickelte die Muscheln erneut vorsichtig aus und legte sie Slash zu Füßen. Aus unerfindlichen Gründen musste sie gegen den Drang ankämpfen zu knicksen. »Ich will nur mit dir reden.«

Slash zog eine Augenbraue hoch. »Ich rede nicht mit Verrätern.«

»Du kannst mit der Frau reden, die deine Kämpferin am Leben gelassen hat«, erwiderte Serina deutlich energischer, als ihr zumute war. In Wahrheit schaffte sie es nur mit äußerster Anstrengung, der Anführerin des Hotel Misery in die Augen zu sehen.

Slash lehnte sich auf ihrem verrosteten Stuhl zurück und ließ ihr Messer lässig in der Hand kreisen.

Serina vermutete, dass ihr nur wenige Sekunden blieben, bevor das Messer durch die Luft flog und sich in ihre Brust bohrte. »Die Klans sollten sich zusammenschließen und die Insel zurückerobern.« Die Worte sprudelten förmlich heraus, so eilig hatte sie es, ihr Anliegen vorzubringen, ehe Slash sie angreifen konnte. »Die Wärter haben Schusswaffen, aber sie sind in der Unterzahl, und wir kennen die Insel besser als irgendjemand sonst. Wenn wir uns zusammentun, können wir diese Mittel gemeinsam nutzen. Wir können uns *befreien.*«

Das Messer verharrte abrupt.

»Was sagt Oracle dazu? Du hast deinen Einfall doch bestimmt mit ihr besprochen.«

Serina bemühte sich, Slashs Blick standzuhalten. Ihr Mund war staubtrocken. »Ich habe ihre Crew verraten, indem ich mich ergeben habe. Sie dachte, sie hätte keine andere Wahl, als mich zu verbannen. Aber genau das ist es, worauf Kommandant Ricci aus ist. Er will, dass wir einander bekämpfen, dass wir nie in Frage stellen, wie die Dinge hier laufen.«

»Warum sollten wir sie in Frage stellen? Das ist unser Leben.« Slash prüfte die Spitze ihrer Klinge.

»Aber das muss es nicht sein«, konterte Serina. »Kommandant Ricci hat Hunderte Frauen auf eine Insel geschickt, so gut wie unbewacht, und sie gezwungen, kämpfen zu lernen. Er hat uns alles an die Hand gegeben, was wir brauchen, um ihn zu stürzen.«

Slash erhob sich langsam und stieg die drei Stufen hinunter, bis sie auf Augenhöhe mit Serina war. Serina hielt den Atem an.

»Du bist ein Neuling und eine Streunerin, und du hast keine Ahnung«, sagte sie und drehte ihr Messer in der Hand.

Bitter enttäuscht wandte sich Serina zum Gehen. »Danke, dass du mich wenigstens angehört hast.«

Slashs Stimme ließ sie innehalten: »Hast du die anderen Klans schon gefragt?«

Serina warf einen Blick über die Schulter. »Bisher nur dich und Oracle. Ich habe mit den Stärksten angefangen.«

Slash musterte sie mit nachdenklich zusammengekniffenen Augen. »Wenn du die Anführer der anderen Klans überzeugen kannst, überleg ich es mir. Aber nur, wenn ihr einen Plan habt. Einen *guten*.«

Serina atmete erleichtert auf. Es war nicht viel, woran sie sich festhalten konnte, aber immerhin etwas. »Danke.«

Slash entließ sie mit einem stummen Nicken. Die Frau, die Serina zum Hotel gebracht hatte, führte sie jetzt wieder hinaus. Serina wollte die zerstörte Eingangshalle gerade verlassen, da kam Anika herein. Sie blieb wie angewurzelt stehen, als sie Serina bemerkte. Einen langen Moment starrten sie einander wortlos an, dann passierte Serina sie und trat hinaus ins schwindende Abendlicht. Die Wache brachte sie zurück zur Hauptstraße und verschwand dann im Wald.

Serina nahm einen kleinen Schluck aus ihrer Feldflasche, ignorierte ihren grummelnden Magen und machte sich auf den langen Weg zurück zum Oststrand. In ihr regte sich eine zaghafte Hoffnung. Morgen würde sie mit Twig reden. Und vielleicht hatte Jacana bei Oracle schon Fortschritte gemacht.

Serina erreichte den Oststrand bei Sonnenuntergang, als die Nacht den Himmel mit Finsternis überzog. Sie stand am Rande des Meeres und sah zu, wie immer mehr Sterne aufleuchteten.

Da stieß hinter ihr jemand einen schrillen Pfiff aus.

Erschrocken wirbelte Serina herum und zog ihr Messer.

Vor ihr, nur ein paar Schritte entfernt, stand Bruno.

»Ich hab mich schon gefragt, wo du dich verkrochen hast«, sagte er. Die Dunkelheit verbarg sein Gesicht und hüllte seinen schwarzgekleideten Körper in Schatten.

»Verschwinde«, brauste Serina auf.

Ihre Finger krampften sich fester um ihr Messer. Sie war nicht mehr das unterwürfige Mädchen, das sie bei ihrer letzten Begegnung gewesen war, aber sie hatte immer noch Angst.

Er trat drohend auf sie zu. Sie widerstand dem Drang, einen Schritt zurückzuweichen.

»Warum sollte ich das tun?«, fragte er in ausdruckslosem Ton. »Du hast keine Crew mehr, die dich beschützt. Ich kann mir einfach nehmen, was ich will.«

»Du kannst es versuchen«, fauchte sie und stürzte sich auf ihn. Bestimmt hatte er ihr Messer im Dunkeln noch nicht entdeckt, und sie würde nicht darauf warten, dass er sie zuerst angriff. Sie stach ihm in den Bauch, aber die Wunde war nicht tief.

Er brüllte vor Wut. Ohne Zögern schlug er ihr mit dem Handrücken so fest ins Gesicht, dass sie rückwärts im Sand landete. Sie hielt ihr Messer fest, doch es war schlüpfrig vor Blut. Als sie sich taumelnd aufrichtete, trat er ihr in die Seite, so dass sie gleich wieder zu Boden ging.

»Ergib dich«, knurrte er. Er ragte bedrohlich über ihr auf, die Füße zu beiden Seiten ihrer Hüfte aufgestellt. Sie umschlang eines seiner Beine mit ihren, warf sich nach oben gegen seinen verletzten Bauch und brachte ihn dann mit einer schnellen Drehung zu Fall. Ihr Messer schnitt ihm in die Seite.

Sie schaffte es, sich aufzurappeln, schon fast frei, als er ihr Fußgelenk packte und fest zog.

Wieder landete sie auf dem Boden, ihr Mund füllte sich mit Sand. Sie hustete und schrie, außer sich vor Wut und Angst.

Brunos Finger gruben sich in ihre Haut, fesselten sie an ihn. Langsam stand er auf und zerrte sie noch näher. Blanke Panik ergriff sie. Sie schlug und trat wild um sich – die Angst verlieh ihr ungeahnte Kräfte. Ihr Arm stieß gegen ihre Feldflasche. Mit zitternden Fingern griff sie danach, um sie nach ihm zu werfen, doch sie rollte außer Reichweite. Endlich traf einer ihrer Tritte sein Schienbein. Sein Griff lockerte sich, wenn auch nur kurz.

Er knurrte frustriert, als sie sich losriss.

Ihr keuchender Atem brannte ihr in der Kehle. Sie richtete sich taumelnd auf und wich gleichzeitig vor ihm zurück. Die Dunkelheit verschleierte alles und verlieh seinem Gesicht ein grauenerregendes, maskenhaftes Aussehen.

Wie eine Schlange, die ihre Beute hypnotisierte, hielt er ihren Blick fest. Sie zögerte den Bruchteil einer Sekunde.

Aber mehr brauchte er auch nicht. Er hob seine Waffe.

Sie warf ihr Messer mit aller Kraft.

Wie durch ein Wunder bohrte es sich bis zum Heft in seine Brust.

Doch er feuerte trotzdem.

Ein höllischer Schmerz durchfuhr ihren Arm, als die Wucht des Schusses sie zu Boden warf. Ihr Kopf prallte gegen etwas Hartes, und alles wurde schwarz.

32
NOMI

Wunderschön gekleidete Frauen standen gleichmäßig aufgereiht im kleinen Ballsaal, der Teil der Gemächer der Graces war, die Arme in identischer Pose nach oben ausgestreckt. Alle blickten sie zur Decke auf, mit demselben ruhigen, besonnenen Ausdruck im Gesicht. Bis auf Maris, deren Augen von Trauer überschattet waren. Und Nomi, die kaum an sich halten konnte vor Wut.

Sie würde *nie* lernen, reglos wie eine Statue dazustehen, weil sie es nicht wollte. Sie war nicht aus Lehm. Ihre Knochen, ihr Atem, ihr Blut waren dazu bestimmt, sich zu *bewegen*.

Am hinteren Ende des Raums nahm Ines elegant eine andere Haltung ein. Stillschweigend taten die übrigen Graces es ihr gleich, ahmten ihre Pose perfekt nach.

Nomis Muskeln zitterten.

Die ganze letzte Woche hatte sie nichts anderes getan, als Anproben, Tanzstunden und nie enden wollenden Unterricht in den zahllosen Pflichten einer Grace über sich ergehen zu lassen. Den Rest ihrer Zeit war sie unruhig in ihrem Zimmer auf und ab gelaufen und hatte Angeline fast in den Wahnsinn getrieben. Asa hatte ihr keine Nachricht geschickt, und sie hatten auch keine Gelegenheit gehabt, sich während des Tanzunterrichts zu unterhalten. Malachi hatte ihnen ein paarmal beim Üben zugesehen, was alle drei Graces völlig aus der Fassung brachte, aber er hatte nicht darum gebeten, sie alleine zu sehen.

Der Moment, den sie am Strand miteinander verbracht hatten, ging Nomi nicht aus dem Kopf. Seine warme Haut an ihrer, wie er sie über Wasser gehalten hatte – so sicher und doch seiner Gnade ausgeliefert ... Die Tatsache, dass *er* ihr das Buch hatte zukommen lassen, war mit Sicherheit eine Falle. *Musste* es einfach sein. Aber er hatte ihr gesagt, dass es ein Geschenk war, und der Ausdruck in seinen Augen ließ sie fast glauben, dass er es aufrichtig meinte. Aber wie konnte das sein?

Und warum dachte sie an ihn, wenn all ihre Hoffnungen auf Asa ruhten? Er war es, mit dem sie zusammen sein wollte. Er war es, dem sie vertraute, für den ihr Herz schlug. Ihn musste sie dringend sehen.

Maris hatte versucht, sie anzusprechen, und Cassia tuschelte hinter ihrem Rücken. Aber der Dunst, der ihre Gedanken umnebelte, lichtete sich nicht. Mit jedem Tag, der ohne eine Antwort von Renzo verstrich, wurde es schwieriger für Nomi, sich auf ihr Leben als Grace zu konzentrieren.

Hatte Renzo ihre Nachricht verstanden? Was, wenn er sich entschieden hatte, nicht zu kommen? Was, wenn Trevi Asa hintergangen hatte und Renzo gerade in diesem Moment auf das Urteil des Regenten wartete?

Ihre Gedanken drifteten immer tiefer und tiefer in die Dunkelheit.

Im Mittelpunkt all ihrer Ängste kauerte Serina in einer Zelle, fest überzeugt, dass sie für immer dort bleiben würde. Ohne zu ahnen, wie angestrengt Nomi versuchte, sie zu retten. Wie verzweifelt sie sich danach sehnte, ihre Schwester endlich in Sicherheit zu wissen.

Wenn Renzo ihren Brief nicht erhalten hatte … Wenn er nicht kam …

Als Ines die nächste statuenhafte Pose einnahm, brannten Nomis Arme wie Feuer.

»Warum tun wir das?«, knurrte sie und ließ die Arme sinken, damit das Blut in ihre Finger zurückfloss.

»Nomi!«, rief Ines. »Arme hoch. Keine Ausreden.«

Mit einem kaum verhohlenen Stöhnen brachte Nomi ihre zitternden Glieder wieder in Position.

»Es ist eine große Ehre, als lebende Statue auf einem Fest des Regenten ausgewählt zu werden.« Cassia hielt die verdrehte Pose, als wäre sie tatsächlich aus Stein gemeißelt. Nicht das geringste Zittern.

Nomis Arme sackten erneut ab – jetzt kribbelten ihre Finger nicht einmal mehr, sie waren völlig taub. Während sie ihre Hand ausschüttelte, bemerkte sie, wie der Wachmann an der Tür im Gang verschwand. Einen Moment später nahm Marcos seinen Platz ein.

Nomis Herz schlug schneller. Marcos sah sie ruhig, aber eindringlich an. Wollte er mit ihr reden? War dies der Moment, auf den sie schon so lange wartete?

Sie versuchte, die Woge der Hoffnung zu unterdrücken, die sie unwillkürlich durchflutete. Sie hatte Marcos im Laufe der letzten

Woche fast ein Dutzend Mal gesehen. Seine Anwesenheit könnte genauso gut nichts bedeuten.

Und dennoch machte ihr Herz einen Satz, als Ines endlich verkündete: »Das reicht für heute.«

Allmählich wurde der Raum von leisem Gemurmel und dem Rascheln von Stoff erfüllt. Einige der Mädchen sackten erschöpft zusammen, Maris schüttelte ihre Hände aus. Doch Cassia sprühte vor Energie, machte ein paar Dehnübungen und richtete ihre seidig blonden Haare.

Nomi rieb sich mit schmerzenden Fingern ihren steifen Nacken.

Sie verließ den Raum mit den anderen, und lautlos wie ein Schatten folgte Marcos ihr.

Er wartete, bis sie in dem Verbindungsgang zwischen den Schlafzimmern allein waren, und drückte ihr dann etwas in die Hand.

Ein Brief.

Nomis Atem stockte. *N, in Obhut von Trevi*, stand dort in Renzos Handschrift.

Tränen schossen ihr in die Augen. *Renzo.*

»Seine Eminenz möchte, dass Ihr Euch mit ihm auf der Terrasse trefft. Heute Abend«, sagte Marcos leise. Als sie nickte, verbeugte er sich und ging.

Nomi eilte in ihr Zimmer. Sie wusste nicht, wie lange Angeline noch fort sein würde. Atemlos vor Aufregung drehte sie den Brief um, um das Siegel zu brechen, doch es war bereits gebrochen.

Hatte Asa den Brief gelesen?

Ein Anflug von Besorgnis erfasste sie, doch sie schüttelte sie ab. Sie hatte ihn nicht gebeten, den Brief nicht zu lesen, und bestimmt war Renzo ihrem Beispiel gefolgt und hatte seine Identität geheim gehalten.

Mit zitternden Händen öffnete sie den Umschlag und nahm den Brief heraus.

Renzo hatte ihr Auszüge aus der Geschichte vom Mond und ihrer Geliebten geschrieben, aber ein paar Einzelheiten verändert. Stück für Stück setzte Nomi seine Nachricht zusammen, ihre Hände zitterten so sehr, dass sie die Worte kaum lesen konnte.

Er war hier in Bellaqua. Er würde ihnen helfen. Er brauchte nur Anweisungen von ihr, was er tun sollte.

Und er hatte mit einem unverfänglichen *R* unterschrieben.

Nomi sank auf ihr Bett, den Brief fest an ihre Brust gedrückt, und weinte.

Vor Erleichterung. Vor Angst.

In zwei Tagen stand der Geburtstag des Thronfolgers an.

Asa wartete auf sie, als sie auf die Terrasse hinaustrat. Im ersten Moment gab es keine Worte. Nur begierige Hände, hungrige Küsse, Hitze und Stille. Nomi klammerte sich an ihn, als könnte er irgendwie die Erinnerung an seinen Bruder auslöschen.

Du bist es, für den ich mich entscheide, dachte sie, als er ihren Hals mit hauchzarten Küssen bedeckte.

Das ist es, was ich will, dachte sie, als er ihre Taille fester umfasste.

Und dennoch ließ der Gedanke an Malachi sie nicht los.

Asa löste sich von ihr. »Nomi?«

Einen Augenblick lehnte sie sich an seine Brust, die Arme fest um ihn geschlungen, und atmete tief durch.

Als sie sich wieder sicherer auf den Beinen fühlte, zog sie sich ein Stück zurück.

»Du hast die Nachricht von meinem Cousin gelesen«, sagte sie. »Er hat sich ein Zimmer im Fiore gemietet. Ich schreibe ihm und erkläre ihm, was wir von ihm …«

Asa schüttelte den Kopf. »Vater lässt mich überall in der Stadt Besorgungen für Malachis Geburtstag machen. Ich kann selbst bei ihm vorbeischauen und ihm unseren Plan erläutern.«

Die Vorstellung, dass Asa und Renzo sich von Angesicht zu Angesicht gegenüberstanden, machte sie nervöser, als es sollte.

»Erläutere den Plan noch mal«, sagte sie. Sie war ihn tausendmal im Kopf durchgegangen, aber sie wollte es von ihm hören. Sie wollte sichergehen, dass sie nichts vergessen hatte.

Asa strich ihr zärtlich über die Arme, der dünne Seidenstoff ihres Morgenmantels war das Einzige, was seine Haut von ihrer trennte. »Nach der Zeremonie wird sich mein Vater in einen kleinen Nebenraum des Ballsaals zurückziehen, um sich auszuruhen. Ein abgeschiedenes Zimmer, das vom Ballsaal aus leicht zu erreichen ist, wenn man weiß, wonach man suchen muss. Dort sollte die List vonstattengehen. Wir wollen ja nicht, dass eine Wache unseren Mann sieht und sich zu früh einmischt. Wir haben deinem Cousin versprochen, dass ihm nichts passiert, und dieses Versprechen werden wir halten.«

»Und wie wird er entkommen?«, fragte Nomi. Sie wünschte, sie könnte mit Asa in die Stadt gehen und Renzo besuchen. Das Wissen, dass ihr Bruder so nah war, direkt auf der anderen Seite des Kanals, machte sie verrückt. Sie vermisste ihn so sehr.

Asa deutete zur Brüstung. »Der Ballsaal geht auf eine Veranda hinaus. Er kann sich einfach in die Nacht davonstehlen. Niemand wird je erfahren, dass er da war.«

»Sollte er nicht eine Maske tragen? Und ... und eine Waffe?« Die Vorstellung, dass Renzo den Palazzo mit einer Waffe betrat, gefiel Nomi ganz und gar nicht, aber wenn die Täuschung funktionieren sollte, brauchte er eine.

Asa nickte. »Ich sorge dafür, dass er alles hat, was er braucht. Ich habe auch eine Einladung für ihn – damit sollte er ohne lästige Fragen eingelassen werden.« Er küsste sie auf den Kopf. »Und du, meine Blume. Bist du bereit für deine nächste Aufgabe?«

»Ich habe den Brief geschrieben, aber Malachi hat mich noch nicht zu sich eingeladen. Ich weiß nicht ...«

»Das wird er«, unterbrach Asa sie lächelnd. »Er wird seine Graces vor seinem großen Tag alle noch einmal sehen wollen. Ich schlage ihm vor, dass er dich auf eine Partie *Heilige und Seefahrer* in seine Gemächer einlädt. Dann musst du den Brief nur noch irgendwo in seinem Zimmer verstecken.«

Sie nickte, den Kopf an seine Brust gelehnt. Sie war so müde ... Es kam ihr vor, als hätte sie, seit sie im Palazzo war, keine einzige Nacht durchgeschlafen.

»Es tut mir leid, dass du ein solches Risiko eingehen musst«, fuhr Asa fort. »Wenn meine Handschrift nicht so leicht zu erkennen wäre, könnte ich das erledigen.«

Nomi richtete sich auf, damit sie ihm ins Gesicht sehen konnte. »Es ist *unser* Plan. Wir müssen beide Risiken eingehen.«

»Und letzten Endes wird es die Mühe wert sein«, sagte er, und mit einem Mal war das schelmische Glitzern in seinen Augen wieder da. »Wir werden dieses Land neu gestalten.«

»Und Serina retten«, fügte sie hinzu.

»Und Serina retten.« Asa streichelte ihre Wange. »Und du wirst ebenfalls frei sein. Frei von meinem Bruder und all den Pflichten, die er dir auferlegt.«

Nomi sagte sich, dass dieser Weg der einzig richtige war. Alles andere war unwichtig. Aber dennoch ließen sich die leisen, nagenden Zweifel nicht so einfach ausräumen.

»Asa, dein Bruder hat ein Buch in meinem Zimmer hinterlassen. Als Test, um zu sehen, ob ich lesen kann.«

Asa erstarrte, sein ganzer Körper versteifte sich. »Hast du ihm verraten, dass du es kannst?«

»Nein«, versicherte sie ihm, »natürlich nicht.«

»Gut.« Aber er entspannte sich nicht.

»Ich dachte, du hättest es mir gebracht«, sagte sie. »Es handelt von der Geschichte Viridias. Von ... von Viridias Königinnen.«

Als er ihrem Blick begegnete, ließ das Mondlicht eine plötzliche Eindringlichkeit in seinen Augen aufleuchten, die an seinen Bruder erinnerte. »Malachi manipuliert dich, Nomi. Er versucht, sich dein Vertrauen zu erschleichen, damit er die Dinge, die du liebst, gegen dich verwenden kann.«

Nomi verschlug es den Atem.

»Du kannst ihm nicht vertrauen«, fuhr Asa nachdrücklich fort. »Er wird dich bestrafen, genau wie Vater Serina bestraft hat. Er hat es schon einmal getan, Nomi.«

»Was meinst du ...«

»Vertrau *niemandem* dein Geheimnis an«, fiel Asa ihr ins Wort. »Das ist zu gefährlich.«

Nomi vergrub das Gesicht an seiner Brust. Tiefe Scham durchströmte sie. Sie war ernsthaft ins Grübeln gekommen, ob sie mit ihrer Meinung über Malachi nicht doch falschlag. Doch das besiegelte ihre Ansicht.

Und Malachis Schicksal.

»Stell dir nur vor«, murmelte Asa, sein Atem warm auf ihrem Haar, »bald musst du vor niemandem mehr verbergen, dass du lesen kannst. Wir werden dafür sorgen, dass alle Frauen lesen lernen dürfen. Es wird keine Graces mehr geben. Frauen werden ihre eigenen Entscheidungen treffen.«

Seine Worte waren ein Bann, der sie an ihn, an seine Vorstellung einer Zukunft, für die sie alles geben würde, band. »Das ist es, was ich will, Nomi.« Er drückte sie fest an sich. »Das alles, mit dir als meiner Königin.«

33
SERINA

Serina tauchte mit den Wellen auf und ab.

Manchmal standen die Wellen in Flammen, und sie verbrannte.

Eine kühle Hand auf ihrer Stirn. Warmes Sonnenlicht auf ihrer Wange.

Wasser tröpfelte in ihren Mund.

Samtene Nacht, und Nomis Gesicht – nein. Ihre Schwester war fort.

Als das Feuer erlosch und die Welt langsam wieder Sinn ergab, erblickte sie Val

»Was … was machst du …« Die Worte kratzten ihr in der Kehle. Sie blinzelte verschlafen, die Dunkelheit drang von allen Seiten auf sie ein.

Val drückte ihr den kühlen Rand einer Feldflasche an die Lippen. »Hey, willkommen zurück«, sagte er. »Du hast wohl versucht, wirklich als totes Mädchen zu enden. Ich bin froh, dass du es nicht geschafft hast.«

Serina leckte sich ihre rissigen Lippen. »Was ist passiert?«

Sie erinnerte sich an einen Kampf, eine Verbannung. Brunos ausdrucksloses Gesicht in der Dunkelheit.

Einen Schuss.

»Bruno hätte dich fast umgebracht«, sagte Val. Dunkle Stoppeln überschatteten sein für gewöhnlich glattrasiertes Gesicht, und seine lockigen Haare waren auf einer Seite plattgedrückt, als hätte er darauf geschlafen. Nur sah er nicht aus, als hätte er viel geschlafen. Zu blass, zu dunkle Ringe unter den Augen. »Die Kugel hat dich nur gestreift, aber du bist gestürzt und hast dir den Kopf angeschlagen. Du warst die letzten Tage ein paarmal kurz wach, bist aber gleich wieder weggedämmert. Ich war mir nicht sicher ... nun, ich hab nicht viel Erfahrung mit Kopfverletzungen. Aber die Schusswunde verheilt gut.«

Serina legte sich anders hin und zuckte unwillkürlich zusammen, als ein scharfer Schmerz in ihre Seite fuhr. »Sie fühlt sich nicht gut an.«

Val lächelte. »Das kann ich mir vorstellen. Aber du bist am Leben.«

»Danke«, sagte sie leise. »Du hast mich in Sicherheit gebracht.«

Im sanften Fackelschein röteten sich seine Wangen.

Als sie sich wieder gefasst hatte, sah Serina sich um. Felswände, ein kleines Lagerfeuer, das leise Rauschen des Meeres. Ihre Höhle am Strand. Sie lag auf einer dünnen Matte, zugedeckt mit seiner Uniformjacke. Val saß auf einer zweiten Matte neben ihr.

Er bemerkte ihren umherschweifenden Blick. »Ich hab dich zuerst an den Klippen gesucht, aber dann hab ich mich an unser Gespräch über den Oststrand erinnert. Meine Patrouillengänge beschränken sich auf die Westseite der Insel, deshalb konnte ich nicht gleich kommen, ohne Verdacht zu erregen. Tut mir leid, dass es so lange gedauert hat.«

Sie schüttelte den Kopf und zuckte erneut zusammen. Ihr Schädel dröhnte, und jedes Mal, wenn sie sich bewegte, fuhr ihr ein heißer Blitz in den Kopf. Es war genug, dass er gekommen war. Mehr als genug.

Wenn er es nicht getan hätte, wäre sie jetzt wahrscheinlich tot.

Er hob erneut die Feldflasche an ihre Lippen und half ihr, ein paar Schlucke zu trinken. »Wenn du so weit bist, habe ich etwas Brot für dich. Es ist allerdings ziemlich trocken.«

Erstaunen durchdrang ihre Benommenheit. »Du bist gut vorbereitet hergekommen.«

Er zuckte die Achseln. »Ich wusste nicht, wie es dir geht. Schlafmatten, Verbandskasten, Essen und Trinken ... das ist nur das Wesentliche.«

»Bist du hier, seit ... seit Bruno mich ...« Die Worte blieben ihr in der Kehle stecken.

Val nickte. »Ich hatte schon entschieden, dass ich nicht länger warten würde, da habe ich Bruno über den Oststrand reden hören. Ich bin ihm in sicherem Abstand gefolgt, damit er mich nicht bemerkt. Aber ich war zu weit weg. Ich war nicht schnell genug bei dir.« Ein dunkler Schatten huschte über sein Gesicht.

»Was ist mit Bruno passiert?«, fragte sie.

Val legte ihr eine Hand auf die Stirn und nickte sichtlich beruhigt. Aber er antwortete nicht.

»Ich habe ihn getötet«, sagte Serina und hielt seinen Blick fest.

»Du hast getan, was du tun musstest. Er wollte dich umbringen.«

»Ist … ist er immer noch da draußen?« *Am Strand, in der Sonne verrottend?* Ihre Vorstellungskraft tat ihr Übriges.

Val schüttelte den Kopf. »Er ist baden gegangen. Die Haie waren sehr dankbar.«

»Bist du seitdem hier? Du hast gesagt, ich wäre tagelang immer nur kurz zu mir gekommen.« Als er nickte, fragte sie: »Aber was ist mit Kommandant Ricci? Hat er niemanden nach dir geschickt? Du kannst nicht einfach deinen Posten verlassen. Wird er dich nicht bestrafen?«

Val zuckte die Achseln. »Es war ein schrecklicher Job. Bin froh, ihn los zu sein. Und er kann mich nicht bestrafen, wenn er mich nicht findet.«

»Val!«, rief sie entrüstet.

»Ich konnte dich nicht sterben lassen«, sagte er und blickte ihr fest in die Augen, als sollte das keine große Offenbarung sein.

Aber das war es. Er hatte seine Arbeit für sie aufgegeben, sein Leben für sie riskiert?

Sie öffnete den Mund, aber sie wusste nicht, was sie sagen sollte.

Er brach das Schweigen. »Der Kommandant hat uns aufgetragen, dich zu suchen. Ich habe die anderen so lange wie möglich von hier ferngehalten.«

Eine kalte Angst legte sich um ihr Herz. »Ich dachte, um die Streuner kümmert sich niemand.«

»Ich glaube, er will ein Exempel an dir statuieren. Kommandant Ricci war außer sich vor Wut, als du dich ergeben hast. Er hat die Anführer der Klans zusammengerufen und sie bedroht. Er will, dass so etwas nie wieder vorkommt.« Er half ihr, sich aufzusetzen, und gab ihr einen kleinen, runden Laib Brot aus seiner Tasche. »Iss erst mal was. Du zitterst ja.«

Serina aß zaghaft einen kleinen Bissen. Nachdem sie das Brot ohne Zwischenfälle herunterbekommen hatte, vertilgte sie auch das Dörrfleisch, das er ihr reichte. Während sie aß, ließ das Zittern langsam nach.

Wann hatte Kommandant Ricci wohl mit den Klananführern gesprochen? Bevor oder nachdem sie Slash um Hilfe gebeten hatte?

Val legte noch einen Stock ins Feuer. Die Bewegung erregte ihre Aufmerksamkeit. Serina musterte ihn eine Weile schweigend, versuchte, aus ihm schlau zu werden. »Warum tust du das? Warum bist du bei mir geblieben?«

Er sah sie nicht an. »Das hab ich dir doch schon gesagt. Ich wollte nicht, dass du stirbst.«

Die Antwort genügte Serina nicht. »So sehr, dass du bereit warst, dein Leben zu riskieren? Du hast deinen Posten verlassen und einer Gefangenen geholfen. Sie werden dich jagen. Sie werden das nicht auf sich beruhen lassen, Val. Du hast dich selbst zur Zielscheibe gemacht. *Warum?*«

Je mehr sie darüber nachdachte, desto unfassbarer wurde es.

Val ließ von dem Feuer ab, kniete sich vor sie und nahm ihre Hände in seine. »Dein Leben ist mir all diese Dinge wert, Serina. Vielleicht kannst du das nicht glauben, aber es ist die Wahrheit. Ich dachte ...« Zum ersten Mal, seit sie ihn kannte, sah sie Unsicherheit in seinen Augen. »Ich dachte, da wäre etwas zwischen uns – etwas, was uns das Recht gibt, füreinander zu kämpfen ...«

Der Kuss.

Der *Ich denke, ich sterbe vielleicht, also warum nicht?*-Kuss.

Serina war beigebracht worden, wie sie sich verhalten sollte, wenn ein Mann sie begehrte; gehorsam, unterwürfig, nachgiebig. Aber sie hatte wochenlang darum gekämpft, alles, was sie über die Welt wusste, zu verlernen. Oracle hatte ihr gesagt, dass Stärke an diesem Ort das Einzige war, was zählte. Und Serina wollte glauben, dass sie ihre endlich gefunden hatte.

»Ich bin dir dankbar, dass du mir zur Hilfe gekommen bist«, sagte Serina leise und zwang sich, seinem Blick zu begegnen. »Aber ich weiß noch nicht, was das zwischen uns ist – wenn da wirklich etwas sein sollte. Und ich ... ich brauche Zeit, um es herauszufinden.«

Bestimmt würde er wütend werden. Bestimmt würde er ihr sagen, sie sei ihm etwas schuldig. Würde er womöglich sogar eine Entschädigung für sein Opfer erzwingen?

Doch stattdessen drückte er zärtlich ihre Hände. »Ich verstehe.«

Im Feuerschein war sein Gesicht deutlich zu sehen, und sie konnte weder Wut noch Enttäuschung darin erkennen. Er ließ sie los und ging zurück zum Lagerfeuer, und sie verspürte den absurden Drang, ihm nachzulaufen, die Arme um ihn zu schlingen und sich trotz allem einfach in ihm zu verlieren.

Doch sie hielt stand.

»Du bist so anders«, murmelte sie.

»Als andere Männer?«, fragte er über die Schulter.

»Ja.«

Er starrte mit nachdenklichem, abwesendem Blick in die Flammen. »Mein Vater war kurz vor meiner Geburt als Mitglied einer Handelsdelegation in Azura. Er meinte, dadurch habe er erkannt, wie rückständig und repressiv Viridia ist. Also haben meine Mutter und er versucht, etwas daran zu ändern. Sie haben in unserem Keller heimlich eine Schule für Mädchen eingerichtet. Ich denke … Ich bin anders wegen allem, was sie mir beigebracht haben. Weil sie mich anders erzogen haben.«

Bevor Serina antworten konnte, stand er auf, holte seinen Rucksack und setzte sich direkt vor sie. »Ich muss deinen Verband wechseln.«

Vorsichtig zog Serina sich ihr Hemd von der Schulter, bis der Verband zum Vorschein kam, den er ihr angelegt hatte.

Ohne ein Wort wechselte Val den Verband über ihrer Schusswunde und rieb den Schnitt an ihrem Arm mit Salbe ein.

»Wurden sie erwischt?«, fragte Serina behutsam.

»Meine Mutter wurde zuerst verhaftet«, sagte er, den Blick starr auf ihren Arm gerichtet, obwohl er mit der Versorgung ihrer Wunden fertig war. »Der Vater eines der Kinder hatte herausgefunden, dass seine Tochter lesen lernte, und meine Eltern zusammen mit seiner eigenen Frau angezeigt. Mein Vater wollte sie davon abhalten, meine Mutter mitzunehmen, aber sie wandten Gewalt an. Schlugen ihn bewusstlos, direkt vor meinen Augen.«

Serinas Herz krampfte sich zusammen. Sie konnte Vals Geschichte kaum ertragen; wie er die Worte so sachlich aussprach, obwohl sich sein gesamter Körper vor Kummer verspannte.

»Zwei Tage später holten sie auch meinen Vater. Ich habe ihn nie wiedergesehen. Wahrscheinlich wurde er hingerichtet.«

»Wie alt warst du da?«, fragte sie mit rauer Stimme.

»Vierzehn.« Val wandte sich wieder dem Feuer zu. »Ich

brauchte zwei Jahre, um herauszufinden, wo meine Mutter war, und noch eins, um das Geld für eine neue Identität aufzutreiben. Dann noch sechs Monate, um diesen Job zu bekommen. Als ich es endlich geschafft hatte, war sie tot. Das war vor drei Jahren.«

Serina stockte der Atem. »Deine Mutter war die Frau, die von den Klippen gesprungen ist.«

Val nickte.

»Wie hast du herausgefunden, was mit ihr passiert war?« Sie konnte seinen Schmerz so gut nachempfinden.

Zu ihrer Überraschung lächelte er. »Oracle hat es mir gesagt. Sie hat sich an sie erinnert. Meine Mutter war zu alt zum Kämpfen, als sie herkam. Also beschloss sie, der Höhlencrew das Lesen beizubringen. Natürlich hatten sie kein Papier und keine Bücher, aber sie konnte wahre Wunder mit einer Steinwand und einem Stück Kohle vollbringen. Sie war entschlossen, ihren Beitrag zu leisten. Aber nachdem sie ein paar Kämpfe mit angesehen hatte ... wollte sie nicht bleiben.«

Serina schlang die Arme um ihre Knie und starrte gedankenverloren ins Feuer.

»Es tut mir so leid, Val«, murmelte sie.

Er rieb sich den Nacken. »Keiner der Wärter kennt die Geschichte. Sie denken, ich melde mich freiwillig, den Crews ihre Rationen zu bringen, weil ich mich als Nesthäkchen beweisen will. In ihrer Gegenwart bin ich genauso grob und gemein wie sie. Meine Beweggründe wurden nie in Frage gestellt. Ich habe eine Menge Geld bezahlt, um jede Verbindung zu meinen Eltern und ihrer ... Entehrung auszulöschen.«

»Warum bist du geblieben, nachdem du vom Tod deiner Mutter erfahren hattest?«, fragte sie zaghaft. »Du hättest aufs Festland zurückkehren können. Dir eine neue Stelle suchen, eine Ehefrau …«

Val tippte mit der Spitze eines Stocks auf den Boden. »Ich musste immer wieder an die Familien denken, die die Frauen hier zurückgelassen haben. Ich fing an, auf Patrouille zu gehen, und konnte ein paar Mädchen überzeugen, nicht zu springen.« Er atmete tief durch, hielt einen Moment inne. »Es ist hart, so viele Menschen sterben zu sehen. Jedes Mal, wenn ein Boot kommt, denke ich: *Diesmal* werde ich gehen. Ich werde das alles hinter mir lassen. Aber letztlich tue ich es nie. Es gibt immer ein weiteres Mädchen, das an einer Klippe steht wie meine Mutter damals. Es gibt immer ein weiteres Mädchen, das so verängstigt auf der Insel ankommt, dass es kaum atmen kann.«

Er blickte zu Serina auf, und für einen Moment war es vollkommen still bis auf das Prasseln des Feuers.

»Ich bin froh, dass du dachtest, ich bin es wert, gerettet zu werden.«

»Ich denke, *jede* Frau ist es wert, gerettet zu werden.« Ein kleines Lächeln erschien auf seinen Lippen. »Du bist nur besonders bedürftig.«

Serina versetzte ihm einen leichten Stoß mit dem Knie, wie sie es getan hatte, wenn Renzo sie aufzog. Aber die Hitze, die sie durchströmte, als er sie anschaute, war völlig anders. Val warf den Stock ins Feuer, so dass Funken aufstoben.

Serinas Hände ballten sich zu Fäusten. Sie sollte nicht gerettet werden müssen. Keine von ihnen sollte das. »Kommandant Ricci weiß, dass sein System Schwachstellen hat«, meinte sie. »Deshalb will er ein Exempel an mir statuieren. Wenn wir uns zusammenschließen, uns gemeinsam gegen ihn stellen …«

»Würden viele von euch sterben.«

»Nicht genug, um uns aufzuhalten«, erwiderte Serina. Bevor sie auf die Insel gekommen war, hätte sie es nie für möglich gehalten, dass sie ein Blutbad anzetteln könnte. Eine Revolution.

»Nicht genug, um euch aufzuhalten«, wiederholte Val.

Überrascht sah sie ihn an. »Du stimmst mir zu?«

Er blickte ihr fest in die Augen, das Feuer tauchte sein Gesicht in ein warmes Licht. »Ich glaube, die Frauen in diesem Gefängnis – in diesem Land – werden sich früher oder später erheben. Mein Vater hat immer gesagt, dass Unterdrückung kein endlicher Zustand ist. Sie ist ein Gewicht, das immer schwerer und schwerer wird, bis es keiner mehr tragen kann, und dann wird es abgeworfen. Nicht ohne Mühe, nicht ohne Schmerz, aber er glaubte, dass dieses Gewicht immer, *immer* irgendwann bekämpft und überwunden wird. Er war nicht der Einzige, der versucht hat, etwas zu verändern.«

Serina dachte an Nomi und Renzo, wie sie sich gegen die strikten Vorschriften gewehrt hatten, die ihr Leben bestimmten. Sie atmete tief durch. »Meine Schwester kann lesen.«

Das hatte sie noch nie laut ausgesprochen.

Val beugte sich zu ihr vor.

»Nomi hat unseren Bruder überredet, es ihr beizubringen. Sie haben es vor unseren Eltern geheim gehalten, aber ich wusste es. Nomi hat mir oft vorgelesen. Sie haben mich gefragt, ob ich es auch lernen wollte, aber ich habe abgelehnt.« Sie schluckte schwer, als sie an jene Zeit, an all die Geheimnisse, die sie geteilt hatten, zurückdachte. »Ich wünschte, ich hätte ja gesagt.«

»Warum wolltest du es nicht lernen?«, erkundigte sich Val.

»Ich wurde zur Grace ausgebildet – es gab schon so viel zu lernen. Und ... und ich hatte Angst. Es war meine Pflicht, das Ideal des Regenten, wie eine Frau sein sollte, aufrechtzuerhalten. Lesen zu lernen hätte gegen alles verstoßen, woran ich früher geglaubt habe.« Serina blickte auf ihre zerschrammten Hände und ihre braungebrannte Haut hinunter. Sie erkannte die Person, zu der sie geworden war, kaum wieder.

»Ich habe deine Einweisungspapiere gesehen«, sagte Val. »Ich dachte, du wärst eine Grace. Und als dein Verbrechen war Lesen angegeben. Wie ist das passiert?«

»Das war ein Irrtum. Nomi hatte ein Buch« – selbst jetzt noch konnte sie nicht zugeben, dass Nomi das Buch gestohlen hatte – »ein Buch, das wir als Kinder geliebt haben. Ich hielt es gerade in der Hand und trug eine der Geschichten aus dem Gedächtnis vor, als die Oberste Grace hereinkam. Sie nahm an, ich könnte lesen, und dann ging alles so schrecklich schnell.«

Sie hatte niemandem je irgendetwas davon erzählt. Nicht einmal Jacana. Oracle wusste, dass ihre Schwester als Grace auserwählt worden war, aber sie hatte Serina nie gefragt, warum sie auf den Berg des Verderbens geschickt worden war. Tränen rannen Serina über die Wangen, und ein leises Schluchzen entrang sich ihrer Kehle. »Ich weiß nicht, ob ich ihr eine Rettung war. Ich wollte ihr helfen, aber sie allein im Palast zurückzulassen, mit dem Regenten und seinem Erben ... Vielleicht habe ich ihr eine Zukunft gesichert, die noch viel schlimmer ist als meine.«

Val streckte zaghaft eine Hand aus und strich ihr über den Rücken.

Seine tröstende Berührung ließ all ihre Dämme brechen. Halt suchend lehnte sie sich an ihn, und er rutschte näher an sie heran, bis sie Seite an Seite saßen, nahm sie in den Arm und hielt sie fest, als sie das Gesicht an seiner Schulter vergrub und ihren Tränen freien Lauf ließ. Er tröstete sie sanft, wie ein Kind. Die letzten Wochen zogen vor ihrem inneren Auge vorbei, ein Albtraum nach dem anderen, zu schrecklich, um wahr zu sein.

Irgendwann beruhigte sie sich. Ihre Augen waren verquollen, Tränen verklebten ihre Wimpern, und ihr Kopf dröhnte immer noch. Draußen vor der Höhle zeichnete sich die erste Morgenröte am Himmel ab. Ihr ganzer Körper tat weh; ein Schmerz, der knochentief saß.

Wie konnte Heimweh so viel schmerzhafter sein als eine Schusswunde?

34

NOMI

»Ich kann kaum glauben, dass der Geburtstag des Thronfolgers schon morgen ist«, sagte Maris, während sie mit Nomi durch den kleinen Garten nahe des Palazzos schlenderte. Ines hatte ihnen erlaubt, etwas frische Luft zu schnappen – sie waren beide angespannt und gereizt, da die großen Feierlichkeiten so kurz bevorstanden. »Ich hoffe, Cassia bekommt ihren Wunsch erfüllt.«

Das hoffte Nomi auch. Der morgige Tag könnte auf zwei Arten enden: Entweder würde Asa zum neuen Thronfolger ernannt oder aber sie wäre endgültig den Launen seines Bruders ausgeliefert und Serinas Leben hinge am seidenen Faden.

Unser Plan wird aufgehen, sagte sie sich zum hundertsten Mal. Sie wünschte, sie könnte Asa noch einmal sehen, bevor alles ins Rollen kam. Aber er war heute in Bellaqua. Vielleicht sprach er gerade in diesem Moment mit Renzo.

Und sie wartete immer noch auf Malachis Einladung. Was würde passieren, wenn er sie nicht vor morgen noch einmal zu sich bat? Asa war sich so sicher gewesen, dass er das tun würde. Wenn sie ihm den Brief nicht unterschmuggeln konnte, geriet ihr gesamter Plan ins Wanken. Der Brief war der Schlüssel, um Malachi in ihr Komplott zu verwickeln. Ohne ihn gab es keinen Beweis, dass er etwas mit der ganzen Sache zu tun hatte. Und dann würde der Verdacht auf andere fallen.

Nomis Magen krampfte sich zusammen.

»Wir werden das schon überleben«, meinte Maris, die ihr besorgtes Gesicht falsch gedeutet hatte. »Wenn erst ein paar Jahre verstrichen sind und er mehr und mehr Graces auserwählt, werden wir ihn immer seltener sehen. Wir werden ein bisschen mehr Freiraum bekommen.« Maris trug ihren Kummer wie ein stählernes Halsband; eine Last, die immer da war, immer an ihr zerrte. Sie hatte Nomi erzählt, dass sie sich dafür verantwortlich fühlte, was immer mit Helena geschehen war, und die Unwissenheit quälte sie jeden Tag.

Nomi umfasste ihren Arm. »Vielleicht wird es auch für uns eines Tages nicht mehr nur ums Überleben gehen.« Deshalb riskierte sie so viel. Weil Serina es nicht verdient hatte, in Gefangenschaft zu sein. Das hatte keine von ihnen. »Wir sind nicht weniger wert, Maris«, sagte sie mit bebender Stimme. »Eines Tages werden die Dinge sich ändern. Das weiß ich. Ich werde dafür sorgen.«

Maris tätschelte ihre Hand. »Solchen Phantasien gebe ich mich schon lange nicht mehr hin. Mein Vater hat seine Grausamkeit geschickt eingesetzt.« Doch dann schärfte sich ihr Blick, fokussierte sich auf etwas, was sie in Nomis Gesicht sah: auf die Kraft ihrer Überzeugung. »Du redest doch von Phantasien, oder?«

»Natürlich.« Nomi wandte den Blick ab. »Nichts weiter. Nur reine Hypothese.«

Maris blieb abrupt stehen und hielt sie am Arm fest. »Was hast du vor?«

»Nichts«, sagte Nomi, doch sie war noch nie gut im Schauspielern gewesen. Das war Serinas Stärke, nicht ihre.

»Du kannst hier niemandem trauen«, flüsterte Maris eindringlich. »Die Graces des Regenten stecken ständig die Köpfe zusammen … Es gibt überall Spione, die alles beobachten. Nichts hier ist, wie es scheint, Nomi.«

»Ja, und ich denke, wir verdienen etwas Besseres«, erwiderte Nomi ebenso leise. »Wir verdienen es, frei zu sein.«

Maris starrte sie einen langen Moment wortlos an, und langsam wich die dumpfe Niedergeschlagenheit in ihrem Blick einer zaghaften, widerwilligen Hoffnung. Sie schüttelte den Kopf, als versuche sie, einen unerreichbaren Traum abzuschütteln. »Sei vorsichtig. Bitte sei vorsichtig.«

»Weswegen soll sie vorsichtig sein?«, erklang plötzlich eine barsche, anklagende Stimme.

Nomi erschrak; das Gefühl, ertappt worden zu sein, stand ihr deutlich ins Gesicht geschrieben. Als sie sich umdrehte, sah sie Cassia durch die hohen, giftgrünen Hecken auf sie zukommen – wie viel hatte sie gehört?

Cassia warf ihre silberblonden Haare zurück. »Weswegen soll sie vorsichtig sein?«, fragte sie erneut und zog die Augenbrauen hoch.

Maris erholte sich zuerst. »Damit mit dem Thronfolger alles glattläuft natürlich«, antwortete sie in gelassenem Ton. »Morgen Nacht.«

Cassia leckte sich die Lippen. »Ihr denkt doch nicht ernsthaft, er würde eine von euch auswählen, die Nacht mit ihm zu verbringen, oder? Er wird mich zu seiner Obersten Grace machen, das werdet ihr schon sehen.«

»Was willst du?«, fragte Nomi und widerstand dem Drang, die Augen zu verdrehen.

Cassia zuckte die Achseln, dass ihr fließendes lavendelfarbenes Kleid wogte. »Der Thronfolger möchte uns heute alle noch einmal sehen. Ich war schon bei ihm. Jetzt bist du dran, Nomi.«

Das ist meine Chance. Der Augenblick für die allerletzten Vorbereitungen.

Nomi zitterte vor Nervosität.

»Danke«, sagte sie und blickte Maris noch einmal fest in die Augen, beschwor sie im Stillen, die Hoffnung nicht aufzugeben. Dann ging sie in den Palazzo zurück und gab sich alle Mühe, dasselbe zu tun.

Der Abgesandte des Thronfolgers führte sie durch den langen Korridor und öffnete die vertraute, mit springenden Fischen verzierte Tür. Mit einem kleinen Knicks und unruhig rumorendem Magen betrat sie Malachis Gemächer. In den Händen hielt sie eine kleine Tasche umklammert.

Malachi wartete auf der Terrasse auf sie. Nomi stellte sich neben ihn ans Geländer – nicht so nah, dass sie sich berührten – und sah zu, wie weit unter ihnen unzählige Menschen über die Piazza strömten und sich zwischen den Marktständen hindurchschlängelten. Sie stellte sich vor, wie Renzo dort entlangschlenderte, und hielt unwillkürlich, obwohl sie wusste, wie unwahrscheinlich das war, nach seinen dunklen Haaren Ausschau, nach seiner großen, schlaksigen Gestalt.

»Du siehst hinreißend aus«, sagte Malachi.

Nomi knickste, so dass ihr schimmerndes graues Kleid leise raschelte. »Danke, Eure Eminenz.« Im Stillen ermahnte sie sich, freundlich zu sein und ihre Wut dieses eine Mal für sich zu behalten. Sie durfte nicht riskieren, dass Malachi sie wegschickte, bevor sie den Brief deponiert hatte. Sie durfte keinen Verdacht erregen.

Malachi wandte sich um und deutete auf die geschlossene Tür gegenüber seinem Schlafzimmer. »Bitte gesell dich zu mir«, sagte er und ging voraus.

Als er die Tür öffnete, entfuhr Nomi ein überraschtes Keuchen. Er hatte seine eigene Bibliothek, ausgestattet mit deckenhohen Bücherregalen, Fenstern, durch die man einen herrlichen Ausblick auf Bellaqua hatte, und tiefen Ledersesseln. Auf einem niedrigen polierten Holztisch lag ein Kartenspiel neben zwei Gläsern Orangensaft und einem Teller voller kleiner, sternförmiger Kekse mit blassgelber Glasur.

Wie von einer unsichtbaren Kraft angezogen ging Nomi zu dem Bücherregal, das ihr am nächsten war. Es war gefüllt mit ledergebundenen Schmökern mit Titeln wie *Das Fest der Toten* oder *Die Marotten des Finnigan Hawk*.

»Hast du Lust auf eine Partie *Heilige und Seefahrer?*«, erkundigte sich Malachi.

Nomi wirbelte erschrocken zu ihm herum, ihre Wangen liefen hochrot an. »Oh, natürlich, Eure Eminenz. Es wäre mir eine Freude.«

Malachi lachte. »Du wolltest nie etwas *weniger*.«

Nomi biss sich auf die Lippen. Sie hatte ihn noch nie lachen hören. Zu ihrem Erstaunen ließ es seine harten Gesichtszüge und das dunkle Glitzern in seinen Augen viel sanfter wirken. Er sah jünger aus, wenn er lachte.

»Wenn ich es nicht schon vorher geahnt hätte, wäre ich spätestens jetzt dahintergekommen.« Sein Ton war fast zärtlich. »Du solltest aufpassen, dass dich niemand in der Nähe von Büchern sieht. Deine Sehnsucht verrät dich.«

Nomi atmete tief durch, kämpfte gegen die Panik an, die in ihr aufstieg. »Ich weiß nicht, was Ihr meint.«

Malachis Lächeln verblasste. »Lüg mich nicht an.«

»Bitte verzeiht, ich ... ich ...«, stammelte sie. Asas Warnung hallte in ihren Ohren nach.

Der Thronfolger trat näher zu ihr. »Du lügst, weil du Angst hast. Aber ich werde dich nicht bestrafen, wenn du die Wahrheit sagst.«

»Wie Ihr meine Schwester bestraft habt?«, entgegnete sie. Auf einmal konnte sie ihre Wut nicht mehr zurückhalten.

»Sie war nicht meine Grace«, sagte er. »Und die Entscheidung hat mein Vater getroffen. Ich hatte dabei kein Mitspracherecht.«

»Aber hättet Ihr nicht genau dasselbe getan?!« Nomis Herzschlag pochte ihr hinter den Schläfen. Sie war so wütend, dass sie am liebsten mit bloßen Händen auf ihn losgegangen wäre. »Ihr habt mir das Buch untergeschoben, um mich in die Falle zu locken. Ihr wolltet ...«

»Es war ein Test, keine Falle.« In seinen dunklen Augen lag ein Ausdruck, den sie nicht deuten konnte.

Sie konnte nicht wegsehen, konnte nicht verhindern, dass die

Worte nur so aus ihr heraussprudelten: »Ihr habt mir ein Buch über Frauen gegeben, die dieses Land einst regiert haben. Über einen Teil der Geschichte, der niemandem von uns je beigebracht wurde. Warum solltet Ihr so etwas tun?«

»Ah«, sagte er und entspannte sich sichtlich. »Ich dachte mir schon, dass dich das vielleicht aus der Reserve lockt.«

Blanke Verzweiflung erfasste sie. Sie hatte den Köder geschluckt. Jetzt wusste er, dass sie lesen konnte. Mit angehaltenem Atem machte sie sich auf seinen Wutausbruch gefasst.

Worauf sie nicht gefasst war, war sein Lächeln.

»Warum?«, fragte sie leise. »Warum wollt Ihr, dass ich lesen kann?«

Sein Gesichtsausdruck wurde sanfter. »Ich dachte, wenn du lesen kannst, bestätigt das etwas, was ich schon lange vermute.«

»Was?« Ihr Herz hämmerte.

»Dass du mutig bist. Dass du dich nicht unterkriegen lässt. Jetzt weiß ich, dass ich recht hatte. Vielleicht glaubst du mir das nicht, aber ich bewundere deine Kühnheit.«

Nomi errötete, sprachlos vor Verwirrung. Was er da sagte, konnte unmöglich wahr sein. Asa hatte gesagt, ihre Eigenwilligkeit mache seinen Bruder rasend wütend, *nicht* dass er sie anziehend fand. »Werdet Ihr es Eurem Vater berichten?«

»Natürlich nicht«, versicherte ihr Malachi. »Aber ich weiß es jetzt, und das freut mich sehr.«

Nomi wusste nicht, was sie sagen sollte.

Er deutete mit einer Kopfbewegung auf die Tasche, die sie im Arm hielt. »Noch mehr Geschenke?«

Sie schüttelte den Kopf. »Euer Buch.«

»Du hättest es der Obersten Grace geben können«, sagte Malachi. »Immerhin war sie es, die dir das Buch dagelassen hat.«

»Ines? Eure Mutter?« Die Frau, die Nomi eingeschärft hatte, stets die Regeln zu befolgen? Die Serina genau deswegen hatte verhaften lassen? Die Vorstellung, ausgerechnet ihr das Buch anzuvertrauen, brachte Nomi fast zum Lachen.

Malachi wandte den Blick ab. »Ja, meine ... Mutter.«

Das Stocken in seiner Stimme ließ Nomi aufhorchen. Sie musste daran denken, was Cassia über die Graces gesagt hatte: dass sie ihre Kinder nicht selbst aufzogen. »Ihr seht sie nicht so?«

»Als meine Mutter?« Malachis Hände verkrampften sich einen kurzen Moment, entspannten sich aber gleich wieder. »Nein, wohl eher nicht. Aber ... ich vertraue ihr. Sie würde meinem Vater nichts von dem Buch verraten.«

Nomi hielt das Buch in ihrer Tasche immer noch fest umklammert. Mit wild klopfendem Herzen fragte sie: »Darf ich es ins Regal zurückstellen?«

Er nickte ihr zu und ließ sich in einen Sessel am Tisch sinken, mit dem Rücken zu ihr. Einen Moment starrte sie ihn reglos an, wie betäubt vor ungläubigem Erstaunen. Er hatte gerade herausgefunden, dass sie tatsächlich lesen konnte, und ... das war alles? Würde er wirklich nicht die Wachen rufen?

Schlagartig wurde ihr wieder bewusst, was sie zu tun hatte – diese Chance durfte sie sich nicht entgehen lassen. Sie schob das Buch hastig ins Regal und den Brief eine Reihe darüber zwischen zwei dicke Wälzer, so dass nur ein ganz kleines Stück herausschaute. Hoffentlich nicht so viel, dass Malachi es bemerkte, aber doch genug, dass Asa ihn sah, wenn er Malachis Gemächer durchsuchen ließ.

Nomi atmete erleichtert auf, als sie sich vom Regal abwandte. Sie hatte es geschafft.

Malachi mischte die Karten. »Also, wie wäre es mit einer Partie?«

»Natürlich«, sagte sie und zwang sich zur Ruhe, obwohl sie sich jetzt, da ihre Aufgabe erledigt war, nichts sehnlicher wünschte, als einen Vorwand vorzubringen, um gehen zu können. Stattdessen setzte sie sich ihm gegenüber, während er die Karten austeilte, mit der gemusterten Seite nach oben. Auf der anderen Seite waren verschiedene Bilder zu sehen: Seemänner mit krummer Nase und Warzen im Gesicht, vollbusige Sirenen mit rubinroten Lippen, uniformierte Soldaten und versonnen dreinblickende Heilige. Außerdem gab es zwei Karten, auf denen sich alle Figuren auf laszive Weise umschlangen. Wenn eine davon ausgespielt wurde, wurde das Spiel zurückgesetzt. Cassia nannte sie die »Orgienkarten«.

Das Ziel war es, nur noch Heilige oder Seefahrer auf der Hand zu haben. Nur Heilige war besser.

Nomi betrachtete die Karten in ihrer Hand voller Bewunderung. Sie hatte noch nie ein Set mit so schönen Illustrationen gesehen. Die Bilder auf Renzos Karten waren simpel und grob gezeichnet. Diese waren umwerfend detailreich; die Augen der Sirene von mörderischer Verheißung erfüllt, das Gesicht des Heiligen wahrhaft selig, sein Blick versonnen nach oben gerichtet.

Der Heilige sah nicht aus, als hätte er bereits alle Antworten. Er sah aus, als würde er immer noch danach suchen.

Nomi blickte immer wieder verstohlen zum Thronfolger hinüber. Er hatte einen so großen Aufwand betrieben, um herauszufinden, dass sie lesen konnte, und das nur, weil es ihm Befriedigung verschaffte? War das Teil seiner Manipulationsversuche?

Ihre Lage fühlte sich heikler an als je zuvor. Es gab so viel, was sie nicht verstand.

»Ich würde dir gerne reiten beibringen«, sagte er unvermittelt und schockierte sie damit erneut. Er spielte eine Sirene aus, ohne sie anzusehen. Eine tiefe Röte kroch seinen Hals hinauf.

»Ich weiß nicht, Eure Eminenz«, sagte sie stockend. »Die Pferde beim Premio Belaria waren so groß. Ich fand sie ziemlich beängstigend.«

Ein kleines Lächeln umspielte seine Mundwinkel. »Auf einem Pony durch die Gärten zu traben ist etwas völlig anderes, als beim Premio Belaria mitzureiten.«

»Natürlich«, murmelte sie und spielte ihre eigene Sirene aus.

»Ich habe dich gestern Abend mit meinem Bruder reden sehen.« Nomi blickte ruckartig auf, doch er studierte immer noch seine Karten. »Hat er dir die Geschichte von seinem wundersamen Sieg erzählt?«

»Er hat ihn erwähnt«, gab sie zu.

Malachi spielte einen Soldaten aus und zog eine Karte nach. »Er genießt die Aufmerksamkeit. Alle Aufmerksamkeit, um genau zu sein. Ich glaube, deshalb meldet er sich immer freiwillig für den Tanzunterricht.« Er sah kurz zu ihr auf, bevor er sich wieder seinen Karten widmete. »Er liebt es, den strahlenden Helden zu spielen.«

»Er meldet sich freiwillig für den Tanzunterricht? Er hat mir erzählt, Euer Vater würde ihn dazu drängen«, sagte sie langsam, bedächtig.

»Ach ja?« Malachi zog die Augenbrauen hoch.

»Meint Ihr, er macht mir etwas vor?«, fragte sie, auf einmal misstrauisch.

Er antwortete nicht.

»Seid Ihr womöglich neidisch, dass ihm so viel Aufmerksamkeit zuteilwird, Eure Eminenz?« Die Worte kamen barscher heraus, als sie beabsichtigt hatte.

»Neidisch?« Er sah überrascht auf. »Nein. Das ist es nicht.« Er hielt einen Moment inne, und sie wartete, atemlos vor Neugier. »Nur darum, dass er beim Premio Belaria mitreiten durfte, habe ich ihn beneidet. Ich wollte auch daran teilnehmen, aber mein Vater hat es mir verboten.«

»Und dann hat Asa gewonnen.«

»Um seinen *Sieg* beneide ich ihn ganz bestimmt nicht.«

»Wie meint Ihr das?«, fragte Nomi. Sie zog einen Heiligen. Doch sie schenkte dem Spiel kaum noch Beachtung; eine nervöse Anspannung kroch ihr über den Rücken und setzte sich zwischen ihren Schulterblättern fest. Sie war nicht sicher, ob sie die Antwort auf ihre Frage wirklich hören wollte.

Malachis Hände krampften sich fester um seine Karten. »In der Nacht, in der das Rennen stattfand, bin ich zu den Ställen gegangen, um Asa Glück zu wünschen. Dabei habe ich gehört, wie er einem Stallburschen befohlen hat, das Rennen zu sabotieren. In jenem Jahr kamen viel mehr Reiter um als sonst ... Eine Menge Sättel sind plötzlich kaputtgegangen.«

Nomi stieß einen leisen Schreckenslaut aus. So etwas würde Asa nie tun ... Malachi musste sich verhört haben.

Malachis Gesicht nahm einen finsteren Ausdruck an. »Danach hat Asa den Stallburschen irgendeines Verbrechens beschuldigt – ich weiß nicht mehr, was genau er ihm vorgeworfen hat – und ihn hinrichten lassen. Wahrscheinlich wollte er nicht, dass irgendjemand seinen Sieg anzweifelt.«

Ein kalter Schauer lief Nomi über den Rücken und verursachte ihr eine Gänsehaut. »Das ist schrecklich«, murmelte sie. Sie versuchte, die grauenvolle Geschichte mit dem netten, einfühlsamen Mann in Einklang zu bringen, den sie kennengelernt hatte, doch es war unmöglich. Malachi musste sie anlügen. Vielleicht hatte er erkannt, dass sie Gefühle für Asa hatte, und versuchte, einen Keil zwischen sie zu treiben?

»Tut mir leid«, sagte er mit einem matten Lächeln. »Das habe ich noch niemandem erzählt.«

»Warum habt Ihr es Eurem Vater nicht erzählt?«, fragte sie. »Vielleicht ... Ich meine, Euer Bruder hätte bestraft werden sollen, oder?«

Malachi zuckte die Achseln. »Vermutlich hätte ich es ihm sagen sollen. Aber er ist mein Bruder. Ich ... nun, ich habe es nicht getan. Das ist alles.«

»Steht Ihr und Asa euch sehr nahe?« Nomi starrte so lange auf die Karten in ihrer Hand, bis sie vor ihren Augen verschwammen.

»Nein«, sagte Malachi schroff und spielte eine Orgienkarte aus. »Früher schon, aber danach konnte ich ihn nicht mehr respektieren.«

Eine Welle fiebriger Hitze durchflutete sie und brachte ihr Blut so sehr in Wallung, dass ihr schwindlig wurde.

»Ich kann mir nicht vorstellen, dass meine Schwester und ich uns je so entfremden. Ohne sie bin ich verloren.« Nomi legte ihre Heiligen auf den Tisch und gewann damit das Spiel. Ihre Augen brannten, und es kostete sie große Mühe, die Tränen zurückzuhalten. Alles, was sie getan hatte, all die Pläne, die sie mit Asa geschmiedet hatte, dienten einzig und allein dem Zweck, Serina zu retten. Was, wenn Malachi doch die Wahrheit sagte, wenn Asa den armen Stallburschen tatsächlich benutzt und ihn anschließend ohne Skrupel beseitigt hatte? Doch sie konnte nicht glauben, dass er so etwas tun würde. Aber wenn doch ...

Wie konnte sie ihm dann Renzos Leben anvertrauen?

Und wenn sie ihm Renzos Leben nicht anvertrauen konnte, wie sollte sie dann Serina retten?

Mit einem Mal konnte sie die Gegenwart des Thronfolgers keine Sekunde länger ertragen. Seine dunklen Augen, seine markanten Gesichtszüge, die seltsame Faszination, mit der er sie musterte, die Verwirrung, die sie überkam, wenn sie seinem Blick begegnete. Die Dinge, die er über seinen Bruder sagte und über *sie* ... Das alles war einfach zu viel.

»Tut mir leid, Eure Eminenz«, stieß sie mit zittriger Stimme hervor. »Ich fühle mich nicht gut. Darf ich gehen?«

»Natürlich«, antwortete Malachi ohne Zögern. Er stand ebenfalls auf und fasste nach ihrer Hand, doch sie wich zurück. »Es tut mir leid, wenn ich dich beunruhigt habe«, sagte er und fügte noch etwas hinzu, doch das hörte sie nicht mehr.

Sie war schon zur Tür hinausgeeilt.

35

SERINA

Serina schreckte aus einem Albtraum auf, die Fäuste geballt und zum Schlag erhoben. Ihr Herz hämmerte. Jemand hatte ihren Arm gepackt.

»Ich bin's nur«, sagte Val und ließ sie los. »Wir müssen los.«

Serina kam langsam zu sich. Die Sonne stand hoch am Himmel. Sie hatte den ganzen Morgen verschlafen, im Schatten ihrer kleinen Höhle zusammengekuschelt. Val hatte bereits sein Reisebündel geschultert.

»Wohin gehen wir?« Serina strich sich ihre zerzausten, dreckigen Haare aus der Stirn und zuckte zusammen, als ein scharfer Schmerz in ihre Schulter fuhr.

Val blickte zum Strand. »Es ist nur eine Frage der Zeit, bis die Wachen uns finden. Ich glaube, du bist kräftig genug, um zu reisen«, erklärte er. »Ich werde dich von dieser Insel wegbringen.«

Fassungslos starrte sie ihn an. *»Was?«*

»Ich hab dir doch erzählt, dass ich meine Mutter retten wollte. Dachtest du etwa, ich wäre ohne einen Plan hergekommen?« Sein Lächeln war schief und erreichte nicht seine Augen.

Serina erhob sich auf wackligen Beinen. Sie konnte nicht glauben, was sie da hörte. »Warum hast du letzte Nacht nichts gesagt?«

»Bei Flut ist das Boot unmöglich aufzufinden. Und ...«, er berührte flüchtig ihre Wange, »... du brauchtest noch etwas mehr Erholung. Wenn ich es dir gesagt hätte, hättest du gleich aufbrechen wollen.«

Ein Boot? Er hatte tatsächlich eine Möglichkeit, von der Insel zu entkommen? Serinas Puls raste. Sollte es nach all ihren ehrgeizigen Plänen – Flöße, Revolutionen – tatsächlich so einfach sein? *Nomi ...*

»Wenn du mir gesagt hättest, dass wir auf Ebbe warten müssen, hätte ich das eingesehen«, erwiderte sie vorwurfsvoll.

»Aber hättest du schlafen können?« Sein Ton war ebenso bestimmt wie ihrer.

»Wahrscheinlich nicht«, räumte sie ein. Das elektrisierende Kribbeln in ihren Adern, der plötzliche Drang danach, von hier wegzukommen, *weg, weg, weg*, war schwer zu leugnen. Sie wäre den ganzen Tag nicht zur Ruhe gekommen.

»Wir haben zwei Stunden, bevor die Höhle wieder auftaucht«, erklärte Val. »Bis dorthin brauchen wir fast so lange.« Er wandte sich nach Norden und streckte ihr die Hand entgegen.

Serina rührte sich nicht von der Stelle. »Wohin willst du mit dem Boot?«

»Ich dachte, wir fahren nach Bellaqua«, meinte er mit einem Blick über die Schulter, »und versuchen, deine Schwester zu retten.«

Serina wusste nicht, was sie sagen sollte. Ihr Kopf fühlte sich zu leicht an, als könnte er jeden Moment aufs Meer hinausschweben. »Ist das eine Falle?«

Val lächelte. »Keine Falle. Ein Ausweg.«

Serina ergriff seine Hand. Seine Finger schlossen sich um ihre, und ihre angespannten Muskeln schmolzen wie Kerzenwachs. Sie hatte ihr Floß und ihre Revolution gefunden – und vielleicht sogar noch mehr. Sein Lächeln weckte eine Sehnsucht in ihr.

Aber sie konnte nicht einfach mit ihm gehen.

Jacana hatte sich Oracle widersetzt, um ihr Wasser zu bringen. Sie hatte sich stundenlang bemüht, Serina mit ihren Fluchtplänen zu helfen. Sie hatte versprochen, ihre Anführerin wenn möglich zu überzeugen, dass ein Aufstand eine gute Idee war.

Die zierliche, schüchterne Jacana. Wenn sie in der Arena kämpfen musste, würde sie verlieren.

Serina wusste, dass sie nicht alle retten konnte. Aber Jacana konnte sie nicht zurücklassen.

»Wir müssen noch einen Abstecher machen«, sagte sie. »Ich habe einer Freundin versprochen, dass ich mit ihr zusammen von hier fliehe. Wir müssen sie mitnehmen.«

Vals Augenbrauen zogen sich zusammen. »Wir können keinen Abstecher machen. Zur Höhle würden wir niemals kommen. Das ist viel zu gefährlich.«

Serina ließ seine Hand los. Sie wollte ihn nicht verärgern oder ihre eigene Chance zu fliehen aufs Spiel setzen. Aber sie konnte Jacana nicht im Stich lassen – nicht nach allem, was sie gemeinsam durchgemacht hatten. »Dieser ganze Ort ist gefährlich. Jacana würde einen Kampf nicht überleben. Wenn wir sie nicht mitnehmen, ist das ihr Todesurteil.«

Val hob in einer hilflosen Geste die Hände. Sein Gesichtsausdruck war nervös, fast verzweifelt. »Das geht nicht, Serina. Es tut mir leid. Wir müssen hier weg. *Sofort*. Wir haben schon zu lange gewartet.«

Ihr ganzer Körper verlangte danach, ihm zu folgen. »Ich kann sie nicht allein hier zurücklassen.« *Bitte, bitte versteh das doch.* »Sie ist die Einzige, die mir geholfen hat. Sie hat mir Wasser gebracht ...«

»Ich habe dir auch geholfen«, erwiderte er, plötzlich wütend. »Eine Woche lang habe ich über dich gewacht. Ich habe dir Essen gebracht und versucht, es dir im Schlaf einzuflößen, dabei hatte ich schreckliche Angst, dass du nie wieder aufwachst. Ich dachte ...« Er fasste erneut nach ihrem Arm. »Nicht nur dich will der Kommandant töten. Schon vergessen? Wir müssen hier weg.«

Serina riss sich los, mit einem heftigeren, gewaltsameren Ruck als beabsichtigt. Aus dem Gleichgewicht gebracht, strauchelte Val, fast wäre er gestürzt. Erschrocken starrte sie ihn an. Aber sie konnte jetzt nicht klein beigeben. »Ich will mit dir gehen«, sagte sie in sanftem, aber entschiedenem Ton. »So sehr, dass ich es kaum aushalte. Aber ich kann Jacana nicht zurücklassen. Ich habe mich um sie gekümmert, seit wir auf dieser verfluchten Insel sind, und ich kann sie jetzt nicht einfach ihrem Schicksal überlassen. *Bitte* versteh das doch.«

Konnte er denn nicht sehen, dass sie diese Entscheidung innerlich zerriss? Sie wollte Jacana vergessen und mit ihm fliehen. Aber wenn Nomi auf den Berg des Verderbens geschickt worden wäre und jemand die Möglichkeit gehabt hätte, sie zu retten, es aber nicht getan hätte ...

Val starrte sie einen langen Moment wortlos an.

»Nimm den ersten Weg zum Nordstrand und geh von da aus weiter zu den Klippen. Ich werde das Boot holen und dort auf dich warten. Halt dich vom Strandcamp fern. Lass dich bloß nicht entdecken.« Er rückte sein Reisebündel zurecht. »Wenn du in drei Stunden nicht da bist, muss ich ohne dich aufbrechen. Die anderen Wärter suchen nach mir.«

»Ich verstehe«, sagte Serina. »Ich werde da sein. Versprochen.«

Er musterte sie noch ein letztes Mal mit eindringlichem Blick, als versuche er, sich ihre Gesichtszüge einzuprägen. Als erwarte er nicht, sie je wiederzusehen. Dann wandte er sich ab und machte sich ohne ein weiteres Wort auf den Weg nach Norden.

Serina nahm ihre Feldflasche und stopfte sich eine Handvoll Sand in die Tasche. Zu dieser Tageszeit trainierte Jacana entweder oder sie suchte nach Nahrung. Serina musste irgendwie ihre Aufmerksamkeit erregen und sie von den anderen weglocken. Vielleicht würde ihr der Sand dabei behilflich sein.

Ihre schwierigste Aufgabe bestand darin, Jacana ausfindig zu machen, ohne selbst entdeckt zu werden. Oracle postierte manchmal Wachen, aber für gewöhnlich nicht schon tagsüber. Kaum jemand würde es wagen, ihnen am helllichten Tag ihre Vorräte zu stehlen oder ihre Kämpferinnen zu entführen – beides Aktivitäten, vor denen die anderen Crews an sich nicht zurückschreckten.

Serina lief den Strand hoch und schlug den steinigen Pfad zur Höhle ein. Wenig später erreichte sie das kleine Dickicht, in dem sich der Lavatunnel verbarg. Sie war dankbar für den Schatten. Die Luft heizte sich schnell auf, offenbar würde es ein sommerlich warmer Tag werden.

Als sie um die nächste Ecke bog, auf beiden Seiten von dichtem Gestrüpp umgeben, blieb sie wie angewurzelt stehen. »Jacana!«

Ihre Freundin stand direkt vor ihr, mitten auf dem Weg.

Als Jacana sie sah, weiteten sich ihre Augen vor Schreck. »Serina! Lauf!«

Bevor Serina reagieren konnte, tauchten zwei Wachen aus dem Unterholz auf und stürmten direkt auf sie zu. Sie hatte kaum Zeit, sich umzudrehen. Mit einem lauten Schrei packte sie einer der Männer und warf sie zu Boden. Ein heißer Schmerz schoss in ihre verletzte Schulter. Sie wimmerte leise.

Einen Moment versuchte sie, sich zu wehren, aber der Wärter drückte sie mit seinem ganzen Gewicht zu Boden. »Halt still«, knurrte er.

Der andere Wachmann legte ihr Handschellen an und ließ sie mit einem unheilvollen Klicken zuschnappen.

»Das war leicht«, sagte er, zerrte sie mit einem Ruck hoch und schubste sie zu Jacana, die immer noch wie erstarrt dastand, das Gesicht aschfahl, die Augen vor Angst geweitet.

»Was geht hier vor?«, fragte Serina und riss an ihren Fesseln.

»Sie warten schon seit Tagen auf dich«, schluchzte Jacana. Ihr dreckiges Gesicht war tränennass. »Sie haben mich und Gia als Köder benutzt. Kommandant Ricci dachte wohl, du würdest früher oder später Hunger kriegen und deine Freunde um Hilfe bitten.« Ihre Schultern sackten in sich zusammen, als die Wärter auch sie in Eisen legten. »Es tut mir so leid.«

»Das ist nicht deine Schuld«, sagte Serina. Nur mit Mühe schaffte sie es, nicht den Mut zu verlieren. Verzweiflung durchflutete sie, lähmender und gefährlicher als jedes Gift. Wie viel

Zeit blieb ihr noch, bis Val die Segel setzte? Waren schon zwei Stunden vergangen? Oder drei?

Die Wachen zerrten Serina und Jacana zur Höhle.

Oracle stand auf der Lichtung, als sie sich näherten.

Der Wärter, der Serina festhielt, schrie: »Alle ins Amphitheater! Sofort!«

Oracle nickte stumm.

Serina konnte sie nicht ansehen, und sie kämpfte auch nicht gegen den Griff des Wärters an, obwohl er ihren Arm so fest umklammerte, dass wunde Stellen zurückbleiben würden. Sie gab sich alle Mühe, hocherhobenen Hauptes auszuschreiten, als sie den Pfad zur Küste hinunterlief, die Hände hinderlich hinter dem Rücken gefesselt. Der Boden war an manchen Stellen so uneben, dass sie ins Straucheln geriet, und sie fiel zweimal hin. Einer der Wärter zog sie unsanft auf die Beine, so dass der Schmerz in ihrer Schulter wieder aufflammte. Ein qualvolles Stöhnen kam ihr über die Lippen.

Er lachte.

Als sie den Kampfplatz erreichten, dämmerte es bereits. Jetzt war sich Serina vollkommen sicher. Es waren schon mehr als drei Stunden vergangen. Val war fort. Und sie würde sterben.

36

NOMI

Was Malachi gesagt hatte, ließ Nomi nicht los. Er hatte die Rolle des verantwortungsbewussten älteren Bruders, der von seinem kleinen Bruder enttäuscht war, ihn aber dennoch schützen wollte, überzeugend gespielt. Wenn sie ihn beim Wort nahm, war er ein Rebell wie sie, der sich dem Willen seines Vaters widersetzt hatte, indem er sie erwählte, und sich freute, dass sie lesen konnte. Der sie für ihre *Kühnheit* bewunderte.

Aber Asa hatte behauptet, dass Malachi ein gerissener Manipulator war. Ein Lügner. Er hatte ihr erzählt, wie launisch und unberechenbar er war.

Welcher Bruder log?

Was, wenn keiner von ihnen die Wahrheit sagte?

Sie *wollte* Asa vertrauen. Sie hatte all ihre Hoffnung darauf gesetzt, dass er Serina retten würde. Sie hatte ihm ihr Herz geschenkt. Doch jedes Mal, wenn sie sich an den süßen, schelmischen Jungen zu erinnern versuchte, der sie zu seiner Königin machen wollte, erschien stattdessen der triumphierend lachende Mann, der nach dem Rennen mit seinem goldenen Pokal prahlte.

Sie durfte nicht riskieren, dass Renzo sein Leben aufs Spiel setzte – nicht, solange sie nicht wusste, wem sie trauen konnte. Aber wenn sie es nicht tat, würde sie Serina endgültig an den Berg des Verderbens verlieren. Es gab nur eine Lösung: Sie musste mit ihrem Bruder reden. Gemeinsam mit ihm konnte sie das Risiko abschätzen und entscheiden, wie sie vorgehen würden.

»Nicht bewegen«, ermahnte sie Angeline. Sie war dabei, Nomis Haare zu einer eleganten Hochsteckfrisur zu frisieren, aber Nomi bewegte ständig den Kopf und machte Angelines Arbeit zunichte.

»Tut mir leid«, murmelte Nomi. »Ich versuch's.« In Wahrheit schrie alles in ihr danach, aufzuspringen und aus diesem Raum, aus den Gemächern, aus dem Palazzo zu fliehen. An jede Tür in Bellaqua zu klopfen, bis sie Renzo gefunden hatte.

Doch stattdessen saß sie hier fest und musste sich mit Maris und Cassia zurechtmachen lassen. Allem Anschein nach kämpften die beiden auch gegen wachsende Nervosität an. Maris starrte mit glasigem Blick in den Spiegel, während ihre Dienerin ihr die Haare flocht, und Cassia stritt mit ihrer Dienerin darüber, welche Ohrringe sie anziehen sollte.

Maris stand so ruckartig auf, dass die Döschen und Tuben auf ihrem Schminktisch fast herunterfielen. Ihr seidig glänzendes schwarzes Haar war glattgekämmt und wurde von zwei kleinen geflochtenen Zöpfen zusammengehalten, so dass es ihr nicht ins Gesicht fiel. Ihre Wangen waren zartrosa geschminkt, ihre Augen mit silbern schimmerndem Lidschatten umrahmt. Ihren Morgenmantel fest um sich geschlungen, rauschte sie davon.

Ein paar Minuten später trat Angeline einen Schritt zurück,

um ihr Werk zu begutachten. Sie hatte Nomis Haare zu einem kunstvollen Wirbel auf ihrem Kopf zusammengeschlungen. Ihr Make-up war dezent, mit einem leichten Goldstich, der perfekt zu ihrem Kleid und der schimmernden Maske passte, die Ines ihr gegeben hatte.

»Fertig?«, fragte Nomi und sah zum Fenster hinaus, versuchte, die Zeit am Stand der Sonne abzulesen, die sich langsam dem Horizont entgegensenkte.

Angeline nickte freudestrahlend. »Jetzt fehlt nur noch Euer Kleid.«

Sie gingen zurück ins Schlafzimmer, und Angeline half Nomi in ihr Kleid. Der voluminöse Rock bauschte sich um ihre Beine, und das Korsett war so eng geschnürt, dass selbst Nomi darin Rundungen bekam. Die schwere goldene Perlenstickerei, mit der das Kleid verziert war, funkelte im Licht. Serina hätte darin ausgesehen wie eine Königin. Wie sehr sie sich wünschte, ihre Schwester könnte jetzt bei ihr sein ... Ganz gleich, was sie heute Abend auch tat, es würde sich wie ein Verrat anfühlen.

Angeline brauchte zwanzig Minuten, um Nomis Kleid im Rücken zuzuknöpfen. Nomi konnte sich kaum regen, geschweige denn atmen, doch als sie in den Spiegel sah, strahlte ihr eine Schönheit entgegen, zu der sie sich nie imstande gefühlt hätte.

Es war so weit. In nur wenigen Stunden würde sich Serinas, Renzos und Nomis Schicksal endgültig entscheiden.

Die Veranda war mit Tausenden winzigen, funkelnden Lämpchen geschmückt, unzählige Lichterketten spannten sich aus allen Richtungen bis an die Spitze der hohen Holzstange, die in der Mitte aufragte. Dahinter fiel die Wiese zum Meer hin ab. Nur das sanfte Schimmern der Wellen durchdrang die Dunkelheit. Der Mond ging auf und tauchte alles in seinen fahlen Schein.

In der Nähe der gewölbten Durchgänge, die in den Palazzo führten, saßen der Regent und sein Thronfolger auf riesigen, goldverzierten Stühlen. Der Regent hatte es nicht für nötig befunden, eine Maske zu tragen, doch die seines Sohnes – mit weinroten Edelsteinen besetzt – passte perfekt zu seinem burgunderroten Samtmantel. Asa stand in einem mitternachtsblauen Mantel und silberner Maske ein Stück abseits, sichtlich unruhig. Als Ines, die eine schwarze Maske trug, die Graces des Regenten auf die Veranda geleitete, stellte er sich aufrechter hin.

Nomi, Cassia und Maris warteten mit ihren Dienerinnen in einem der Bogengänge. Nomis perlenbesetztes Kleid klirrte leise; sie konnte nicht stillstehen. Der Regent würde sie ankündigen, und dann konnten die Zuschauer die ersten Graces des Thronfolgers in aller Ruhe bewundern und begutachten, bevor sie sich auf die Tanzfläche begaben. Bei all den Festivitäten, denen sie bisher beigewohnt hatten, waren sie nur ein Teil der Menge gewesen. Sie hatten sich unter die Leute gemischt und ihr Auftreten geübt, aber sie standen nicht im Mittelpunkt der Aufmerksamkeit.

Nomi starrte auf den goldenen, perlenbesetzten Brokatstoff ihres Kleids, doch mit den Gedanken war sie ganz woanders. Renzo war irgendwo dort draußen. Sie musste ihn unbedingt finden, aber wenn sie ihn jetzt sah, würde sie sich womöglich nicht davon abhalten können, nach ihm zu rufen. Zuerst musste sie die Zeremonie irgendwie durchstehen. Sekunde für Sekunde.

Minute für Minute. Dann konnte sie nach ihm suchen und an einem ungestörten Ort mit ihm reden.

Der Regent erhob sich, sein skelettartiger Körper bewegte sich langsam, aber gezielt. Er zitterte nicht und hielt auch nicht inne. Die leise Harfenmusik, die seine Graces zum Besten gaben, verstummte.

»Guten Abend, meine erhabenen Gäste«, begann der Regent und streckte in einer ausladenden Geste seine knochigen Hände aus. »Ich freue mich sehr, euch zu diesem ganz besonderen Anlass begrüßen zu dürfen: dem zwanzigsten Geburtstag meines Sohnes und Thronfolgers.«

Nomi sah verstohlen zu Asa hinüber. Seine silberne Maske verbarg seinen Gesichtsausdruck.

Der Regent fuhr fort: »Malachi hat sich als intelligenter, gewissenhafter Mann erwiesen – als ein Mann, der fähig und standhaft genug ist, um eines Tages meinen Platz als Regent einzunehmen. In der Zwischenzeit freue ich mich, dass er von nun an eine größere Rolle in der Führung unseres Landes spielen wird. Ich denke, Viridia wird von seinem Sachverstand profitieren.«

Neben Nomi trat Cassia unruhig von einem Fuß auf den anderen. Maris rührte sich nicht.

»Und nun …«, der Regent deutete mit schwungvoller Geste auf den Bogengang, »… wird mein Sohn seine ersten Graces offiziell empfangen.«

Cassia ging als Erste aufs Podium. Nomi folgte ihr, und Maris bildete das Schlusslicht. Als sie stehen blieben und sich der Tanzfläche zuwandten, entfuhr Nomi beinahe ein überraschtes Keuchen.

So viele Leute hatten sich dort versammelt: Graces, Höflinge, Würdenträger. Diener schlängelten sich mit Tabletts voller Essen durch die Menge. Und alle, selbst die Diener, trugen Masken.

Wie sollte sie Renzo in dieser Menschenmasse bloß finden?

Nomi knickste gleichzeitig mit den anderen frisch gekürten Graces, und die Menge applaudierte. Bei der Bewegung funkelten ihre Kleider so hell, dass sie Nomi fast blendeten.

Was sollte sie nur tun?

Malachi verbeugte sich vor dem Publikum, und dann, zu ihrem Erstaunen, bot er ihr den Arm an. Er forderte Nomi zum ersten Tanz auf. Cassia blieb vor Entrüstung fast der Mund offen stehen.

Die Musik setzte wieder ein. Malachi führte Nomi auf die Tanzfläche. Er verlor kein Wort darüber, wie steif sie in seinen Armen lag. Als sie zu tanzen begannen, studierte sie zum ersten Mal wirklich eingehend sein Gesicht. Die Maske verdeckte seine Wangen und Nase, aber sein kräftiger Kiefer, seine dunklen Augen und vollen Lippen waren deutlich zu erkennen.

Er wusste, dass sie lesen konnte, und hatte sie dennoch nicht festnehmen lassen. Er hatte sie nur einmal geküsst, und er hatte sie nie dafür bestraft, dass sie weggelaufen war ... oder für all die unverschämten Dinge, die sie zu ihm gesagt hatte.

Schon so lange wartete sie darauf, dass er sich als das Ungeheuer entpuppte, als das Asa ihn beschrieben hatte – dass er ihren Willen brach. Aber hatte er das je auch nur versucht? Er erwiderte ihren Blick; die stille Intensität, mit der er sie musterte, schnitt ihr ins Herz. Über seine Schulter sah sie, wie Asa ihr zulächelte. Ein kalter Schauer lief ihr über den Rücken.

Wo war Renzo?

Malachi wirbelte sie herum. Ihr Kleid straffte sich um ihre Schultern, ihr Korsett zog sich um ihren Brustkorb zusammen. »Nomi«, sagte er. »Du siehst so unglücklich aus.«

Sie blickte ruckartig zu ihm auf. »Tut mir leid, Eure Eminenz«, sagte sie und versuchte, ihren Gesichtsausdruck unter Kontrolle zu bekommen. »Ich bin nur nervös.«

Eine tiefe Röte kroch ihm den Hals hinauf. »Nein. *Mir* tut es leid. Nachdem du gestern gegangen warst, musste ich immer wieder daran denken, was du gesagt hast.«

Ihre Augen weiteten sich vor Überraschung. Was hatte sie gesagt? Sie konnte sich nicht erinnern.

Er senkte die Stimme, so dass nur sie ihn hören konnte. »Natürlich fühlst du dich hier verloren, besonders ohne deine Schwester. Und das ist meine Schuld. Ich habe dich ausgewählt, ohne über die Konsequenzen nachzudenken. Ich hätte meine Pflicht tun sollen. Deine Schwester war hierauf vorbereitet. Sie *wollte* eine Grace sein. Du wolltest das nie, und ich habe es dir aufgezwungen.«

»Tut mir leid«, murmelte Nomi erneut, als wäre sie selbst schuld an ihrer mangelnden Begeisterung. Es war besser, als zu sagen: *Ja, du hättest meine Schwester auswählen sollen, du Dummkopf.* Aber sie war völlig durcheinander. Warum sagte er ihr das alles? Warum entschuldigte er sich bei ihr?

Und wo war Renzo?

Während sie tanzten, spähte sie immer wieder über Malachis Schulter und hielt nach ihrem Bruder Ausschau, doch die anderen Tänzer waren nicht mehr als verschwommene Schemen aus Licht und Farben. Keine Merkmale, keine Gesichtszüge, die sie unter ihren Masken erkennen konnte.

»Ich will niemanden zwingen, meine Grace zu sein«, sagte Malachi so leise, dass sie ihn fast nicht gehört hätte. »Ich werde dich nicht länger hier festhalten.«

Ihr Mund öffnete sich, doch nichts kam heraus. Plötzlich waren all ihre Sorgen über Asa, Renzo und Serina vergessen. »Was meint Ihr damit?«

»Ich werde dich deiner Pflichten mir gegenüber entbinden.« Über sein Gesicht huschte ein Ausdruck von ... Trauer? »Du kannst gehen, wenn du willst.«

Nomi verschlug es die Sprache.

Seine Lippen öffneten sich leicht, und die Röte stieg ihm vom Hals bis zum Rand seiner Maske hinauf. »Aber ich hoffe, du bleibst.«

In diesem Moment fiel ihr aus dem Augenwinkel etwas auf.

Hinter Malachi, inmitten der Menge ... hielt eine Gestalt mit einer roten Maske, einer schwarzen Hose und einem rotdurchwirkten Wams plötzlich inne und sah in ihre Richtung. Sie erkannte ihn sofort, allein an seiner Größe und der Art, wie er den Kopf neigte.

Renzo.

Malachi wirbelte sie erneut herum, und ihr Bruder verschwand in der Menge.

Am anderen Ende des Saals stand der Regent auf und zog sich mit Asa an seiner Seite von den Feierlichkeiten zurück.

Blanke Panik ergriff Nomi.

»Eure Eminenz, ich kann Euch gar nicht genug dafür danken, dass Ihr mir eine solche Ehre erweist. Würdet Ihr mir etwas Zeit geben, um über Euer Angebot nachzudenken?« Ohne eine Antwort abzuwarten, trat sie zurück, näher zu der Stelle, wo ihr Bruder gerade noch gestanden hatte.

»Natürlich.« Malachi zog sie dichter an sich, als widerstrebe es ihm, sie gehen zu lassen. *Was hat ihn seine Entscheidung wohl gekostet?*, fragte sie sich unwillkürlich.

In diesem Moment endete das Lied mit einem letzten Klangfeuerwerk, und Malachi ließ sie in seinen Armen elegant nach hinten sinken. Einen Augenblick waren ihre Lippen nur einen Hauch voneinander entfernt. Dann richtete er sich auf und zog sie mit sich hoch. »Vielen Dank für den Tanz.«

Nomi knickste atemlos und bahnte sich einen Weg durch die Menge, verzweifelt auf der Suche nach Renzo. Sie studierte jedes maskierte Gesicht und kämpfte sich durch das Gedränge, aber von ihrem Bruder fehlte jede Spur.

Doch sie fand Maris, die in der Nähe des Eingangs zur Veranda darauf wartete, dass Malachi sie zum Tanz aufforderte. Ihr Kleid war ein Wirbel aus Silber und Rot, am Mieder zusammengerafft, mit silbernem Tüll an Schultern und Armen. Wie Renzo trug sie eine rote Maske. Nomi packte sie und zog sie ohne ein Wort mit.

»Was …?«

»Ich brauche deine Hilfe«, flüsterte Nomi eindringlich. »Hier ist irgendwo ein Mann in einem schwarzen Wams und einer roten Maske. Sein Name ist Renzo. Vielleicht treibt er sich in der Nähe der Korridore oder Vorzimmer herum – ich bin mir nicht sicher. Ich muss ihm eine Nachricht zukommen lassen. Hilfst du mir?«

Maris blickte sie verwundert an, nickte jedoch.

»Wenn du ihn siehst …«, setzte Nomi an, stockte dann aber. Ihr

Herz raste. Malachis Worte gingen ihr nicht aus dem Kopf. Sie hatte beschlossen, Renzo ausfindig zu machen und ihr weiteres Vorgehen mit ihm abzuklären, aber ... dafür hatte sie keine Zeit. »Sag ihm, er soll den Palast verlassen. Sag ihm, ich möchte, dass er von hier verschwindet.«

Sie ließ Maris mit offenem Mund stehen und hastete weiter zu dem Raum, auf den sie den Regenten hatte zusteuern sehen. Asa war mit ihm gegangen. Wenn Renzo dort eintraf, bevor sie ihn aufhalten konnte, wäre alles vorbei. Renzo würde ein Attentat auf den Regenten vortäuschen, um Malachi anzuschwärzen ... und sie vertraute nicht mehr darauf, dass Asa ihren Bruder nicht hintergehen würde.

Fieberhaft suchte sie die Menge nach Renzos roter Maske ab, konnte sie aber nirgends entdecken. Sie eilte zu den Bogengängen – ihre Füße taten weh, ihr Herz schlug so schnell, als würde es ihr jeden Moment aus der Brust springen. In ihren Augen brannten Tränen.

Dort, bei den Gärten, direkt am Durchgang ...

»Renzo!«

Die Gestalt blieb stehen.

Nomi wollte zu ihm rennen, doch das Gewicht ihres Kleids hielt sie zurück, fest und unnachgiebig wie tiefer Morast.

»Nomi!« Seine Stimme schallte zu ihr herüber, so unendlich vertraut, so unendlich tröstlich. »Du solltest nicht hier sein. Asa hat mir gesagt, was ich tun soll. Ich will nicht, dass du dein Leben riskierst.«

»Nein.« Die Tränen rannen ihr in Strömen über die Wangen. Einen einzigen Augenblick – mehr hatten sie nicht. »Du musst hier weg, Renzo. Ich hab mich geirrt. Ich hab einen schrecklichen Fehler begangen.«

Seine warmen braunen Augen hinter der Maske weiteten sich vor Schreck. »Was meinst du damit?«

»Ich fürchte … Ich fürchte, wir können Asa doch nicht vertrauen.« Die Worte brachen Nomi das Herz.

»Aber was ist mit Serina?«, fragte Renzo besorgt.

»Wenn wir tun, was Asa verlangt, wird er sein Wort brechen. Wir müssen einen anderen Weg finden, Serina zu helfen.« Sie konnte ihn nicht umarmen, nicht hier, wo sie von allen Seiten beobachtet wurden, also nahm sie seine Hand und drückte sie. Sein Gesichtsausdruck war hinter der Maske unmöglich abzulesen. »Im Moment mache ich mir mehr Sorgen um dich«, sagte sie in dringlichem, ängstlichem Ton. »Bitte geh, Renzo. Du musst dich in Sicherheit bringen.«

Er starrte sie einen langen Moment wortlos an, seine Verwirrung nun deutlich an dem harten Zug um seinen Mund erkennbar. Tränen kullerten Nomi über die Wangen. Sie schob ihn auf den Durchgang zu. Dann drehte sie sich weg. Sie konnte nicht zusehen, wie er erneut aus ihrem Leben verschwand.

Das Vorzimmer war leicht zu finden, genau wie Asa gesagt hatte.

Sie trat durch die Tür. Der Regent saß auf einem gepolsterten Stuhl in der Mitte des kleinen Raums, umgeben von holzverkleideten, mit Gobelins behängten Wänden. Asa saß neben ihm. Im selben Moment, in dem ihr Schatten auf die Türschwelle fiel, blickte er auf.

Als er sie sah, zog er fragend die Augenbrauen hoch. Offensichtlich wollte er wissen, wo Renzo blieb. Ihr Zeitfenster schloss sich allmählich. Der Regent würde bald zum Fest zurückkehren.

Nomi schüttelte den Kopf.

Einen Moment blitzte etwas in seinen Augen auf – Kummer? Fassungslosigkeit, dass sie sich gegen ihn wendete?

»Wo ist dein Cousin?«, fragte er unwirsch, und jetzt lauerte eindeutig etwas Abscheuliches hinter seiner Maske. »Was hast du getan?«

»Das Richtige«, antwortete sie hocherhobenen Hauptes. Sie hatte *gehofft*, dass sie das Richtige tat. Jetzt war sie sich vollkommen sicher. »Er wird nicht kommen.«

Er wird nicht so tun, als wollte er deinen Vater ermorden, damit du ihn retten kannst, hätte sie am liebsten geschrien. *Er wird Malachi nicht beschuldigen. Er wird dir nicht helfen.*

»Asa, was hat das alles zu bedeuten?«, fragte der Regent in schneidendem Ton, umfasste die Armlehnen seines Stuhls mit seinen langen, knochigen Fingern und erhob sich langsam.

Hinter Nomi hallten Schritte durch den Gang. »Vater, bist du so weit?«, fragte Malachi, als er den Raum betrat.

Nomi wandte den Blick keine Sekunde von Asa ab. Sie sah, wie der Sturm in ihm losbrach. Sie sah, wie es ihn von innen heraus zerriss und etwas anderes aus ihm wurde.

Sie sah, wie er wortlos seinen Dolch zog und seinem Vater die Kehle durchschnitt.

37
SERINA

Die Wärter zerrten Serina und Jacana auf die Bühne. Das Amphitheater füllte sich langsam. Die Frauen, die herbeiströmten, wirkten verwirrt, und die Menge war nicht so still wie sonst. Oracle, Ember und Cliff nahmen ihre Plätze in der ersten Reihe ein. *Oracle fühlt sich bestimmt bestätigt*, dachte Serina. Genau das hatte sie befürchtet.

Die anderen Anführerinnen standen nahe der Bühne. Serina sah zu Slash, und sie wechselten einen Blick. *Wenn ich mehr Zeit gehabt hätte* ... Jetzt war jegliche Chance auf eine Revolution vertan.

Als alle da waren, trat Kommandant Ricci auf die Bühne. Die anderen Wärter zogen sich auf den Balkon zurück, abgesehen von den beiden, die Serina und Jacana an ihren Fesseln festhielten.

»Guten Abend, meine Damen!«, rief Ricci und breitete in einer überschwänglichen Willkommensgeste die Arme aus. Er schien seine Rolle als Entertainer noch mehr zu genießen als sonst. »Heute Abend habe ich etwas ganz Besonderes für euch.«

Serina konnte den Blick nicht von der Schusswaffe an seiner

Hüfte abwenden. Sie wünschte fast, er würde ihnen das Theater ersparen und es einfach hinter sich bringen. Doch sie kostete jeden Atemzug aus, so schnell er auch herein- und wieder hinausströmte. Ihr Herzschlag hämmerte hinter ihren Schläfen.

»In unserem letzten Kampf hat die Kämpferin des Höhlen-Klans die äußerst bedenkliche Entscheidung getroffen, sich zu ergeben, anstatt die wohlverdienten Rationen für ihre Crew zu gewinnen. Genauer gesagt hat sie euch allen die Rationen verwehrt, da es ohne Gewinner auch keine Rationen gibt. Sie hat die Spielregeln geändert, doch wir alle wissen: Dieses Spiel ändert sich *nie*.« Seine Stimme nahm einen harten, zornigen Ton an, alle Überschwänglichkeit war mit einem Mal verflogen. Ein leichtes Zittern durchlief Serinas Arme.

»Seitdem war sie sehr umtriebig«, fuhr Ricci fort. Er sah Serina kein einziges Mal an, sondern richtete das Wort an die Menge. »Sie hat versucht, eine Rebellion anzuzetteln. Sie hat einen Wärter getötet. Und dafür wird sie mit ihrem Leben bezahlen.«

Serina stand so kerzengerade, dass ihr Rücken weh tat. Sie hatte keine Ahnung, woher er das alles wusste, aber es überraschte sie nicht. Ihr Gesicht war vollkommen ausdruckslos. In Viridia trugen alle Frauen Masken.

Sie wappnete sich für das, was kommen musste: Jeden Moment würde er seine Waffe ziehen und sie erschießen.

»Also«, sagte er und wandte sich ihr endlich zu, »wirst du erneut kämpfen. Jetzt.«

»K-kämpfen?«, stammelte sie völlig entgeistert.

»Oh, du wirst sterben, egal, ob du gewinnst oder nicht«, erklärte er in gleichgültigem Ton, sein verwittertes Gesicht finster und unbarmherzig. »Aber zuerst gebe ich dir die Chance, dich zu rächen. Mit wem willst du kämpfen?« Er blickte in die Menge. »Willst du es noch mal mit deiner letzten Gegnerin aufnehmen? Ich glaube, sie brennt schon auf eine Revanche.«

Alle Farbe wich aus Serinas Gesicht.

»Oder vielleicht mit Oracle?«, schlug er vor. »Immerhin hat sie dich verbannt.« Seine Lippen verzogen sich zu einem grotesken Schmollen, als er sich Jacana zuwandte. »Oder vielleicht möchtest du es unserem Kaninchen hier heimzahlen. Sie war der perfekte Köder, wie es scheint. Sie wirst du vielleicht sogar töten. Und dann werde ich dich töten, was mir selbstverständlich großes Vergnügen bereiten wird.«

Jacana senkte den Kopf. Ihre Schultern bebten, von heftigem Schluchzen geschüttelt. Einer der Wärter nahm ihr die Handfesseln ab, damit sie kämpfen konnte.

»Die Zeit ist um«, verkündete Ricci unheilvoll. »Gegen wen wirst du kämpfen?«

Serina sah zu Jacana. Sie war zurückgekommen, damit ihre Freundin *nicht* kämpfen musste.

Ihr Blick schweifte zu Oracle. Es stimmte, dass die Anführerin der Höhlencrew sie verbannt hatte. Doch viel wichtiger war, dass Oracle eine der besten Kämpferinnen war. Sie könnte Serina schnell töten und dem Kommandanten sein ersehntes Spektakel nehmen. Ihm die Chance nehmen, Serina selbst umzubringen.

Anika würde sie auch schnell töten. Serina wusste, dass sie nicht stark genug war, um ein zweites Mal gegen sie zu gewinnen. Nicht mit ihren Verletzungen.

»Oh«, sagte Kommandant Ricci – offenbar hatte er noch etwas hinzuzufügen. »Sich zu ergeben ist diesmal keine Option. Aber ich bin sicher, das konntest du dir schon denken.« Er nickte dem Wachmann hinter ihr zu, und plötzlich, mit einem metallischen Klirren, war sie von den Ketten befreit.

Serina schloss die Augen, nur eine Sekunde lang. Sie hatte schon einmal offen Widerstand geleistet. Sie hatte sich geweigert, eine andere Frau zu töten. Sie hatte alles, was sie zu ihrer Crew gesagt hatte, auch so gemeint; dass sie stark sein mussten. Dass sie zusammenhalten mussten. Dass sie gemeinsam hart wie Eisen waren.

Wenn sie sich jetzt entschied, gegen eine der Frauen zu kämpfen, würde sie ihre eigenen Worte Lügen strafen. Nichts würde sich ändern.

Serina hob den Kopf und blickte Kommandant Ricci direkt in die Augen, damit er ihre unbändige Wut sehen konnte. »Ich werde nicht kämpfen«, schrie sie, weil sie nur so das Zittern in ihrer Stimme verbergen konnte. »Ich mache nicht mit bei deinen Spielchen!«

Sein Gesicht lief puterrot an. Serina erinnerte sich, dass sie ohnehin sterben würde. Vals Boot war fort. Nomi war fort. Alle Hoffnung war verloren.

Aber vielleicht könnte sie vorher noch ein wenig Widerstand entfachen.

»Wenn ich gegen jemanden kämpfen soll, dann wähle ich dich!«, schrie sie. »Töte mich jetzt, mit deiner Waffe oder mit deinen Fäusten. Ich werde nicht die Hand gegen meine Schwestern erheben!«

Kommandant Ricci brüllte vor Wut. Der Wärter neben Serina bewegte sich auf sie zu, doch Ricci winkte ihn mit einer herrischen Geste weg. »Halt dich da raus. Bleibt alle, wo ihr seid. Sie gehört *mir*.«

Er ließ die Schultern kreisen. Schlug mit einer gigantischen Faust in die andere Hand. Baute sich breitbeinig vor ihr auf und taxierte sie mit hasserfülltem Blick. »Du willst gegen mich kämpfen? Na schön. Wir werden kämpfen.«

Als sie dem Tod in sein zerfurchtes, fürchterliches Gesicht blickte, erwartete Serina, dass sie ein Gefühl von Frieden überkommen würde oder völlige Gefühllosigkeit. Doch alles, was ihr blieb, was aus ihrem tiefsten Innern hervorloderte, war Wut.

Er ging auf sie los, blitzschnell wie eine zuschnappende Schlange. Serina griff nach dem Sand in ihrer Tasche, den sie benutzen wollte, um Jacana auf sich aufmerksam zu machen, und warf ihm eine Handvoll ins Gesicht. Einen Moment hielt er inne und krallte nach seinen Augen. Doch es hielt ihn nicht lange auf.

Seinem ersten Schlag konnte sie gerade noch ausweichen, doch der zweite traf sie in den Magen und raubte ihr den Atem.

Dann schlug er ihr ins Gesicht, und sie ging zu Boden.

Serina betete für Nomi – für sie selbst war es zu spät.

Ricci stand über ihr, beängstigend groß und stämmig. Er trat ihr in die Seite, und sie schrie gellend auf, als ihre Rippe brach; ein höllischer Schmerz, der durch ihren gesamten Körper schoss. Weinend, nach Atem ringend, rappelte sie sich auf die Knie auf und wich vor ihm zurück. Blut rann ihr aus dem Mund. Er lief ihr gemächlich nach, ließ sich Zeit. Er hätte ihr nur gegen den

Kopf treten oder nach unten greifen und ihr das Genick brechen müssen, um es zu beenden.

Das wusste er. Das wusste sie. Doch er spielte mit ihr, gab ihr Zeit, ihre kühnen Worte zu bereuen. Er griff nach unten und packte ihren Arm – den Arm, wo Anika sie geschnitten hatte – und grub seine Finger in die Wunde, riss sie wieder auf.

Im verzweifelten Bemühen, sich zu befreien, schlug sie ihm in den Bauch, doch es war, als würde sie gegen eine Wand schlagen. Er zuckte nicht einmal zusammen. Er hob sie hoch, so dass ihre Füße in der Luft baumelten, und zog sie dicht an sich, bis sein Gesicht nur noch wenige Zentimeter von ihrem entfernt war. »Frauen denken, sie wären stark, wenn sie gegen andere Frauen kämpfen«, knurrte er, sein feuchter, stinkender Atem schlug ihr ins Gesicht. »Aber wenn sie es mit einem Mann zu tun kriegen, wissen sie die Wahrheit. Ihr seid schwach. Ihr alle. Und das werdet ihr immer sein.«

Er ließ sie fallen. Serina sackte in sich zusammen, ihre Beine konnten sie nicht mehr aufrecht halten.

Das war Riccis Siegesrede. Er hatte genug von den Spielen.

Mit letzter Kraft rappelte sich Serina auf, senkte den Kopf und stürmte direkt auf ihn los, warf sich gegen ihn, so fest sie konnte.

Es war, als würde sie versuchen, einen Berg zu verrücken, und doch bewegte er sich, zumindest ein wenig. Taumelte ein paar Schritte zurück. Er hatte nicht damit gerechnet, dass sie ihn frontal angreifen würde. Aber dann stemmte er sich gegen sie, packte sie unter den Armen und schleuderte sie über die Bühne. Mit einem harten Aufprall landete sie auf dem Beton, ihr Fußgelenk knickte unter ihr weg.

Ricci schritt bedrohlich auf sie zu, in seinen Augen blitzte blanke Mordlust.

Im selben Moment erhob sich ein gewaltiges Brüllen im Amphitheater. Benommen erkannte Serina, dass die Frauen nicht jubelten. Sie *schrien*. Und dann, mit einem markerschütternden Kreischen, stürmten Oracle und Ember auf die Bühne.

Oracle warf sich auf den Kommandanten, hängte sich an seinen Rücken mit einem Arm um seine Kehle, die Beine fest um seine Hüfte geschlungen, so dass er nicht an seine Waffe kam. Er hustete und wand sich hin und her, versuchte, sie abzuschütteln. Jemand auf dem Balkon feuerte einen Schuss ab, doch der Kommandant schwenkte den Arm, um seinen Männern Einhalt zu gebieten. »Das ist mein Kampf! Ich erledige sie!«

Er beugte sich so plötzlich vor, dass Oracle beinahe über seinen Kopf flog. Doch Ember war zur Stelle und stieß ihm ein provisorisches Messer in den Bauch. Ricci langte nach ihr, doch sie tänzelte außer Reichweite. Oracle würgte ihn noch immer, und niemand regte sich.

Tiefes Erstaunen durchströmte Serina. Oracle und Ember waren gekommen, um sie zu retten. Sie hatten sich gegen den Kommandanten, gegen das System aufgelehnt. Die Frauen um die Bühne herum brüllten ihre Wut heraus, ihr Gebrüll übertönte Riccis ersticktes Röcheln. Aus dem Augenwinkel sah Serina eine Bewegung. Slash führte ihre Crew vom Hotel Misery um die Bühne herum.

Auf der Bühne stieß Oracle erneut einen schrillen Schrei aus. Einen Kampfschrei. Das Gesicht des Kommandanten lief dunkel an, während er vergeblich an ihrem Arm zerrte. Ember zog ihre

Klinge heraus. Er sank auf die Knie, in einer Pfütze seines eigenen Bluts. Fieberhaft krallte er nach Oracles Arm und hinterließ tiefe Kratzwunden, aber sie ließ nicht los.

Serina nahm einen zittrigen, schmerzhaften Atemzug, als die Augen des Kommandanten nach hinten rollten. Sein Körper sackte in sich zusammen. Oracle zog an seinem Hals, bis sie das Genick brechen hörte – nur um sicherzugehen.

Dann richtete sie sich auf und begegnete Serinas erstauntem Blick. Ein kleines Lächeln umspielte ihre Lippen.

Und genau in diesem Moment traf sie eine Kugel in den Kopf. Plötzlich war ihr braunes Auge genauso blicklos wie ihr weißes.

Serina schrie.

Um sie herum versank alles im Chaos.

Eine Sturzflut von Frauen brach über die Bühne herein. Schüsse schallten durchs Amphitheater und übertönten selbst den höllischen Lärm. Serina rappelte sich auf, obwohl bei der Bewegung ein jäher Schmerz von ihrer gebrochenen Rippe ausstrahlte. Wärter stürzten vom Balkon auf den Beton weit darunter. Sie brauchte einen Moment, bis sie den Grund dafür begriff: Slashs Crew hatte sich die Treppe hinaufgeschlichen und griff die Männer von hinten an.

Aber der Beschuss hörte nicht auf, und unzählige Frauen gingen zu Boden.

Wenn Oracle und Ember auf die Bühne rennen konnten, um den Kommandanten aufzuhalten, dann konnte Serina auch die Kraft finden weiterzukämpfen. Sie griff sich ein Messer aus der Hand eines toten Mitglieds von Slashs Crew und taumelte die Stufen hinauf. Die Schreie und ohrenbetäubenden Schüsse hallten schaurig im Treppenaufgang wider. Auf dem Weg nach oben musste sie einem herunterrollenden Leichnam ausweichen.

Als sie den Balkon endlich erreichte, hatten die Wärter sich umgedreht und kämpften mit aller Macht gegen den Überraschungsangriff an. Die Frauen unten bei der Bühne konnten nicht viel mehr tun, als darauf zu warten, dass mehr Wachen herunterstürzten. Wenn sie der Aufprall nicht tötete, taten es die unten wartenden Frauen.

Bevor Serina eingreifen konnte, erschoss ein rotgesichtiger Wärter Slash. Serina stürzte sich auf ihn und riss ihm die Waffe aus der Hand, als er fiel. Sie hantierte einen Moment an dem Gewehr herum und versuchte herauszufinden, wie man es benutzte, doch da legte sich ein starker Arm um ihre Kehle. Blitzschnell stieß sie dem Angreifer einen Ellbogen in den Bauch, und der Mann ächzte, ließ sie jedoch nicht los.

»Das ist alles deine Schuld«, grollte er und schlug ihr in die Nieren, ohne seinen Schraubstockgriff um ihre Kehle zu lockern. Sie bekam nicht genug Luft, um zu stöhnen.

Serina sackte in sich zusammen, schwarze Flecken tanzten vor ihren Augen. Sie stieß ihm erneut den Ellbogen in den Bauch – vergeblich. Ihre Kräfte ließen nach. Ihre Lungen brannten.

Plötzlich sah sie durch den Schleier vor ihren Augen, wie die Wärter an der Balkonbrüstung alle gleichzeitig zusammenbrachen. Niemand hatte sie berührt. Sie waren erschossen worden.

Der Arm um ihre Kehle erschlaffte einen kurzen Moment. Serina drehte sich, ließ sich wie totes Gewicht herabsinken und entschlüpfte ihm. Dann rammte sie ihm ihr Messer in den Bauch. Zwei weitere Wärter gingen zu Boden. Jetzt waren nur noch ein paar übrig, und die Frauen, die gegen sie kämpften, schienen die Oberhand zu gewinnen.

Serina warf einen Blick über das zerstörte Geländer.

Unten, umgeben von einer Gruppe unruhiger Frauen, senkte Val seine Waffe.

38
NOMI

Nomi hatte noch nie jemanden sterben sehen. Es ging nicht friedlich und auch nicht still vonstatten. Die Hände des Regenten krallten verzweifelt, vergeblich nach seiner Kehle, während er an seinem eigenen Blut erstickte. Malachi rannte zu ihm und versuchte, den Blutfluss zu stoppen. Aber es war so viel – eine rote Sturzflut, die sich über seine Hände und seinen Samtmantel ergoss. Sie konnte nicht sehen, wie sich der Fleck ausbreitete; sein Wams hatte dieselbe Farbe wie das Blut.

Im ersten Moment merkte Nomi nicht einmal, dass sie schrie.

Asa nickte Malachi beifällig zu. »Je mehr Blut du an den Händen hast, desto glaubwürdiger wird die Anklage gegen dich.« Er wandte sich an Nomi. »Und jetzt zu dir, meine Blume. Du musst still sein.«

Ehe sie reagieren konnte, fiel er mit gezücktem Messer über sie her.

Nomis Schrei ging in ein ersticktes Ächzen über. Der Dolch stieß in ihr perlenbesetztes Kleid, doch der schwere Stoff und das aus Walknochen gefertigte Korsett wurden unerwartet zur Rüstung und lenkten die Klinge ab. Sie taumelte zurück.

Plötzlich war Malachi da, stürzte sich auf seinen Bruder und warf ihn zu Boden. Asa wand sich unter ihm wie ein Aal. Malachi war zwar größer, aber Asa hatte eine Waffe. Er stach zu und erwischte seinen Bruder am Arm. Malachi stöhnte. Starr vor Entsetzen sah Nomi zu – was sollte sie bloß tun?

Asa spuckte und schlug wild um sich. Auf einmal war er ein Fremder, den sie nie wirklich gekannt oder verstanden hatte. Alles, woran sie geglaubt hatte, all die Gefühle, die sie für ihn gehegt hatte, zerfielen zu Staub. Er hatte sie angelogen.

Er hatte sie ausgenutzt. Er hatte ihren Widerstand und ihre Sehnsucht nach ihrer Schwester genommen und sie in etwas verkehrt, was er zu seinem Vorteil nutzen konnte. Jetzt war das so offensichtlich.

Asa wollte selbst zum Thronfolger ernannt werden. Er wollte die Macht, die Bewunderung, die Aufmerksamkeit. Er wollte alles, was sein Bruder hatte, und dafür hasste sie ihn.

Wut wallte in ihr auf, so heiß wie Lava.

Er hatte sie verraten.

Er hatte versucht, sie *umzubringen*.

Malachi versetzte Asa einen harten Schlag, schleuderte ihm die Maske aus dem Gesicht. Asas Augen rollten nach hinten, und sein Körper erschlaffte. Malachi richtete sich auf.

Doch es war eine Finte. Plötzlich schnellte Asa hoch und stieß mit seinem Dolch zu. Die Klinge bohrte sich in Malachis Bauch. Der Thronfolger kam nicht wieder auf die Beine. Stattdessen brach er zusammen.

Nomi ließ sich neben ihm auf die Knie sinken. Er hatte kein Korsett, das ihn beschützte. Sie presste ihre Hände auf sein Wams, auf seine Wunde. Er stöhnte leise. Hinter ihnen rappelte sich Asa wankend auf.

»Alles in Ordnung, ganz ruhig, alles wird gut«, flüsterte sie schluchzend.

Doch sie wusste die Wahrheit. Nichts war in Ordnung. Blut strömte ihr über die Hände.

Asa stand über ihnen. »Nomi, du hättest deinen Cousin nicht aufhalten sollen«, sagte er vorwurfsvoll. »Aber letztendlich läuft doch alles nach Plan. Sogar besser. Warum ein Attentat vortäuschen, wenn man eins begehen kann? Danke, dass du den Brief im Zimmer meines Bruders deponiert hast. Damit hast du mir einen großen Gefallen getan.«

Nomis Herz krampfte sich zusammen. Sie hatte ihm vertraut. Er hatte ihr alles versprochen, was sie sich wünschte, doch jedes Wort war eine Lüge gewesen. Jeder Kuss, jede Berührung, die sie mit ihm geteilt hatte, wurde zu Gift. Ihr kam die Galle hoch.

Schritte näherten sich der Tür. Nomi blickte überrascht auf.

Die Augen weit aufgerissen vor Schreck, blieb Maris wie angewurzelt stehen. Entsetzt starrte sie auf die blutige Leiche des Regenten, der auf seinem Stuhl zusammengesunken war. »Ich ... ich habe nach Nomi gesucht. Was ...?«

»Marcos!«, rief Asa. »Würdest du dich bitte darum kümmern?«

Aus einem schattigen Durchgang am anderen Ende des Raums tauchten der bullige, gigantische Wachmann und ein paar seiner Freunde auf. Asa deutete auf Maris. »Wir können keine Zeugen frei herumwandern lassen, oder?«

»Lauf!«, schrie Nomi.

Maris wirbelte herum, doch sie war gerade ein paar Schritte weit gekommen, als die Wachen sie einholten. Marcos zerrte Nomi auf die Füße. Durch die Tür waren die Festivitäten immer deutlicher zu hören, sie kamen immer näher. Nomi betete, dass eine Eskorte auf dem Weg hierher war, um nach dem Regenten zu sehen – dass es Zeugen für Asas Verbrechen geben würde.

Malachi, der vor ihr auf dem Boden lag, stöhnte. Sie wollte nach ihm sehen, doch Marcos zog sie mit einem Ruck wieder hoch.

»Du kannst uns nicht alle töten«, fauchte Nomi und kämpfte gegen den eisernen Griff des Wachmanns an.

»Natürlich kann ich das.« Asa schwenkte lässig seinen Dolch.

Die Stimmen draußen wurden immer lauter.

»Asa hat den Regenten ermordet!«, schrie sie, so laut sie konnte. »Der Regent ist tot!«

Jetzt hörte sie Schritte, die plötzlich schneller wurden.

Asa zögerte nur einen Moment. »Nun«, sagte er und nickte Marcos beiläufig zu, bevor er sich wieder ihr zuwandte. »Ich hab dir doch versprochen, dass du deine Schwester wiedersehen wirst, oder?« Nomi starrte in seine braunen Augen und fragte sich, wie sie ihn so völlig falsch hatte einschätzen können.

»Hoch mit ihm«, befahl Asa und deutete auf Malachi. »Bringt ihn mit den Mädchen aufs Schiff. Wenn er stirbt, werft ihn über Bord.«

Die Augen des Thronfolgers waren geschlossen, sein Atem ging stoßweise. Nomi schrie auf, als einer von Asas Männern ihn sich unsanft über die Schulter warf und sein Kopf zur Seite rollte.

Maris stand da wie erstarrt und beobachtete alles mit so weit aufgerissenen Augen, dass Nomi deutlich das Weiße um ihre Pupillen sah. Ihre Brust hob sich mit jedem Atemzug schneller und schneller.

Marcos versetzte Nomi von hinten einen harten Stoß. Die anderen Wachen trieben Maris vor sich her. Als sie durch die Tür am anderen Ende des Raums abgeführt wurden, hörte Nomi Asa schreien: »Hilfe! Mein Vater!«

Die Tür schlug hinter ihr zu, gerade als Schritte in den Raum donnerten.

39
SERINA

Serina half den Frauen auf dem Balkon, die wenigen überlebenden Wärter mit ihren eigenen Handschellen zu fesseln. Einer stürzte mit einem wilden Schrei auf sie los.

Anika schoss ihm ins Gesicht.

Danach waren die anderen still.

»Wir sollten sie alle umbringen«, meinte Anika. Ihre Wange und ein Arm waren blutüberströmt, und auf ihrer Schläfe prangte ein dunkler Bluterguss.

»Das können wir nicht machen.« Serina stellte sich zwischen Anikas Waffe und den Wärter, auf den sie zielte. »Vielleicht brauchen wir sie noch als Druckmittel. Sie könnten spezielle Kommunikationswege haben, um mit dem Festland Kontakt aufzunehmen, oder Codes, die wir brauchen, um an die Rationen zu kommen, oder irgend so was. Wir sollten erst mal abwarten.«

Anika senkte die Waffe, für Serinas Geschmack ein bisschen zu langsam, zumal sie sie jetzt auf *ihren* Bauch richtete. »Also gut«, sagte sie. »Ich werde warten.«

Aber sie konnte es sich nicht verkneifen, einen der Wärter anzuspucken, als sie hinüberging, um zu helfen, die Männer nach unten zu bringen.

Serina sammelte die Waffen der Wärter zusammen und legte sie auf einen Haufen in der hinteren Ecke des Balkons. Vielleicht wusste Val einen Ort, an dem sie sie lagern konnten. Sie hoffte inständig, dass es auf der Insel nicht noch mehr Wärter gab, die dem Kampf ferngeblieben waren. Sie wollte diesen Krieg nicht noch länger führen.

Serina wandte sich wieder dem Schauplatz des Massakers zu. Slash lag zusammengesunken über dem Leichnam eines Wärters, ihre Augen starrten blicklos ins Leere. Serina kniete sich neben sie und legte ihr die Hand auf die Schulter. Den heutigen Sieg hatte Slash errungen.

Serina und die anderen trugen einen Leichnam nach dem anderen die Treppe hinunter und bahrten sie alle behutsam auf der Bühne auf, die schon rot vor Blut war.

Zweiunddreißig Wärter waren tot, darunter auch Kommandant Ricci.

Unter den Frauen war die Anzahl der Opfer deutlich höher. Oracle lag zwischen mindestens vierzig weiteren gefallenen Kämpferinnen. Ember kauerte weinend in der Blutlache neben ihr und hielt ihre Hand. Noch nie zuvor hatte Serina die furchtlose Kriegerin derart aufgelöst gesehen.

Val stand ein paar Schritte von ihnen entfernt. Er rührte sich nicht von der Stelle; vielleicht wollte er jetzt, da alle anderen Wärter außer ihm tot oder dingfest gemacht worden waren, keine Aufmerksamkeit auf sich lenken. Die Frauen schienen zu verstehen, dass er auf ihrer Seite war. Aber Serina sah aus der Entfernung, dass er eine Hand an seiner Waffe ruhen ließ.

Am Rand der Bühne stolperte Serina über Jacanas Leichnam. Sie hatte sich auf der Seite zusammengekauert – im Tod sah sie noch kleiner aus. Tränen liefen Serina über die Wangen. Jacana hatte sich so sehr vor den Kämpfen gefürchtet, sie war sich so sicher gewesen, dass sie dabei sterben würde … und Serina hatte sie nicht retten können.

Val kam auf sie zu. Sie standen einander gegenüber, mit Jacanas Leichnam zwischen ihnen, und Serina fragte sich, ob sie diese Distanz jemals würden überbrücken können.

»Ich hätte mit …«, setzte sie an.

»Ich konnte dich nicht …«

Sie unterbrachen sich beide.

»Sie haben sie als Köder benutzt«, sagte Serina. Die Enge in ihrer Brust löste sich nicht. »Um mich zu fassen.«

Vals Kiefer verspannte sich. »Ich hätte nicht versuchen sollen, dir vorzuschreiben, was du tun sollst. Ich hätte deine Entscheidung respektieren sollen.«

Serina ging um Jacana herum und traf ihn auf der anderen Seite. »Du bist nicht ohne mich abgereist.«

Er erwiderte ihren Blick. »Du hast eine Rebellion in Gang gesetzt.«

Sie wusste nicht, wie sie darüber denken sollte.

Hatte sie Leben gerettet, indem sie das bestehende System ausgehebelt hatte? Oder noch mehr aufs Spiel gesetzt? Was würde passieren, wenn der Regent herausfand, was hier geschehen war, und Truppen ausschickte, um sie alle zu vernichten?

Serina sah sich um. Einige Frauen standen beschäftigungslos beisammen. Andere wickelten die Leichname in Tücher, die sie aus dem Hotel Misery geholt hatten. Allem Anschein nach gab es keine Trennung mehr zwischen den verschiedenen Klans.

»Wir brauchen ein System, um die Rationen zu verteilen, die Kommandant Ricci gebunkert hatte«, sagte sie und blickte in die ausgemergelten Gesichter überall um sie herum. »Und einen Ort, wo wir die gefangenen Wärter einsperren können. Und wir müssen uns überlegen, wie wir mit den Schiffswachen fertigwerden, wenn neue Gefangene kommen.« Vielleicht könnten sie irgendwie verhindern, dass der Regent von dem Aufstand erfuhr. Zumindest bis sie in der Lage waren, sich zu verteidigen.

»Ich kann euch Zugang zu den Rationen verschaffen, und auf dem Wachgelände gibt es ein paar Zellen. Das Schiff ... nun, wir haben wahrscheinlich noch etwa eine Woche, bevor das nächste kommt. Bis dahin wird uns schon was einfallen.« Val drückte ihre Hand. »Das Schlimmste haben wir überstanden.«

Serina musterte ihn nachdenklich, antwortete aber nicht. Auf dem Berg des Verderbens war das Schlimmste vermutlich vorbei. Aber sie hatte nicht vor, hier haltzumachen.

Sie führte ihn ans andere Ende des Amphitheaters, wo Anika und einige andere Frauen vom Hotel Misery die Wärter mit ihren Schusswaffen in Schach hielten.

»Anika, das ist Val«, sagte Serina. »Er wird dir zeigen, wo du die Wärter hinbringen kannst. Außerdem weiß er, wo Ricci die Rationen gebunkert hat. Bring sie her, und wir teilen sie gerecht zwischen den Crews auf.« Sie erwartete, dass Anika ihre Anweisungen hinterfragen würde, dass sie wieder einmal dieses gefährliche Lächeln aufsetzen würde. Doch zu ihrer Überraschung nickte sie nur.

»Verräter«, grollte einer der gefangenen Wärter und funkelte Val wütend an. Anika stieß ihm den Ellbogen ins Gesicht. Mit einem Stöhnen knickte er ein. Die anderen Wärter starrten in die Läufe ihrer eigenen Waffen, die Anikas Kameradinnen noch immer auf sie richteten.

»Kriegt ihr das hin?«, fragte Serina und sah von Val zu Anika. War Val wirklich sicher bei all diesen Frauen, die darauf brannten, Rache an den Wärtern zu üben, die sie so lange unterdrückt hatten?

»Wir erledigen das«, sagte Val entschieden und fuhr sich mit der Hand durch seine zerzausten Haare.

Anika nickte. Als Serina sich zum Gehen wandte, sagte sie: »Ich dachte, du wärst schwach. Aber du hattest die ganze Zeit einen Plan, oder? Du hast nur ein paar Wochen gebraucht, um sie alle zu erledigen.«

Serina hätte nicht erwartet, dass Anika sie je mit Respekt ansehen würde. Und sie kannte das Mädchen gut genug, um ihr nicht die Wahrheit zu sagen; sie hatte nie einen Plan gehabt, abgesehen davon, dass sie die Crews dazu bringen wollte, miteinander zu reden. Und auch jetzt hatte sie keinen.

»Der Berg des Verderbens treibt einem die Schwäche aus«, sagte sie stattdessen.

Auf Anikas Lippen zeigte sich ein kleines Lächeln. Jetzt waren sie beide Kämpferinnen.

Mit einem letzten Blick zu Val ging Serina zurück zur Bühne. Cliff saß auf einer Steinbank ein paar Schritte von den aufgebahrten Toten entfernt und rang ruhelos die Hände, auf ihrem breiten, unscheinbaren Gesicht flackerten abwechselnd triumphale Genugtuung und panische Angst auf.

»Cliff«, rief Serina und lenkte so ihre Aufmerksamkeit auf sich. »Kennst du ein paar der Frauen aus den anderen Klans?«

Cliff nickte, und ihr Blick richtete sich wieder auf die Toten.

»Kannst du eine Gruppe zusammentrommeln, die die toten Wärter zu den Klippen bringt und sie dem Meer übergibt?«, fragte Serina.

Cliff stand abrupt auf. »Das kann ich.«

Serina klopfte ihr auf die Schulter. Dann machte sie sich auf die Suche nach Ember.

Die Wanderung den Berg hinauf war in dieser Nacht viel schwerer, da Oracles Leichnam auf ihren Schultern lastete. Aber gleichzeitig fühlte sich Serina auch befreit. Die Sterne brannten Löcher in den Himmel, und das flackernde Licht unzähliger Fackeln leuchtete ihnen den Weg durch die Dunkelheit. Heute Nacht erwiesen sie so vielen ihrer Schwestern die letzte Ehre.

Doch Oracle war die Erste.

Feuer, atme
Wasser, brenne
Angst, verblasse
Deine Herrschaft ist vorbei
Feuer, atme
Wasser, brenne

Sterne, zeigt den Weg
Eure Schwester ist da

Serina sang die Worte für Oracle und Jacana.

Aber auch für Vals Mutter, für Petrel, Slash und all die anderen Frauen, die hier gekämpft und den Tod gefunden hatten.

Und sie sang auch für die Lebenden.

Als der letzte Leichnam in der aufstiebenden Glut verschwand, fragte eine vom Singen heisere Stimme: »Was machen wir jetzt?«

Im roten Feuerschein des Vulkans sah Serina, wie sich die Frauen eine nach der anderen ihr zuwandten.

Sie holte tief Luft. Sie hatte den Berg des Verderbens überlebt, indem sie all diese Frauen zusammengebracht hatte. Aber es gab immer noch so viel zu tun.

Wenn sie Nomi endlich wiedersah – *wenn*, nicht falls –, würde sie sich bei ihr entschuldigen. Sie hatte immer gedacht, es hätte keinen Sinn, sich zu wehren, dass nichts Gutes dabei herauskommen würde.

Aber Nomi hatte richtig daran getan, sich zu widersetzen. Es war die Mühe und all die Risiken wert. Ihre Gegenwehr könnte die ganze Welt verändern.

Nein. Sie *würde* die ganze Welt verändern. Dafür würde Serina sorgen.

40
NOMI

Asas Wachen sagten kein Wort, während sie Nomi, Malachi und Maris durch die Gänge des Palazzos schleiften. Malachis mühsames, qualvolles Keuchen durchschnitt die Stille, sein Blut tropfte auf den Boden.

»Bitte«, flehte Nomi Marcos an. »Er wird sterben. Bitte helft ihm!«

Der Wachmann ignorierte sie.

»Was ist passiert?«, fragte Maris, ihr Gesicht aschfahl vor Angst, so dass ihre Augen wie schwarze Löcher hervortraten. »Der Regent ...«

Ein raues Schluchzen entrang sich Nomis Kehle. »Asa hat ihn umgebracht. Er ... Er hat einen Putsch verübt. Er hat mich benutzt ... Malachi ...« Sie konnte die grauenvolle Wahrheit nicht aussprechen.

Jetzt konnte sie so deutlich sehen, dass Asa sie von vorne bis hinten belogen und manipuliert hatte. Vielleicht hatte er nie vorgehabt, den Regenten zu ermorden. Aber jetzt war sie sich absolut sicher, dass er Renzo nach ihrer Scharade nie hätte gehen lassen. Er hätte allen weisgemacht, Malachi und Renzo hätten zusammengearbeitet. Und vielleicht auch Nomi. Er hätte Renzo hinrichten lassen, genau wie den Stallburschen, von dem Malachi ihr erzählt hatte. Und er hätte es ohne jeden Skrupel getan.

Asa hatte ihre Trauer, ihre Verzweiflung, ihre *Kühnheit* benutzt. Er hatte sich alles zunutze gemacht, selbst Renzos Abwesenheit, und es zu seinem eigenen Vorteil verkehrt. Jetzt würde er nicht nur der neue Thronfolger werden. Er würde der neue Regent werden.

»Was werden sie mit uns machen?«, stöhnte Maris. Sie konnte nicht mit dem zügigen Tempo der Wachen mithalten und geriet immer wieder ins Stolpern. Nomi konnte sehen, wie sehr sie sich wünschte, sich einfach zu Boden sinken zu lassen, doch der Wachmann zerrte sie ein ums andere Mal wieder hoch.

»Ich weiß es nicht«, antwortete Nomi, um ihr nicht noch mehr Angst zu machen.

Ich hab dir doch versprochen, dass du deine Schwester wiedersehen wirst, hatte Asa gesagt.

Marcos führte die blutbesudelte Gruppe in einen Teil des Palasts, den Nomi noch nie gesehen hatte, und dann nach draußen an einen Anlegeplatz. Mehrere große Boote wogten auf dem schwarzen Wasser.

Das Mondlicht erhellte Malachis immer blasser werdendes Gesicht.

»Hol die Ketten«, befahl Marcos, und eine der Wachen verschwand in der Dunkelheit.

Nomi wurde flau im Magen.

Plötzlich riss sich Maris von dem Wachmann los, der sie festhielt. Sie erwischte ihn auf dem falschen Fuß und konnte sich für einen Moment befreien. Aber nur einen Moment. Dann packte er sie wieder und zog ihr brutal an den Haaren. Sie schrie auf.

»Es tut mir leid.« Tränen strömten Nomi über das Gesicht. »Ich hätte dich nicht um Hilfe bitten sollen. Es tut mir so leid.«

»Der Mann, den du finden wolltest«, keuchte Maris und stieß erneut einen leisen Schmerzenslaut aus, als der Wachmann sie an den Haaren auf eins der Boote zerrte. »Wer war er?«

Nomi stolperte, als Marcos sie auf das Boot stieß. Es war ein großes Arbeitsboot mit eisernen Seitenwänden und einem verdreckten Holzboden. Die Matrosen, die es bemannten, eilten unter Deck, um den Dampfkessel anzuwerfen.

»Jemand, der mir sehr am Herzen liegt«, antwortete sie. Würde Asa Jagd auf Renzo machen? Würde er sich an ihrer Familie vergreifen? »Ich wollte ihn warnen, damit er sich in Sicherheit bringt. Aber jetzt habe ich dich in Gefahr gebracht.«

Die Wachen ketteten sie an die Reling. Maris sank auf die Knie, die Hände über dem Kopf gefesselt. Das Rot ihres Kleids sah aus wie Blut.

»Es tut mir so leid«, sagte Nomi erneut. »Er hat versprochen, meine Schwester zu befreien ... Ich hab ihm vertraut.«

Der Wachmann, der Malachi trug, ließ ihn wie einen nassen Sack fallen.

»Du da«, rief Marcos einem der Matrosen zu. »Wenn er aufhört zu atmen, werft ihn über Bord.« Dann sprang er zurück an den Kai, band die schweren Schiffstaue los und stieß sie vom Anleger weg.

Der Kessel stieß Dampf aus. Bald konnte Nomi das Plätschern des Wassers nicht mehr hören, so laut war das Rattern des Kolbendampfmotors. Langsam entfernten sie sich vom Ufer und fuhren aufs grenzenlose, tiefschwarze Meer hinaus.

Die Eisenfesseln um Nomis Handgelenke stießen jedes Mal, wenn eine Welle ihr Boot anhob, klirrend an die Reling. Sie hielt den Blick starr auf das verzerrte Spiegelbild des Mondes auf der Wasseroberfläche gerichtet; wenn sie nach unten schaute, würde sie die rostroten Blutflecke auf ihrem zerknitterten goldenen Kleid sehen.

Maris schwankte im Seegang, den Kopf gegen die kalten Metallseiten des Boots gepresst.

»Es tut mir so leid«, murmelte Nomi erneut. Die Worte waren ihr Mantra. Ihr Gebet um Erlösung.

Die steife Meeresbrise wehte Maris ihre langen schwarzen Haare aus dem Gesicht. »Nomi, das ist nicht deine Schuld.«

Bittere Reue schnürte Nomi die Kehle zu. Doch, das war es.

Der Regent war tot, Asa hatte seinen Aufstieg zur Macht in die Wege geleitet, und Malachi …

Sie starrte auf seinen blutüberströmten Körper, der so schrecklich reglos am Heck des Bootes lag. War das sein schwacher Atem, der seine Brust hob, oder nur das Schaukeln des Bootes?

Eine der Wachen marschierte auf ihn zu.

»Er atmet noch! Er atmet noch!«, schrie sie.

Zu ihrer Erleichterung zog sich der Mann zurück. Vorerst.

Seit ihrer Abreise aus dem Palast hatte Malachi kein einziges Mal die Augen geöffnet. Heiße Tränen rannen Nomi über die Wangen. Er würde sterben. Wahrscheinlich schon bald.

Sie hatte ihm das angetan, so sicher, als hätte sie ihm selbst das Messer in den Bauch gerammt.

Und Renzo … o Renzo.

Sie hatte ihn zu einem Leben auf der Flucht verdammt.

Sie hoffte inständig, dass er Asa immer einen Schritt voraus bleiben würde.

Nomi kauerte sich zusammen, von Kummer überwältigt. Indem sie Serina und sich selbst zu retten versucht hatte, hatte sie sie alle ins Verderben gestürzt.

Die Nacht zog sich endlos hin, der Ozean wie ein schwarzes Ungetüm, das sie wild hin und her warf. Nomis Magen rebellierte. Maris sang leise ein Schlaflied, ihre Stimme heiser vom Weinen.

Malachis Atem ging mit jeder Sekunde, die verstrich, langsamer und flacher.

Und dann endlich, als die Morgendämmerung den Horizont blutrot färbte, tauchte finster und ominös der Berg des Verderbens aus dem Nebel auf.

Nomi atmete zittrig ein.

Serina, ich bin hier.

DANKSAGUNG

Es war eine große Ehre, mit den wundervollen Menschen bei Alloy und LBYR zusammenzuarbeiten, um Serina und Nomi zum Leben zu erwecken. Einen dicken, mit Schokostreuseln gesprenkelten Drücker an meine Lektorinnen Pam Gruber, Lanie Davis und Eliza Swift und an meine Geschichtengurus Josh Bank, Joelle Hobeika und Sara Shandler. An Les Morgenstein, Romy Golan, Matt Bloomgarden und den Rest des Teams von Alloy: Danke für Eure tatkräftige Unterstützung und all Eure Hilfe. An Megan Tingley, Alvina Ling, Emilie Polster, Katharine McAnarney, Carol Scatorchio und das ganze phantastische Team von LBYR: Vielen Dank, dass Ihr mit meinen Schwestern ein Risiko eingegangen seid und Euch so für sie begeistert! Und mein Dank gilt auch den unfassbar talentierten Designerinnen – Karina Granda, Mallory Grigg und Liz Dresner –, die Nomi und Serina (und das ganze Cover) so wunderschön in Szene gesetzt haben.

Mein aufrichtigster Dank an Kirsten Wolf von der Emerald City Literary Agency dafür, dass sie mir mit meinem Vertrag geholfen hat, und an Linda Epstein, die irgendwie immer genau das

Richtige zu sagen weiß (nein, Du bist der Rockstar). Ich kann Dir gar nicht sagen, wie froh und dankbar ich bin, eine Deiner Autorinnen zu sein, Linda. Vielen Dank auch an Mandy Hubbard, die Linda ab und an daran erinnert, ihre Mails zu checken.

An meine liebe Freundin Michelle Nebiolo: Danke, dass Du mir geholfen hast, mein Italienisch aufzubessern, und dass Du – großmütig, wie Du bist – den Namen Deiner Großmutter, Serina, für meine erste Schwester vorgeschlagen hast. Serina wäre ohne Dich buchstäblich nicht dieselbe. *Grazie, amica mia!*

Dr. Jody Escaravage, Aimee L. Salter, Morgan Tucker, Rachel Hamm und Natasha Fisher: An Euch schicke ich eine ganz feste, unbeholfene Umarmung und tausend Dank, dass Ihr so einfallsreiche Leser und so wundervolle Freunde seid. Ohne Eure ständige Ermutigung, Euer Feedback und Eure Unterstützung wäre dieser Prozess sehr viel schwieriger gewesen.

An all meine Schriftsteller- und Lektorenfreunde – Jax Abbey, Paige Nguyen, J. D. Robinson, The Wonder Writers, Crystal Watanabe, Morgan Michael –, die sich meine Angstanfälle geduldig angehört, mich angefeuert und mir wahnsinnig lustige GIFs geschickt haben: Danke, Ihr bekommt alle einen Schoko-Cupcake von mir!

Vielen Dank an meine Familie für all ihre Unterstützung und Ermutigung. Es war großartig, dieses phantastische Erlebnis mit Euch zu teilen.

Ollie, ich finde es toll, dass Du Deine eigenen Geschichten erzählst. Am besten gefällt mir die über Risky Pupperniss. Vergiss die nie. Ich glaube, sie hat Beine.

An meinen Ehemann Andy, ohne den nichts von alldem möglich gewesen wäre: Danke, dass Du mich zum Lachen bringst, mich in stressigen Zeiten tröstest und immer, immer für mich da bist (außer wenn die Army Dich woanders braucht. Ha!). Du bist ein wundervoller Ehemann und Vater und ein wundervoller Mensch. Du inspirierst mich jeden Tag. Ich hoffe nicht nur, dass Ollie zu einem ebenso tollen Menschen heranwächst, wie Du es bist ... ich hoffe, das werde ich eines Tages auch. Ich liebe Dich.

Und zu guter Letzt, meine werten Leser, möchte ich mich bei Euch bedanken. Ich fühle mich geehrt, dass Ihr Eure wertvolle Zeit mit Nomi und Serina verbracht habt. Ihr seid zauberhaft und wundervoll, und ich liebe und schätze jeden Einzelnen von Euch. Wenn ich könnte, würde ich Euch allen Cupcakes backen. Danke!